# La mala víctima



Novela

**Rosa Belmonte**
**y Emilia Landaluce**

# La mala víctima

ESPASA

PEFC Certificado

Este libro procede de bosques gestionados de forma sostenible

PEFC

PEFC/14-38-00305

www.pefc.es


Espasa, un sello editorial de Editorial Planeta, S. A.
Avda. Diagonal, 662-664, 08034 Barcelona (España)
www.espasa.com
www.planetadelibros.com

Adaptación de la cubierta: Booket / Área Editorial Grupo Planeta
Fotografía de la cubierta: © Giovan D'Achille / Trevillion Images
Primera edición en Colección Booket: mayo de 2024

Depósito legal: B. 6.528-2024
ISBN: 978-84-670-7341-6
Impresión y encuadernación: Liberdúplex, S. L.
*Printed in Spain* - Impreso en España

**Rosa Belmonte**, nacida en Murcia, ha visto demasiado la tele, no se toma nada en serio, escribe en los periódicos, habla en Onda Cero y en esRadio y colabora en televisión. Fue (es) abogada, pero sobre todo hace columnas. En *ABC* y en los regionales de Vocento. A veces más de una al día. Con Emilia Landaluce escribió su primer libro, *Sobre nosotras, sobre nada*.

**Emilia Landaluce** es columnista y periodista de la sección nacional de *El Mundo* y actualmente dirige el suplemento *LOC*. Anteriormente escribió para *ABC*. También es comentarista habitual de *Es la mañana de Federico* en esRadio y de *La brújula* de Onda Cero. Es autora de varios libros, entre ellos, *Jacobo Alba*.

*A los que aún leen periódicos*
*Y a doña Emilia*

*¿Y eso qué significa? Las personas arrastran el fardo de actos infames. ¿Qué espera que haga él, confesarlo todo? Estamos en la realidad. En la realidad actuamos racionalmente. Hemos de negar, o sería imposible seguir viviendo.*

WOODY ALLEN, *Delitos y faltas*

# 1

La camioneta, una *pick-up*, traqueteó por la remolacha recién cosechada. Como siempre, esos días el campo olía a azúcar. El aire era dulzón, luminoso. A unos pocos kilómetros se veía el mar. Marín se ajustó las gafas de sol y se caló el sombrero de paja con la cinta roja de publicidad que le habían regalado meses antes en la feria. La cosechadora había dejado el terreno plano y las lumbares del agricultor vibraban con las pocas piedras que habían quedado en lo que antes era siembra.

Marín se irguió para rebajar un dolor que ya era familiar y que sabía que en unos días le bajaría por la pierna y le bloquearía las lumbares. Pero prefería no pensarlo. Tenía prisa. Había dejado los galgos en el cortijo, tras la loma, junto a la chumbera.

En Sanlúcar apretaba el calor y su mujer estaba harta de tropezarse con el cacharro del agua de los perros y de escuchar sus silencios. Los galgos, si no lloran —y lloran muy poco—, son silenciosos y delicados como una bailarina de *ballet* particularmente ligera.

La chumbera rodeaba el murete del cortijo y Marín dejó el coche a la sombra de los tres algarrobos que crecían en la esquina. Los perros oyeron su paso y corrieron hacia la puerta metálica pintada de verde. Impacientes, empezaron a rascarla con las patas finas y a emitir un lloriqueo manso pero nervioso. Marín abrió el candado de la cadena y los perros salieron corriendo hacia donde la chumbera se enmarañaba con una higuera. Y de ahí no se movieron. Marín se extrañó. Eso no era lo habitual, así que caminó hacia donde los cuatro animales se agolpaban afanados en algo que él no podía ver. Gruñían, escarbaban, mordisqueaban. «Será un conejo muerto», pensó Marín. «¡Chispi!», gritó, llamando a la perra más vieja, que era la que mandaba en el resto. Pero Chispi le ignoró y siguió empeñada en olisquear y escarbar. Marín se quejó. La ciática le punzó las lumbares. Demasiadas horas en el tractor y en la *pick-up*, que tenía la suspensión durísima.

Como no pudo agacharse para ver en lo que andaban enredados los perros, se tiró al suelo a cuatro patas para evitar los pinchos de la chumbera. Necesitaba saber qué era lo que había vuelto locos a sus galgos y por qué Chispi había dejado de obedecer su voz. Y lo que vio fue el cuerpo moreno de una mujer. El rostro evidenciaba la muerte. De mortaja, un vestido ligero, estampado y claro que dejaba ver la sangre entre las piernas. Parecía una chica joven, muy guapa, pese al rictus crispado que siempre deja la muerte. Aunque fuera en una cara tan armónica como la que debió de ser la de aquella mujer.

Marín no pudo evitar escandalizarse cuando vio que Chispi olisqueaba y chupaba las piernas de la chica con la misma delectación que mordería una liebre. Horrorizado, a punto de vomitar bilis, les tiró una piedra y los cuatro perros se apartaron de la chica con un aullido apenas perceptible. Entonces marcó el 112, como explican en la tele.

Les dijo que estaba en la carretera de El Puerto a Sanlúcar y que había encontrado a una chavala joven muerta. Que llevaba una cadena de oro y tenía los anillos puestos. Que vinieran rápido porque tenía miedo de que la muerte le tocase también a él.

La conversación con la operadora apenas duró cinco minutos, los suficientes para que los perros tuvieran tiempo de volver a arremolinarse sobre el cadáver y empezaran a morderlo hasta desgarrarle la piel. Marín se desesperó y trató de apartar a los galgos de nuevo. Sin embargo, su nerviosismo azuzó a los animales, confundidos y excitados por los gritos de su amo. Por fin consiguió alejarlos. Cuando lo hizo, el cuerpo de la chica se movió. Las piernas ahora entreabiertas dejaron intuir un reguero de sangre parduzca ya reseca.

Marín volvió a encerrar a los perros en el cortijo. No los quería llevar a su casa después de que hubiesen mordido la carne de la muerta. Las manos todavía le temblaban mientras llenaba con la manguera amarilla un cubo de agua; también les echó pienso en el suelo. De repente, hasta el jadeo de Chispi le olía a cadáver. Por lo menos la chica tenía los párpados cerrados. Lo otro hubiera sido insoportable.

# 2

La luz del halógeno hacía triste la redacción de *El Matinal*, uno de los principales periódicos de España. Era de noche y el sol, que iluminaba las hileras de cubículos hasta las ocho y cuarto de la tarde, ya había cedido ante ese blanco frío y artificial de las barras. El tecleo acompañaba el murmullo de las televisiones y de las conversaciones, cada vez más breves y lacónicas. Era agosto. La gente quería irse a casa y olvidarse un rato de lo que había escrito que pasaría al día siguiente. Pero eso era el periódico.

Socorro tampoco tenía, ella lo hubiera dicho así, el coño para ruidos. Estaba deseando que acabara ese viernes 2 de agosto, el día que más odiaba del año. O del verano. Porque Socorro también odiaba el día de Navidad, el Viernes Santo y el 12 de octubre. No, no le gustaban las fiestas de guardar, ni los puentes de tres días y, por eso, tampoco le importaba trabajar cuando nadie quería hacerlo. Así se libraba de ir a la casa, que no era la suya sino de su madre, que a veces tampoco le parecía que lo fuese.

Pero esa noche, su madre, como casi siempre, no estaba en Madrid. No le daría el coñazo por sus pintas, el corte de pelo o con que estaba demasiado delgada. Tampoco le preguntaría si, al fin, se había echado novio o si había salido últimamente a tomar algo con alguien. Esas eran las cosas de su madre a la que, estaba segura, le hubiera gustado otro tipo de hija, pero que adoraba a la que tenía. O quizás solo se conformaba. Y a ella quizás le hubiera venido mejor una madre menos acomodaticia, menos digna, más rebelde, menos leal. Pero también reconocía que gracias a ella había logrado cubrir los sucesos para *El Matinal*, una de las metas que se había marcado como periodista. Pocos —y ese era el caso de Socorro— podían presumir de hacer lo que les gustaba y, además, de ganarse razonablemente bien la vida con ello. Su madre no estaba en Madrid. Tampoco en Terrinches, el pueblecito manchego en el que nació. Estaba en El Puerto de Santa María.

Nadie en la redacción se explicaba qué hacía Socorro en el periódico a la hora del cierre. No era lo habitual. Ella solía trabajar desde donde la hubieran mandado como enviada especial o en casa con el ordenador ardiéndole sobre las piernas desnudas. Pero este verano no había habido ningún asesinato ni ninguna violación que no pudieran contarse en un breve en Local para que ella hubiera cogido su portátil, desaparecer de Madrid y participar de ese teatrillo en el que se convierte la localidad en la que se produce un crimen mediático. «Hacer un muerto», como se decía en esas redacciones de los noventa que Socorro nunca había conocido y en las que los periodistas fumaban sin parar, jugaban al póker en los cierres y guardaban la botella de whisky en un cajón. A cambio, le habían encalomado editar la crónica de la obra de teatro que las hermanas Lequerica organizaban cada año en su casa de El Buzo —en realidad, Vistahermosa—, la urbanización en El Puerto de Santa María que tan bien conocía Socorro porque era donde pasaban el verano las dos hermanas accionistas del periódico. Y donde había transcurrido buena parte de su infancia con su madre.

La crisis que ha devastado la prensa y la indirecta de su jefe, que se había despachado con un «No tienes nada, ¿no?», habían quitado a Socorro las ganas de mostrar galones esa noche o creerse esa estrella del periodismo que decían sus colegas que era. A ella no le importaba editar esa crónica. O eso decía, aunque sabía que detrás de cada nombre en negrita —los invitados de las hermanas Lequerica— estaría Antonia, su madre, con sus croquetas de jamón o untando mantequilla en las tostaditas para el caviar. O doblando las servilletas y planchando el mantel de hilo con las iniciales de las hermanas bordadas que siempre ponían en la mesa grande del porche.

La obra de teatro de las Lequerica marcaba el ecuador del verano en ese eje que forman Sotogrande, El Puerto, Sanlúcar y Marbella. Este año había sido *Carmelo*, de Juan José Alonso Millán, y Socorro lo sabía porque se lo había contado su madre. Que doña Pila llevaba ensayando desde el principio del verano con los señores y las señoras. Alguno —«los de Sotogrande»— incluso lo había hecho por internet, le había explicado su madre con esa tranquilidad que a Socorro le llegaba a crispar.

María Casares, la redactora joven que habían mandado a El Puerto a cubrir la llegada de los invitados a la casa, se retrasaba con la crónica que debía enviar para el periódico del día siguiente. La obra había empezado a las ocho, pero ya habían salido algunos artículos en *El Diario de Cádiz*, que no tenía acceso a la residencia. Así que solo mencionaba a los invitados que habían sido fotografiados a su llegada, en la puerta. Había ido el presidente de Ceusa, la constructora más importante de España; algunos duques y sus hijos cuentistas con *startups* de éxito efímero y piramidal. Una catalana riquísima casada con un conocido nacionalista que se había comprado una finca en Facinas. Los alcaldes de Cádiz, El Puerto, Sanlúcar y Jerez. El de Rota no había podido asistir porque coincidía con la feria de la Urta, que era la festividad más popular de la localidad. No faltaban los Domecq, los Bohórquez, los González y todos esos apellidos de siempre. También estaban los directores de las sucursales de los bancos. El dueño de los autobuses. Y los hoteleros y las marquesas viudas con las que las hermanas jugaban al cróquet en el club... Y, por supuesto, estaban los dos decoradores franceses que se habían comprado una casa en Vistahermosa durante el confinamiento de 2020. Y una conocida bailaora de flamenco que acababa de montar su propia compañía. Las Lequerica la conocían desde niña porque su madre había dado a Pila algunas clases de bulerías a las que había sacado mucho partido en el Rocío.

Y estaba Luis Gordon, que embotellaba un palo cortado muy de moda entre entendidos y comilones. Milésima, se llamaba su bodega, que también hacía otros finos. En las imágenes que había enviado el fotógrafo que siempre iba a la casa de las Lequerica —un *freelance* veterano que solo trabajaba ese día, aunque no lo cobrase— se podía ver a todos los invitados. Algunos estaban caracterizados de los personajes de *Carmelo*. Doña Pila se había puesto de luto y por primera vez dejaba ver un pelo canoso. Una peluca, pues la menor de las hermanas iba cada quince días a la peluquería y lucía uno de esos rubios propios de las señoras andaluzas que, al final —y esta es una frase de Pincho, que hacía años se había resignado a las canas—, todas, sin excepción, acababan teniendo el pelo igual que Lauren Postigo.

En primera fila del posado en grupo, con una chaqueta de esmoquin blanco, don Ignacio Lequerica, hermanastro de Pincho y Pila y presidente de Editasa, matriz de *El Matinal*. A su lado, su mujer Lilian Mata, con un traje de lentejuelas. Los dos tomaban una copa de fino con Pincho, que les hablaba con uno de sus clásicos cigarritos finos entre los dedos. Ella siempre vestía en tonos oscuros —negro, gris, azul marino— o de blanco. Y no porque su marido hubiera muerto cuando ella tenía veintiséis años, hace casi cincuenta, sino porque le parecía que le hacía más delgada y era más elegante. Su hermana Pila siempre se reía de su empeño por vestirse así. «Hija, qué tristeza. Pareces una viuda bosnia. ¿Por qué no te pones algo rosa? ¿O naranja? Tengo una blusa estampada, como india, que seguro que te queda fenomenal».

Arianne Huppert, la segunda mujer de don Ignacio Lequerica y madre de Ignacio, se debía de haber quedado en la casa de Sotogrande porque no aparecía en ninguna foto. Era lo habitual. Las Lequerica y Arianne Huppert habían llegado a un pacto de no convivencia desde la muerte de don Ignacio Lequerica Soto hacía veinte años. Ellas no tragaban que su padre les hubiera presentado a una madrastra embarazada a punto de parir, cuatro meses después de la muerte de su madre. Y, por su parte, Arianne tampoco era capaz de olvidar lo mal que se lo habían hecho pasar ellas en los primeros años de matrimonio por sus continuos reproches a Ignacio. Pero el aldabonazo final fue que Sonsoles Fernández de Córdova, la madre de las hermanas Lequerica, había vedado el patrimonio de su familia —una rama riquísima de los Fernández de Córdova— a su marido, por lo que Pincho y Pila habían accedido a muchísimo dinero desde muy jóvenes. Por eso Arianne convenció a su marido de beneficiar a su hijo, Ignacio, en el testamento y reducir al mínimo la participación de las hermanas en Editasa. Pero la prensa ya no funcionaba tan bien como en tiempos de su padre y era un negocio cada vez más en crisis. Y aún no se había encontrado una fórmula para salir. Muchas veces, Ignacio se había lamentado de no haber podido tirar de otros recursos para no tener que vender parte de la empresa a Timanfaya, que editaba periódicos regionales.

El fotógrafo había mandado muchas fotos de los invitados repetidas porque quería que el editor gráfico eligiera la perspectiva más conveniente. En una de las imágenes, de fondo, Socorro pudo distinguir la figura de su madre, difuminada, encorvada por el peso de una bandeja en la que había una cubitera para enfriar la botella. A ver si le iba a volver a dar lumbago como la pasada Navidad.

Ya eran las diez de la noche, pero la crónica de la niña María Casares no había llegado. Tampoco le hubiera hecho falta leerla. Sabía lo que pondría cada párrafo. A qué obra de caridad —las Lequerica nunca dirían oenegé— habría ido la recaudación de la entrada, la ovación del público, el ramo de flores para Pila, que «seguía tan guapa como siempre», o alguna fórmula similar que hiciera hincapié en que la menor de las hermanas había sido entre 1960 y 1990 la mujer más guapa y proverbialmente disfrutona de España. Putilla, vaya, solía decir Socorro antes de que su madre le diese un pescozón por ser irrespetuosa con su «señora».

Ella no veía a las Lequerica con el mismo cariño y la lealtad que les profesaba su madre. Socorro siempre se había sentido fuera de lugar en la casa de El Puerto. Estaba harta de escuchar que Antonia era como de la familia... Sin embargo, percibía la distancia abismal que había entre ellas. Antonia les hablaba de usted, y una hermana, alguien que es familia —o una amiga—, nunca se dirigiría así a su igual. Antonia era su empleada, pero, al mismo tiempo, también era la custodia de sus secretos más íntimos. Desde la ropa interior que usaban, hasta ciertos estragos de la edad. Y asimismo de sus desvelos y miserias familiares.

Pese a ello, Pincho y Pila apenas aparentaban saber algo de Antonia y su hija. O eso suponía Socorro, porque nunca se le había ocurrido hablar del tema con su madre. Al final, era difícil mantener el equilibrio entre alguien que podía acceder a todos los detalles de la intimidad de una persona y, al mismo tiempo, seguir respetándola como jefa. Ella pensaba que las conocía demasiado de cerca. O, mejor dicho —porque a ella así le gustaba recalcarlo—, conocía a las Lequerica desde abajo. Como inferior, que era como se sentía. Y eso era incómodo. Al menos, para Socorro, que cuando entró a hacer prácticas en *El Matinal* decidió visitar lo menos posible a su madre para eludir el contacto con las señoras.

Ella no se atrevía a admitírselo, pero no podía evitar menospreciarse por ser la hija de una sirvienta, aunque ellas reconocieran que Antonia era mucho más que eso. Era el pilar de la vida de las Lequerica. Sabían que podían despreocuparse y que todo estaría siempre perfecto y como les gustaba donde quisiera que estuvieran. En el campo, en Madrid o en El Puerto. A Socorro le enfadaba la lealtad de su madre a las hermanas que, seguramente, no le sería correspondida. ¿Cómo podía estar Antonia tan segura de que no la pondrían de patitas en la calle si encontraban a otra? Socorro había salido hosca y desconfiada, como su padre, comunista al que también había incomodado el servilismo de su mujer, aunque no el sueldo que recibía.

Socorro seguía alternando la lectura/vigilancia de las actualizaciones de las webs de distintos medios y los teletipos con la navegación obsesiva en las páginas de prensa deportiva. Ella era fanática del Real Madrid y respetaba a Florentino Pérez casi tanto como a su madre. ¿A quién ficharía ese verano? ¿Habría una sorpresa final antes del cierre del mercado para contratar nuevos jugadores?

La crónica de María Casares seguía sin llegar. En cuanto la joven volviera de El Puerto, Socorro se prometió que le recordaría la importancia de mandar las piezas en hora. Cada retraso sobre el cierre eran unos euros que, en estos tiempos, sonaban a despilfarro innecesario. Cuanto antes espabilase la niña y menos errores cometiera, menos posibilidades tendrían de que la echaran. Decidió hacer tiempo y salir a fumar a la entrada del periódico. Desde hacía ya muchos años había cambiado las cajetillas por el tabaco de liar y siempre que podía se hacía cigarrillos para cuando le atosigaran las ganas. Y la espera de la crónica había sido fructífera. Se había liado casi diez cigarrillos. Incluso podría ofrecer si se encontraba con alguien. La mayoría la veía como alguien extraña, retraída. Obsesionada por lo profesional, pero, al contrario que otras, buena compañera y generosa, aunque algo suya.

# 3

Entró un teletipo de Cádiz. Pensó que por fin llegaba la pieza de las agencias de la obra de teatro de Pila. Se habrían adelantado a la joven e inexperta María Casares... Pero no. En ese lenguaje en código, se hablaba del hallazgo del cuerpo de una mujer de treinta y tres años, con signos de violencia, en las inmediaciones de un cortijo en la carretera de El Puerto a Sanlúcar.

La periodista se irguió en su silla y notó cómo se le tensaban los músculos del estómago. Aquello podía ser lo que llevaba esperando para poder volver a salir, al fin, de la redacción. Socorro apenas tenía trato, más allá de lo estrictamente profesional, con otros periodistas y la mataba el tedio de las larguísimas jornadas frente al ordenador editando noticias de política nacional que no le interesaban u otras historias que no eran suyas. Estaba deseando escribir un tema propio, indagar, meterse en algo. Y contarlo, claro.

Después de mensajearse con uno de sus contactos policiales, Socorro saltó de su mesa y caminó decidida hasta el despacho de Pepe Ciempozuelos, el jefe de Nacional y el subdirector a cargo del periódico en agosto mientras Eduardo García estaba de vacaciones. Por la mañana, Pepe le había contado que llevaba cuatro semanas sin librar ni siquiera los festivos, lo que sin duda justificaba su aspecto macilento y cansado. Socorro le explicó que ya había metido el teletipo en la web para lograr el mayor número de lectores posible. «Mujer joven muerta» y «signos de violencia» eran un cebo imbatible para los lectores.

Pepe asintió complacido. Socorro había hecho lo que se esperaba de ella. La primera noticia de un asesinato siempre se daba con lo poco que se tuviera del teletipo.

—¿Y puedes averiguar algo más antes del cierre? No tengo nada para abrir la sección de Nacional mañana. Y un suceso vendría bien.

A Socorro siempre le parecía tragicómico cómo en las redacciones se contemplaban las muertes, las desgracias, los asesinatos, los suicidios, como si fueran salchichas en una carnicería. Todas las secciones se peleaban por las muertes y las sobredosis porque suponían miles de clics y eso era importante para las mediciones de lectores que decidían los ingresos económicos en publicidad.

—Puede que te valga para la portada. Uno de mis contactos de la Policía Nacional me ha escrito por WhatsApp que los agentes que habían visto a la muerta le han dicho que se trataba de una mujer muy guapa y que, según le habían adelantado, el asesino no se había llevado ninguno de los anillos que tenía ni tampoco una cadenita con un colgante que se le había quedado marcado en la piel del cuello.

—¿Y sabes si la han violado? ¿O algo...?

—Tiene lesiones entre los muslos, lo que indica que es posible que la hayan violado, aunque no había señales de lucha ni tenía la ropa rasgada, algo que es muy raro en este tipo de agresiones.

Y así, de forma muy ligera, como una tendera vendiendo el género, se lo contó a Pepe, que estaba desesperado por hacer una buena portada para la edición en papel.

—Aguanta lo que has averiguado hasta mañana. ¿Lo cerramos para los suscriptores?

—El WhatsApp que he recibido seguro que lo tienen otros periodistas de sucesos —le respondió ella, tan realista y seca como le fue posible—. Así que lo mejor es chutarlo ahora mismo en abierto y a ver si me entero de algo más para el papel haciendo alguna llamada.

Dicen los que lo vivieron que el periodismo de sucesos murió con la irrupción de las televisiones privadas y que terminó de sucumbir con la competencia de audiencias entre cadenas. Entonces nadie podía imaginar que la guerra por el tráfico de internet de los miles de medios *online* fagocitaría la diferenciación de los enfoques, la información propia, los datos exclusivos. Lo que se lee gratis no se valora. Pero eso no desanimaba a Socorro.

José María, otro de los contactos de Socorro en la Policía Nacional y que trabajaba en el departamento de comunicación del cuerpo, no estaba en Cádiz, pero sabía lo que habían visto los agentes que fueron a El Pájaro, que es como se llamaba el cortijo en el que habían encontrado a la chica muerta. Socorro siempre recurría a él cuando tenía que redactar una noticia al borde del cierre de la edición porque estaba al tanto de lo que pasaba en toda España y siempre le daba información fiable.

Le contó que le habían dicho que incluso muerta era guapísima y que el bolsito que llevaba colgado aún tenía la documentación y unos trescientos euros en metálico que no habían robado.

—Raro, ¿no? —se extrañó ella.

—No tanto. Por la zona ha habido tres chicas que dijeron haber sido violadas y a ninguna le habían robado ni un euro. No sé si lo viste. Lo publicó la prensa local en informaciones breves. Los de allí llevan un tiempo pensando que se trata del mismo tipo. ¿En serio no has leído nada?

—No, a veces se me pasa leer los regionales porque no tengo acceso a sus artículos cerrados.

—Pues es raro, porque creo que lo sacó alguno de los periódicos de vuestro grupo, aunque sin contar lo de que puede ser un violador en serie. Imagina la que se organizaría con lo histérica que es la gente.

— Háblame de las otras.

—Pues esas chicas no tuvieron tan mala suerte como esta porque están vivas, aunque tampoco saben explicar lo que les pasó. Solo las señales en el cuello parecen indicar que fue la misma persona quien las trató de estrangular. El *modus operandi* coincide en el caso de las tres chicas, pero ya sabes que, muchas veces, sustancias como el GHB son indetectables si no se pide al laboratorio un análisis específico antes de las cinco horas.

—Como la burundanga.

—Más o menos, aunque yo no creo que funcione como contáis en la prensa. Pero, a falta de que la autopsia confirme si a la chica la drogaron antes de matarla, la única coincidencia —a pesar de que le dan bastante relevancia— es que a esta como a las otras tampoco le robaron. Y eso que me han comentado que las joyas que llevaba parecen buenas. Me han mandado la foto de un Rolex que todavía marchaba.

La cabeza de Socorro empezó a funcionar en modo periodista. Pensó que era una lástima que llevara la documentación encima. Imaginó todos esos titulares que podrían haber encabezado los artículos: «La bella desconocida del Rolex», «Sin identidad, pero con Rolex», o algo así. A los lectores les gustaba este tipo de mamarrachadas y ella no solía tener escrúpulos para utilizarlas, sobre todo porque sabía que uno de los medidores de su trabajo, además de la credibilidad, eran los clics.

—Dicen que parece que está dormida —prosiguió José María—, lo que puede evidenciar que no estaba consciente cuando la mataron, lo que concordaría con lo que sospechamos: que el asesino es el mismo que violó a esas chicas. O quizás, lo dirá la autopsia, ya estaba muerta. Si no fuera por la sangre seca que se le veía entre los muslos... no parecería que... Evidentemente, si es el mismo, al violador se le ha ido esta vez de las manos.

—O sea, que creen que la ha matado sin querer.

—Eso parece. Desde luego, las otras aún lo pueden contar. Pero habría que esperar a los resultados de la autopsia. Quieren ser prudentes para frenar cualquier especulación, así que no te montes películas como otros de tu gremio.

—Es decir, que la policía piensa que se trata de un violador en serie que ha matado sin querer.

—O quizás el tío esté empezando a ser más agresivo. Pero no lo pongas así.

—Ya sabes. Utilizaré el condicional y esas fórmulas de fuentes cercanas a la investigación. Un resumen de lo que me has contado. La han dejado ahí con las joyas, el dinero, el bolso, la ropa... Y la han matado sin querer. No sé si a los lectores les va a dar mucha pena.

—Eso es lo tuyo. ¡Otra mala víctima!

José María no había podido evitar el chiste.

—No seas cabrón... Dame el nombre de la chica.

—Te lo doy porque ya se lo deben de haber cascado a otros. Aldara Ortiz de la Vega.

—Vaya nombre. Le va con lo que me has contado.

—A ti también te pega Socorro Núñez.

—¿Y alguna estimación de cuándo pasó?

—Pues es reciente. La mataron no hace más de un día. Y ya no te cuento más que, si no, pasas de mí y no me dejas que te invite a una copa.

—Anda, anda...

—Adiós, guapa. Y ya sabes que me debes un whisky.

Socorro colgó antes de que él insistiera para que le siguiera dando cuartelillo y tecleó en el ordenador Aldara

Ortiz de la Vega. Google la llevó hasta el perfil de LinkedIn y al de Instagram que, qué mala suerte, tenía cerrado. En LinkedIn solo aparecía una de esas fotos que Socorro hubiera criticado si no fuera el de una muerta que evidentemente había sido violada. Aparecía de cuerpo entero vestida con unos vaqueros estrechos y una camisa abierta que permitía que se le adivinara un escote ligeramente rebosante, perfecto. Tenía buen tipo «la jodía». Y era verdad que la tal Aldara era muy guapa. Y joven, se dijo Socorro. Hizo una captura de la foto por si la retiraba su familia.

Vio su historial. Estudió un BA en *business* y *marketing*. Después, lo clásico: pinitos en agencias de relaciones públicas y organización de eventos hasta que hacía cinco años había sido contratada por Amazing U, una consultora especializada en la digitalización de negocios y de todo eso que llaman «comunicación» y que engloba un poco de todo: desde mandar roscones de Reyes y jamones en Navidad hasta la consultoría estratégica. Comprobó que al menos una persona que conocía de vista de *El Matinal* tenía entre sus contactos a Aldara Ortiz de la Vega. Se trataba de Teresa Gil León, la encargada del área de Lujo y estilo de vida de Editasa.

Teresa Gil León era hija de una amiga de las Lequerica y, si bien se la solía calificar como la clásica gente bien, por lo menos era simpática y efectiva en lo suyo, que consistía en traer a ministros, cantantes o actrices a las cosas de Editasa; ya fuera el premio periodístico Pardo Bazán, el de periodismo internacional —a ese siempre iban el presidente del Gobierno y el jefe de la oposición— o, si se hubiera dado el caso porque Teresita era demasiado joven, el Lozana de España, que instauró hace noventa años el bisabuelo de las Lequerica y al que hasta 1985, cuando se dejó de celebrar por anacrónico, se presentaban las señoras guapas bien del país. Y entre bambalinas, urdiendo el pucherazo para que los premios y distinciones de *El Matinal* tuvieran la mayor repercusión y rendimiento económico para el grupo, Teresita, que es como siempre la llamaban las Lequerica, aunque tuviera ya cincuenta tacos y dos hijos ya mayores.

Socorro no tenía su teléfono. Lo primero que se le ocurrió para localizarla fue buscar en el directorio del servidor de la empresa. Era lo lógico, y lo encontró sin problemas. Teresita tenía un número corto como ella. Le daba un poco de vergüenza llamarla y prefirió escribirle un correo preguntándole si podían hablar un momento. Empezaba pidiéndole muchos perdones por molestarla en verano, prefirió obviar que la había visto muchas veces cuando había ido a casa de las Lequerica para merendar, aunque pensaba que no se acordaría de ella. Pero estaba segura de que sabría, por su madre, que Socorro trabajaba para *El Matinal* y optó por no explicarle quién era. La última vez que había estado en alguna de las casas de las hermanas en la que podía haber coincidido con Teresita Gil León, tendría dieciocho o diecinueve años y empezaba a querer distanciarse de su madre.

Quizás fuera la rebeldía propia de la edad o que, al contrario que Antonia, no se enorgullecía del trabajo que hacía con las Lequerica. Pensaba que el hecho de que su madre hubiera lavado la ropa de las hermanas le hacía de menos delante de otros periodistas. Pocos saben el nido de víboras que puede ser una redacción como la de *El Matinal*. Y, además, su apellido «Núñez» no le diría nada a Teresa Gil León. Las señoras nunca se saben el nombre de las «muchachas».

Mientras Socorro terminaba la noticia, llegó el texto de *Carmelo* de María Casares. Le echó un vistazo por encima y no encontró nada inesperado. Como estaba ya liada, se la reenvió a una de las becarias del máster, que trataba de buscar algo en lo que entretenerse hasta que sintiese que el resto de sus compañeros no la miraban mal por irse a casa antes que ellos. En cuanto leyó en diagonal la crónica de la obra de teatro, la becaria resopló. Hubiera preferido un desahucio o alguna tragedia. «No te quejes, que yo he llegado a hacer dos mil palabras de la feria del tornillo», le dijo Socorro mientras tecleaba «Aldara Ortiz de la Vega», «brutales signos de violencia»... Se le pasó por la cabeza titular «La bella del Rolex», pero se contuvo porque era consciente de que no todo eran los clics. «Los enigmas de la bella del Rolex» para papel, porque los que sí importaban eran los lectores de la versión de pago de la web de *El Matinal*. Acto seguido, en un gesto casi natural, abrió el editor de internet.

Antes de irse, pidió a documentación que le mandara todos los artículos que se hubieran publicado relativos a cualquier incidente de carácter sexual que se hubiera producido aquel verano en la provincia de Cádiz. No había personas más eficaces en Editasa que las cinco señoras que se encargaban del archivo, documentación y fotos de *El Matinal*. Diez minutos después tenía algunos breves que se habían publicado en *La Bahía*, un periódico local del grupo, y en *El Diario de Cádiz*, pero no aportaban más datos a lo que ya le había comentado José María antes.

* * *

Dos horas después, cuando ya estaba en el sofá de su casa con la tertulia del fútbol de fondo, no dejaba de mirar cosas con el teléfono que podrían ayudarla a saber más del asesinato. Mientras escuchaba los berridos de un tertuliano madridista sobre el superfichaje que estaba a punto de cerrar Florentino, trataba de buscar más información sobre Aldara. Solo encontró algunas menciones en artículos sobre fiestas y foros de comunicación en los que había acompañado al dueño de su agencia, Amazing U. También pidió al registro de la propiedad los datos sobre el propietario de El Pájaro. La información le llegaría en un par de días como mucho. Cuando completó el formulario, se fumó un cigarrito.

No podía dejar de darle vueltas a la cabeza. Quizás los padres de la chica se habrían enterado de su muerte por los medios. José María y otros policías podían llegar a ser muy indiscretos con algunos periodistas. Afortunadamente, cuando ya sentía esa comezón de ansiedad y remordimiento que a veces le asaltaban, vio en su móvil que le había llegado el correo electrónico que le permitiría dormir sin darle demasiadas vueltas a la cabeza. Se encendió otro cigarro.

> Hola, Socorro,
>
> He visto tu correo, y después de leer el periódico (yo me descargo a las once y media de la noche la primera edición), supongo que querías llamarme para preguntarme por la pobre Aldara Ortiz de la Vega. Aunque la conocía, no la he tratado demasiado, pero era una niña muy simpática y trabajadora. Me acuerdo de que fui al funeral de su padre hace un año, creo. No recuerdo cuándo murió la madre, pero no hacía demasiado tiempo. Mañana te ayudo en lo que necesites. Hablamos a primera hora.

¿Lo que necesitase? Socorro ya sabía exactamente lo que le pediría a Teresa, pero mañana sería otro día. Al menos, aquella noche podría dormir tranquila porque no tendría que pensar en los padres de Aldara sufriendo por leer los detalles de la horrible forma en la que aparentemente su hija había sido asesinada. Socorro sentía siempre una punzada de remordimiento cuando imaginaba a los progenitores de las víctimas tratando de esquivar el torrente de informaciones escabrosas sobre las hijitas que les habían matado. Pero esta vez no era el caso.

Sin padres. Muy guapa y joven. Con un Rolex, dinero en metálico y joyas. Una chica rica. Así murió Aldara Ortiz de la Vega.

# 4

Antonia, la madre de Socorro, es de Terrinches, un pueblo de Ciudad Real. No soporta a José Mota desde que empezó a decir en sus programas eso de «es más tonto que los de Terrinches». Bastante tienen con el alcalde que el 23 de febrero de 1981 suprimió las libertades constitucionales y cerró los bares. Después de reunir a sus concejales en el ayuntamiento decidió clausurar los locales públicos y fue con un escrito redactado por él a los tres bares del pueblo para que echaran la persiana. El juicio contra Agustín González San Millán fue el primero que se celebró por el 23F. La Audiencia Provincial de Ciudad Real lo condenó a seis años y un día de inhabilitación especial para cargos públicos. El marido de Antonia, Rosario, muerto hace treinta años, era comunista. Llegó a ser alcalde de Terrinches por el PCE. Lo que pensaba de González San Millán, que, aunque independiente en el consistorio, era de Fuerza Nueva, es fácilmente imaginable. También que el 23F le faltó tiempo para salir pitando del pueblo y desaparecer en el campo. Ya se veía escondido años, como los de después de la Guerra Civil.

Antonia, que supera los sesenta, lleva desde los dieciséis años con la familia Lequerica. En El Lanchar, una finca preciosa en Terrinches de tres mil y pico hectáreas, con caza mayor y menor, de la que ella es guardesa, cocinera y casi todo. La que mandaba allí. A veces está en Madrid, en el piso que tiene en la ciudad y que comparte con su hija. Lo pudo comprar porque en casa de las Lequerica no tenía gastos y había hecho un capitalito con sus ahorros. No un piso en el barrio de Salamanca, evidentemente, pero había adquirido uno bastante decente en Tetuán, zona que se había revalorizado en los últimos años y donde se habían construido promociones que los folletos inmobiliarios describían como «de lujo». Lo habían poblado de jovencitos que trabajaban en consultoras y en las torres de Madrid. El apartamento de Antonia no era de esos, aunque tenía bastantes metros; los suficientes para que cada una tuviera una habitación con baño, más cocina y salón. Estaba en una de esas casas de media altura que caracterizaban la zona. También había invertido en Telefónica, el Banco Santander y donde le había aconsejado don Alfonso Fernández de Córdova, el hermano de Sonsoles y tío solterón de Pila y Pincho. Por suerte, vendió sus acciones antes de la burbuja de las puntocom.

Durante los veranos Antonia se va con las hermanas Lequerica a El Puerto para cocinarles. No toma vacaciones de esas de no hacer nada. Nunca se le ha ocurrido, aunque las «señoras» la obliguen. No le parece que cocinar para ellas y para sus invitados sea un trabajo. En el fondo, lo que hace es no permitir que se metan en su territorio. A Antonia, enviudar fue lo mejor que le había pasado en la vida. En un día bueno, suele decir de los hombres que, el mejor, colgado. En el gusto por la viudez coincide un poco con doña Pincho. No ha conocido hombre desde que enviudó ni lo ha echado de menos.

Cada 25 de abril, Antonia ata los cuernos al diablo. Es una tradición en la que se coge un manojo pequeño de hierbas y se le hace un nudo. Y eso libra de todo lo malo que pueda pasar. El nudo sirve para ella, para su hija y para las Lequerica. Que no les pase nada. Y si algo llega a suceder, tiene claro que si no hubiera atado los cuernos al diablo habría ocurrido algo peor. Cuando se enteró por su hija de la muerte de esa pobre chica allí, cerca de El Puerto, pensó que ella no tendría nadie que le atara los cuernos.

Pincho, Pila y Antonia comentaron las noticias mientras esta última servía el café del desayuno, algo de lo que siempre se encargaba para ultimar detalles del día: los menús de las comidas, la llegada de invitados o cualquier nadería. Como siempre que Socorro publicaba algún artículo importante, la mayor de las Lequerica le leía en voz alta los párrafos que consideraba más relevantes. A las dos hermanas les gusta observar ese orgullo callado que suscita la periodista Socorro en su madre.

—Qué mala suerte que encuentren a una mujer asesinada en tu finca —dijo Pincho tras leer la noticia.

—Peor sería que nos mataran a nosotras en cualquier finca —apostilló Pila.

—Pero ¿quién se va fijar en nosotras para matarnos, que no somos ni jóvenes ni guapas ya? —insistió Pincho.

—Señora, eso da igual, que los hombres son muy malos. El mejor, ya sabe, colgado —terminó Antonia la conversación.

Pincho Lequerica es la mayor de las hermanas. Su nombre real es María Teresa, tiene setenta y tres años y es viuda desde los veintiséis, cuando su marido diplomático murió en un accidente de esquí en Gstaad. No tiene hijos, pero sí títulos universitarios por la Universidad de Salamanca y por la Sorbona. De Filosofía y Literatura. Ser mujer le ha impedido tener más peso en el periódico familiar. Siempre ha sido editora vocacional y ha agarrado la parcela de poder, más allá de las acciones, que le dejaba la familia. Cuando destinaron a su marido a la embajada de París, ella empezó de corresponsal para *El Matinal* y lo mismo entrevistaba a ministros que a Brigitte Bardot. Esta última siempre le ha parecido medio tonta. Sin embargo, adoraba a Simone Veil. Fue a su entierro.

Pero la mayor parte de su vida profesional en el diario la ha desarrollado en *Juglar*, el prestigioso suplemento cultural que ella misma fundó y lleva dirigiendo desde hace años, siendo su firma una de las más importantes y su presencia de las más requeridas en cualquier acontecimiento cultural. Otra cosa es que vaya. No conduce, nunca se sacó el carné, tiene chófer. Aunque en el garaje se vean coches caros y alguno peculiar, en El Puerto suele moverse en un Mitsubishi Pajero negro. Su hermana le dice que es una inútil, que no saber conducir es un atraso en el siglo XX y en el XXI, pero Pincho nunca ha tenido la más mínima intención de sacarse el carné, igual que nunca ha pretendido hacer fuego con dos palitos. Si tiene que encender algo ya lo hace con cualquier instrumento civilizado. Y tener mecánico es para ella lo más civilizado.

Pila Lequerica acaba de cumplir setenta y uno. Pilar en la partida de nacimiento. Es soltera y se ha divertido mucho. Algunas veces con Carmen Martínez-Bordiú. O con Carmina Ordóñez. Sigue haciéndolo. Divirtiéndose. También sigue tiñéndose el pelo, cosa que su hermana dejó de hacer un día para peinar una cabellera blanca y regia como la de Marella Agnelli. Y siempre va igual de bien peinada que la italiana. Y es así de delgada. Comer, come casi lo mismo que su hermana, lo que pasa es que Pincho ha heredado la constitución delgada de su madre y Pila, abundante y más robusta, heredó la de su padre, que no llegaba a gordinflón, pero casi. Siempre se ha lamentado de esa lotería genética. Hace más sacrificios que Pincho para no engordar, sobre todo, para no beber.

El chiste entre ellas es habitual cuando Pila se queja de engordar comiendo lo mismo o menos que su hermana.

—Ya sabes, la constitución —dice Pincho de manera sarcástica.

—¿Y en qué parte de la Constitución dice que yo tenga que estar más gorda? —repite su hermana muerta de risa.

Pila lee periódicos y tiene criterio, un criterio ácrata. Lo único que a ella le ha interesado del periodismo han sido los periodistas. Los hombres. Los ha catado de *El Matinal* y de otros medios. Caían los canallas y los señoritos, para espanto de Pincho. Pila, a veces, trataba de esconder el *¡Hola!* cuando aparecía con otra conquista. Por suerte para ella, su hermana, aunque en casa recibieran la revista, la miraba poco. O hacía que no la miraba. Ella es más de *The Paris Review* o *The New York Review of Books*. Al *The New Yorker* empezó a tenerle manía hace años. En realidad, le tiene manía a casi todo. A casi todos. Lee los periódicos quejándose. No le parece que lo que se escribe o lo que se promociona tenga el nivel suficiente. En su suplemento no han mandado las editoriales, le ha importado un pimiento quién estuviera con libro recién salido en el mercado. Si no le parece un buen escritor no sale en sus páginas. Puede publicar en una doble página a un buen escritor con un libro malo, pero no a un mal escritor. O uno que a ella no le guste. Pero suelen coincidir una cosa y la otra. Hay una escritora de mucho predicamento que a Pincho siempre le ha parecido sectaria. Y tampoco es que escriba muy bien, aunque tenga éxito. A Pincho le parece una gorda huesuda con ínfulas de literata y de justiciera histórica.

Pincho y Pila son bisnietas de Ignacio Lequerica Beigbeder, fundador de *El Matinal*. Su padre, del mismo nombre que su abuelo, se casó dos veces. La madre de ellas, Sonsoles Fernández de Córdova, hija de un señor riquísimo, se mató en un accidente de coche cuando Pila, la pequeña, tenía nueve años, pero el marido ya la engañaba con Arianne, a la que conoció en San Juan de Luz, donde la familia tiene una casa que ellas hace años que no pisan. Con el tiempo, Arianne rebajó su exuberancia. Era francesa y llamativa. Un poco como Brigitte Bardot, quizá por eso a Pincho nunca le gustó la actriz francesa, porque le recordaba a su madrastra. En poco tiempo dejó de ser la señora que llamaba la atención y no precisamente para bien entre la gente elegante. No es que su marido la refinara. Ha sido lo suficientemente lista para haberse fijado en lo que se debía hacer, en cómo vestirse sin parecer una ricachona vulgar. Aunque sí haya sido rica, aunque lo siga siendo. Pero a partir de un momento ya no se podía aplicarle lo de Dolly Parton de «hace falta mucho dinero para parecer tan barata».

Con Arianne, el padre de Pincho y Pila tuvo otro hijo, también Ignacio, de sesenta y un años, uno de esos tipos de buena familia cuyo deje al hablar es huevón. Pincho no puede soportar que abra la boca. Los tres hermanos son dueños del sesenta y uno por ciento del periódico. El resto del accionariado es de Timanfaya, un grupo de prensa regional que está en manos de varias familias. Ignacio hermano está casado con Lilian, venezolana, que en un principio no gustó a Arianne. Las trepas, como los enanos de Monterroso, se reconocen. Y Lilian es demasiado parecida a Arianne. Su exuberancia es caribeña y de mucho retoque, pero bien hecho. No era precisamente una advenediza económica, ni «una pobretona», como diría su suegra. Su padre, Pedro Mata, era el hombre de confianza del tipo más rico de Venezuela antes de la llegada del chavismo e hizo una fortuna considerable a su sombra. Lilian recuerda bien el preciso instante en el que su padre decidió que ella y sus cuatro hermanos se irían a vivir fuera del país. Fue en 1992, cuando Chávez intentó dar un golpe de Estado al entonces presidente, Carlos Andrés Pérez. Su madre había pensado que todo se había perdido, pero su marido, que estaba en el despacho de su jefe al habla con el presidente, calmó sus temores: «Tranquila, mi bella, que ya vienen los nuestros». Y así fue. Hugo Chávez fracasó, aunque le hicieran presidente en 1999, como habían previsto los Mata. Para entonces ya tenían a sus hijos instalados —Lilian estaba bien casada en Madrid con Ignacio Lequerica— en diferentes países del mundo, previo paso obligado por Miami. Pedro Mata y su mujer seguían en Venezuela, pero tenían un trust en Panamá que proveía a sus hijos en caso de necesidad.

Con Lilian, Ignacio tiene un hijo, otro Ignacio, de veinticinco años que, de momento, trabaja en un fondo de inversión. Heredará ese sesenta y uno por ciento, ya que las hermanas Lequerica no tienen hijos. Tienen perros, varios perros. Y no van a dejarles herencia alguna. No son como aquella Leona Helmsley que dejó doce millones de dólares a la perrita Trouble, cuya foto se veía en las habitaciones de sus hoteles una vez muerta. Era esa hotelera que decía lo de: «Nosotros no pagamos impuestos. Solo la gente corriente los paga». Se chivó una empleada en un juicio contra su jefa. Las Lequerica, que no son gente corriente, sí que pagan impuestos, pero, como decía Esther Tusquets, les parece de mala educación hablar de ello. Los 30 de junio, cuando hay que abonar la renta, no son buenos días en la casa. Sobre todo, si lo que hace el Gobierno con su dinero no es de su agrado. Y casi nunca lo es, más allá de que agradezcan que las carreteras no tengan baches.

Menos Arianne, que se quedó en Sotogrande, todos estaban esa noche de agosto cuando se representó *Carmelo* en la casa de El Puerto.

# 5

A las ocho de la mañana, Socorro estaba tomándose su tercer café mientras terminaba de leer toda la prensa. Como ella había intuido, los otros periódicos, también los que solo tenían edición digital, habían incluido los detalles del asesinato de Aldara Ortiz de la Vega que le habían llegado por mensaje de texto y algunos de los pormenores que le había dado José María que, como siempre, había hablado con otros periodistas. Sin embargo, solo ella había hecho un relato más extenso y con algunas pinceladas diferentes. No se había atrevido a incluir el relato de las tres chicas y mucho menos a afirmar que la policía hubiera encontrado ninguna similitud con el asesinato de Aldara. Era demasiado pronto y, aunque los lectores apenas se dieran cuenta, Socorro, como el resto de los periodistas, detestaba que los acontecimientos rectificaran sus hipótesis. Aunque estas provinieran de fuentes policiales entrecomilladas.

Como en cada ocasión en la que publicaba un texto, abrió el medidor de audiencias del periódico en la aplicación que había para el teléfono. «Los enigmas del brutal asesinato de la bella del Rolex», como ella había intuido desde el momento en el que lo escogió como titular —no se atrevió a poner «violación»—, era lo más leído. La historia tenía todos los ingredientes para reventar los datos de lectores. Una chica joven, violencia sexual, rica y guapa...

En ese breve instante de triunfo le saltó una notificación de mensaje de Pepe, el subdirector. «He visto que ya estás conectada, pero a lo mejor estás al teléfono. Te vas para El Puerto de Santa María, a ver qué sacas del asesinato». Como siempre estaba deseando salir de la redacción, ni le había preguntado a Socorro si tenía otros planes o si simplemente se negaba a viajar por algún motivo justificable, pero... qué excusa dar para explicar que la simple idea de ir a El Puerto hacía que se le revolviese el estómago.

No quería decirle a su jefe que no le apetecía tener que ir a ver a su madre en casa de las Lequerica... Y tampoco se le ocurría una buena excusa con la que explicarle a su madre que prefería quedar con ella en otro lado si finalmente —porque se moría de ganas de volver a hacer trabajo de campo— aceptaba viajar a El Puerto.

Pepe no dejó siquiera que se inventara algún cuento médico. «Le digo a las secretarias que te saquen un billete y te miren un hotel, aunque en esta época del verano parece complicado... Sorprendentemente, ha llamado Pincho Lequerica, por si te quieres quedar a dormir en la casa de las hermanas en El Puerto. ¿Sabes que para que María Casares pudiera cubrir la obra de teatro de Pila tuvimos el mismo problema y se ha quedado durmiendo ahí?». Socorro era tan discreta con su vida personal que Pepe, su subdirector, no estaba al corriente de su relación con las Lequerica.

Socorro le llamó alarmada porque ya se veía en ese lugar al que hacía veinte años prometió que no volvería ni muerta. Había tardado muchos años en construir ese muro mental con el que ocultaba su intimidad a cualquiera. Pensaba que si se supiera de quién era hija se echaría a perder la fama de periodista independiente y meticulosa que tenía.

Intentó ganar tiempo.

—Pepe, espera, que tengo que hablar con algunas personas antes de irme. Ten en cuenta que Aldara trabajaba y vivía en Madrid. A lo mejor aquí me entero de más cosas sobre ella...

El subdirector era siempre paciente con Socorro porque la conocía bien y sabía que era minuciosa y responsable. Por supuesto, como el resto de la redacción, ignoraba su singular relación con las Lequerica. Y Socorro lo llamaba relación por no ponerle otro nombre que a ella le parecía más humillante. Aun así, era evidente que Pepe iba a resistirse a cualquier excusa que le pusiera para no viajar a El Puerto. El asesinato de Aldara Ortiz de la Vega, guapa, joven y rica, tenía pinta de convertirse en uno de esos culebrones que avivan una actualidad que en verano parecía también de vacaciones.

Socorro lo sabía y también que si lo cubría bien sería una buena oportunidad para resarcirse de lo que le pasó con todo el lío de la mala víctima, que le había supuesto que la vetaran en esas tertulias que se las daban de feministas por un tonto malentendido. Pero no quería pensar en ello y, mucho menos, que Pepe supiera que le dolía no solo que prescindieran de ella en las televisiones, sino que además hubiese perdido los casi tres mil euros mensuales extras que se embolsaba, aunque detestara el tono sensacionalista de los otros colegas que salían con ella en pantalla. Su jefe la sacó de su abstracción con una orden tajante:

—Pero que te saquen el billete para después de comer, porque los programas de televisión ya estarán por allí. ¿Vale? Te veo un poco reacia. No seguirás todavía pensando en la gilipollez esa de la mala víctima. Ya te dije que eso es una tontería que nos podría haber pasado a cualquiera. Espero que esta tarde noche me mandes una crónica firmada desde El Puerto.

Ni siquiera le dejó responder y colgó antes de que a Socorro le diera tiempo a pronunciar alguna palabra. Terminó el café, cogió su maleta pequeña del altillo del armario y empezó a llenarla de las cosas que iba a necesitar si iba al hotel más barato y cutre de El Puerto. Las chanclas, camisetas, camisas... pantalones de algodón. La chaqueta azul se la llevaría puesta en el tren porque siempre pasaba frío. Y unas zapatillas. Y los vaqueros.

Le sonó el móvil. En la pantalla pudo ver que era su madre.

—Vienes hoy, ¿no? Para lo de la niña esta que han matado aquí. Me ha dicho doña Pincho que te quedes a dormir en casa. Le propuse que durmiéramos juntas, pero ella se ha empeñado en que te instales en uno de los cuartos de invitados.

A Socorro le salió uno de esos ramalazos de *Los santos inocentes* a los que era tan propensa:

—De los señores, querrás decir. Prefiero irme al hostal El Boniato. Ya me he echado las chanclas para poder ducharme sin coger la gonorrea.

Aplastó en ese instante la colilla en el cenicero. Como si aquel gesto fuera a acabar con la comezón que la consumía desde que le dijeron que tenía que ir a El Puerto.

La madre hizo como si no hubiese oído sus impertinencias.

—Pobre chica. Era unos años más joven que tú.

—Mamá, que ya te he dicho que no voy a dormir a la casa... Las secres del periódico ya me están buscando alojamiento, aunque parece que no hay ni un cuarto libre. El periódico no está como para pagarme una habitación en el hotel Monasterio, así que me tendré que conformar con cualquier cosa. Un hostal, un pisito de esos por semanas...

La tozudez de Socorro terminó de agotar la paciencia de su madre, que le habló con tono autoritario. Nunca había podido comprender la actitud de su hija con las Lequerica.

—Mira, no me preguntes por qué, pero las señoras han insistido en que te vengas a dormir aquí. Y no pienses que es raro porque te conocen desde que eras pequeña y has pasado en esta casa parte de tu vida. Si ni siquiera tengo muy claro por qué dejaste de venir. Todavía está por aquí María, la chiquita que estuvo ayer para escribir de lo de la obra de teatro. Me contó doña Pila que se había puesto tibia de caviar.

Las dos se rieron porque reflejaba bien el carácter de Pila.

—¿Se molestó Pila? No le pega...

—Le importó un pito, ya sabes cómo es de pasota con estas cosas, aunque haga bromas con ellas.

—Ya me extrañaba a mí.

—Es buena chica María. Trabajadora, discreta y atenta... Esta mañana, cuando le comenté que había acabado baldada después de la cena por el teatro, se ofreció a ayudarme.

Socorro se extrañó. Aunque María le caía bien, no le parecía de esas que se pusiera a recoger los ceniceros llenos de colillas, que era lo que más asco le daba de niña, pero no la salvó de convertirse en una fumadora empedernida a los dieciocho años.

—Ya sabes que Nelson y Marina son muy trabajadores y se apañan bien. Y luego han venido a echar una mano la hija y la nieta de Pilar. ¿Te acuerdas de Pilar, la que venía a planchar cuando eras pequeña?

—Sí, claro, mamá. Me acuerdo de que llamaba la nieve al congelador y me hacía mucha gracia.

—Es verdad. Pues salió todo bien. No falló ningún invitado. Uno de los de Sotogrande hizo de mendigo y todos se rieron mucho y, al parecer, sacaron mucho dinero para ayudar.

Socorro trató de sonsacar a su madre la información que realmente le interesaba.

—Y mi jefe estaba por ahí, ¿no?

—Pues estuvo, sí, pero fue raro. Don Ignacio y doña Lilian se fueron antes de cenar, justo cuando doña Pila salió a saludar tras la función. ¡Con lo que les gusta este tipo de saraos! Fue todo de repente. Supongo que, antes de la función, doña Pila le soltaría alguna burrada a su hermano y se pelearían como hacen siempre que hablan de temas delicados.

Socorro no dejó terminar a su madre porque intuía que tomaría carrerilla y empezaría a contarle por enésima vez los motivos que tenían las Lequerica para cuestionar a su hermano, un tema que siempre la incomodaba porque don Ignacio era su jefe supremo en *El Matinal.*

—Mira, mamá, te dejo, que tengo que llamar. ¿Sabes a quién? A Teresa Gil León, que ayer me contó que conocía a la pobre chica muerta.

—¿Teresita?

—¿No la llamas doña Teresa?

—Pero si la conozco desde que era niña. ¡Qué tontería!

Le costaba entender los protocolos de su madre. Se retiró el móvil de la oreja cuando notó que le estaba entrando otra llamada. Cuando vio que era Teresita, colgó apresuradamente a su madre. Ver el nombre en la pantalla la sorprendió. Había quedado en que le daría un toque por la mañana, pero la señora se le había adelantado. Le comentó que, si no le importaba, prefería verla en persona. Socorro aceptó.

Teresa Gil León la citó en un café en la plaza de la Independencia, muy cerca del piso donde vivía con su marido y sus hijos. Le contó que estaba en Madrid de milagro porque el día previo había tenido una cita para hacerse una mamografía.

—¿Todo bien?

—Supongo que sí, porque no me noto nada raro, ni estoy cansada, ni nada. Es una neura que le ha dado a mi ginecólogo, pero, ya sabes, soy mala hierba. Por eso no he podido ir a la obra de teatro de Pila Lequerica. Tengo tantas ganas de irme a El Puerto. Con este calor ya no se puede estar en Madrid.

El tono de Teresa denotaba que se esforzaba por no dejar nunca de ser una señora. Pese a lo que contaban las películas que había visto Socorro en las que las mujeres ricas siempre se retrataban llenas de dramas y jaquecas, lo que le había enseñado media vida en casa de las Lequerica era que quejarse de mala salud era una debilidad; mostrarse caprichosa, mala educación, y lamentarse era equivalente a estar un paso más cerca de la tumba. Y había que saber morirse en el momento oportuno y, si era posible, sin molestar a nadie y avisando del pertinente funeral mediante una esquela en *El Matinal*. Su madre se lo había empezado a explicar la primera vez que menstruó a los trece años. «No hay nada más de muchacha que quejarse de que la regla duele. Las señoras se ponen malas y no cuentan nada. Ni se quejan ni dejan de hacer nada». Y Teresita Gil León no iba ser menos. Su ginecólogo había conspirado con el calor de Madrid para «joderle el verano».

—En fin, será una chorrada del médico. Lo único malo es que no había cita en julio y él no quería que esperásemos a septiembre. Nos vemos en media hora.

Socorro nunca dejaba de estar perpleja por la diferente pasta de la que estaban hechas las mujeres como aquella. Ella era una hipocondriaca que acudía a su centro de salud ante cualquier dolor que le pudiera parecer sospechoso. Un dolor de cabeza podía ser meningitis; la espalda, un cáncer fulminante...

Pidió un taxi a la plaza de la Independencia. La periodista se revolvía en el asiento trasero del coche con el estómago atenazado por los nervios y la timidez. Una día antes, no imaginaba que le tocaría lidiar con todo aquello de lo que había huido hacía muchos años. Pero los complejos le habían durado más que ningún amor o amistad, aunque apenas se hubiese empeñado demasiado en cultivarlos.

Le pareció que en aquel taxi hacía un calor de mil demonios. El conductor no había puesto el aire y la ventana abierta tan solo le aliviaba el temor a vomitar de nervios en la tapicería.

¿Teresita habría caído en la cuenta de que estaba hablando con la hija de Antonia, «la muchacha» de las Lequerica? Entonces... si así era, cuando se viesen, ¿querría que se dirigiese a ella como doña Teresa? Se habían visto alguna vez por el periódico, pero siempre con otros redactores y en un entorno poco propicio para presentarse, aunque no le hubiera hecho falta, porque Teresita sabía perfectamente quién era Socorro. Sin embargo, nunca parecía tener interés alguno en hablar de su madre ni en preguntarle por ella, porque seguramente la veía más que su hija. Pincho y Pila iban mucho a lo suyo y, además, ella intuía que su madre habría pedido a las hermanas y a Teresita que no comentaran a nadie del periódico su peculiar vínculo, casi un parentesco. Bueno, suele decirse que los romanos consideraban a los esclavos como parte de la familia, así que, desde ese punto de vista, ella sería una Lequerica. Se sonrió. Pensó en aquella heredera de la que puntualmente escribían los medios que había empezado doblando camisetas en la empresa de su padre sin que ninguno de sus empleados supiera que era la hija del dueño. No todos los enchufados son de la misma ralea ni tienen la misma suerte.

Socorro pidió el recibo del taxi para la nota de gastos del viaje. Vio a Teresa en la terraza en la que habían quedado vestida con pantalón blanco, sandalias y un niqui verde pistacho.

—Perdona las pintas, pero es que hoy tengo más cosas de médicos.

Enseguida se dio cuenta de que tanta visita médica fastidiaba a Teresita.

—Pero si está —se corrigió—: estás estupenda.

Teresa le sonrió y le contó de carrerilla que siempre la leía y que le encantaban sus crónicas de sucesos, «tan ecuánimes», pero al mismo tiempo «tan personales. Fenomenalmente escritas». Socorro pensó que aquellas palabras eran solo una de esas ristras de halagos que despachan del tirón «las señoras», como diría su madre. De hecho, el «fenomenal» era una palabra muy suya.

Entonces Teresita le dijo lo que menos le apetecía escuchar. «Eso que escribiste de que la víctima de violación que se sentó espatarrada en el juicio no era buena víctima me pareció bastante certero. Aunque te pusieran tan verde». A la periodista se le revolvió el estómago porque no quería recordar los tres días en los que fue vapuleada en las redes sociales y que la hicieron merecedora de varios artículos en periódicos internacionales por el revuelo que se había montado en España. Las gilipolleces se exportan muy bien. Hasta una ministra exigió su despido de *El Matinal* y Eduardo García, el director, aunque sabía que Socorro tenía razón, le echó una buena bronca, porque, en sus propias palabras, no había que dar argumentos a los enemigos del periódico. Pero no le volvió a decir nada después de esa pequeña reprimenda testimonial.

Le ofreció un cigarro a Teresita que rechazó con la mano. Se lo encendió. Siempre fumaba cuando le tocaba explicar asuntos que la incomodaban.

Aquello no le había supuesto perjuicio alguno en el diario —*El Matinal* había aguantado meteduras de pata mucho más graves—, pero había implicado que sus colegas de las tertulias se cebaran con ella y que en los programas prescindieran de sus colaboraciones porque el sóviet más ideologizado de las redes sociales se organizaba para vapulearla cada vez que aparecía en la televisión. Socorro volvió a explicarse. La franqueza —o, mejor dicho, la naturalidad— no solo le había costado el dinero extra que se sacaba en las tertulias, sino cierta seguridad en sí misma. ¿Y si la echaban del periódico o no la querían contratar en ningún otro lado?

—Bueno, no dije exactamente que no era buena víctima. Fue lo que los jueces podrían haber pensado de ella por sentarse así, pese a todas las perrerías que le había hecho el hijoputa que la violó al que, por cierto, condenaron a casi diez años. Pero a los chicos jóvenes ya sabes que el decoro y las buenas formas les importan muy poco. Ni siquiera cuando tienen que declarar delante de un juez —dijo Socorro para después intentar cambiar de tema e ir al asunto que realmente le interesaba—: ¿De qué conocía a Aldara Ortiz de la Vega?

# 6

La historia que le contó Teresa Gil León, Teresita, era lo previsible en una chica con el aspecto de Aldara.

—La conocí cuando empezó a trabajar de azafata en las fiestas de *El Matinal*. Me acuerdo de que en la última a la que vino, quizás la de los premios Pardo Bazán, hubo que sacar a Pila por la que organizó con Arianne Huppert. Supongo que lo sabrás. Después de eso, Pila ya no quiso volver a ninguna fiesta...

Socorro se encogió de hombros. No tenía ni idea de lo que le estaba contando Teresita. Pero los ataques de protagonismo de doña Pila no le parecían relevantes para el asesinato de Aldara. Así que le pidió que continuara.

—Ya sabes que la única fiesta que divertía a Pila era la de Lozana de España, pero eso está ya tan pasado de moda. Imagina las feministas cómo se pondrían... Son tan pesadas.

Socorro pensó que tenía que coger un tren y no estaba dispuesta a enzarzarse en ninguna cuita sobre feminismo con ella.

—Ya sé que el feminismo tiene sus excesos, pero... A mí no me gusta meterme en esas cosas porque no sé lo suficiente. Lo mío es contar los hechos como son y sin valorar. Bastante escaldada salí de la única, ¡la única!, vez que me atreví a opinar. —Y cambió de tema—: Así que conociste a Aldara en la última fiesta de *El Matinal* a la que fue Pila.

—Perdona, que me voy por las ramas. Pues en esa fiesta fue la primera vez que la vi. Era tan joven. Habrán pasado diez o doce años. Era muy mona y educada, así que no me pasó desapercibida como el resto de las azafatas, porque ya sabes que eso siempre queda bien en las cosas del periódico. Así que, durante un par de años, mientras acababa la carrera, la llamé para que trabajara en la organización de las fiestas de la casa y para que hiciera presentaciones, acompañara a los invitados a las mesas, entregara los regalos y esas cosas. Después, cuando tuvo más experiencia y una buena agenda de contactos, la fichó una consultora con la que hemos trabajado de vez en cuando. La verdad es que Aldara era muy eficaz en lo suyo. Ya sabes, una de esas chicas a las que no le da vergüenza sugerir o pedir nada y que lograba lo que se propusiera. O, mejor dicho, lo que le propusieran. Siempre de una manera muy correcta, claro. Era capaz de cerrar la calle Jorge Juan para un desfile. No se le resistía nada. Ni nadie, porque sabía que era guapa y cómo aprovecharlo sin pasarse, que no quiero que me malinterpretes.

La periodista se quedó muy sorprendida de que hubiera trabajado en la casa, que es como los trabajadores y la familia Lequerica llamaban a Editasa. Ella nunca era requerida para esas fiestas. Las invitaciones generalmente estaban reservadas para los columnistas de política más famosos y para los subdirectores. Y Socorro no era ni una cosa ni otra.

—Entonces, ¿Aldara había trabajado para ti?

—Hace mucho tiempo. Ya te digo que solo la contratábamos para los eventos y algún encargo suelto. Luego la cogían en más sitios. Me parece que estaba dada de alta de autónoma hasta que hace unos años, ya te dije, fichó por Amazing U, donde también le encargué alguna cosilla para nosotros. Pero ya nada de eventos. Se dedicó al *marketing*, la digitalización y esas cosas de las que yo, como te puedes imaginar, ni entiendo ni me interesan. Pero como la llevaba tratando tanto tiempo, pues nos llamábamos e íbamos a comer. Teníamos a gente en común y coincidimos mucho. Impresiona que la hayan matado así. Nadie se lo merece, pero ella... Es atroz. No sé cómo expresarlo con otras palabras.

Socorro se dio cuenta de que Teresa estaba consternada, pero tampoco era de las que se permitía lágrimas y aspavientos. La jovialidad era su tono habitual.

—Me parece que la madre, que era gallega, murió en un accidente de coche yendo a Pedreña... Ya sabes que vivían en Santander. Y como dos años después o así le diagnosticaron un cáncer al padre. No duró ni tres meses de lo grave que era. Debían de haber tenido a Aldara ya mayores porque me contó que se habían casado tarde. Pobre chica. Recuerdo que, en el funeral del padre, hará un año o así, me dijo lo agobiada que estaba porque se tenía que ocupar del perrito que le había regalado para que le hiciera compañía cuando se quedó viudo. Me acuerdo que cuando me lo contó pensé que le había puesto un nombre muy gracioso, pero ahora no caigo... Percebe o algo así. No sé qué haría para apañarse y lo que sería del perro. No te puedo decir mucho más porque yo tenía veinte años más que ella y, evidentemente, no teníamos los mismos intereses. Ni el mismo tipo de vida, ni los mismos amigos. Eso sí, creo que nos teníamos cariño.

Y llegó el momento que ponía más tensa a Socorro: el de pedir un favor delicado.

—¿Dejarte ver el perfil de Instagram para ver lo que ponía Aldara en el suyo? Si hasta te daría la contraseña, pero tengo mucha gente que me escribe por redes. Clientes, patrocinadores, anunciantes... y cosas personales, ¡coño! que no me apetece que veas. Si te parece, te mando pantallazos de todas sus publicaciones y ya decides. No ponía muchas fotos y, para ser sincera, mira, tampoco tenía muchos amigos para haberse dedicado a lo que se dedicaba. Trabajando en lo nuestro, conoces a mucha gente. No parecía la típica que quisiera pasar desapercibida, pero tenía su cuenta cerrada. Me da la sensación de que era muy reservada para su vida personal.

Como Teresita le dejaba mirar en el móvil, Socorro veía que las poses de Aldara mostraban a una chica guapa, natural. Con sus amigas en Vigo. En bikini tomando el sol en una lancha en Ibiza. Tendría unas cincuenta fotos nada más. Muy pocas para una chica como ella. Las últimas eran en Zahara de los Atunes, adonde, o eso parecía, había viajado sola. Una de las más recientes había sido tomada dos días antes de que apareciera muerta. La ubicación era El Bujío, en Chiclana de la Frontera, que debía de estar muy de moda a juzgar por la cantidad de personas que hablaban del local.

—Parece la típica chica...

Teresita la sacó de sus pensamientos.

—Sí, parecía una mujer más echada para adelante de lo que era. O, al menos, de lo que aparentaba ser. Como si nunca fuera muy consciente de lo guapa que era o del efecto que causaba. ¡Ah! Y una cosa que no sé si es importante. Aldara nunca contaba si tenía novio, pero la última vez que la vi en una fiesta que organizó para una de las marcas que llevaba, me dijo que estaba ilusionada con alguien, y que ya me enteraría. Fue hace unos meses... Debía de ser alguien conocido.

«Alguien conocido», anotó en su libreta. La gente bien —nunca «los pijos» o «los ricos»— hablaban de sus pares como de «alguien conocido». Socorro se sabía bien los códigos porque llevaba media vida oyendo a su madre hablar de las Lequerica con sus propias palabras.

Y Teresita era una de esa clase.

Comentaron un par de vaguedades más y dieron por concluida la conversación. Socorro le agradeció su amabilidad, se levantó y le dio dos besos como despedida. Tenía poco tiempo para volver a casa a por la maleta, llegar a la estación y tomar el Alvia para El Puerto.

# 7

Arianne no fue a la representación de *Carmelo*. Pero no había ido jamás. Ni a Pincho ni a Pila ni a Ignacio ni a Lilian les importaba. No necesitaba la excusa de ser una señora muy mayor a la que le costara trasladarse de Sotogrande a El Puerto. Cuando Ignacio y Lilian volvían, siempre soltaba alguna maledicencia.

—¿Qué tal ha estado Margarita Xirgu? —le preguntó a su hijo refiriéndose a Pila.

Ignacio se encogió de hombros y huyó de su madre porque no le apetecía escuchar la cascada de burlas a sus hermanastras que siempre acompañaba a cualquier conversación que las incluyese. Arianne encontró en su nuera, Lilian, una interlocutora más receptiva.

—Pues ya sabes. Lo de todos los años. Lo mejor es que Pila se puso una peluca con canas y es verdad que le hacía mayor.

La venezolana habló con desgana. Al contrario que su suegra, no se llevaba mal del todo con las Lequerica. Y estaba dispuesta a llevarse mejor para que incluyeran a su hijo Ignacito en el testamento. Pero sabía que la simple mención a la vejez de Pila regocijaría a Arianne.

—Menuda ridícula. Esa se sigue creyendo que tiene cuarenta años. Cuando se es joven es fácil ser guapa. Ahora...

* * *

El padre de Pincho y Pila no sabía cómo tratar con niñas pequeñas. Para hablarles estaban las niñeras y su madre, que tampoco es que fuera la señora March de *Mujercitas*. Era distante, aunque cariñosa con ellas. En todo caso, les duró poco. Pincho tenía once años y Pila nueve cuando tuvo el accidente de coche. Les dejó un dineral. También lo hizo muchos años después el único hermano de su madre, soltero y homosexual. Les legaron tanto patrimonio inmobiliario como dinero. En España y en Suiza. Todas las propiedades y el dinero de carácter privativo de Sonsoles. Para evitar que su marido, que ya la engañaba y ella lo sabía, fuera el administrador de esos bienes, en su testamento dejó lo estrictamente necesario para pagar la cuota viudal usufructuaria de Ignacio, pero nombró a su hermano albacea de la herencia con el mandato de que administrara el patrimonio de las herederas hasta su mayoría de edad.

Fueron niñas difíciles. Huérfanas y puñeteras. También fue puñetero su padre cuando se empeñó en un programa de estudios y actividades que incluía cualquier cosa que les impidiera pensar en nada que no fuera lo que tenían que hacer cada hora del día. Tenían que estudiar, tocar el piano, hablar francés, montar a caballo, jugar al tenis, esquiar, esas cosas. Las niñas hacían lo que se les ordenaba. Aunque Pincho, cuando fue más mayor, no volvió a tocar un caballo. No por ningún trauma, porque no le gustaban, igual que no le gustaba la leche, que también tomaba porque era lo que había que hacer. Su madre siempre les decía a las dos que tenían que tener la habilidad de elegir lo que quisieran hacer, aunque pareciera idea de otros. Y así les ha ido bien.

A las niñas no les iba a faltar de nada. Se casaran o no. Tendrían siempre su propio dinero. Pincho se casó y Pila no. Pincho quiso trabajar. Pila nunca tuvo intención de hacer semejante cosa. No lo necesitaba, aunque se hubiese preocupado y lo siguiera haciendo por la gestión de su dinero. Cuando era joven, las mujeres decían eso de realizarse y ella repetía que, por suerte, había nacido realizada. La cuestión no era que Pincho quisiera trabajar por trabajar, quería formar parte de la empresa de la familia. Y quería escribir en *El Matinal*, no solo ser accionista y ser miembro del consejo de administración. *El Matinal* fue fundado por su bisabuelo, Ignacio Lequerica Beigbeder, en 1917. Sobrevivió en la dictadura de Primo de Rivera, pese a la censura del régimen y la posición crítica del entonces semanario frente al directorio militar. Liberal y monárquico, más difícil fue hacerlo a la Segunda República y a la Guerra Civil. El periódico no llegó a ser confiscado, fue quemado. Tuvo la mala suerte de estar junto a una de las iglesias a las que prendieron fuego en el treinta y seis. En todo caso, aunque quemado en parte, sobrevivió el diario, pero no su fundador, que fue asesinado en Aravaca después de ser sacado de su despacho y llevado a la checa de Bellas Artes. Pero no solo mataron a los señoritos del periódico, sino también a muchos obreros. El hijo del dueño, Ignacio Lequerica de la Torre, se hizo cargo de la empresa familiar como pudo. *El Matinal* siguió siendo liberal y monárquico, todo lo liberal y monárquico que se podía ser con Franco. Pero era uno de los diarios de referencia y lo sigue siendo. Aunque ahora el comprador de periódicos sea un espécimen raro y en peligro de extinción. Pero las radios y las televisiones abren sus informativos con lo que publican los periódicos.

Pincho quiso ser directora del periódico. Pero de verdad, no como María Luz Morales cuando la pusieron al frente de *La Vanguardia* tras la marcha de Gaziel en el treinta y seis. El periodismo cultural, eso que también hicieron Morales o Concha Castroviejo, fue lo que empezó realizando en *El Matinal*. Entrevistas, reseñas, críticas de cine.

Que «la niña» estuviera entretenida y no molestara. Su padre nunca se percató de que ella sabía más de la prensa que su hermano. No es que no le gustaran los textos culturales, pero envidiaba a las cronistas de los grandes acontecimientos. A Rebeca West o incluso a Victoria Ocampo en los juicios de Núremberg.

Llegó tarde al Mayo del 68, pero no a los debates sobre el aborto en la Asamblea francesa a mediados de los setenta. Que a su marido le hubieran enviado en su día a la embajada en Francia le permitió a ella ser corresponsal, aunque compartiera la corresponsalía con un señor. No iban a dejar a la niña sola. A ese señor, por suerte, no le interesaba el aborto, así que Pincho consiguió cubrir el acontecimiento y tuvo la suerte de conocer y hacerse amiga de Simone Veil. Las habían presentado amigos comunes. Luego se hizo su confidente.

En *El Matinal* recibían sus crónicas como si estuviera contando el estreno de *El último tango en París*, cosa que también hizo, para escándalo de muchos. Al fin y al cabo, estaba escribiendo de mantequilla y no para dar la receta del lenguado *à la Meunière*. En España se veía en la tele *Entre visillos* y en Francia una ministra de Sanidad llamada por el presidente de la República Giscard estaba luchando por la ley del aborto siendo primer ministro Jacques Chirac. Pincho escribía que Valéry Giscard d'Estaing pretendía que se acabaran los viajes clandestinos al extranjero para abortar. O que Simone Veil trabajaba más con el Elíseo que con Matignon. Y, lo más importante, que se trató el asunto como un problema de salud y no de feminismo o derechos de las mujeres. Al final hubo 284 votos a favor contra 189. Pincho veía con mucha envidia una derecha moderna y reformista mientras en España la democracia ni se atisbaba. También conoció a Françoise Giroud, secretaria de Estado para la Condición de la Mujer en el Gobierno de Chirac y de Cultura en el de Raymond Barre. Envidiaba su peinado, pero le parecía una diletante. Una política ansiosa de figurar, pero menos ansiosa de luchar de verdad por las mujeres, aunque las tuviera siempre en la boca.

En el salón principal de la casa de El Puerto hay dos fotos en marcos de plata que destacan sobre las otras. En una, Pincho está riendo junto a Simone Veil. En la otra, Pila está sentada, y, a sus pies, el rey Juan Carlos le está quitando las botas tras una montería. Cuando Pilar Eyre publicó *La soledad de la reina*, Pila se molestó por no salir como novia del rey. No ya con su nombre, ni siquiera dando alguna pista como sí había aparecido «la estrella del destape de impresionantes ojos verdes». Pincho se indignó con el pique de su hermana: «Solo faltaba que alguien de la familia apareciera en la prensa en el mismo saco que Nadiuska».

No hay ni ha habido ninguna amargura en Pincho. Pero su manera de divertirse siempre ha sido más sobria que la de su hermana. Más comedida. Más discreta. Se ha gastado el mismo dinero, aunque en cosas distintas. Si ella se dejaba una fortuna en una primera edición de Dickens, Pila se iba a Mustique con un italiano. Pincho la llamaba princesa Margarita cuando hacía esas cosas. Si la mayor fue a la universidad, la pequeña no pasó del PREU y de las consabidas estancias en Inglaterra o Francia para perfeccionar los idiomas. Pero eso no quiere decir que sea una taruga en varias lenguas. Otra cosa es que Pila sea la mayor defensora de Stephen King y crea que a su hermana la pedantería le impide reconocer sus novelas como superiores a las de Philip Roth. La de quién es mejor y por qué uno no es inferior al otro es una de las discusiones más recurrentes de las Lequerica.

Están muy unidas, aunque podrían no estarlo. Cuando su padre se casó con Arianne, esta, como un cliché de novela, hizo lo posible para mandarlas internas a un colegio.

Pero no iban a ir a uno cualquiera. La gran duda de su padre, que seguía insistiendo en que la educación de las niñas fuera la mejor, era si inscribirlas en Beau Soleil o Le Rosey. Ambos en Suiza. Al final, fue Le Rosey. Les resultaba un sitio más conocido, aunque solo fuera por Gstaad. El colegio tenía un campus de invierno en la estación de esquí. Las niñas descubrieron pronto que eso que les decía su madre de la habilidad de elegir lo que quisieran hacer, aunque pareciera idea de otros, era lo que había hecho Arianne quitándoselas de encima en el día a día. Era su padre el que les había mandado a Le Rosey. A un colegio de reyes porque ellas eran sus reinas, les decía. Mejor, porque a Arianne no la soportaban ni en vacaciones.

Pincho y Pila siempre estaban deseando que se acabaran las de Navidad. Las de verano menos, porque Arianne solía planear un viaje largo al extranjero con su marido y ellas se quedaban en la gloria al cuidado del servicio. En el campo o en la playa, donde solían pasar tiempo con el tío Alfonso. Con disciplina, pero con la libertad y felicidad que da no tener que odiar a nadie. Y haciendo lo mismo que en el colegio. Montar a caballo Pila, leer Pincho, jugar las dos al tenis, cosa que continúan haciendo. Y pese a no ser ya unas adolescentes, ni tener la misma fuerza, siguen jugando a darse pelotazos. De las de verdad, más allá de los dialécticos.

Su tío Alfonso era la persona favorita de las dos hermanas. Muchas veces viajaban con él por Europa, iban a museos, les enseñaba los grandes monumentos, y cuando estaban ante algún edificio, parque o avenida magníficos les decía: «¿Sabéis quién paga todo esto? El agricultor». Tenía muchas tierras y se consideraba agricultor, aunque no hubiera cogido una azada en su vida.

Si la madre de Pincho y Pila era distante, la madrastra Arianne no les quitaba ojo de encima cuando estaba con ellas. Enseguida tuvo a su hijo. Estaba embarazada cuando se casó con su padre. Con Ignacio en el mundo, más vigilancia ejercía sobre las niñas. Como si lo fueran a envenenar o a cortarle la cabeza. Eso solo se les había ocurrido siendo ya mayores y cuando tenían motivos. Con el padre se imponía la anormalidad de cualquier familia. A solas, las niñas se reían del acento francés de su madrastra. «Niñas, tenéis que *haceg* los *debegues* antes de *jugag* al tenis».

Las hermanas fantaseaban con mil maneras de matar a Arianne. Discutían cuál sería la mejor para que no se supiera que habían sido ellas. Tirarla por la escalera. No, porque quizá no muriera. Aunque se les había ocurrido que podían poner hilo de pescar de lado a lado en lo alto de la escalera. O canicas de las que Pincho tenía. Pero sabrían que habían sido ellas. Las recogerían en cuanto cayera. Envenenarla. Eso parecía más fácil si encontraban el veneno adecuado. Y así se pasaban las noches hasta que se dormían.

* * *

Arianne pidió que le sirviesen una copa de vino blanco. Ya eran las doce y siempre se tomaba un *aperitif* a esa hora.

—Pero, Lilian, cuéntame otra vez lo de la peluca de Pila. ¿Y ha engordado mucho? De niña no sabes cómo estaba... Claro que luego, ya de mayor, se fue con la chusma a drogarse y eso. Así se mantenía delgada... Tu suegro supo ver que esas dos locas no aportarían nada y que tu marido...

Y sonrió con un gesto casi eginético, impenetrable. Callado pero que lo decía todo.

# 8

A Socorro siempre le pasaba lo mismo cuando iba a la cafetería del tren si no viajaba a la hora del desayuno. No sabía qué pedir. Le gustaba desayunar un dónut clásico —el de azúcar glaseado— o un Kit Kat y café con leche. No era precisamente saludable, pero había una extraña rebeldía en sus elecciones alimenticias; como si, aunque le gustara, despreciara la buena comida porque le recordaba lo que su madre llevaba diciéndole casi cuarenta años: «Hija, tienes que comer mejor. Un día vas a tener diabetes. ¿No puedes tomarte una tostada como todo el mundo?». Pero aquello no hacía mella en ella, porque solo era aprensiva con lo que le daba la gana, como siempre le reprochaba su madre.

Un sándwich mixto o un bocadillo de jamón serían una buena opción para el almuerzo del tren, pero la echaban para atrás las lechugas mustias y el tomate chuchurrío. Al final, claudicó.

—Pues un menú de sándwich mixto y patatas fritas. Con cerveza. Me da el recibo por favor, que lo necesito para el trabajo.

El tren cruzó Puertollano y estaba a punto de traspasar ese límite casi emocional que es adentrarse en Andalucía. A Socorro le pasaba que no era andaluza —sino manchega de las mohínas y secas— y tampoco entendía de magias, ni de las vegas fértiles de los ríos. En ese momento, en su cabeza, solo cabía Aldara con su reloj y las joyas que no se llevó el asesino. También pensaba en lo que le dijo Teresita del cambio que había pegado en los últimos meses. ¿Quién sería ese nuevo novio que se había echado?

El Alvia iba más rápido de lo que Socorro hubiera querido y cuando había terminado de comerse el sándwich, la locución del tren la avisó de que había llegado a Córdoba. En algo más de dos horas estaría en El Puerto y sentiría la bofetada del levantazo, del que su madre le había advertido unas veinte veces antes de que se subiera al tren.

Cuando llegó, Antonia, su madre, la estaba esperando en el Mitsubishi Pajero de las Lequerica, que sonaba como lo hacen los viejos diésel. A ninguna de las dos hermanas le gustaba gastar en cosas que no necesitara, y el coche, pese a que tenía más de veinticinco años, iba aún bien. Eso sí, lo solía conducir Nelson, el chófer, que llegó de Bolivia con su mujer, Marina. Trabajaban en la casa desde hacía veinte años. A las Lequerica siempre les había gustado llegar en el viejo Pajero con su mecánico perfectamente uniformado con camisa azul en verano y traje en invierno. Era un coche de importación. En España, al Pajero se le llamó Montero, pero a Pila le encantaba esa provocación y a Pincho le daba igual. También tenían un todoterreno nuevo Toyota Land Cruiser para poder ir al campo. Y Pila seguía conduciendo por Madrid un Mercedes de los setenta descapotable. Rojo, claro. Para la playa tiene un Citroën Méhari naranja, un coche que le regaló su padre cuando era veinteañera para que lo llenara de «gitanos y toreros», que eran las compañías que, según don Ignacio, solía preferir su hija.

Antonia esperaba a Socorro en el Pajero.

—¿Todavía anda?

—Este coche solo dejará de funcionar si se cae al mar. Y tengo mis dudas de si no flotaría y seguiría andando.

Socorro dio un beso a su madre, que no ahorró los comentarios por el olor a tabaco, las ojeras... Porque no venía pintada y por las puntas abiertas del pelo...

—Tienes que ir a Francis, el peluquero. Te voy a pedir hora. El otro día fui con doña Pincho y doña Pila. Francis lo corta bien. Mira cómo me ha quedado.

Y le hizo fijarse en su peinado.

—Mamá... Pero si estás igual que siempre.

—Es que eso fue lo que pedí. No te creas que es fácil que te dejen igual en una peluquería.

Socorro apoyó la colilla en una papelera antes de subirse en el coche.

Antonia arrancó el Pajero, salió de la estación, giró a la derecha y enfiló las bodegas de Osborne. Hacía más de veinte años —el último verano que no hizo prácticas en *El Matinal*— que no pisaba El Puerto, pero recordaba el recorrido hasta la casa. La madre, como las Lequerica, evitaba la entrada noble de la urbanización y prefería ir por Puerto Sherry, por la Casa Grande, que era una de las sedes del club al que Socorro nunca pudo acceder de niña. Aunque su gran herida, algunos exagerados lo llamarían trauma o complejo, había sido no poder ir a El Buzo, el club de playa, ni a jugar al Bucito. Ahora se alegraba porque imaginaba los comentarios que hubieran hecho los niños sobre la hija de la muchacha de las Lequerica. Y de las bromas con su nombre en la piscina en la que todos aprendían a nadar y a hacer pis disimulando la nebulosa amarilla que brotaba caliente de entre sus piernas. La gente bien no llama Socorro a sus hijos. Les llama Bosco, Javier, Lucía, Victoria...

Antonia la sacó de su ensimismamiento. Cuando estaban a dos minutos de la casa, paró el coche y se volvió a su hija.

—Estás muy nerviosa. Menos mal que no te has encendido un cigarro en el coche porque te venía venir. ¿Me prometes que vas a comportarte como una persona normal mientras estés aquí?

Socorro miró algo cortada a su madre.

—No sé qué quieres decir.

—Pues ya sabes. Que no te vas a encerrar en tu cuarto como una monja; que no te escabullirás a la mínima que puedas... y ya sabes. Esas cosas... Y, sobre todo, hablar como si fueras una persona normal con las señoras. Si te conocen desde que eras pequeña. ¡No sé qué tontería te ha dado con ellas! Ya verás lo bien que se llevan con María, que es una niña estupenda... ¿No podrías portarte tú así?

Socorro acusó el golpe. Estaba acostumbrada a que su madre la comparara con otras, pero lo de María le dolió. Se suponía que la que tenía que aprender era ella.

Por fin llegaron a la casa. Enseguida Socorro notó el frescor de los aspersores en el campo de golf que lindaba con el jardín de las Lequerica.

Hacía años, animadas por su tío Alfonso, decidieron vender la casa junto al mar, acuciadas porque entonces se estaba a punto de permitir la libre circulación por las calles de Vistahermosa y el acceso público a la playa, algo que hoy las hermanas consideraban lógico.

La casa, se dio cuenta Socorro, no había cambiado en estos veinte años. La única modificación había sido añadir la parcela que les había dejado su tío Alfonso, soltero, en sus propias palabras, «con más pluma que toda la redacción de *El Matinal*» y guardián de los intereses de las Lequerica desde la muerte de su hermana Sonsoles. Además de agrandar el jardín, construyeron una pista de tenis para no tener que jugar en el club a la vista de cualquiera.

Las Lequerica se habían hecho una casa de aspecto moderno. El porche miraba al campo de golf y el único inconveniente que se le podía poner a la vivienda era que a menudo sus perros ladraban a los golfistas y los desconcentraban en el momento preciso de enfilar al *green* ocho. Por eso, cuando juntaron las dos parcelas de los Fernández de Cordova, plantaron un seto espesísimo en el que se enredaban las buganvillas, la dama de noche y las cañas con una malla que impedía el paso de los curiosos y de los golfistas con mala puntería que perdían sus bolas en el jardín de las Lequerica. También que se hicieran fotografías desde fuera, obsesión de Pincho en los años posteriores al advenimiento de la democracia y el destape, cuando Pila se convirtió en una de las mujeres más perseguidas por *Interviú* y los cronistas de sociedad. La casa tenía dos piscinas. Una, en una depresión del jardín que impedía que se viera desde el golf, y la otra, la piscinita-jacuzzi de la terraza, en la que, según Pincho, Pila había tenido un papel más relevante de lo que se creía en la Transición.

Socorro tenía un nudo en el estómago. Aparte del trago de volver a tratar a las Lequerica como cuando era niña, también le daba apuro encontrarse con María Casares. Cubrir la obra de teatro que organizaban era un premio y al mismo tiempo un castigo para las redactoras más jovencitas. Era un marrón que había que hacer por la familia del jefe con toda la delicadeza que se esperaba de este tipo de encargo, pero también eran tres días en la playa a costa del periódico.

María era una de esas chavalas que siempre la impresionaban. Guapa y muy segura de lo que quería y de cómo conseguirlo. Era simpática y un pelín cándida e idealista con la profesión, lo que enternecía a Socorro, demasiado consciente del complicado equilibrio de intereses que a veces se establecía en la publicación de informaciones.

Desde su primer día en la redacción, María había intentado hacerse amiga suya. Sin éxito. Cubrir sucesos exigía mucho trabajo de calle y peloteo a las fuentes, y Socorro apenas tenía tiempo para dedicárselo a una redactora joven por muy buena disposición que mostrara. Por otro lado, María provenía de una familia acomodada, que podía permitirse pagarle el máster de *El Matinal*, por el que había accedido a sus primeras prácticas en el periódico. Y lo había hecho tan bien que la habían contratado. Era lista, bien dispuesta y, para sorpresa de Socorro, prudente. Sin embargo, no le hacía demasiada gracia que estuviera en la casa de las Lequerica durante el tiempo que ella iba a dedicarse al asesinato de Aldara y que pudiera observar el comportamiento de su madre con las hermanas. Pero, sobre todo, lo que más le preocupaba, era que, a su vuelta a Madrid, María contara que Socorro era la hija de la criada. Al fin y al cabo, no le debía nada ni a ella ni a las hermanas y era una habladuría que haría las delicias de la redacción.

La carrera de Socorro había tenido un inicio muy diferente a la de la joven, y no solo porque había conseguido las prácticas en *El Matinal* por enchufe de las Lequerica. En sus comienzos, había trabajado con un jefe de reportajes que le había enseñado lo mejor y lo peor del oficio. Anastasio Correa era pequeño, parecía una especie de saltamontes con perilla, y quevedos que se jactaba de tener a sus redactores en régimen de semiesclavitud. Las jornadas empezaban a las nueve de la mañana y se acababan cuando ya había que darle al botón de imprimir de las rotativas. Siempre se podía mejorar, siempre había un dato que faltaba. Las reglas eran sencillas. Como en los periódicos ingleses, había que saber qué edad tenían los protagonistas de un reportaje, cuánto valía su casa y qué patrimonio declaraban, aunque esto último solían ser conjeturas y aproximaciones a ojo. También tenía preferencia por el sensacionalismo socarrón de la prensa inglesa. Le gustaban las historias lastimeras porque sabía que a los lectores les encantaba emocionarse. Por unos momentos, se sentían mejores personas. Algunos lo llamaban populismo, pero él se burlaba de ellos y esgrimía las cifras de tráfico de su sección. También tenía debilidad por las vísceras, las violaciones y los penes amputados o con algún tipo de particularidad extraña. Y por la gente rara que vivía al margen de la sociedad.

Su gran ruptura con Anastasio fue cuando se negó a hacer fotos en el hospital a los niños desmembrados de un accidente de autobús porque el conductor iba borracho. Afortunadamente, por entonces, Pepe había reclamado a Socorro en la sección de nacional para que se encargara de los sucesos. No dudó en aceptar. Era lo que había soñado desde niña, cuando leía morbosa los detalles de los asesinatos. Y lo había conseguido sin ayuda de nadie. Bueno, quizás tampoco lo hubiera logrado sin ser la hija de esa madre que ahora la avergonzaba.

# 9

Seis *teckel* de varios colores salieron a recibir a Antonia con su algarabía de ladridos. Todos los perros, siempre *teckels,* de la familia materna de las Lequerica, los Fernández de Córdova, habían tenido nombres de plantas, aunque luego acaban llamándoles con abreviaturas más fáciles.

—Mira, esa es Cicu, que es la última en llegar, y como es casi cachorra y malísima hay que esconder los zapatos. El otro día apareció con unas sandalias de serpiente de doña Pila en la piscina. Las había destrozado. Menuda estaba la señora. La mandó a dormir a la perrera. Esta es la única que no conoces. Bueno, y a Verbe...

—¿De Verbeno, bueno, de Verbena?

—Supongo. Se la regaló don Ignacio a sus hermanas hace un año o así.

El perro, un *teckel* arlequín de colores que Socorro nunca hubiera imaginado en la jauría de las Lequerica, trató de encaramarse a los muslos de Antonia.

—Ya ves que Verbe se ha encariñado mucho conmigo en los últimos meses. Al resto ya los conoces.

Su hija asintió con desgana. ¿Cómo no iba a conocerlos? Uno era Tomate; la otra, Habichuela. Y siguió con la retahíla: estaban Soja y... Socorro preguntó con precaución:

—¿Y los otros dos perruchos asquerosos?

—Ah, Oli y Buga... Esos ya sabes que no salen a recibir a nadie a no ser que sean las señoras. Aunque casi siempre van con ellas cuando salen. Ayer los estuvimos bañando, llegaron oliendo fatal porque se los llevaron al campo y se debieron de revolcar en un conejo muerto.

Socorro siempre había pensado que Oli —de Olivo— y Buga —por Buganvilla— eran repugnantes. Le tenían manía. Cuando iba a ver a su madre al campo, el viejo Oli —«¿Pero no tendría que estar ya muerto? Si debe de tener cien años»— siempre le mordía el tobillo. No muy fuerte, pero le jodía porque le agujereaba el pantalón. Maldita la gracia. Por su parte, Buga la solía mirar con esos ojos que parecían saber leer la mente y gruñía con cada uno de sus movimientos. Como si temiera que fuera a robar algo a las hermanas o que Socorro las fuera a colgar como al señorito Iván en *Los santos inocentes*.

Antonia se moría de risa. «No sé qué te pasa, pero se te dan mal los perros. Pero si son... Vamos. Hay pocas cosas mejores».

Antonia le contó que Verbe se había acostumbrado a dormir con ella. Le había costado ganarse la confianza del perro. Don Ignacio lo había traído ya mayor, con unos tres años, y los primeros meses estuvo muy asustado. Pero al contrario que su hija, Antonia tenía buena mano con los canes y le encantaba hablar de sus monerías y travesuras con las Lequerica. Socorro no la entendía. Pese a que había crecido rodeada de perros y otros animales en Terrinches, le costaba comprender cómo alguien se podía encariñar de un animal y mucho menos hacerse responsable de alimentarlo, sacarlo cuatro veces al día... Claro que ni su madre ni las señoras tenían ese problema en la casa de El Puerto.

—Y mira... después de tanto tiempo sin tu padre, me he dado cuenta de que es mejor dormir con un perro que con un hombre —sentenció Antonia.

Oli y Buga se intercambiaban en los cuartos de Pincho y Pila, donde tenían sus cojincitos, aunque a menudo los despreciaban para meterse entre las sábanas. El que dormía con Pincho solía salir al jardín a las ocho cuando ella aparecía con sus pantalones holgados de lino y sus camisas de hombre. Y la tableta con los ocho periódicos que se leía cada mañana descargados. Pila y el perro que le hubiera tocado esa noche salían a las doce para irse directamente a la playa.

—Doña Pila está bastante deprimida porque es el primer año que no se ha puesto bikini —le contó Antonia bajando la voz.

—Un gran paso para el pudor... Ya tiene una edad.

—Pero se lo pone en casa. Dice que no soporta verse las marcas blancas.

Socorro iba a preguntar a su madre si seguía haciendo toples en la piscina, pero en eso apareció Nelson, que quiso coger su maleta para llevarla a la habitación.

—Qué alegría que estés aquí. Qué contenta se va a poner Marina de verte. No has ido a Terrinches desde el año pasado. Te vienes unos días por lo de la chica esa muerta, ¿no?

Socorro se abrazó a su maleta mientras «el propio», como llamaba Pila a los hombres que trabajaban en el servicio, soltaba su sucesión de frases.

—No, no, Nelson. No hace falta que me la lleves.

Él le arrebató la maleta con suavidad y risas. Lleva treinta años trabajando a las órdenes de su madre y pese a los roces del principio le tiene mucho cariño. Nelson y Marina habían llegado a casa de las Lequerica cuando Socorro era una adolescente. Con unos cuarenta años fueron abuelos y mandaban a sus hijos a Bolivia casi la mitad de su nómina. También una Thermomix cuando Antonia pensó que había que comprar una nueva y decidió junto a Pila regalarle la vieja a Marina para que se la llevara a Limoncito, el pueblo de donde provenían y en el que habían adquirido varios terrenos y algunas casas. Antonia solía contarle a Socorro que «eran muy trabajadores, pero que habían tenido tres hijos vagos y una niña demasiado casquivana». Y sentenciaba: «Ya verás como un día vuelven a Bolivia y no tienen nada». Pero, de momento, parecía que los hijos no habían hecho ninguna tontería, como se apresuró a explicar Marina a Socorro cuando fue a saludarla.

—Doña Pincho ha dicho que te pongamos en el cuarto del arcón.

Socorro estaba a punto de replicar a Marina que prefería dormir con su madre, pero cuando Nelson ya se fue al fin con la maleta, Antonia la paró en seco.

—Doña Pincho te ha puesto en el cuarto de al lado de María, que, por cierto, está ahí merendando con las señoras. Y ahora entras a saludar. No seas tan arisca.

Socorro se enfurruñó en silencio y entró en la habitación en la que su madre le había dicho que se instalara. La conocía a la perfección. El arcón de barco del siglo XVII del que tan orgullosa se sentía Pila presidía la estancia y también servía de mesa para colocar figuritas de porcelana, marfil, cajitas... El *horror vacui* clásico de las señoras mayores, ese que hace llenar la casa de recuerdos que ya casi no caben en la mente. Con mucho cuidado, Socorro puso sus cosas en un rincón y dejó el ordenador enchufado a la toma de la pared. Luego cogió una de las sillas y decidió ponerla frente al arcón para poder trabajar, pero enseguida comprobó que no podía meter las piernas y era muy incómodo. Pensó en su espalda, resentida por escribir en cualquier sitio y de cualquier manera. Y parecía que esta vez, otra vez, su escritorio sería la cama. Nunca se le hubiera ocurrido pedirle a las Lequerica que le dejaran usar el despacho, la mesa del comedor... O que la cambiaran de cuarto. Como ella sabía, el que le habían dado a María Casares sí que tenía un escritorio con una silla que se desplegaba para poder trabajar cómodamente sobre él. Aquello atizó los complejos de Socorro. A ella le habían asignado un cuarto igual de bueno, pero en el que no podría escribir cómodamente. Afortunadamente, no le habían dado a María ninguno de los buenos de invitados. Eso hubiera sido insoportable para Socorro. Enseguida reflexionó. ¿Estarían ocupados?

Nelson llamó a la puerta y respondió a la pregunta que ella se estaba haciendo.

—Las señoras han preguntado por ti. Dicen que por qué no vas a tomar algo con ellas. Don Dalmacio, ya sabes, siempre está por aquí porque tiene su casa en El Puerto. Y el señor Oriol y don Pacón han venido a pasar unos días con ellas.

Socorro puso uno de esos gestos de hastío —mejor que de «vaya coñazo» o de «qué muermo»— que Nelson no supo interpretar. O sea que esos eran los que estaban ocupando las habitaciones buenas de invitados.

—Ya sabes que siempre vienen a ver la obra de teatro y aunque estés cansada del viaje, creo que debes bajar. Las señoras han preguntado mucho por ti.

Suspiró. No se podía creer que estuvieran ahí esos carcamales. Los tres formaban parte de la corte de Pincho y, de rebote, de Pila.

—Pues, si no hay más remedio, bajaré.

Nelson y su mujer, Marina, le tenían mucho cariño a Socorro. Como habían dejado a sus hijos en Bolivia, le habían dedicado todo tipo de atenciones cuando era cría. A veces, hasta Antonia se quejaba de que la tenían muy mimada. De hecho, a menudo insistía en que su empeño por comer tan insano venía de la cantidad de caprichos y chucherías que le había suministrado la pareja. Nelson trató de tranquilizar a la periodista.

—Mira, ve ya al porche, que te están esperando. Sabes que las señoras te tienen mucho cariño... Nunca lo dejan de decir. Y hasta le leen a tu madre lo que escribes en el periódico. Y cuando salías en la tele...

—Bueno, no me saques ese tema. Que ganaba un dinerito que me venía muy bien, y ahora...

Prefirió no ahondar en el asunto porque sabía que Nelson no estaba atento a lo que pasaba en las redes sociales. El chófer le dio una palmadita en la espalda animándola a bajar.

—Venga... Y no tengas miedo a las señoras.

—Pero esa pandilla. Ya sabes que Oriol me da mucha caña.

—Pero también habla bien de ti.

Socorro abrió mucho los ojos.

—¿En serio?

—No mucho, pero alguna vez le he oído decir alguna cosa buena de ti. Que pones bien la fecha del día.

Socorro no pudo evitar reír.

Don Dalmacio era un catedrático de Filosofía y Política casi centenario que se había convertido en el líder intelectual de cierto conservadurismo erudito. Sus cada vez menos frecuentes lecciones *online* eran un éxito porque decía cosas perfectamente razonadas pero muy incorrectas políticamente. Pincho las consideraba chifladuras, pero no tenía más remedio que reconocer que era un tío muy culto y que siempre aportaba una visión alejada de la vulgaridad mediática, aunque sin duda desacertada. Pila, sin embargo, le adoraba porque don Dalmacio, y ella también le llamaba así, había sido buen amigo de su madre. También la acompañaba en sus *dry martini* de la caída de la tarde, y ese día no era una excepción. Al contrario que su hermana mayor, estaba de acuerdo con las tesis de don Dalmacio.

El viejo catedrático había comprado una casa en El Puerto de Santa María antes de que muriera Franco, y desde su jubilación solía alternarla con otra que tenía en El Viso, en Madrid. Y muchas noches se quedaba hasta las tantas hablando con la menor de las Lequerica de las cosas en las que los dos creían. En la mediocridad de las élites, en que la gente de Europa no tenía ni puta idea de nada —aunque don Dalmacio lo llamaba burocratización y «el triunfo de los inútiles»— y en que era una pena que se prohibieran tantas cosas. Al final, cuando ya iban por el segundo martini, sacaban el tema que más exasperaba a Pincho y con el que en secreto Pila se regocijaba: «Los periódicos ya no cuentan ni sirven para nada».

Las charlas de Pacón y Oriol con Pincho eran muy diferentes y, quizás por eso, trataban de alejarse todo lo que podían del viejo catedrático, que tenía la peor opinión de los periodistas.

Pacón y Oriol habían sido columnistas diarios de *El Matinal*, aunque en los últimos tiempos hubieran sido relegados a las páginas pares para, en las impares, tratar de atraer lectores de nuevas generaciones con un grupo de columnistas que presumían de canallas, «cuando en realidad no tienen ni media hostia» y que, a menudo, cuajaban lo que habían vivido en columnas cargadas de «cosas de machotes» que hacían la delicias de sus semejantes en las redes sociales. Bueno, esas eran las palabras de Pacón Sánchez-Mesta, que había derivado en cínico, socarrón y, para algunos, incluso en el mismo *El Matinal*, inaguantable, porque parecía que estaba en contra de todas las propuestas «innovadoras» de la dirección del periódico. Sobre todo, después de que en aquella comida a la que le convocaron, le soltara a Eduardo García, el director que había colocado Ignacio hacía pocos meses, que era normal que *El Matinal* cada vez tuviera menos lectores. Demasiado vulgar, había dicho lacónicamente. «Nada que ver con el espíritu con el que don Ignacio Lequerica fundó la casa». Aparte de que ¿cómo no iban a tener «periodistas que son unos piernas» si pagaban «como piernas a los que empiezan»?

Eso era en lo único en lo que coincidía con Oriol Prada, guapo, inteligente y mordaz. También era un mago de los razonamientos. Sus artículos tenían una importante parroquia de seguidores porque siempre planteaba tesis que nadie se había atrevido a abordar desde un punto de vista muchas veces científico y siempre lógico y razonable. Puro sentido común, si eso no se hubiera tornado en los últimos años en una rareza. Era catalán, estirado y siempre vestía de negro.

Pila se había acostado indistintamente con Pacón y Oriol cuando tenía cuarenta años y era la mujer más guapa de España y ellos, dos periodistas jóvenes que se querían comer el mundo y llegar a director de *El Matinal*. ¿Y qué mejor camino que la hija del dueño que, además, estaba buenísima, aunque fuera un poco mayor para ellos? En sus columnas siempre dejaban entrever un desprecio mutuo que solo captaban los lectores más cafeteros, que creaban larguísimos hilos en las redes sociales al respecto.

Socorro no leía los artículos de Pacón y Oriol desde hacía mucho tiempo. Le parecía una cosa de «reticulines», una palabra propia que utilizaba a menudo. Era como decir estirados o empollones. Por otro lado, le importaba una higa lo que la Ilustración hubiera significado para la humanidad o lo que dijeran Julien Freund, Carl Schmitt o Donoso Cortés. Y el Pinker ese que bailaba ya le parecía un coñazo...

María Casares no pensaba lo mismo. Ella aún no se había decepcionado del periodismo y se dejaba extasiar porque Oriol le diera consejos para mejorar sus artículos. Era un excelente profesor, aunque algo pesado en su afán por lo factual en el periodismo.

De hecho, estaba deseando decirle un par de cosas a Socorro sobre su tratamiento del asesinato de Aldara Ortiz de la Vega que había leído en *El Matinal* por la mañana. ¿Qué era esa tontería de «la bella del Rolex»?

Y Socorro, que le temía porque siempre le mandaba correos muy críticos con sus artículos, se resistía a pasar al porche para saludar.

Por otra parte, ¿cómo iba a llamar a las Lequerica? ¿Doña Pincho? ¿Pincho a secas, como la niñata María Casares? Siempre evitaba cruzarse con «la señora» —así la llamaba su madre— en el trabajo precisamente para no tener que enfrentarse a este tipo de dilemas. Desgraciadamente, en la casa no había escapatoria. Llegaba el momento de hacer su entrada.

Marina había preparado un aperitivo de jamón con picos y un fino y esperaba la indicación de cualquiera de las hermanas para dejarlo encima de la mesa. Como siempre, los dos grupos estaban separados por unos cinco metros, acomodados en los diferentes rincones del porche. María Casares desplegaba pizpireta su encanto juvenil entre los dos periodistas mientras escuchaba algunas de las andanzas de Pincho en París, a las que el catalán aportaba cualquier apostilla cómica para exasperación de Pacón.

Oriol siempre había estado muy pagado de sí mismo, aunque quizás se debiera a que a los sesenta y cuatro años seguía conservando una melena negra perfecta.

—Pero te tiñes —le solía decir Pacón, que era calvo.

—Te jode, ¿no? —replicaba él.

Al otro lado del porche, en dos cómodos sillones de mimbre con cojines tapizados, Dalmacio y Pila hablaban de su visión pesimista de la vida.

Pila recordaba el día en que sus dos hermanos convencieron a su padre, don Ignacio, de que los Lozana de España no se volvieran a celebrar porque era como de «viejos verdes y machistas, y ya no son tiempos». El PSOE había ganado tres años antes y decían que ya eran algo de otra época, pese a que Pila insistía en que era la mejor fiesta de Madrid. Todo el mundo se mataba por ser invitado. Además, ese año, Tita Cervera se había casado con el barón Thyssen, y Pila había pensado coronarla como Lozana de España. Hasta había conseguido que viniera el rey Juan Carlos a imponer la banda, pese a que solo iba a los actos de *El Matinal* que eran puramente periodísticos. También había confirmado la asistencia de las Teba, muchos duques, Luis Miguel, Rancapino... Pero don Ignacio dijo que nanay, que no sé qué de Carmen Romero... Y que no había nada que hacer, que no insistiera más. Y eso era lo que le contaba a don Dalmacio esa tarde.

—Ya no damos fiestas para gente como nosotros. Ya solo viene gente de esa de internet, cantantuchos, diseñadores. Gente ramplona... ¿Te acuerdas del homenaje que le preparamos a...?

—Los totalitarismos lo politizan todo. Hasta este copazo que te tomas... —la interrumpió Dalmacio.

—O lo bien que me lo he pasado. ¿Nos tomamos el tercer martini?

—Has sido muy puta, hija mía. Pero nos lo tomamos, sí. Luego le dices a Nelson que me acerque a casa, que a mi edad no puedo casi ni andar.

—O te acerco yo en el Méhari.

—Mejor, no. Con lo que hemos bebido, si te hacen soplar, romperías el alcoholímetro y causarías un buen escándalo. Y ya estás bastante crecidita para esas cosas.

Pila y don Dalmacio rompieron a reír. Siempre se habían tratado como si él fuera un viejo preceptor y ella su alumna. Como un padre sin la obligación de los prejuicios ni las preocupaciones. Pila ayudó a Dalmacio a levantarse y a sentarse en el otro lado del porche en el que Pincho, Pacón y Oriol se lucían delante de María.

En eso, entraron Socorro y su madre. La timidez era comprensible. ¿Era una periodista como María Casares o era la hija de Antonia? ¿De cuál de los dos servicios de las Lequerica formaba parte? Ella lo tenía claro. Se debía a don Ignacio, que era el que mandaba en *El Matinal*. En ese momento, como siempre, Oli y Buga empezaron a ladrar y a gruñir a Socorro. Le seguían teniendo manía.

—Hola, do... —empezó a decir.

Pila la fulminó con la mirada y fue más rápida que su hermana.

—Anda, déjate de gilipolleces y de doñas. ¿Tú ves que María nos llame doña Gilipollas, que será lo que piense después de pasar un día aquí con nosotras?

María se quedó petrificada por la salida de la Lequerica. Pila tenía fama de ser muy clara y, a veces, malhablada, pero nunca lo había sido en los dos días que llevaba en la casa.

Oriol rompió el hielo. Le dijo lo que Socorro había estado temiendo. Todas esas críticas que tanto solían molestarle porque no encontraba réplica más allá del tráfico que lograban sus crónicas o de lo que le felicitaban sus jefes.

—Hombre, ya era hora de que te cruzaras en mi camino. No comprendo cómo siendo hija de esta maravilla que es tu madre, Antonia, con sus guisos, sus salsas... hayas podido salir tan zopenca como para escribir todas esas tonterías que perpetras casi todos los días.

La periodista le dedicó una de esas sonrisas forzadas que contrarrestaban las ganas de ponerse a llorar. Oriol sabía dónde le escocía. Cuestionar su pericia periodística al mismo tiempo que recordar que era hija de quien era. Intentó medir su respuesta.

—Bueno, Oriol, ha sido un artículo muy leído que....

—Eso son idioteces —la interrumpió—, pero nada que no se salga de tu tónica habitual. Anda que la crónica esa que escribiste de los fabricantes de viagra casera. ¡Qué de estupideces juntas! O la del tipejo que metiste en la cárcel por...

Los perros acudieron en ayuda de Socorro y se pusieron a ladrar justo cuando Oriol desgranaba lo que la periodista podría haber hecho mejor.

Socorro se tragó esas lágrimas de rabia que no se lloran y por eso amargan. En ese momento, Oli le mordió el tobillo no muy fuerte pero lo suficiente para marcarle sus dientecillos de perro anciano. Decidió aguantar el chaparrón, que, por suerte para ella, no duró mucho. Tomó asiento al lado de María, que la había saludado con una sonrisa franca, aunque algo sorprendida de que su colega aguantara con tanto estoicismo las mordeduras de Oriol y del perro.

Pila trató de silenciar los aullidos de los canes.

—Callaos, ya. ¡Qué maleducados! —lo dijo sin demasiado convencimiento. Todos sabían ya que en casa de las Lequerica los perros eran los amos y no a la inversa.

Oriol, que se las daba de entendido en vinos, abrió una botella, se sirvió y empezó a oler su catavinos moderno —más grande— mientras balanceaba el contenido.

—Es que ¡cómo huele! Este chico es un genio. Lo que ha conseguido con Milésima es ciertamente impresionante. Diría que es uno de los diez mejores vinos del mundo.

Pila, que seguía bebiendo en los catavinos clásicos de su madre, chasqueó la lengua.

—Prefiero los finos de siempre. Tío Pepe, La Ina... Además, son más «baratos».

A Pila le gustaba polemizar con Oriol. O, mejor dicho, provocar que se peleara con Pacón, al que todas esas cosas le parecían «gilipolleces de exquisitos y finolis». Por supuesto, entró al trapo.

—Merecéis que os estafen por imbéciles —saltó Pacón.

Al final, Oriol, cansado de discutir, se atusaba el pelo y finiquitaba la polémica. «Son caros porque la gente está dispuesta a pagar más y ese también es su valor».

Pila se reía.

—Tú eres el que está dispuesto a pagar. Yo, por mi parte, prefiero ahorrármelo...

Oriol se permitía el lujo de hablarle con la confianza con la que se tratan los viejos amantes, algo que enervaba a Pacón.

—Bobita... deja de decir asnadas. Me he tomado la libertad de invitar mañana a ese chico de Milésima a que nos traiga un palo cortado y que nos enseñe otras cositas que hace... El otro día en la fiesta pude hablar bastante con él y....

Pila asintió y trató de cambiar de tema para evitar la chapa de enólogo que sabía que venía a continuación. Luis Gordon, el dueño de Milésima, era un muchacho guapo, de buena familia... Las hermanas habían decidido comprarle vino para la cena de después del teatro porque Oriol se había empeñado en que lo hicieran.

—Lo he puesto de moda —se había jactado.

María Casares, que había seguido la conversación en un silencio que era resultado del éxtasis y la prudencia, no pudo reprimirse.

—¿En serio? Me vendría muy bien hacerle una entrevista. Apenas pude hablar con él ayer porque tenía que acabar la crónica. Lástima que me tenga que volver mañana a Madrid.

—Pues te quedas unos días más —intervino Pincho—. Así ayudas a Socorro con el asesinato. Y te puedo dar las memorias de María Casares, que las he encontrado en una librería de viejo y me las mandan a portes debidos. No se puede una llamar así y no saber quién fue María Casares.

A la joven periodista se le iluminó la mirada. No por el regalo, aunque le agradaba que Pincho quisiera regarle ese dichoso libro de su homónima. Por el trabajo. Al fin un tema serio. Quizás hasta podría nombrar a Hannah Arendt en alguna línea. Pero la ilusión le duró poco. Enseguida pensó que Pepe, el jefe, no le dejaría quedarse más tiempo en El Puerto. Necesitaba que María reemplazara a los que se habían ido de vacaciones. Y no podía seguir descuidando la página web del periódico. Respetar el calendario de turnos en internet era fundamental.

Pero Pincho no sabía nada de internet, ni del tráfico ni de los usuarios. La primogénita de las Lequerica seguía sin entender que los tiempos habían cambiado en los periódicos y que la ausencia improvisada de la poco más que becaria María Casares jodería cierres, vacaciones... Y cuando la jovencita trató de explicárselo, ella sacó carácter.

—Se lo digo yo a Pepe, y se acabó. Lo del asesinato de Aldara Ortiz de la Vega va a ser el tema del verano.

Pincho no se había dado cuenta ni del bocado de Oli ni de lo que habían dolido a Socorro las palabras de Oriol. Ella siempre se había mantenido a una distancia prudencial de Socorro porque comprendía lo complicada que podía llegar a ser su situación en el periódico por ser la hija de Antonia. Trató de hacerle sentir importante.

—Bueno, ¿y qué nos cuentas de la chica asesinada? Aldara. Nos ha dicho Teresita que había trabajado en la casa —dijo Pincho, sin dejarla respirar.

Las Lequerica, imitando a su padre, siempre llamaban la casa a *El Matinal*.

Socorro tenía una escapatoria fácil. El caso era lo único de lo que se sentía capacitada para hablar en ese preciso instante.

—Pues es que ahora he quedado con un policía que me han pasado desde la delegación de Sevilla. Al parecer, ha habido más ataques por aquí, pero nunca mortales. Y a lo mejor tienen algo que ver. O no... No se sabe. La autopsia ya debe de estar, además.

Oriol levantó una ceja.

—Oh, un violador en serie. Lo que le faltaba a tus folletines para marujas.

—Bueno, puede que no sea la misma persona. Solo hay algunas coincidencias. Hasta la pobre chica de ayer nunca habían matado a nadie.

Pincho no quiso que la socarronería de Oriol minase la confianza de Socorro. La mayor de las Lequerica, que también sabía que el catalán podía ser un dolor cuando se ponía en modo profesor, metió prisa a Socorro para que corriera al encuentro de su fuente. «Cógete el Pajero, si lo necesitas, siempre que quieras».

—Gracias, doña... digo, Pincho.

# 10

A Socorro le gustaba quedar con los chicos que estaban en los regionales de Editasa o en las delegaciones de *El Matinal*. La edición de Sevilla era la que menos había sufrido los recortes porque era el periódico más leído de Andalucía, aunque, tras la fusión con Timanfaya, el grupo Editasa también era accionista de algunos diarios locales con los que había cierta colaboración, siempre y cuando hubiese coincidencia en los intereses. Y había varios ayuntamientos que exigían un paginado específico muy bien remunerado sobre información local y las actividades culturales que desarrollaban. Era referencia en ferias, toros, fiestas, restaurantes y todas esas cosas que parecían fruslerías, pero que ayudaban a construir un periódico. También esto había sido idea de Pila; había un cuadernillo dedicado al campo y la naturaleza (caza, pesca, tradición, como en Francia). Pero los nuevos tiempos habían hecho que se descuidara el producto impreso en favor de otras formas de generar ingresos.

Socorro estaba harta de la matraca de lo exitoso que era el canal de cocina y los crucigramas de *The New York Times* y ese tipo de cosas que le repetía cada jefe recién nombrado de *El Matinal*. Siempre era lo mismo: el viejo nuevo discurso que ya sonaba a cansino porque nunca se ponía en práctica.

Clemente Solís la esperaba en el bar de la plaza de toros. Como todos en la delegación, conocía el viejo Pajero negro en el que se movían las Lequerica por El Puerto y la ayudó a aparcar con esos aspavientos que tanto gusta hacer a los españoles cuando pretenden indicar a algún incauto. Un poquito más, un poquito más. Golpeó en la parte de atrás. «Y ya está». Socorro se bajó del coche y ni siquiera se molestó en cerrarlo.

—Hombre, veo que te han dejado el Maserati. Y sin que te suene machista, tengo que decirte que estás más guapa que la última vez que nos vimos por lo de aquel niño de Punta Umbría. Salir de Madrid te está sentando muy bien.

Socorro sonrió. Se había puesto una falda larga y una camiseta blanca que realzaba el volumen de su escote, por lo general, oculto tras las camisas anchas que siempre llevaba.

No era una mujer guapísima, pero sí muy resultona. Y limpia, como se empeñaba en especificar su madre, que tan orgullosa estaba de ella, aunque rara vez lo demostrara. Era muy delgada y, a veces, de joven, había teñido su pelo castaño natural con algún color estrafalario. Ahora se dejaba el suyo porque quería que la tomaran en serio. Y, según ella, no lo parecía cuando se sentaba frente a los inspectores con el pelo rosa o verde... O, una vez, amarillo pollo. En esa ocasión, su madre dejó de hablarle hasta que se volvió a teñir. Eran las pequeñas rebeldías de Socorro, porque, como ella misma admitía, no tenía dinero para otras.

Antonio, un policía nacional uniformado, les esperaba acodado en la barra. Era uno de los clásicos. Fumador y barriga de bebedor de cerveza, aunque, como le había explicado Clemente, nunca cuando estaba de servicio. Antonio tenía la voz queda y un acento andaluz delicadísimo.

—Hola, ¿qué tal? —La mano que le dio a Socorro era muy áspera y callosa—. Gracias por sacar un poco de tiempo, para hablar conmigo. Me han dicho que ha habido varias agresiones sexuales en la zona y quería que me contaras un poco.

El policía le pegó un trago al bíter que se había pedido en la barra mientras esperaba. Y les preguntó si les importaba que se sentaran en una mesa de la calle para poder fumarse un pitillo.

Socorro dijo que sí. A ella también le apetecía fumar y en el tren había aprovechado para liarse algunos cigarrillos. Le ofreció uno a Antonio antes de coger otro para ella. Cuando dos fuman es más fácil establecer esa empatía tan necesaria para que fluya la información.

—Pues cuéntame de los otros casos que están investigando. Todo *off the record*, como decimos los periodistas. No publicaré de dónde he sacado la información y si ves algo que no crees que sea conveniente que mencione en los artículos, me lo dices y me lo guardo para mí.

—Veo que eres de las de fiar, como me ha dicho Clemente, que para mí es como un hermano. En realidad, no sabemos nada porque ha habido tres casos rarísimos y solo una ha querido denunciar. Tres mujeres, como de treinta años, que habían ido a beber a bares en diferentes localidades de la costa, en El Puerto, en Conil y en Sanlúcar, se presentan en el hospital. Al despertarse en la playa, en su propio coche o en la cama se sienten raras y con marcas en el cuello, como si alguien les hubiera apretado muy fuerte hasta casi estrangularlas, pero sin llegar a hacerlo. Las revisan por todos lados y no les encuentran nada en sangre, lo que es normal, porque el GHB, que está muy de moda como droga de violadores y otras cosas nuevas, no se detecta en sangre cinco horas después del consumo, a no ser que se pida un análisis específico, que no suele ser el caso cuando se va a urgencias. Y, desafortunadamente, ese es el caso.

—Eso me lo sé. Entonces, ¿cómo supisteis que las habían violado?

—Porque ninguna recordaba haber tenido relaciones y los exámenes médicos indicaban que habían sido penetradas. Nada abusivo. Sin violencia. Pero, por supuesto, si había habido un violador, había usado condón y no se encontró ni rastro de esperma ni de ADN. Tampoco en las uñas, porque, evidentemente, ninguna de las chicas había podido defenderse. Es lógico, si consideramos que es probable que las dejaran inconscientes antes. Y hablo en plural porque pueden haber sido varios agresores. O uno solo. Ya sabes que en verano la cosa se descontrola porque la población de la zona casi se triplica con la gente que viene. O con los que tienen su segunda residencia aquí.

—¿Y ellas...?

—Pues dos de las tres que fueron al hospital no quisieron denunciar nada y no se ha seguido investigando. Piensa que el proceso por el que pasa una víctima de violación es duro y desgasta. Pero ellas no se acuerdan de nada. Quizás esa renuencia a seguir haciéndose exámenes se debía a que no había riesgo de embarazo y que tenían novio. —Las palabras tan crudas y realistas del policía le hicieron pegar a Socorro un respingo—. Siento que te parezca desagradable, pero por desgracia, estas cosas influyen. Supongo que no querrían que sus parejas se enterasen de que habían estado solas por ahí. O que se habían pasado con el alcohol y habían tenido una noche dura...

—¿Y la otra?

—Pues es más joven, no tiene novio y tiene carácter. Y esa sí que ha denunciado. Estamos viendo los sitios a los que fue. La verdad es que los recorridos de las tres no coinciden en nada. Así que no podemos establecer un patrón. Y ellas tampoco se conocían. Una estaba en Conil; otra aquí en El Puerto y la tercera en Sanlúcar.

—Y con la víctima que apareció asesinada, ¿hay alguna coincidencia?

—Pobre chica... Tampoco tenía relación con ninguna. Pero sí que hay cosas en común: las marcas en el cuello que son muy parecidas y hechas de la misma manera..., salvo que en este caso fueron letales. También coincide que no encontraron esperma en ninguna de ellas. Tampoco en la violación de la muerta había resto alguno. Claro que esta fue más brutal, más contundente. El desgarro vaginal era evidente. Si es el mismo tipo, esta vez no procedió con la misma delicadeza que con aquellas que abordó y dejó vivas. Claro que la víctima era una chavala muy guapa. Las otras... eran más del... montón. Aldara Ortiz de la Vega era otra cosa, con mucha clase.

—Eso es un poco....

A Socorro le molestaban ese tipo de valoraciones estéticas, pero interrumpió lo que iba a decir y dejó continuar al policía. Sabía que ese tipo de detalles enriquecían los textos. La realidad era siempre cruda.

—Quizás el violador, si es que es el mismo, no pudo controlar el ansia. Estas son las cosas que estamos investigando a grandes rasgos. Cuando concluya la autopsia en Cádiz, sabremos más.

—¿Tardarán mucho en tener los resultados?

—Quizás el lunes los tengan ya. Me parece, y ya llevo muchos años haciendo estas cosas, que los agentes hicieron un trabajo meticuloso y sin descuidos... Otra cosa es que arriba, en el ministerio, quieran sobreactuar por la alarma social que hay con las violaciones por sumisión química que se están denunciando.

Antonio era bastante hablador, pero, de momento, Socorro no había conseguido sacar nada en claro. Que dos de las tres supuestas víctimas de violación química no quisieran denunciar le ponía difícil argumentar la tesis de que se trataba de un violador en serie que había decidido ir a más.

—Pero me dijeron en Madrid que había algo que vinculaba a estas tres chicas con Aldara Ortiz de la Vega.

—Hay un asunto interesante y que sí hace coincidir las circunstancias de las cuatro chicas... Lo más concluyente que tenemos para afirmar que hay un único responsable, o responsables, de las tres violaciones y el asesinato.

—¿El qué? —Socorro ya conocía la respuesta porque se la había adelantado José María, pero quería confirmarlo.

—El agresor no les robó ni para disimular el móvil sexual. Las tres chicas tenían su cartera, su móvil y sus pertenencias, y Aldara... llevaba hasta efectivo. Además del Rolex, los anillos y la cadena del cuello. Es muy extraño. La estrangularon tan fuerte que la tenía incrustada en la piel.

—¿De la autopsia no me puedes decir nada?

—Ya sabes que no solemos revelar las sustancias que se emplean para que no se imiten los métodos. Pero es verdad, y es lo que más nos escama, que no solo se han detectado restos de drogas de sumisión en el humor vítreo. Lo sabes, ¿no? Se suele pinchar el ojo de los cadáveres recientes porque es una cuenca con líquido que permanece aislado.

—Pues, entonces, no hay coincidencias. Lo de que no les hayan robado puede ser algo casual, aunque es verdad que es raro.

—Aparte de otras sustancias, se ha encontrado una benzodiazepina bastante específica. Y tienes razón. Eso es lo único que no me cuadra con que el asesino sea el mismo tipo que el de las violaciones.

—¿No me puedes decir qué benzodiazepina han encontrado?

—Me podría arriesgar a confiar en ti y que no lo publicaras. Pero es que, además, aún no han redactado el informe de la autopsia. Eso lo sé por los que trabajan ahí.

Socorro intuyó que había llegado a un callejón sin salida.

—¿Y el teléfono de la fallecida? ¿Lo habéis revisado ya?

—Pues no lo hemos encontrado todavía, y eso que hay dos agentes a cuatro patas recorriendo toda la finca. Encima tenía desconectada la aplicación para localizarlo. La última vez que el terminal dio señal fue en la casa que había alquilado en Zahara de los Atunes durante la segunda mitad de julio y la primera de agosto. La están desmantelando para ver si encuentran el puto teléfono.

—¿Y se sabía qué hacía por la provincia la pobre Aldara?

—Hacía una vida tranquila. *Kitesurf* por la tarde. Y por la mañana, yoga, terapias de esas raras y alguna ensalada en el pueblo, y poco más. Salía de vez en cuando, pero a sitios buenos, ya sabes: El Campero, Antonio... Publicó dónde fue a cenar el día antes de que la mataran. Eso ya se ha contado en la prensa.

—Parece que le gustaban esas cosas, sí.

—Hombre, a su edad y siendo así de guapa... —terció Clemente—. Es lo normal.

Antonio no le había contado nada que no supiera ella ya gracias al barrido que le dejó hacer Teresita. Salvo lo de las drogas.

—La última foto fue en El Bujío. ¿No, Antonio?

—Efectivamente, ese sitio se ha puesto imposible.

Clemente intervino socarrón, como era su estilo:

—Ya sabes. Está siempre lleno de gente... ¡Y pensar que ese era el viejo cuartel de la Guardia Civil! Yo solo he ido cuando me ha querido invitar algún ganadero de por ahí al que tenía que entrevistar porque lidiaba en San Isidro. Lo pasé muy bien, eso sí.

—Buen negocio tenéis los periodistas para comer gratis.

No era el caso de Socorro, que ya había pedido la cuenta al camarero para invitar a Clemente y a Antonio. Por fortuna, ninguno había pedido alcohol. La última circular que habían mandado los de recursos humanos de Editasa dejaba muy claro que el periódico no reembolsaba ya las bebidas alcohólicas en las comidas y los viajes de trabajo, ni aunque el poli al que se invitara fuera a contar dónde estaba Antonio Anglés, el asesino del triple crimen de Alcàsser. Socorro era muy consciente de que el alcohol era buen aliado de los periodistas. Una copa relajaba y servía para hablar en confianza y que la gente largase mejor. Y había que caerles bien, coño, ganárselos. Y eso no se conseguía saliendo a correr ni en una sesión de yoga. Y mucho menos con una ensalada de quinoa y con palique *new age*.

A ella le bastaba ser cómo era: guapetona sin estridencias, con buenas tetas y unas cervezas. Para quitarse de líos había decidido seguir a la antigua usanza, pero sin pasar a contabilidad las facturas de la consumición alcohólica. En cualquier caso, con Antonio no se había visto obligada a ese ritual que tan buen resultado le había dado en otras ocasiones. Era un tipo sieso y, como ya le había advertido Clemente, nunca bebía si estaba de servicio.

—Otro día, cuando no estés trabajando, nos tomamos una cervecita.

—O un fino, mujer, que te va a costar igual. Antonio es buen amigo —dijo Clemente.

Socorro sonrió pensando en la crónica que ya había empezado a escribir en el tren con lo que le había contado Teresita. Tenía el tiempo justo para volver a casa de las Lequerica y añadir algunas de las pinceladas de los otros casos de violación. «Supuestos», pondría, para no pillarse los dedos, ya que Antonio le había dicho que solo una de las tres víctimas había decidido seguir adelante con la denuncia. Y pensó que introduciría con mucha cautela la teoría del violador. Que había un violador en la Costa de la Luz que drogaba a las chicas para someterlas sexualmente.

Se despidieron de Antonio, que se fue caminando por la acera estrecha entre los pitos estridentes de las motos y las luces de los coches.

El tráfico era intenso en las calles aledañas a la plaza de toros. Al día siguiente había un buen cartel y, en efecto, parecía que todo el mundo pensaba aquello que dijo Joselito de que había que ver una corrida en El Puerto para saber lo que era una tarde de toros. Un señor acababa de colgar el letrero de no hay billetes.

Socorro agradeció mucho a Clemente que hubiera propiciado la reunión con el policía.

—Ya sabes que me encanta trabajar contigo. Es un tipo bastante particular, pero tenemos plena confianza, así que no nos dejes mal ni me estropees la fuente.

—¿Tenéis alguna información de las otras chicas?

—Claro que no. Ya sabes que la policía nunca revela esas cosas.

Sobre las diez y media de la noche metió en la página maquetada la crónica de lo que había averiguado. Clemente y Antonio le habían asegurado que otros periodistas no tendrían los mismos datos que ella. Por cortesía y, sobre todo, por agradecimiento al haberle presentado a una fuente tan cercana al caso, Socorro decidió firmar el artículo con Clemente Solís.

Sabía cómo empezar para agarrar al lector por las entrañas —el morbo, en realidad—, pero quería ser menos obvia. Le parecía que describir en la primera línea los desgarros vaginales que había sufrido Aldara o la cadena incrustada en la piel... era un despropósito demasiado sensacional.

Todo le sonaba demasiado brutal. Y siempre pensaba en las familias de las chicas, pero, en este caso, no tenía por qué. Solo había una cosa...

> Los padres de Aldara Ortiz de la Vega no podrán llorar a su hija, la mujer de treinta y tres años que apareció asesinada en El Pájaro, una explotación agrícola en la carretera de El Puerto a Sanlúcar (Cádiz). Tanto Fernando Ortiz como María de la Vega murieron hace unos años dejando a Aldara huérfana. La madre falleció en Pedreña en un accidente de coche, y el padre, desolado y enfermo de un cáncer letal, la siguió un año y medio después dejando a su hija el perrito que esta le había regalado para paliar la soledad...

Se sintió idiota por no haber preguntado a Antonio si la víctima tenía un perro en su casa de Zahara, así que lo quitó pensando que sería lo primero que le reprocharía Oriol cuando a la mañana siguiente leyera la crónica. Era una pena: lo del perrito buscando a su amita asesinada era uno de esos detalles irrelevantes en los que se fijaban los medios porque pensaban, con razón, que enternecerían el corazón de los lectores. Pero si no había preguntado al policía, no podía incluirlo.

Después añadió los detalles que le había contado Teresita sobre su trabajo en Amazing U y algunas notas de su carácter. Se reservó para la mitad del texto la brutalidad con la que había sido tratada. Las señales de estrangulamiento. El desgarro vaginal. Y, para rematar lo que sabía —sería uno de esos textos con miles de lectores—, hablaría de la denuncia de violación en la zona con idénticas marcas en el cuello. Y de las otras dos víctimas que... no habían querido seguir adelante con la investigación. Y lo del violador de la Costa de la Luz, que le parecía que quedaba muy bien.

Socorro oyó que alguien llamaba a la puerta con dos golpes secos. La puerta se abrió y pudo ver la cara sonriente de María Casares a través de una pequeña rendija.

—¿Se puede?

—Claro, acabo de mandar lo de hoy. Me iba a ir a tomar algo a la cocina porque no me ha dado tiempo a cenar.

—¿Puedo ir contigo?

—Claro que sí.

A Socorro le hacía gracia el respeto reverencial con el que la trataba María, tan impropio de los nuevos tiempos en los que a los periodistas jóvenes les costaba distinguir entre la fama y la relevancia. Ella no era una periodista famosa pero sí muy respetada y parecía que la joven apreciaba su rigor y pundonor.

El pasillo y las salas que conducían a la cocina estaban oscuras, pero Socorro se acordaba de dónde estaban los interruptores e iba encendiendo las luces.

María era muy discreta y evitó hacer comentario alguno, fue Socorro la que finalmente se rio de la situación.

—Ya ves. Hace años que no vengo por aquí, pero me acuerdo de cada rincón de esta casa.

La otra periodista respondió intuitivamente, pero exactamente de la forma que ella quería:

—Tu madre es una crac. Comprendo que es una situación incómoda para ti.

Socorro fue a la cámara, sacó una jarra con gazpacho y se sirvió un cuenco casi hasta el borde. Después le echó los restos del picadillo de huevo, pimiento, cebolla y pepino que quedaban en una bandeja.

—Tú ya has cenado, ¿no? ¿Quieres? —dijo, señalando la jarra.

—No, ya he cenado con las Lequerica, Oriol, Pacón y don Dalmacio.

Socorro estaba sorprendida con que alguien tan joven como María disfrutara con aquellos carcamales, si bien, hasta ella lo reconocía, podían tener su gracia.

—¿Me pasas el vinagre que está ahí, en la repisa, junto al San Pancracio?

María Casares nunca había visto un San Pancracio, pero en la cocina solo había un santo adornado con perejil y con una garrafa de vinagre justo al lado. Socorro le echó un buen chorreón al gazpacho. También encontró una fuente de filetes empanados. Los mojó en el gazpacho como si fueran galletas.

Socorro se levantó y se fue hasta la cámara.

—Me voy a tomar una birra. ¿Quieres?

María asintió. Socorro siguió hablando mientras cogía dos botellines de Alhambra. Los abrió con el mechero y le extendió uno. Nunca fumaba en las comidas, pero estaba tan nerviosa que se moría de las ganas. Sabía que María no fumaba y como se sintió incómoda en el silencio, decidió romperlo respondiendo a esas preguntas que, con buen criterio, su compañera había decidido no hacerle.

—No me gusta contar que mi madre trabaja para las Lequerica. Es raro, y ya sabes que la gente a veces no comprende las cosas. Tampoco mi madre entiende que no quiera tratarme con Pincho y Pila. Pero ya sabes cómo son nuestros compañeros.

La joven sonrió. Por supuesto que lo sabía. De María habían corrido muchos rumores. El principal, que era la novia de uno de los ejecutivos importantes de «la planta de arriba». Por eso se le rendía pleitesía, pero también se le mostraba cierto desprecio.

—Tú sabes cómo es de maledicente nuestra profesión. De hecho, vivimos de eso. Así que prefiero no verme expuesta a comentarios ridículos. Ni a que se burlen de mí. A nadie le gusta ser la hija de y menos la hija de la que limpia.

—Tu madre es estupenda y...

Socorro no la dejó terminar.

—Pero tú no sabes lo cabezota que es. A veces creo que es más leal a Pincho y a Pila que a mí. Pero así es ella...

—Mi madre también es así. Pero puedes confiar en que nadie más en la redacción sabrá de tu relación con las Lequerica. Si no has querido decir nunca nada, no veo motivo por el que yo tenga que hacerlo.

Socorro se levantó a por otras dos cervezas y volvió a sentarse.

Terminó de un bocado el tercer filete empanado y rebañó lo que quedaba de gazpacho.

María cogió el cuenco y fue al lavaplatos. Socorro se lo quitó y se puso a enjuagarlo en el fregadero. Mientras fumaba nerviosa.

—Esta vajilla se lava a mano.

La joven se azoró.

—Perdona.

—Ya ves... Siempre estaba con mi madre cuando era niña. Pero yo no quería hacer como ella. Por eso nunca quise ayudarla. Si ves la cara que le puse a Pila cuando de niña me regaló una cocinita de juguete... Me puse a llorar.

—Pero has crecido aquí y con ellas...

—Tú no sabes lo que es tener las cosas tan cerca y no poderlas coger. O pensar que el cariño puede tener un finiquito.

María Casares se enterneció. De alguna manera comprendía la complejidad de sus sentimientos, pero sobre todo la respetaba. Socorro terminó de enjuagar el cuenco y lo dejó secando. Se fue a por otras dos cervezas.

—La última y nos vamos a dormir, que mañana tengo lío. Por cierto, me ha dicho Pepe que tú te vas a los toros. Veo que al final Pincho llamó al periódico para que te dejaran quedarte unos días.

—No sé si me compensará, porque además de hacer los turnos web desde aquí, me han pedido que haga crónica de ambiente de la corrida de mañana. Preferiría echarte una mano en el asesinato. No creo que la crónica social sea lo mío...

—Seguro que no, pero mañana sí que lo es. ¿No te ha contado Oriol nada de mis inicios en *El Matinal* con Anastasio Correa? Sabes quién es, ¿no? —María asintió mientras le daba un trago a su cerveza. Socorro continuó—: Pues te diré que en esta profesión no hay encargo menor ni poco digno. Anastasio solía tener ideas descabelladas. Una vez que hubo una crisis en Gibraltar y se canceló una visita de la reina al Peñón, me mandó con una silueta de cartón a tamaño real de doña Sofía a hacerme fotos con los *bobbies*, con los monos y en los lugares más representativos de la colonia inglesa. Y yo fui tan boba que pedí al ministro principal de entonces una entrevista y conseguí que se fotografiara con la silueta de la reina. No imaginas cómo se pusieron sus asesores. Aquella fue mi primera portada.

—Vaya... ¿En serio pusieron una foto en portada?

—Ya sabes que el éxito del periodismo es ser oportuno. La oportunidad. Y esos días había un pico de crisis diplomática por Gibraltar y era lo que la gente quería leer.

—Pues a mí me hubiera dado vergüenza.

—No tanto como otro día que Anastasio me mandó a pasearme en burka por media España para ver cómo me recibían en los pueblos tras los atentados en los trenes del 11 de marzo de 2004.

María no pudo contener la risa.

—Qué tío, Anastasio. La verdad es que en la redacción se habla mucho de él y no siempre bien.

—Tiene sus cosas. A mí me ha hecho alguna que otra de las suyas, pero también me enseñó mucho.

María le pidió que le contara más.

* * *

Otro de los éxitos que Socorro se había apuntado sí que requirió más trabajo de investigación. Un marqués multimillonario había dejado toda su fortuna a un artista —pintaba cuadros— que había adoptado cuando el chico tenía veintitrés años. La sobrina del marqués y sus hijos, que habían hecho su vida pensando en heredar la pasta y los títulos del tío, le contaron a Socorro que, en realidad, la adopción era una estratagema para que el pintor no se viera obligado a pagar impuestos y pudiera mantener el marquesado, porque...

—Mi tío era maricón del culo —dijo a Socorro y Anastasio cuando fue a contarles su historia a la redacción.

—¿Quiere decir que era gay? —preguntó ella.

—Bueno, ahora se dice así. Nosotros vamos a impugnar la adopción porque obviamente no se han cumplido los requisitos necesarios. Pero lo dicho: mi tío perdía más aceite que el *Prestige*.

A Socorro la ponía nerviosa que la señora le hablara así porque sabía qué era lo primero que le pediría Anastasio cuando se fuera.

—La sobrina me ha dado el teléfono del pintor. Llámale, queda con él y que te cuente... su historia.

Lo que consiguió Socorro fue que el heredero le contara que se habían conocido en una visita a la Academia de Bellas Artes de San Fernando —la sobrina decía que había sido en un piano bar famoso por sus saunas y por tener la carne más fresca del mercado— y que el marqués se había comprometido a ser su mecenas de por vida porque admiraba mucho su obra. —«Ya te digo yo lo que admiraba»—. En el artículo mezclaba la historia del pintor con lo que les había contado la sobrina. Al final, este fue el titular en el que se empeñó Anastasio y que le costó un buen disgusto a Socorro: «No puedes heredar a mi tío el marqués porque era maricón del culo». Sí, el texto fue leído por cientos de miles de personas, pero Socorro sentía que podía dar mucho más de sí.

* * *

—Y así fue cómo decidí que tenía que salir de la sección de Anastasio. ¿Nos vamos a la cama? Intuyo que, con las tres cervezas, mañana tendré un poco de resaca.

—Yo casi nunca tengo —le respondió María.

—Juventud divino tesoro... —replicó Socorro al mismo tiempo que cerraba las puertas y ventanas de la cocina.

Y regresaron a sus habitaciones por el mismo camino que habían llegado a la cocina. Socorro volvió a apagar las luces.

—Hasta mañana, María. Muchas gracias.

# 11

Teresita Gil León terminó con todas las pruebas que debía hacerse en Madrid y llegó a El Puerto el domingo por la mañana, después de pasarse el sábado vagueando en su casa lejos de sus hijos y su marido. El viernes se había hecho a toda pastilla los análisis rutinarios: le sacaron sangre y había llevado su botecito de orina en una bolsa pequeña que le regalaron en una fiesta de Dom Perignon. Al día siguiente, después de su desayuno con Socorro, recogió los resultados en el lugar que le había recomendado su ginecólogo porque trabajaban los fines de semana. El domingo, con la sensación del deber cumplido, ya estaba de vuelta en El Puerto.

Apenas le había dado tiempo a ver cómo andaban las cosas en su casa con su marido y sus hijos, cuando recibió la llamada de Pincho para que fuera a darse un baño en la piscina y luego ir a los toros. Las Lequerica tenían dos barreras y tres contrabarreras para la temporada y se esperaba mucho del cartel de aquella tarde. «Después le dices a tu marido que se venga a cenar, si quiere. Oriol ha invitado al chico ese, Gordon, a que nos abra unos vinos de esos que se han puesto tan de moda».

Teresita adoraba a las Lequerica, así que no le importó dejar a su marido enfrascado en la retransmisión de un partido de golf y largarse a pasar la tarde con las hermanas. Y luego ir a los toros. En el cartel, el primero y el segundo del escalafón, y había tortas por las entradas.

—Así te endosamos a Lilian, que viene sin mi hermano, porque anda con no sé qué rollos de *El Matinal*... Llegará a casa sobre las seis, así que tenemos tiempo de sobra para hablar tranquilamente.

Teresita se puso un bañador negro que le afinaba ese talle que al final se ensancha por la edad y un vestido de cuadros. En una cesta de mimbre echó una toalla, la bolsa de las pinturas y un vestido rojo y amarillo, que sabía haría las delicias de Oriol porque eran los colores de la bandera española y la...¡catalana! Y como Lilian siempre los usaba, se decidió por unos tacones altísimos pero cómodos. Se negaba a quedarse como una chapilla al lado de la venezolana.

La casa de las Lequerica estaba a cinco minutos en coche y pidió a su hijo mayor, que acababa de levantarse, que la acercara en moto. Nelson le abrió la puerta.

—Hombre, doña Teresita. Venga a bañarse, que están todos en la piscina. Y estamos llevando el café allí.

Teresita se rio internamente y decidió mirar el móvil cuando escuchó la notificación de un mensaje por si alguien de su familia necesitaba algo. Su eficacia en la organización de *El Matinal* le hacía sentirse imprescindible también en casa, pero no era de su marido ni de ninguno de sus hijos. Era Pincho. «Anda, coge a Socorro y dile que se venga a la piscina cuando pases por la cocina. Me ha dicho Antonia que le da vergüenza, pero dile a su madre que le mande ponerse el traje de baño y que venga».

Dispuesta a cumplir el encargo de Pincho, se dirigió a la cocina. Allí estaba Socorro.

—¿Qué haces? ¿Trabajando en domingo? —le preguntó, tras un breve saludo.

—Sí, estoy tratando de saber más sobre Aldara, pero hay poco. Ni he podido comer hoy de la cantidad de llamadas que he hecho. No sabes lo bien que me viene que estés aquí.

—¡Ah! Me gusta ser indispensable.

Socorro se dio cuenta de que había sido muy maleducada por no preguntarle por las pruebas que se había hecho en Madrid.

Teresita no le hizo ningún comentario sobre su estancia en casa de las Lequerica. Cuando Antonia la vio, le dio dos besos y le preguntó por su mamografía, y como buena agorera que era, le soltó: «Claro, como estás tan delgada».

—Pues yo creo que estoy estupenda y espero que mi médico también lo piense. Gracias por lo de delgada, por cierto.

Socorro no quería que la cháchara de su madre incomodara a Teresita y, sobre todo, le permitiera escaquearse.

—Volviendo a lo de Aldara... A lo mejor se te ha pasado algo...

Teresita vio clara la oportunidad y tomó carrerilla.

—Pues si quieres que hablemos, ya te puedes poner el bañador y acercarte a la piscina. Yo he venido a estar con Pincho y Pila y no quiero encerrarme aquí. Cuando nos bañemos y estemos fresquitas, ya nos ponemos de conversación.

No le dio tiempo a replicar. Teresita le dio el capazo con sus cosas a Antonia y salió por la puerta de la cocina rumbo al jardín.

Socorro se dio cuenta de que le convenía tragarse el orgullo y hacerle caso. Pero... Bueno. Se acordaba de cuando, de pequeña, se bañaba sola en la piscina de la casa y salía de ella cuando llegaban las señoras. Pincho y Pila, por supuesto, le permitían bañarse, pero Antonia sabía que era mejor que lo hiciese cuando ellas no estaban por si decidían invitar a alguien. Y eso que Pila le había enseñado a nadar en la piscina del campo cuando tenía cuatro años.

Socorro se puso su bañador y una camiseta, cogió una toalla y se dirigió a la piscina. Teresita estaba muy bien para tener cincuenta años. Por su parte, Pincho leía la prensa con un caftán bajo la sombra de una acacia junto a la piscina. Oriol y Pacón se habían ido a dar una vuelta a El Puerto a tomarse una copa y María Casares estaba al borde del agua tomando el sol.

—¿Y Pila? —preguntó Teresita.

—Echándose la siesta. Ayer se quedó hasta las tantas de charleta con Pacón y Oriol.

Pincho levantó la mirada de sus gafas para ver a Socorro.

—Niña, por fin te has dignado a aparecer. Ven a darte un chapuzón.

Socorro solo sonrió deslumbrada por el sol, altísimo a esa hora. Teresita se le adelantó.

—Viene por motivos profesionales. Le he dicho que le contaría más de Aldara si se bañaba.

Socorro se quitó la camiseta, extendió la toalla y caminó hacia el borde de la piscina, donde estaban las escalerillas de obra que permitían adentrarse poco a poco. Meter los tobillos en el primer escalón la tranquilizó. El agua estaba tibia. Ni demasiado fría ni un caldo.

Lo comentó.

Pincho intervino.

—A Pila no le gusta nada. Dice que está demasiado calentorra. —Y añadió maliciosa—: Prefiere el agua fría porque dice que se le endurecen las carnes, pero las carnes solo se mantienen duras si tienes la edad de María.

La joven levantó la cabeza.

—A mí se me mantienen porque me paso la vida haciendo ejercicio. Pincho, ¿has acabado con los dominicales? ¿Me pasas uno?

Se los tiró sonriendo. A Socorro le molestó que María se sintiera tan cómoda con Pincho. O quizás fuera que ella nunca había tenido ese desparpajo con las Lequerica por su madre. No quiso darle más vueltas y caminó por la zona que no cubría hasta donde estaba Teresita apoyada en el borde.

—Eres como todos los periodistas. Solo os interesan las fuentes.

Socorro se encogió de hombros y decidió ir al grano.

—¿Cómo era Amazing U, la agencia en la que trabajaba Aldara?

—Esa agencia es una especie de tomadura de pelo. Como todas las que se dedican a lo mismo. Ya sabes, esa gente a la que no se le cae el *digital first* de la boca. Ramón Fresas, su propietario, es un vendedor de crecepelo de este siglo, pero le va tan bien como a otros vendedores de crecepelo. Me parece que fue novio de Aldara, pero lo dejaron hace mucho tiempo. Creo que fue poco antes de la muerte del padre de la chica porque él estaba tan dolido que ni siquiera se acercó a darle el pésame en el funeral. Apareció como un fantasma y se quedó en la última fila.

Socorro hizo una mueca. Un exnovio dolido era el sospechoso ideal.

—¿Y tienes el número?

Teresita resopló.

—Eres insaciable. Anda, apunta —dijo cuando vio que Socorro tenía el móvil en el borde de la piscina.

# 12

En cuanto los que estaban en la casa se fueron a los toros, Socorro llamó al teléfono de Ramón Fresas que le había dado Teresita. El tono indicaba que estaba en el extranjero. ¿Inglaterra? ¿Estados Unidos? O en Latinoamérica, porque una especie de grabación le habló con acento. Lo intentó media docena de veces más, pero este no respondió a ninguna de sus llamadas. Estaba segura de que al pobre ya le habrían molestado otros medios y que ya no quería coger el teléfono a números desconocidos. Lo mejor, pensó, sería que le llamara Teresita cuando volviera de los toros. Mientras, se entretuvo mirando información de Ramón Fresas en internet.

Ramón era tal y como las fotos de algunos artículos de prensa y sus diferentes perfiles en redes sociales le mostraban. Un cuarentañero de éxito, excelente relaciones públicas y con ese toque moderno que marcaba la ruptura generacional entre padres e hijos.

El padre de Ramón, también Ramón, no entendía, por ejemplo, que a sus más de cuarenta años su hijo siguiera vistiendo de joven, con sus zapatillas y esas camisetas negras. Tampoco que fuera incapaz de explicar a sus amigos qué era lo que hacía exactamente la empresa de Ramoncito, aunque indudablemente ganaba un buen dinero, y salvo un préstamo cuando fundó Amazing U —y que le había devuelto en cuanto había podido—, nunca le había pedido nada. Al contrario, por su cumpleaños, le regaló un Mini como el que tenía cuando era joven y empezaba a salir con su madre, reparado como si estuviera nuevo. Era un buen hijo y un buen hombre. Y consideraba que lo que debía de hacer era hablar cuanto antes con la policía.

Socorro también comprobó que, como le había contado Teresita, Amazing U había trabajado con Editasa y *El Matinal* en los últimos años. Incluso sus ángeles en documentación le habían mandado un perfil de Fresas que se había publicado en el suplemento de economía. Lo ponían como una de las voces más autorizadas en España sobre digitalización y «nuevas formas de comunicación», un término que Socorro calificó internamente como si fuera Oriol de «paparruchada». Humo.

Cuando se cansó de leer cosas sobre él, trató de encontrar algo sobre los propietarios de la finca El Pájaro porque aún no le había llegado la información del registro de la propiedad, aunque estaba segura de que lo haría al día siguiente. Cuando se hartó, decidió irse a dar un baño a la playa. Tenía casi una hora antes de que volvieran de la plaza.

A Teresita le había tocado sentarse en los toros con Lilian porque Ignacio, su marido, estaba liado y había decidido quedarse en Sotogrande con su madre, Arianne, que, por supuesto, no tenía intención de poner un solo pie en lo que ella consideraba territorio de las hermanas Lequerica.

Teresita tenía su propia teoría respecto a la ausencia de Ignacio Lequerica: habría discutido con sus hermanas. A veces —toda la redacción de *El Matinal* lo sabía—, las cosas se ponían tensas entre ellos por el periódico. Pincho nunca había estado de acuerdo en cómo se estaban llevando los asuntos, y cuando Ignacio quiso vender parte de Editasa, prefirió hacerlo a Timanfaya en lugar de aceptar la oferta que hicieron sus hermanas más por sentimentalismo que porque pensaran que sería una inversión rentable. En cualquier caso, las Lequerica tuvieron suerte de que su hermano se negase a que aumentaran su participación. Aquello no hubiera hecho que tuvieran más influencia que Ignacio y habrían perdido mucho dinero, porque el periódico, como se lamentaba Teresita, «Ya no es lo que era».

La corrida de toros no cumplió las expectativas. Pila y Pacón, que eran muy toristas, habían hecho gestos muy ordinarios al presidente y habían lanzado todo tipo de improperios a los toreros y a la autoridad. Pacón era un fijo del tendido siete de Las Ventas y no se ahorraba críticas amarguísimas sobre los toros. «Se acabará antes la fiesta por los taurinos malos que por los animalistas». A Pila le daba bastante igual el futuro de la fiesta nacional, pero le divertía el inconformismo de Pacón y dar por saco a lo establecido por sus pares sociales. También a la corrección política, al animalismo, a los que no entendían que los hombres eran animales, pero que los animales no eran como los hombres. Había salido con algunos toreros y sabía de sus limitaciones y angustias cuando no estaban toreando. Una vez fue con uno al cine y se tuvieron que salir de la película por lo nervioso que se ponía él. «Dicen que son adictos al miedo, a la adrenalina, vete a saber. La cocaína no da esos problemas», le había contado a Pincho entre risas.

Mientras regresaban a casa apretujados en el Toyota en el que los había llevado Nelson, Lilian volvió a insistir en la decepción que había supuesto el cartel.

—La verdad es que después del espanto de corrida que nos hemos metido, me arrepiento de no haberme quedado en Sotogrande con Ignacio y la suegrita en el aire acondicionado en lugar de la hora y media de coche para tragarme un bodrio.

Pila le pegó un pellizco en el muslo a Pacón para que le metiera un corte.

Lilian solía ser uno de sus objetivos preferidos, porque, quizá injustamente, la consideraba una aliada de Arianne, a quien detestaban las dos hermanas.

—Los toros son siempre una incertidumbre. Y quien no se dé cuenta, pues no sabe lo que son los toros de verdad.

Pacón hablaba ya con la carraspera clásica de los que se han bebido y fumado todo.

# 13

Por la noche, después de la corrida, cuando Teresita volvió para la cena, Socorro le pidió que llamara a Ramón Fresas desde su teléfono. Si se había enterado del asesinato de Aldara, seguramente no querría hablar de la que había sido su novia con una desconocida. Sobre todo, si, tal y como preveía Socorro, otros periodistas ya le habían telefoneado para hacerle preguntas desagradables.

Teresita no estaba demasiado entusiasmada con la idea de tener que llamarle. Le parecía que le molestaría. Volvió a darse cuenta de la cantidad de situaciones desagradables que debían afrontar los periodistas. Por otro lado, ayudar a Socorro a investigar el crimen —ella decía «resolver»— le estaba resultando más divertido de lo que podía imaginarse.

Socorro la llevó a su cuarto para que llamara sin interferencias y que ella pudiera escuchar la conversación.

—Pero es que no imaginas qué malos han sido los toros. Y con este calor insoportable y el levantazo que había... —insistía Teresita, buscando entre los contactos de su agenda a Ramón Fresas, pero sin querer encontrarlo. Por mucho que le divirtiese ayudar a Socorro en sus pesquisas, detestaba tener que incomodar a personas a las que conocía. Cuando la mirada inquisitiva de la periodista la dejó sin escapatoria, marcó el número y escuchó el consabido tono internacional.

Enseguida contestó.

—Hola, Ramón, ¿qué tal? Bueno, qué te voy a decir. Supongo que estás hecho polvo por lo de Aldara.

Socorro le pidió que pusiera la llamada en altavoz para que pudiera escucharlo.

—Pues, como puedes imaginar, estoy muy jodido. ¿Cómo le ha podido pasar algo así? Me vengo aquí a desconectar dos semanas con mi novia y me salta una alarma del teléfono diciéndome que han matado a mi ex. Y a partir de ahí... Llamadas de mis padres, de mis amigos... Menos mal que estoy en Costa Rica, porque prefiero quitarme de en medio.

Teresita, agobiada, volvió a decirle cuánto lo sentía.

—Bueno, me partió el corazón, pero fue siempre sincera. Cuando me dejó, simplemente me dijo que se había dado cuenta de que no me quería porque había conocido a otra persona. Fue clara y son cosas que pueden pasar. Por eso, pudimos seguir trabajando juntos en Amazing U.

—Te vi en el funeral de su padre, pero ni siquiera te acercaste a darle el pésame.

—Estaba mal. Que te dejen es una mella en el orgullo. Te parecerá una tontería, pero lo que más me dolió fue lo de Berberecho, un perro pequeño de esos que está tan de moda.

—Ah sí, el perrito que le había comprado a su padre para que le hiciera compañía. Me acordaba de que le habíais puesto un nombre muy gracioso cuando se lo regalasteis.

—Yo estaba dispuesto a quedarme con Berberecho porque me había encariñado con el animalito y sabía que ella no podría ocuparse de él ni dejarlo solo tantas horas en el piso... Pero me dijo que cuando su padre estaba agonizando decidió regalar el perro a unos amigos.

Socorro le hizo un gesto con las manos que no supo interpretar. Entonces la periodista le escribió en la hoja de un cuaderno que le preguntara si pensaba volver pronto a España.

—De hecho, cogemos el avión mañana a primera hora. Llegaré el martes sobre las ocho de la mañana a Madrid. Ya sabes que no me gustan los líos y quiero hablar cuanto antes con la policía. Algunos periodistas ya han llamado a casa de mis padres, y bastante disgusto tienen ya. Querían a Aldara como a una hija. Por eso no le estoy cogiendo el teléfono a nadie.

A Teresita solo se le ocurrió repetirle su pesar.

—No te voy a ocultar que estoy destrozado. Era muy buena chica. No merecía ese final que he tenido que leer. No puedo soportar imaginar su sufrimiento. Gracias a Dios, su padre no tendrá que leerlo.

Teresita le dijo que lo comprendía y tras pedirle perdón por parecer inoportuna, se despidió.

Cuando estuvo segura de que Ramón Fresas había colgado, sonrió satisfecha a Socorro.

—¡Venga! Ya tienes más datos para el periódico. Otros te obligarían a firmar el artículo con ellos.

Socorro se echó a reír porque sabía que Teresita tenía razón. La firma era el patrimonio de los periodistas.

—Lo tengo casi hecho. Solo añadiré algunos detalles. Y ya estoy segura de que el perro no estaba con ella en Zahara.

—Ha venido Luis Gordon para que probemos algunos de sus vinos. ¿No vas a cenar con nosotros? —le preguntó Teresita.

—Estoy un poco liada. Tengo que seguir mirando cosas del caso. Y quiero ver lo que llevan otros medios.

—Bueno, haz lo que quieras, pero yo creo que tanto Pila como Pincho esperaban que cenaras con nosotros.

# 14

Luis Gordon no se había quedado a ver el final de la corrida. Quería preparar la cata en casa de las Lequerica. Estaba nervioso porque Oriol solía mostrarse burlón con los que discrepaban de su criterio o, simplemente, no cumplían con sus expectativas. Aunque fueran fruto de sus fantasías. Milésima se había convertido en una referencia habitual de sus columnas desde hacía un par de años, cuando Gordon consiguió sacar adelante sus primeros vinos y Oriol los empezó a pedir recomendados por personas con criterio de las que se fiaba. Había glosado el palo cortado, el oloroso y, por supuesto, el fino en rama del que había alabado su extrema ligereza. Decía que era el mejor vino del mundo. Pero ahora Luis estaba nervioso porque si bien sus vinos recibían halagos y buenas referencias entre los entendidos, lo que de verdad quería el bodeguero era tener más ingresos y aumentar las ventas. La bodega tenía muchos gastos y era un proyecto personal que se había empeñado en sacar adelante, pese a que todos le habían advertido de lo difícil que era el mundo en el que se estaba metiendo.

Para tratar de hacerse un hueco entre un público menos entendido había decidido lanzar Sparkling Libélula, que venía a ser una especie de rebujito embotellado que pretendía vender en Inglaterra. Se tenía que servir muy frío —o con hielo— y aunque sabía que no podía decirlo, era ideal para que lo bebieran las señoras con las amigas. Estaba muy bueno y no emborrachaba tanto como el fino, pero temía que Oriol, como en otras catas en las que había estado con él como experto, despachara su querido Sparkling Libélula con términos como producto vulgar, comercial y demasiado simple. O para mujerzuelas. Aunque luego pensó que precisamente en el contexto de lo que quería conseguir con Libélula, esas palabras no podían ser consideradas una crítica; era precisamente lo que buscaba. Se acordó de una cosa que Pincho hacía años contó a sus amigas, entre las que estaba su madre, de un escritor muy famoso que no le caía bien. Llegó a la editorial con su última novela y gritó: «Quiero que la lean coños».

Cuando Luis Gordon preparaba las botellas y cubiteras sobre la mesa del porche, llegó Oriol con su camisa blanca de hilo, algo mustia por el calor.

Había cambiado el viento y el levante soplaba con fuerza. El olor de la dama de noche era tan fuerte que casi empalagaba. Pila lo aspiraba teatral. Oriol la miró divertido, pero ya inmune a esa locura suya tan encantadora que siempre le había descolocado.

—Bueno, aquí tenemos a nuestro guapo muchacho Luis. Estoy deseando que estos analfabetos prueben tus maravillas y dejen ya de decir tonterías sobre finos clásicos y esas idioteces de las que no saben nada.

Luis le estrechó la mano firme y dijo que estaba seguro de que las Lequerica sabían de fino más que él.

—Cuando le he dicho a mi madre que iba a cenar con ellas, me ha pedido que les mande un abrazo. Desde que vendieron la casa de aquí, ya no las ven tanto. Como en Madrid están siempre tan liadas con sus cosas... El trabajo de Pincho en *Juglar* debe de ser muy sacrificado.

Oriol lo interrumpió. No le interesaba nada lo que Luis Gordon tuviera que contarle de sus padres o de las Lequerica. Él le había invitado para hablar de vinos.

—Tenemos, además, aquí a una niña, María Casares, que está deseando hacerte una entrevista para el periódico y le han dejado quedarse unos días. La pobre boba se pasa las mañanas encerrada para hacer artículos irrelevantes para la web. Pero es deliciosa, nadie lo puede negar.

María sonrió embelesada porque Oriol le hubiera dedicado semejante piropazo delante de un hombre tan apuesto como el bodeguero del que tanto se escribía. La dama de noche, en efecto, embriagaba el ambiente.

—Encantada. No sabes lo que me alegra conocerte. He leído tanto de ti. Es admirable lo que has conseguido en tan poco tiempo.

Luis sonrió, mostrando de nuevo las dos arrugas que se le formaban en los carrillos. Los hoyuelos de guapo que tanto se alababan en las revistas de los noventa.

—A ti ya te conozco. ¿No estuviste el otro día en la obra de teatro?

—Sí, pero estaba trabajando y no te pude saludar —dijo María, encantada de que la recordara. Aunque era un poco mayor, siempre le resultaba agradable que un hombre tan apuesto se hubiese fijado en ella.

—Pues cuando quieras hacemos la entrevista.

Luis sonrió con esos dientes blanquísimos que quedaban tan bien en las fotos en blanco y negro. La verdad es que aparecer indistintamente en las listas de los más elegantes, los mejores gestores, los más innovadores... siempre era una buena publicidad para la bodega, aunque él pensara que era una gilipollez. Sin embargo, a su mujer, Lucía, le encantaba que saliera en las revistas porque los comentarios sobre la buena pinta de su marido la halagaban mucho. A él, sin embargo, le daban un poco de vergüenza ese tipo de reportajes. El más reciente había sido un posado para *¡Hola!* con sus niños en la bodega con motivo de la exposición de acuarelas de Lucía. Que María

Casares estuviera en la cena de la cata con las Lequerica, lo animó. Era exactamente el público al que esperaba que le gustara Sparkling Libélula. Y luego era verdad que era una alegría para la vista. Sacó al señorito al que todos esperaban y que tan bien sabía interpretar y le preguntó qué le habían parecido los toros.

—Yo no entiendo mucho, pero me da la sensación de que han sido un coñazo. Aunque me encanta esta plaza y que haya música. No como en Las Ventas.

—Ya sabes lo que decía Joselito de ver los toros en El Puerto.

Pacón, que acababa de llegar muerto de calor, terció:

—Pues la buena de María se ha quedado sin ver una tarde de toros, porque vaya ovejas han sacado. Claro, que nos hemos deleitado con el Lili rascándose la entrepierna, que es casi tan legendario como haber visto torear a Manolete.

Lilian también se presentó y explicó al bodeguero la ausencia de su marido. Como ya había contado muchas veces a lo largo de la tarde, Ignacio estaba liado. La noche de la obra de teatro se había encontrado mal de repente y no se había recuperado.

Pila dijo que Ignacio tenía demasiada tensión por asuntos de *El Matinal* y volvió a intentar clavarle el aguijón: «Menos mal que nosotras tenemos poco que ver ahí. El viernes en la obra de teatro tenía un careto horrible».

Lilian intervino entonces con sus habituales graznidos estridentes.

—Tu hermano, como todos los hombres, es un blando. Si ni siquiera me dejó quedarme después de cenar. ¡Con lo que me gustan las fiestecitas de esta casa!

En ese momento, Oli y Buga iniciaron un coro de ladridos al que se unieron el resto de los perros. Era una de esas reacciones inopinadas. O quizás no, porque se callaron en cuanto Pila les dio el tocino del jamón que había escamoteado en un platito de la cocina mientras lo cortaban.

Pincho salió también al porche. Había estado en la cocina supervisando que Antonia y Marina hubieran preparado correctamente las copas para la cata tal y como Luis Gordon había acordado con Oriol.

La primogénita de las Lequerica se había puesto una especie de pijama de seda negro que le hacía parecer muy elegante.

—Estoy deseando saber para qué es el vaso bajo con hielo que han preparado. Luis, ¿no empezarás ahora a preparar copazos? Mejor con la tripa algo más llena.

—Déjale que nos prepare una copa o lo que le dé la gana —repuso Pila.

Luis besó caballeroso la mano de Pincho. Era lo propio con una amiga de sus padres.

—Mi madre os manda un abrazo.

—¡Manuela! —exclamó Pila—. Qué encanto ha sido siempre. Hace años que no la veo. Pues dame ese abrazo, que no siempre la estrechan a una ejemplares como tú. Y a mí dame un beso en la mejilla.

Luis rio porque le vino a la memoria cuando de niños, él y sus amigos se apostaban entre las cañas para ver a Pila tomar el sol en toples.

El abrazo duró un poco más de lo que el bodeguero tenía previsto y se zafó diciéndole que debía ir a la cocina para supervisar si Nelson tenía claro el orden en el que había que servir los vinos.

Nelson se había puesto la chaquetilla blanca y empezaba a servir en los catavinos Milésima en rama. Marina salió con otros dos platos de jamón que dejó en la mesa con sus cestitas de picos y regañás.

Pincho miró a su hermana, que le leyó los labios porque no emitió sonido alguno. «¿Y Socorro? ¿No cena?», había preguntado. Pila se encogió de hombros y negó con la cabeza.

La primogénita de las Lequerica volvió a la cocina y preguntó a Antonia si podía acompañarla a su cuarto. «Es que se me ha aflojado un botón y a ver si puedes darle una puntada que no me apetece cambiarme». Antonia fue a buscar el costurero, muy sorprendida, porque el pantalón negro de Pincho tenía unos botones gordos muy poco delicados. Pincho no la dejó siquiera llegar a las escaleras que daban acceso a las habitaciones de las hermanas.

—Dile a Socorro que esta noche cena con nosotras. Estamos todos deseando hacerle preguntas sobre el crimen y... coño, que María Casares está ahí con nosotros. Y tu hija no va a ser menos — le dijo a Antonia bajando la voz.

Antonia ya se esperaba algo así.

—Mire, señora, mi hija es como es. A ella le gusta cenar con nosotros en la cocina.

—Antonia, tu hija es periodista de *El Matinal,* como otros tres invitados a la cena. Así que su lugar es precisamente ese.

Antonia no quiso decir que su hija era distinta a los otros periodistas porque conocía el tono tajante de Pincho. Era el del «hágase» con el que mandaba cuando no admitía discusión sobre sus órdenes. No era muy a menudo, pero sabía que en ese tipo de situaciones no admitiría réplica. Pincho estaba segura de que Antonia acabaría cediendo y convenciendo a su hija.

—Y dile a Socorro que se dé prisa, que la estamos esperando para que Luis Gordon pueda empezar a darnos vinos.

Antonia esperaba que su hija refunfuñara cuando le dijera que debía sentarse a cenar con los señores, pero resopló y se preparó para el torrente de sarcasmos que proferiría Socorro. El más previsible era demasiado obvio, incluso para esos momentos en los que su hija podía llegar a mostrarse más amarga. «¿Qué quieren? ¿Que ayude a Nelson y a Marina a pasar las croquetas?».

Antonia, para ahorrar tiempo, atacó a su hija por el único camino que sabía que estaba dispuesta a recorrer para ir a la cena. Ni siquiera dejó que se levantara de la cama, donde se había echado para seguir tratando de encontrar alguna foto de Aldara que le pudiera dar más pistas. Hasta había pedido a fotografía que le buscaran en todas las agencias las fotos que pudiera ver de ella en alguna fiesta o cualquier cosa que hubiera organizado Amazing U. Como la joven no era nadie relevante no estaba identificada, así que Socorro decidió mirar todas las fotos por si acaso aparecía en alguna.

—Mira, está el señor Oriol, que conoce a todo el mundo en Interior y te vendrá bien para los artículos. Y luego... Luis Gordon es una fuerza viva de El Puerto, y seguro que sabe mil cosas del asesinato. Me ha contado doña Pincho que el señor Oriol le ha explicado que tiene viñas cerca de donde se encontró el cadáver de la pobre niña. ¿Y qué quieres que te diga? María Casares se está metiendo a todos en el bolsillo y el otro día me contó en el desayuno lo que le gustaba tu trabajo. O sea, que más te vale que espabiles, porque te pueden robar la merienda.

A Socorro solo se le ocurrió un asunto para evadirse.

—Pero no tengo ropa...Y, además, no me apetece nada. ¿Qué pinto yo con esa gente?

Antonia se exasperó porque sabía que su hija no quería ir a cenar por sus complejos.

—Doña Pila ha ido a muchas cenas en vaqueros y camiseta. Siempre dice que es como mejor están las mujeres guapas. Y con las chanclas que te ibas a poner para ducharte en el hostal estás bien. Las señoras no son cursis. Ni tampoco los invitados. Quizás doña Lilian sí lo sea, pero también sabe que los periodistas nunca vais bien vestidos. Y como me ha insistido doña Pincho, en esa cena va a haber tres periodistas sin contar contigo.

Socorro aún mascullaba contra su madre y las Lequerica mientras se daba dos brochazos en la cara y se pintaba los ojos. No sabía maquillarse mucho, pero era guapa y le favorecía el colorete. En el fondo, pensaba, su madre tenía razón. Seguramente Luis Gordon sabía algo de lo que se comentaba en El Puerto del asesinato. Le parecía también importante observar cómo se comportaba María Casares en aquel ambiente. Se arrepentía de haberse confiado a ella la noche previa.

Se miró al espejo y se sintió bastante satisfecha con el resultado, aunque se prometió que si al día siguiente tenía tiempo trataría de escaparse a la playa para tomar un poco el sol. Salió de su cuarto decidida a no dejarse avasallar por la timidez. La camiseta y los vaqueros, como ella ya sabía, le quedaban muy bien.

El primero en notar su presencia fue Oriol.

—Y aquí llega nuestra Emmanuel Carrère particular. Y muy guapa, así, pintadita.

Pacón fue más cáustico.

—Yo diría Margarita Landi, pero le falta la pipa.

—Sí, para mí es un honor saludar a los Woodward y Bernstein de la prensa española.

Pacón se adelantó a Oriol en la respuesta a la pulla de Socorro:

—Yo lo único que envidio a los del Watergate es la pasta que hicieron después y los libros que venden..., aunque ya nadie lea.

Oriol, por una vez, apoyó a Pacón.

—El dinero, eso es lo único que cuenta para la envidia.

Teresita, María y Lilian asistieron al intercambio impertérritas, acostumbradas a la causticidad de los duelos del catalán con cualquiera.

Luis Gordon no conocía a Socorro más que de leer sus crónicas en el periódico. Nunca le habían interesado las redes sociales, así que para él solo era una periodista bastante conocida y estaba al margen de las polémicas de las que había sido protagonista involuntaria. Oriol los presentó ante la mirada divertida de Pacón y María Casares que contemplaban la escena como un teatrillo. Se dieron un beso para saludarse. Enseguida se vio quién tenía más tablas en el arte del *zalamerismo* ilustrado.

—Te leo siempre, es muy interesante todo lo que escribes. Puedo decir sin mentir que soy tu admirador.

—Pues yo nunca he probado tus vinos, pese a lo mucho que habla Oriol de ellos.

—Yo es que solo soy prescriptor de gente inteligente y leída, no de mastuercitas que beben porquerías —dijo picado el catalán. Y se dirigió a Luis Gordon—: Ten cuidado con la cantidad de Milésima que le sirves a Socorro, que lo mismo te acusa de someterla químicamente... ahora que está tan de moda, según cuenta esta señora periodista que «hace la *carrère*».

El bodeguero no se atrevió a reírle una gracia tan políticamente incorrecta, pero a Socorro le gustó que, por una vez, Oriol hubiera acusado alguno de sus golpes. Eso sí, su ingenio no le daba para más réplicas.

—No le hagas caso, Luis... Estoy encantada de conocerte y de participar en esta cena.

La mentira le quedó a Socorro muy sincera. Desde niña se había fijado en el cuerpo fibroso y moreno de Luis Gordon, se quedó tranquila porque tampoco parecía saber que era la hija de Antonia. Qué cosas, pensó. De adolescentes, ella le veía en la moto con su novia. Creyó que nunca podría estar con una chica como ella, con la hija de la muchacha. Y así fue. Se casó con la más ñoña de la pandilla que ahora le desenredaría con los dedos esos rizos tan negros. Luego se entristeció porque se dio cuenta de que Luis Gordon no la reconocía porque nunca la había visto. Para él y los suyos era invisible.

Pero los prejuicios de Socorro no estaban en ese momento en la mente del bodeguero, que enseguida quiso que el grupo empezara a probar los vinos. Durante la cena, un aperitivo largo en realidad, solo se escuchaba la conversación de Oriol y Luis. Socorro no sabía lo que era el umami del jamón, ni sabía apreciar los matices complejos del palo cortado. Eso sí, con Sparkling Libélula se podía emborrachar sola en su casa porque era como beber una Fanta. «Y solo cuesta doce euros...», remató Luis antes de pasar al siguiente vino. Cuando acabó la cata, Socorro estaba un poco borracha y algo menos cortada.

Así que empezó a parlotear sobre la crónica que acababa de mandar a *El Matinal* y los detalles que le había ayudado a conseguir Teresita cuando llamó al exnovio de Aldara. Esta asentía muy orgullosa de su aportación.

—Pincho, creo que a mis más de cincuenta años he descubierto que haría muy bien de periodista. Quizás me puedas fichar en *Juglar*. Te puedo hacer reseñas de todas las exposiciones a las que voy con mis amigas...

Pincho la miró un poco horrorizaba ante la perspectiva. Pila la salvó.

—Sería más divertido que contarás mejor las comidas y las cenas a las que vas con esas mismas amigas y lo que rajan. Eso lo leería hasta yo.

—Eso sí que es brillante —intervino Oriol—. Ahí se ven los genes de editora.

Socorro volvió al caso porque veía que era un momento preciso para tratar de sonsacar a Luis Gordon. ¿Sabía algo de los propietarios de El Pájaro?

Como su madre había predicho, tenía información muy interesante.

—Pues encontraron el cadáver en la finca vecina a una de mis viñas. Acababan de coger la remolacha. Menudo susto se llevó el pobre encargado... Si hasta me llamó para contarme cómo había visto a la pobre chica bajo la chumbera. Él aún no se ha recuperado del susto.

—¿Y los dueños de la finca?

—Son unos de aquí que se fueron a vivir a Canarias y casi nunca vienen. Marín es el que se encarga de todo y el que está traumatizado. Si hasta muerta, la tal Aldara Ortiz de la Vega le pareció una belleza. Así que cómo debía de ser.

Lilian escuchaba muy atenta a la conversación probando un poquito, muy poquito, de todos los vinos. Siempre tomaba lo justo para que no le afectara y no pareciera que en realidad no le gustaba beber.

—Una chica muy guapa. Es una tragedia. Menos mal que sus pobres padres no tendrán que leer lo que le ocurrió, como vi en *El Matinal* —dijo, guiñándole el ojo a Socorro.

Esta aprovechó la ocasión para hacer un poco la pelota a la mujer del jefe.

—Gracias por leerme. Ese tipo de información, aunque triste, supone un alivio, porque yo siempre pienso en los padres que deben leer sobre sus hijas.

Ella le contestó con simpatía algo forzada, ese registro que tan bien dominan las mujeres latinoamericanas con dinero.

—Ignacio y yo siempre te leemos. Lo haces francamente bien.

María Casares metió baza.

—¿Y la policía sabe algo? No imaginaba que pudiera haber un violador en serie en la zona.

Lilian secundó la pregunta de la joven periodista y dijo que le parecía increíble que un ser así estuviera suelto.

—Ojalá le detengan pronto. Aquí hay tantas jóvenes hermosas en verano...

—Como un gallinero para el zorro —asintió Pila.

Oriol habló con la misma seguridad en sí mismo que cuando disertaba de vinos. Como hacía un rato, al oler por primera vez el fino en la copa, dijo: «Qué nariz. Mmmmm. ¡Cyrano!». O como cuando presumía de haber hecho un ajoblanco de chirimoya.

—A ver qué dice nuestra Socorro Carrère. ¿Te han dicho esos policías con los que estuviste hablando ayer algo más, aparte de lo que has publicado?

La periodista le contestó que Antonio, el policía que le había presentado Clemente en el bar de enfrente de la plaza de toros, creía que había coincidencias entre la denuncia de violación y el asesinato, aunque eso ya lo había contado.

—Claro que la pobre Aldara tuvo mala suerte. Las otras chicas están vivas.

Oriol chasqueó la lengua con desprecio.

—Entonces, los casos no coinciden en lo más importante. Lo del violador en serie es una gilipollez. Como el alarmismo ese que hay con los pinchazos en las discotecas. Los policías esos no saben nada del caso.

Socorro estaba envalentonada por el alcohol. En su vida se había imaginado replicando a Oriol.

—Bueno, las marcas en el cuello de Aldara coinciden con las que fueron al hospital porque creían que les había pasado algo. Y luego está lo de que a ninguna de las cuatro les robaron. Ya sé que no te gustó lo del Rolex que escribí, así que... puedes ahorrártelo. Piensan que al violador se le fue la cosa de las manos con Aldara. Tuvo mala suerte la pobre.

Oriol le hizo un gesto irónico.

—Pues sigue ciega tu camino. Será bonito que después de lo de la mala víctima pasemos a que la asesinada tuvo mala suerte. Seguro que vuelves a hacer las delicias de ese vertedero que son las redes sociales.

Luis Gordon miró con curiosidad a Socorro y reconoció que no sabía de lo que hablaba Oriol. Como no estaba al tanto de las redes sociales, no conocía el vapuleo mediático al que había estado sometida a costa de la mala víctima. María se lo explicó muy sucintamente, y Luis hizo un gesto resoplando que equivalía a... pues «vaya tontería».

El pullazo de Oriol hizo mella en el orgullo de Socorro y dijo que tenía que irse a la cama. No era una simple excusa para quitarse de en medio. El vino le había dado dolor de cabeza y al día siguiente tenía que levantarse temprano por si los primeros informativos tenían novedades del caso.

Lilian la agarró de brazo y, haciéndole un gesto, le pidió que esperase.

—Yo también me retiro, que tengo que volver conduciendo a Sotogrande. Esto de darle vacaciones al chófer, al mecánico, como decís vosotras —dijo, señalando a Pincho y a Pila.

Teresita levantó la mano para indicar que en su casa también llamaban mecánico a Travis, el conductor de su marido.

Lilian excusó su pronta retirada.

—No me gusta dejar tanto tiempo a los Ignacios solos con Arianne. Enseguida se ponen a conspirar y a hablar del periódico y no hay ni un momento de descanso en casa. —De pronto se dirigió a Socorro—: ¿Me acompañas a la puerta?

Ella, claro, asintió, y caminaron hasta el garaje donde Lilian había dejado un Range Rover.

—Ignacio te sigue mucho. Tanto él como yo sabemos que la violencia de género es uno de los temas que más preocupan estos días. Y más aún cuando se trata de un caso como el de esta pobre chica tan guapa, tan joven... Y que además había trabajado ocasionalmente con *El Matinal*. Me ha impresionado lo que has escrito estos días. A ver si cogen a ese hijo de mala madre antes de que lo vuelva a hacer.

Socorro asintió.

—Esperemos que la policía averigüe algo pronto. Aunque dicen que hay pocas pistas. O, mejor dicho, ninguna. El asesino fue muy cuidadoso. Oriol tiene razón. La policía está muy despistada.

Lilian le habló desde el coche, sonriendo mientras arrancaba.

—Ya sabes dónde estamos si necesitas algo. —Y le dio su número de teléfono.

La venezolana se había ganado a Socorro con el tono amable de sus palabras y esa disposición a querer ayudarla en su carrera.

—Pues no sabes lo que te agradezco la invitación. Te tomo la palabra. En dos días tendría que ir a Zahara para hablar con los vecinos de la casa que había alquilado Aldara.

Ella la animó a ir un día a cenar o comer a su casa en Sotogrande.

—Así tendrás tiempo para hablar con los Ignacios. Están preparando algo gordo para *El Matinal* y seguro que tú puedes hacer más de lo que haces.

Socorro se sintió reconfortada. Por primera vez, alguien de la familia Lequerica le había hablado como si olvidara que era la hija de Antonia, «la muchacha».

Cuando iba hacia la casa se encontró con Luis Gordon fumando un cigarrillo. Era como la escena de una película. Le ofreció uno de sus Marlboro, pero Socorro negó con la cabeza y se sacó uno de los suyos del bolsillo trasero del pantalón. Estaba algo deshecho, pero le valía para dos caladas antes de dormir.

Luis le dio fuego con un mechero de propaganda de una ferretería de El Puerto.

Socorro quiso ser agradable.

—Me han encantado los vinos. Es muy interesante escucharos a Oriol y a ti. Te das cuenta de cosas que en principio no percibes y aprendes...

Luis sonrió.

—Oriol dice muchas cosas. A veces algunas en las que ni yo, que soy el que hago el vino, había pensado. Supongo que a ti te pasará lo mismo cuando te da lecciones sobre los artículos.

Socorro hizo una mueca de satisfacción pensando más en la situación —ella con el hombre más guapo que había conocido— que en las palabras de Luis.

—Siempre tiene que saber más que nadie... Por cierto, puedo acompañarte un día a tu viña. Quizás podría hablar con el encargado de El Pájaro. Querría saber cómo encontró el cadáver y por qué está tan traumatizado. Esas cosas siempre... —No pudo evitarlo. Siempre pensando en los clics, en los pinchazos, en las audiencias—... funcionan.

—Pues pasado mañana mismo tengo que ir. Así que cuenta con ello. Pero ya te digo, Marín, el encargado, está muy impresionado, y a mí en estas cosas tampoco me gusta meterme. Me parece una cierta falta de delicadeza. Tu trabajo es muy difícil. No sé si yo sería capaz de ir preguntando por esas cosas tan traumáticas

Y Luis Gordon, de los Gordon de toda la vida, apagó su cigarrillo en una maceta, le dio un beso a Socorro en la mejilla y sin que a ella le diera tiempo a reaccionar o a despedirse, abrió la puerta y se marchó. Socorro se dio cuenta de que no le había dado su teléfono, así que quizá no tenía intención de llamarla y solo había tratado de hacerse el simpático. Le estuvo dando vueltas toda la noche porque durmió mal por culpa del vino del embaucador de Luis Gordon.

# 15

Al día siguiente, a Socorro le dolía mucho la cabeza mientras miraba cómo le había quedado la crónica en la aplicación móvil de *El Matinal*. Menos mal que no había incluido en el artículo que había enviado la víspera a Ramón Fresas. Encendió la tele de la cocina para ver la cobertura que le estaban dando al caso las sustitutas de las reinas de la mañana en la tele. Como Pincho había previsto, el asesinato de Aldara era el asunto al que más horas le dedicaban los programas de televisión.

Socorro sintió esa sensación de orgullo que siempre da a los periodistas que utilicen sus informaciones. Las sustitutas de las reinas de las mañanas abrían sus crónicas del caso con lo que *El Matinal* (nunca nombraban a su extertuliana) había sonsacado al policía Antonio y había publicado en el periódico del domingo. La posibilidad de un violador en serie —aunque el artículo hablaba de coincidencias en los casos— en la Costa de la Luz era pura droga para esas audiencias que ven la tele mientras planchan, miran fotos de los nietos en el móvil o simplemente necesitan una voz que acompañe su soledad. Lo mismo les da un volcán que la detención por el cogote de un político corrupto. O la enésima idiotez de un famoso. O las palabras de un obispo demasiado carca. Pero lo que de verdad despertaba a las audiencias de la desidia eran los sucesos. Y el asesinato de Aldara era caviar para las programaciones.

Víctima atractiva —guapa y rica—, sin pistas y con posibilidad de que hubiera más... Y, además, en medio de la psicosis colectiva que habían desatado una serie de denuncias de chicas que decían que alguien les había pinchado droga en una discoteca.

El morbo es directamente proporcional al miedo. La alarma servía para que millones de personas estuvieran atentas a la última hora del caso. Hasta a los encargados de la web de *El Matinal* se les había ocurrido crear una etiqueta para todas las novedades informativas —Aldara Ortiz de la Vega— que había que añadir en todas las noticias relacionadas con el asesinato.

El ansia por saber del caso era casi tangible. En las cenas, los chats, las conversaciones sociales era un tema constante. El «¿Os habéis enterado de lo último?» alimentaba el afán de los medios por satisfacer el interés de las audiencias pendientes de cada novedad.

En cuanto las informaciones de las televisiones rotularon «La policía apunta a un violador en serie», las señoras dejaron de cocinar y los señores pararon de mirar las revistas de coches. Las dos productoras de las reinas de las mañanas quisieron contar con el testimonio de Socorro, pero ella decidió no cogerles el teléfono. No le gustaba hablar de casos que no estuvieran cerrados y mucho menos después del vapuleo aquel de la mala víctima al que se apuntaron felices los tertulianos habituales. Ese, pensó, era el motivo por el que no la habían llamado.

Su madre entró en la cocina con un lomo de venado que había que preparar para hacer filetitos de aperitivo. Cuando Antonia, Nelson o Marina preparaban carne, la cohorte de perros se ponía alrededor de ellos para reclamarles un despojito. Antonia siempre que podía premiaba a Verbe, que no ladraba y era muy discretito y tímido.

—Oye, están hablando de tu artículo —dijo con un punto de indignación—. ¿Por qué no te nombran? Antes lo hacían siempre.

Socorro mintió a su madre, porque lo que más le gustaba era que se sintiera orgullosa de su trabajo.

—Es que decidí tomarme un descanso en la tele. Me ocupaba mucho tiempo.

—Pues era un dinerito...

—Ya...

—La verdad es que dicen muchas tonterías. Fíjate ese experto hablando de yo qué sé qué historias de las mentes criminales.

Después se dedicaron a hacer un retrato de Aldara Ortiz de la Vega, «la mujer de treinta y tres años asesinada en El Pájaro» que ya se había convertido en una locución habitual en lo que se refería al campo semántico del asesinato. Hablaron, claro, de lo extraño de que la víctima hubiera sido hallada con casi cinco mil euros en joyas, aparte de los trescientos euros en efectivo que llevaba en un bolso que, según habían podido saber, era de Hermès pequeñito. Después se trasladaron a la calle San Lucas en Madrid, donde estaba el domicilio social de Amazing U, la empresa en la que había trabajado la víctima y que permanecía abierta en agosto porque se encargaba de la comunicación del Polo de Sotogrande, algunas regatas...

Las amigas que se decían íntimas empezaron a desfilar ante la cámara. Todas parecían cortadas por idéntico patrón. Chicas monas, parlanchinas de *marketing* y eventos. «Era una niña muy especial. Reservada, pero encantadora. Muy profesional», decía una. «Hace un mes estuvimos juntas en la fiesta de un champán. Estaba muy normal, pese a que habíamos estado currando desde principios de año. Era una tía estupenda». Las otras jóvenes secundaron a su compañera. «A mí me reclutó ella hace dos años y hemos salido mucho juntas. Era tan alegre. Es increíble lo que le ha pasado. Estamos hechas polvo. Afortunadamente... —Se corrigió—: Desgraciadamente, su padre murió hace un año y nunca sabrá nada de esto...». Después, la reportera contaba compungida que el propietario de Amazing U no había querido contestar cuando le habían llamado por teléfono. Y añadió algunos detalles que también estaban en el artículo de Socorro. La historia de los padres de Aldara, su muerte...

La única novedad la aportó una empleada de la limpieza de Amazing U: «Antes de irse de vacaciones se la veía más contenta. Y comía más porque venía con unas bolsitas con frutos secos y pasas. La recuerdo rellenando su botella de agua porque decía que había que beber dos litros al día». La reportera no se andaba por las ramas para lograr una declaración, aunque quizás se pasara de atrevida para los espectadores. Lo cierto era que solo hacía las preguntas que todos querían que hiciese. ¿Y era sociable? ¿Salía con alguien? ¿Tenía novio? «Pues para mí que sí que tenía a alguien últimamente, porque nunca decía con quién iba a comer ni quién le regalaba esas cosas tan bonitas que tenía. E iba menos al gimnasio, que es lo que hacen todas en cuanto se echan novio». Las otras chicas de la agencia no se atrevían a ratificar las palabras de la limpiadora. «No tenía nada. Se quedó muy tocada cuando lo dejó con...», empezó una. Pareció como si se arrepintiera de lo que había dicho y se quisiera tragar sus palabras. Enseguida rectificó con más almíbar: «Pero nada importante. Era muy alegre y feliz. Siempre dispuesta a ayudar a todo el mundo».

En la otra cadena de televisión, alguien sí que mordió el nombre del ex de Aldara. Hablaron de Ramón Fresas, dueño —aunque él prefería decirse CEO, o sea *siíou*— de Amazing U, un hombre de unos cuarenta años. Las fotos que habían escamoteado de internet mostraban a un tipo guapo de estos tiempos. Gafitas de pasta, barba y bicicleta eléctrica.

Socorro sabía que el viaje a Costa Rica había sido providencial para Fresas porque la policía le había descartado enseguida como sospechoso. El despecho era un buen móvil, pero estaba claro que el pobre exnovio de Aldara no había tenido nada que ver. Por eso, Socorro no había querido incluir su nombre en su crónica del día. Sobre todo, tras escuchar su congoja en la conversación que Teresita le dejó escuchar. Un ex abandonado era carne de condena social en un crimen como el de Aldara. Y los desmentidos importaban poco a los buscadores de internet. Ramon Fresas no necesitaba ver su nombre asociado a un «sospechoso de asesinato». Sin embargo, las teles no habían tenido ese cuidado, porque los directos son impredecibles, como bien sabía Socorro.

A las pocas horas vio que alguien de la redacción había añadido el nombre en la crónica que había mandado la noche anterior porque había aparecido en las noticias de otros diarios. Menos mal que también habían puesto que estaba libre de toda sospecha, porque cuando se produjo el asesinato él estaba en Costa Rica. Eso no disminuyó el enfado de Socorro. Odiaba que editaran sus textos sin su permiso. En especial, si se trataba de poner información que ella había decidido omitir.

A media mañana, Socorro recibió una llamada de Eduardo, el director del periódico, que le explicó que estaba siguiendo el caso de Aldara, pese a estar de vacaciones. Y le dijo que acababa de colgar a Ignacio Lequerica y le había dicho que las crónicas sobre la chica muerta estaban quedando muy bien y que la felicitara de su parte. «Me ha dicho exactamente la palabra respetuosa». Socorro se quedó muy sorprendida y, por una vez, decidió que cuando fuera a Zahara de los Atunes para ver la casa en la que Aldara había estado pasando el verano, llamaría a Lilian y sondearía la posibilidad de pasar a verles. Sabía que establecer una relación personal con el dueño de su periódico podía ser decisiva en su carrera. Al mismo tiempo, también le apetecía observar la relación de Ignacio Lequerica con Arianne, su madre, de la que tanto se murmuraba en el periódico. Lilian había sido un encanto al invitarle a su casa.

A los pocos minutos la llamó Pepe. Cada mañana lo hacía para ver si había averiguado algo nuevo del caso.

—Así que te ha llamado Eduardo para transmitirte lo que le están gustando tus crónicas a Lequerica. Pues no te duermas en los laureles. Necesitamos otra pieza para hoy. Has hecho muchísimas suscripciones. La gente está enganchada a este asesinato.

# 16

El ámbar del sol teñía el anochecer en la Calita, una de las playas de El Puerto de Santa María, de la que en verano se apoderaban los jóvenes para eso que llaman *roneo*. El paraje, relativamente a salvo de ciertos deterioros urbanísticos, alternaba los pasajes de arena atlántica con algunos salientes rocosos donde durante las mañanas los más pequeños con sus cacillos de red verde se afanaban por coger cangrejos y peces. Pero a las ocho y media de la noche ya no quedaban niños en la Calita y el retumbe de la música ahuyentaba cualquier presunción de que aquello hubiera sido, en algún momento, una playa familiar.

En uno de los salientes estaba El Doble De, el local de moda de la bahía, donde se podía encontrar desde chicas de dieciséis años hasta gente de treinta y cinco con la vida ya hecha, pero con ganas de jodérsela con alguna tentación. La decoración no obviaba tópico alguno. Un *photocall* con la etiqueta adecuada para dejar constancia de la estancia en El Doble De, sofás blancos italianos, cubiteras para poner botellas de champán con bengalas, varias cabinas de DJ para ir alternándolos según la hora del día, y una pista de baile redonda, no demasiado separada de las barras, donde se servían combinados más sencillos y cócteles sofisticados. El conjunto estaba perfectamente cerrado por cuatro de esas carpas que protegían del solazo de día y del relente de noche. La fauna era lo que se esperaba de ese tipo de lugar: niños y niñas bien y chicos y chicas que querían serlo. También treintañeros con ganas de prolongar la juventud y algún cuarentón desfasado.

Las jóvenes, las niñas en el argot elegante, dejaban poco a la imaginación de los muchachos en plena efervescencia hormonal. Pantalones muy cortos, escotazos, vestiditos muy livianos, «palabras de honor que no se me caen», y taconazos, ya fuera en modo cuña de esparto —para las que querían ir cómodas por los trechos de arena— o de taconcitos que debían limitar su campo de acción a las tarimas.

Los tíos tenían un atuendo común: el niqui azul marino y la camisa de lino remangada que alternaban con vaqueros de diferentes colores —dependiendo del grado de bohemia que inspirase el día—. Y, a veces, si alguno quería impresionar a las chavalitas, se ponía un pareo como si estuviera en Ibiza, pero aquello era casi una broma en un ambiente en el que uno de los puntos de encuentro imprescindibles tenía lugar en las diferentes misas que se celebraban en la localidad.

En El Doble De tenían uno de esos días de inicios de agosto en el que todos los veraneantes en edad de merecer se ponían de acuerdo para citarse a bailar. La música daba igual. Era el ligoteo, ese ceremonial ancestral que debía preceder al apareo clásico.

Rocío tenía veintiocho años y había ido a pasar unos días con las amigas que veraneaban en la casa de sus padres en El Puerto. Era una de esas beldades que abundaban en verano: muy morena, pelo largo y una sonrisa blanquísima que refrescaba la intensidad que algunas esperan de las niñas casaderas de la zona. A Rocío se le presuponía la golfería justa de las buenas chicas y, por supuesto, se movía acompañada de sus dos amigas, Berta y Caña, una pareja de gemelas que alentaban todo tipo de seducciones tópicas por parte de los muchachos más brutos. Rocío llevaba una falda muy corta vaquera y una camisa blanca abierta hasta por debajo del pecho, cubierto por un sujetador de esos que se ponen para enseñar. Tenía las piernas largas y delgadas y podía permitirse ir cómoda en bailarinas planas. Sujetaba un ron con Coca-Cola en una mano y trataba de no perder de vista a las gemelas, que parecían flotar de la mano por la pista de baile.

El sol al fin se ponía y la pista estaba llena de cuerpos deseosos de tacto. En ese momento, Rocío sintió un pinchazo en la pierna. En un principio, pensó que le había picado un tábano. O alguna avispa atraída por el azúcar de los refrescos o los puestos de chucherías que los dueños sevillanos del local habían improvisado en los flancos de la salida del recinto. Pero también se acordó de una noticia que le acababa de mandar su madre al móvil sobre la nueva moda de que a las chicas les pusieran burundanga para abusar de ellas. Tuvo miedo. Miró a su alrededor buscando al posible responsable y vio más moscones que tábanos. Y eran esos moscones a los que había que temer. Corrió detrás de las gemelas y cogió a Berta, la menos frívola de las dos hermanas, de la mano.

—Oye, seguramente sea una paranoia mía, pero he sentido como un pinchazo y me da miedo que me hayan inyectado algo para violarme. Y como ha aparecido esa chica muerta cerca de aquí...

La gemela le puso cara de extrañeza y miró a su alrededor. Estaban los chicos de siempre. De diferentes edades —muchos de segunda ronda de matrimonio—, pero ninguno con pinta de necesitar drogar a una chica para llevársela a la cama. Sin embargo, la simple mención del asesinato de Aldara Ortiz de la Vega hizo pensar a Berta en los brutales detalles que habían contado en la tele y decidió que había que ser prudente con las preocupaciones de su amiga. Fueran paranoias o no. Sin dejar la mano de Rocío, tocó el hombro de su hermana y le explicó lo que le había contado su amiga.

Caña la miró perpleja y le señaló la pandilla de tíos por la que habían decidido acudir a El Doble De. Le hizo un gesto de «Ahora no». A ella le gustaba el ambiente que había en el local antes de cenar, con chicos más mayores que se tomaban la primera antes de ir a alguno de los restaurantes de la zona.

Berta no se extrañó de la reacción de su hermana, pero al ver las pupilas cada vez más dilatadas de Rocío, decidió que tenía que llevársela a casa. Antes le señaló a su hermana a un grupo de amigas.

—Cañita, quédate si quieres, pero ten mucho cuidado, por favor. Y no te separes de tus amigas y del grupo de los de Jerez, que están ahí.

Ella asintió y le dio dos besos.

—No te preocupes, tonta. A Rocío no le pasa nada. Simplemente le habrá picado algo o se ha pasado un poco con el ron —se ha tomado tres desde la hora de comer—, y se ha emparanoiado. Vete con ella a casa si te quedas más tranquila.

Berta se aseguró de que su hermana se quedará integrada en el grupo de los de Jerez y salió pitando. Tuvo la suerte de encontrar un taxi en la puerta. Al llegar a casa, Rocío le hablaba de forma inconexa y muy desinhibida. Incluso le llegó a decir que su hermano mayor la ponía «perraca». Berta la metió en la cama como pudo y se quedó dormida enseguida. Era un sueño muy profundo, del que Berta no se atrevía a despertarla porque estaba tranquila y respiraba bien. Así que cerró con llave la puerta del cuarto de Rocío y les dijo a sus padres que hoy cenaría con ellos en casa.

Cuando se sentaron a la mesa, les contó lo ocurrido.

Los padres la miraron visiblemente preocupados.

—¿Y has dejado sola a tu hermana en ese lugar? —se enfadaron.

Berta se encogió de hombros. «Ya sabéis cómo es cuando se pone cabezota. Además, lo más probable es que a Rocío le sentaran mal las copas. Ha adelgazado cuatro kilos antes de verano y el otro día me decía que ya no tenía tanto aguante con el alcohol».

Y se sirvieron un cuenco de gazpacho. A ninguno se le ocurrió que quizás deberían ir a un hospital para un reconocimiento médico o que Rocío siguiera ningún protocolo. Seguramente se había pasado con las copas. ¿Quién no lo había hecho alguna vez?

En el segundo plato, llegó el hermano mayor y se comió casi toda la ensaladilla. Berta estuvo a punto de contarle que Rocío le había dicho cuando había llegado como una cuba que le gustaba... Por suerte, como es lógico, decidió que las cosas que las amigas decían borrachas no se debían contar.

Después de cenar, sacaron del congelador un paquete de bombones helados pequeños y se los comieron mientras veían *Aterriza como puedas*, una de las películas favoritas del padre.

Después, cada mochuelo se fue a su olivo.

Berta no oyó llegar a su hermana seis horas después. Caña estaba aturdida y le dolía entre las piernas. Había bebido mucho y... casi no se acordaba de lo que había hecho en El Doble De. Solo a retazos. Supo que alguien la había llevado a la playa de Vistahermosa. Podría haber pensado que se había pasado con el alcohol, si no notara también un intenso dolor en el cuello. Mientras se lavaba los dientes, se miró en el espejo. ¿Eso eran marcas de dedos o los estragos de unos besos demasiado agresivos? ¿Chupetones? No se acordaba de nada. Un último pensamiento antes de dormir. «Espero que nadie se entere de lo tonta que he sido». Y se dijo a sí misma que tendría que ponerse un pareo o un pañuelo al cuello para que nadie le preguntara.

Al día siguiente, Rocío se levantó resacosa y avergonzada. Caña no contó nada.

Otra cosa serían las excusas horribles que tendría que inventarse en las dos semanas siguientes cuando alguien le preguntara que por qué llevaba un pañuelo en el cuello con el calor que hacía. A ella solo se le ocurría esgrimir una sonrisa de tontita.

# 17

Milésima era el proyecto de vida de Luis Gordon. Casi tanto como su mujer y los tres hijos, que había dejado durmiendo en la casa de la calle Cielo que había comprado cuando hacía veinte años decidió que se quedaría para siempre a vivir en El Puerto de Santa María. Luis no era buen estudiante y apenas había conseguido aprobar la selectividad. Al contrario que su hermano, ningún banco se lo llevó a Londres a trabajar veinte horas diarias para ganar diez mil libras al mes con veinticinco años, ni tampoco tuvo la suerte de su hermana, que se convirtió en duquesa y grande de España cuando se casó con Titi, su novio desde que tenían quince.

En eso los Gordon habían tenido mucha suerte. El padre, Mateo Gordon, había sido registrador en Jerez y allí se enamoró de la zona. Se compró una casita en El Puerto de Santa María para el verano, y cuando se pudo trasladar a Madrid, adquirió un piso en la zona de Chamartín. Lástima que, en 2008, el fraude de Madoff se llevara una parte importante de sus ahorros y la familia se viera obligada a prescindir de la casa de El Puerto para seguir manteniendo su nivel de vida en Madrid. Allí dejaban buenos amigos, muchos planes, una comunidad... y, sobre todo, a Luis, que había acabado despuntando en su carrera profesional, pese a que siempre le habían considerado como el más desastre de sus hijos, aunque también el más guapo.

Al final, acabó haciendo lo que los Gordon esperaban para sus tres vástagos. Se casaron con hijos de familias conocidas y con dinero.

Y en el caso de Luis fue Lucía Prado, una niña de su pandilla, algo más joven, pero que siempre había estado enamorada de él, como bien explicaron sus amigas en el discurso que dieron en la boda. Lucía era muy delgada y rubia. Atlética y competitiva, aunque con una vena artística. Se le daba bien hacer cosas con las manos. Esas habilidades no impidieron que se licenciara en Económicas y entrara a trabajar en McKinsey. Y tan orgullosa estaba que casi se había olvidado de Luis Gordon. Pero en el verano de su segundo año fue a pasar unos días a casa de sus padres y cuando se lo encontró en la playa, Milésima, la bodega que estaba empezando el joven, le pareció más atractiva que ningún proyecto en el que podría trabajar si se quedaba en Madrid.

Con cierto resquemor por parte de sus progenitores, Lucía se empeñó en que Luis se casara con ella. Tuvieron tres hijos rubísimos. Hicieron obra en la casa clásica que él había comprado en el centro de El Puerto y ella se dispuso a ayudarle a cuadrar las cuentas de Milésima. Y, sorprendentemente, todo salió exactamente como ella había proyectado. Luis Gordon seguía siendo el hombre más guapo, pero también uno de los más celebrados, porque... ¿quién si no había vuelto a poner de moda beber fino? En el camino, se habían dejado algunas cosas. La prometedora carrera de Lucía y también muchas horas de trabajo, enfados y esfuerzos. Y cuando su hijo pequeño cumplió nueve años, decidió que volvería a retomar los pinceles y a tener esa vida social que había relegado por ayudar a su marido en la bodega y educar a sus hijos, como si todavía fueran una de esas familias en las que no hacía falta sacrificio económico alguno. Ahora ella podía volver a presumir de tener la vida perfecta de la que había hablado con sus amigas en la playa cuando tenía quince años. Incluso se metió en una serie de retiros religiosos en los que ayudaba a otras señoras a encontrar consuelo.

Pero lo más importante a lo que había renunciado Lucía era al amor de Luis. En medio de aquel camino hacia el éxito, algo se desvaneció, y su marido, al que bastaba tocarle un brazo para que se excitara, dejó de tener interés en ella, salvo el beso de vuelta a casa tras un viaje largo. Los niños ya hacían su vida y habían dejado de ser excusa para que la familia se juntara a cenar, así que él pasaba muchas noches fuera haciendo relaciones públicas para tratar de vender más vino.

Ella le había sugerido alguna vez que quizás le podría acompañar, pero, por su respuesta, se dio cuenta de que no le hacía especial ilusión que su aburrida mujer —«Si ni siquiera te gusta la música. Ni beber»— lo acompañara a esas fiestas a las que tenía que ir. Eso sí, no paró de insistir hasta que le obligó a hacer un reportaje en el *¡Hola!* en la bodega de Milésima, que ella había decorado con ese buen gusto que todo el mundo le había alabado desde que abrió por primera vez la casa del matrimonio en la calle Cielo. La excusa era la exposición de acuarelas, pero lo que de verdad pretendía Lucía era presumir de vida perfecta.

Y eso era exactamente lo que veía Socorro mientras hojeaba aquel viejo ejemplar de *¡Hola!* en la cocina de la casa de las Lequerica. Luis, tal y como sospechaba Socorro, parecía no haber hecho esfuerzo alguno por contactarla como le había prometido en la cena después de los toros que las hermanas habían celebrado la noche previa. En ese momento, Pincho y Pila llegaron con sus mazos de cróquet de su partido semanal en El Buzo.

Pila cogió por detrás a Socorro, que se revolvió incómoda ante un gesto que Pila había hecho infinidad de veces hacía años, cuando, volviendo de alguna francachela por la mañana, se encontraba a la niña Socorro desayunando con su madre en la cocina. Pila se quedó algo cortada de la respuesta a su gesto cariñoso. La periodista se dio cuenta.

—Perdona, Pila, por la brusquedad, pero es que me has dado un susto.

Pila nunca había sido picajosa. Cambió a un tono cómplice.

—Solo quería decirte que Luis Gordon ha llamado a Pincho para que a las ocho de la mañana estés preparada. Te viene a recoger para que le acompañes a la viña y así puedas hablar con el encargado de El Pájaro.

—¿Con el que encontró el cadáver de Aldara?

Socorro se alegró. Necesitaba novedades sobre el caso, y qué mejor que el relato truculento del agricultor que descubrió a la víctima y llamó a la policía.

Además, sabía que se habían traído a alguien de Interior de Madrid para ayudar en la investigación del asesinato y coger a ese violador en serie con el que todas las televisiones estaban atemorizando a España. Lo peor, advertían algunos reportajes en apariencia más sesudos, era que los medios internacionales se habían hecho eco de la noticia y ahora las inglesas se lo pensaban más a la hora de reservar sus próximas vacaciones en la Costa de la Luz.

La desmesura informativa enfadaba a Socorro, aunque, congruente consigo misma, era consciente de su responsabilidad a la hora de que en el imaginario popular (el *mainstream* de la conversación social) hubiese un psicópata suelto por Cádiz que drogaba a las mujeres para violarlas y matarlas.

Ahora tenía que preparar una crónica exhaustiva que aportaría pocos datos nuevos, para aprovechar el interés de los lectores. Pepe la esperaba como agua de mayo. El encargado de la investigación que había llegado de Madrid era un buen acicate para el lector. Y Socorro lo conocía muy bien. De hecho, él mismo le había comunicado su llegada a El Puerto.

# 18

Socorro no podía creer el golpe de suerte que para ella suponía que el ministerio decidiera enviar a Sergio Navarro como rostro visible de la investigación del asesinato de Aldara Ortiz de la Vega.

No era habitual que el Ministerio del Interior movilizara a agentes de cuerpos diferentes para pesquisas criminales. Los celos y resquemores, la tónica que había caracterizado durante años las relaciones entre la Guardia Civil y la Policía Nacional, se había suavizado, pero era inevitable que los miembros de los diferentes cuerpos se molestasen si traían a personas de otro, aunque fuera, como en este caso, para ayudar a resolver un caso complicado.

Pepe la llamó para contarle la buena noticia. Para él significaba que la periodista tendría garantizado el acceso a las mejores fuentes de la investigación y también a las primicias de lo que fueran averiguando. Todos en *El Matinal* sabían de la especial relación que habían establecido Sergio Navarro y Socorro. Había mucha habladuría al respecto. Fundada, porque Socorro se había estado acostando con Sergio desde que lo conoció. No era amor, sino más bien una suerte de entendimiento, de compañerismo, que era lo que Socorro entendía como afecto romántico. La periodista no se había enamorado desde aquellas ensoñaciones adolescentes con los chicos de El Buzo que eran imposibles para ella.

Le mandó un mensaje a Sergio para felicitarle por la misión que le habían encomendado porque le devolvía al centro del espacio público. El asesinato de Aldara había espoleado el temor a que alguien estuviera drogando a las chicas en las discotecas para violarlas —o matarlas.

Miró nerviosa el móvil. El teléfono de Sergio debía de estar echando humo porque, aunque había recibido el mensaje, no lo había leído y tardaba en contestar. Su respuesta solía ser inmediata.

* * *

Sergio Navarro seguía fiel a la Guardia Civil, aunque hubiera dejado el cuerpo tras hacerse célebre por resolver el secuestro de los dos niños de Soria a los que popularmente se les había bautizado como los Renacuajos, que fue como les llamó el padre en su primera comparecencia tras el anuncio de que sus dos hijos les habían sido sustraídos. No fue sencillo porque no solo se trató de un asunto de dinero —el rescate que pedían los secuestradores—, sino que había una extraña trama sexual que Navarro aún no era capaz de calificar porque le entraban náuseas al pensar en ello.

Los niños de cinco y nueve años habían desaparecido de la finca familiar en Soria, donde los habían dejado los días laborables de la Semana Santa a cargo del matrimonio de guardeses colombianos. Llevaban trabajando con ellos desde hacía casi una década y, según todos los testigos, querían a los Renacuajos como si fueran sus propios hijos. El Miércoles Santo, cuando los padres volvieron de Madrid y entraron a la casa, encontraron a los guardeses atados y con una bolsa negra en la cabeza y sin que les pudieran decir dónde estaban los chicos. Estaban mareados y cuando los llevaron al hospital dieron signos de estar conmocionados. Esa misma noche recibieron el alta y quisieron volver a la finca para atender a los padres de «sus niños».

Al día siguiente, los secuestradores con acento de Europa del Este habían pedido una importante suma a los progenitores que estos, de acuerdo con la Guardia Civil, accedieron a hacerles creer que pagarían para que los agentes, entre los que estaba Sergio Navarro, tuvieran más tiempo para recabar información. Las horas pasaron y las llamadas de los secuestradores se sucedieron mientras los padres pedían más tiempo para reunir doscientos cincuenta mil euros en efectivo, que era la cantidad exigida y que, por supuesto, no trascendió a los medios.

Al segundo día, Sergio decidió, sin comentarlo con ninguno de sus compañeros, seguir a la guardesa colombiana. Y casi se emocionó al comprobar que iba al santuario de la patrona, que estaba entre la finca de la familia y el pueblo. Esperó a que hiciera lo que fuera que hiciera ahí —¿rezar para que aparecieran sus queridísimos niños?— y se marchase. La mujer apenas estuvo unos minutos. Cuando la vio salir, entró en el santuario y descubrió un pequeño hatillo con ropas de niño y unas palmeras de chocolate que ella misma cocinó en la casa. Había contado varias veces que era lo que más les gustaba comer a «sus niñitos».

Sergio, que, como el resto de los agentes, se había comido una de las palmeras, no se dio cuenta de que la guardesa había envuelto otras cuatro en papel Albal y las había metido en la bolsa de plástico del supermercado con la que siempre salía. Se ocultó en el confesionario a esperar por si alguien venía a buscar la bolsa. Antes de que cayera la tarde apareció un tipo joven y muy rubio que, tras santiguarse, cogió la ropa y los dulces. A los pocos minutos salió por la puerta de la sacristía. Enseguida el agente intuyó que los secuestradores de los niños habían contado con la colaboración de los guardeses, que tanto decían querer «a sus niñitos».

El padre había acordado que al día siguiente depositaría los doscientos cincuenta mil euros en el lugar que los secuestradores considerasen conveniente para realizar el intercambio. Lograr tanto dinero en efectivo no había sido fácil para aquella pareja. Habían tenido que recurrir a familiares y amigos cercanos ocultándoles que era un señuelo para que se pudiera detener a los responsables del secuestro. Pero ni siquiera reunir el dinero los tranquilizaba. Temían que, como en otros secuestros, sus hijos ya estuvieran muertos. Por eso demandaban pruebas de vida —mensajes de voz—, que les llegaban desde diferentes teléfonos de prepago comprados en el extranjero.

Sergio evitó a los padres unas horas de agonía porque el tipo que había recogido el hatillo con las palmeras de chocolate lo condujo a un polígono industrial relativamente cercano. Navarro llamó a sus superiores y pidió refuerzos.

La operación fue limpia, quirúrgica, y nadie resultó herido. Encontraron a los pequeños en muy buen estado, limpios y pegados a la tele en la que también les habían instalado una videoconsola antigua sin conexión, para que no pudieran interactuar con otros jugadores. Los secuestradores no tardaron en hablar y delataron a los guardeses. Sergio intuyó que no se trataba únicamente de un asunto de dinero y tuvo razón.

El plan había sido urdido por la mujer colombiana porque sabía que su marido acabaría en prisión si los padres descubrían que había estado abusando de los niños desde casi su nacimiento. Era extraño porque, como pudo atestiguar Sergio, los niños sentían un fuerte apego por el pederasta. Los dos se pusieron a llorar cuando le detuvo la policía el Domingo de Resurrección. Aquello fue el final perfecto a cinco días de angustia televisada con directos y últimas horas en todos los medios, incluido *El Matinal*, que había enviado a Socorro, a la que nunca le importaba renunciar a las vacaciones por una historia. Afortunadamente para los hermanos, lo de los abusos no trascendió a la prensa.

Lo que sí se supo fue la destacada participación de Sergio Navarro, lo que le supuso una distinción y el reconocimiento como «héroe», en parte por los relatos laudatorios de los periodistas que, como Socorro, estaban agradecidos al guardia civil por contarles detalles del secuestro. Otra cosa fue que, por suerte, ninguno publicó los más morbosos del asunto, pese a que Navarro les había contado hasta los reconocimientos médicos a los que se sometería a los niños para poder probar los abusos del guardés. Los padres habían enviado un comunicado en el que pedían respeto por la intimidad de sus hijos al mismo tiempo que amenazaban con denunciar, en caso de que algún medio tuviera la tentación —enorme— de publicar cualquier detalle. Esas informaciones eran una intromisión a la intimidad de los menores que ningún juez cuestionaría. Así que a todos les convenía guardar silencio.

* * *

En cuanto Socorro supo que Sergio estaba implicado en el caso de Aldara, le envió un mensaje que él respondió pasado un tiempo. A lo largo de los años transcurridos desde el secuestro de los Renacuajos, sus caminos se habían cruzado varias veces y siempre había algo que quedaba pendiente entre ellos. En aquel tiempo, él había abandonado la Guardia Civil y había conseguido un cargo en la estructura del Ministerio del Interior, aunque siempre dejaba claro que no simpatizaba con ningún partido político.

Sergio Navarro era un tipo guapo, quizás algo basto, pero bastante irresistible desde el criterio poco exigente de Socorro. Por otro lado, se entendían muy bien casi sin hablar, lo que ella, que era huraña, siempre agradecía. Enseguida decidió proponerle tomar algo y se ofreció a ser su guía en El Puerto. «Además, así me sacas, que me he tenido que quedar en casa con mi madre y estoy muy incómoda entre gente tan estirada». Por supuesto, obvió que también estaba con las hermanas del dueño de *El Matinal* porque implicaría tener que dar demasiados detalles por escrito.

Sergio le contestó. «Llego mañana por la mañana. ¿Estás libre para cenar?». Socorro dijo que sí, aunque en realidad no tenía ni idea de cómo se desarrollaría la visita al campo con Luis Gordon.

# 19

A las ocho de la mañana, Socorro ya se había tomado su café y abría el paquete de donuts glaseados que Nelson le había comprado en el Makro para el desayuno. A su lado, María Casares comía sandía y un mollete con aceite, tomate y jamón. Antonia no pudo reprimir las ganas de darle un toque a su hija por lo que consideraba un desayuno poco adulto, por no decir insalubre.

—No sé cómo no te sienta mal tragar esas porquerías con el estómago vacío. Deberías comer cosas más sanas.

María terció en la conversación entre madre e hija. Poco a poco iba ganando confianza y sentía que se podía permitir alguna broma con el tono más jovial y encantador que le proporcionaba su registro.

—Fíjate, Antonia, que el otro día en la redacción la vi mojando unos Mikado en café de la máquina, que es el brebaje más repugnante que puedas imaginar —dijo con cariño.

Aquello hizo gracia a madre e hija, pero después pronunció una frase que Socorro solo pudo interpretar como lapidaria.

—Lo que es increíble es que con el tipo de cosas que comes no engordes ni un gramo. A tu... —Y se calló intuyendo que la forma en la que continuaría la frase jodería bastante a Socorro, que empezó a remover el café con un ímpetu inusitado. Levantó la cabeza cínica.

—A mi edad sigo sin engordar. Nunca he conseguido engordar, aunque mi madre se empeñara en ello. Otras no tenéis esa suerte —contestó, recalcando la segunda persona del singular.

María bajó la mirada y se concentró en recoger con las yema de los dedos las migas del mollete impregnadas de aceite. Se las metió en la boca.

Lo cierto era que no se podía decir que la joven tuviera un gramo de sobrepeso. Aunque su trabajo le costaba, porque a ella le hubiera encantado atizarse un dónut como el que iba a zamparse Socorro sin que después sintiera ese cargo de conciencia que la incentivaba a ir al gimnasio cada tarde sin excepciones. O a correr por la playa como era el caso mientras durase su estancia en El Puerto. Pepe le había dejado que se quedara en casa de las Lequerica con la condición de que no descuidara su turno en *elmatinal.com* y que prestara apoyo «de color» a las crónicas de Socorro. Esto significaba reacciones de los vecinos, ambientes en las discotecas, donde se había disparado una auténtica psicosis porque las chicas tenían miedo de que alguien —ese hombre que mató a Aldara— las drogara para violarlas, y a saber qué más se le iría ocurriendo a Pepe y a Socorro.

María decidió tratar de enderezar su metedura de pata con Socorro. ¿A qué mujer le gusta hablar de los años que tiene y de lo que pesa? ¿Como se le había podido ocurrir?

—¿Vas a ir al campo con Luis Gordon? ¿Puedo ir contigo? Ya sabes que quiero aprender de ti y me vendrá bien acompañaros para el perfil que estoy preparando sobre Luis para el *Domingos*. Como siempre recordaban Pincho y Pacón, el fundador, «fiel a su sencillez», había llamado así al suplemento dominical.

Socorro dio un trago más al café del que tenía previsto para meditar la respuesta. La verdad es que no le apetecía nada cargar —y mucho menos compartir fuentes— con la joven, pero al mismo tiempo le agradecía que fuera tan atenta con su madre y que le prometiese guardar silencio en la redacción respecto a su relación con las Lequerica. Además, le caía bien. Era trabajadora, aún tenía —quizás demasiado— idealizado el periodismo y era de las pocas que todavía leían los periódicos impresos, algo poco habitual entre la gente de su edad. Decidió aceptar de buen grado que los acompañara a la finca.

—Bueno, vale. Cuatro ojos ven más que dos... Pero ten en cuenta que este trabajo es el mío y que tú...

Antonia salió al rescate de María Casares porque conocía muy bien a su hija cuando se ponía con la retahíla de las fuentes.

—Anda, llévatela, que María está deseando aprender, y tú... —Había estado a punto de añadir que también Socorro podría aprender de ella—... Hija mía, a ti te vendrían muy bien algunas de las cosas que... —titubeó—... que no dominas.

En ese momento, apareció Pincho reclamando el suplemento cultural de la última semana de julio de uno de los periódicos de la competencia. Ya se había leído toda la prensa del día y, por supuesto, el artículo laudatorio de Socorro sobre Sergio Navarro, el exinspector de la Guardia Civil que acababa de llegar a Cádiz para ayudar a descubrir al responsable del asesinato de Aldara Ortiz de la Vega y de las violaciones. «No sé si me parece exagerado que le hayas llamado el "galáctico del Ministerio del Interior"», dijo. En ese momento, entró Oriol en la cocina con una especie de kimono negro de samurái a modo de batín. A todos les había dado por madrugar ese día. A Pila, no, desde luego. Por supuesto, la crónica de Socorro no se salvó de sus críticas.

—¿Lo de galáctico fue sugerencia de ese mequetrefe ególatra que se dice servidor de la ley o fue idea de esa cabeza de bestezuela que tienes? —Se dirigió entonces a la madre con ese tono medio en broma, medio afectado que a veces utilizaba—. En serio, Antonia, nunca entenderé cómo con tu talento para hacer esa fritura delicadísima con la que nos deleitaste ayer... tu hija puede ser tan tosca. ¡Qué calamares!

Socorro estaba a punto de replicarle que el artículo lleno de ditirambos sobre el agente Navarro y el ministro del Interior era la fórmula para que le siguiera filtrando informaciones.

Oriol tiró de ironías.

—El día que escribas un artículo como el de la semana sin bragas que hay ahora mismo en la web podrás replicarme.

Pincho colocó sus gafas en la punta de la nariz.

—¿De verdad en el periódico que fundó mi bisabuelo está escrita esa palabra?

María no entendía nada.

—¿Qué palabra?

—Esa...

Oriol empezó a desternillarse.

—Bragas. La gente bien nunca dice bragas. Ni siquiera existen. Si Pincho Lequerica dijera —o peor aún, escribiera— bragas, se desintegraría.

Socorro se moría de risa, aunque le parecía que el criterio de Pincho era demasiado arcaico, clasista y poco práctico. Aquella pieza tenía muchos clics. No pudo decirlo porque Nelson le avisó de que Luis Gordon estaba esperando con el coche en marcha en la calle.

Socorro se despidió. Antonia ni intentó darle un beso de despedida porque sabía que a su hija le daba vergüenza mostrarse cariñosa delante de la gente; sobre todo si también eran periodistas. «Supongo que volveremos a comer porque María tiene que ponerse a las cuatro con internet», advirtió a su madre. La joven agregó que precisamente aquel día le tocaba librar porque había trabajado toda la noche en la retransmisión de un directo de un partido de tenis en el que un español jugaba la final de un torneo en Canadá.

Socorro temió que la niñata María Casares se le colgara en la cena con Sergio Navarro, pero, al final, resultó más prudente de lo que nadie hubiera esperado de una periodista que quería abrirse hueco en la profesión. Ella le dio un motivo que nunca hubiera esperado. «Por la tarde quiero tomar el aperitivo aquí con Pacón, Oriol y las Lequerica. Quiero probar ese martini con don Dalmacio del que tanto habla Pila». Al escuchar sus palabras, a Socorro se le anudó el estómago. Quizás fuera de esas periodistas ladinas que sabían que las relaciones sociales, esas que tanto aborrecía ella, eran importantes para medrar. Entonces, como buena desconfiada comenzó a pensar que todo lo que hacía María —su entusiasmo, cierta candidez, disposición y hasta las atenciones que le dispensaba a su madre— estaba perfectamente calculado para complacer.

—Venga, vámonos, que este hombre se va a arrepentir de haber quedado conmigo —le metió prisa.

De camino al coche, no pudo reprimir las ganas de preguntar a María si no tenía nada mejor que hacer a los veinticinco años que quedarse tomando un martini con las Lequerica y su séquito. Ella sonrió mientras contestaba:

—Tengo una amiga que veranea en Rota e iba a quedar con ella, pero no me coge el teléfono desde el día de la obra de teatro. A ver si consigo hablar con ella. Tengo la sensación de que debe de estar enferma o algo.

# 20

Luis Gordon tenía un Land Rover verde viejo, aunque en sus entrevistas siempre puntualizaba que estaba a punto de comprarse un modelo eléctrico. La verdad, pensó Socorro, si en un diccionario ilustrado hubiera una entrada sobre lo que era un señorito, aparecería una foto suya de aquella mañana. Llevaba una camisa con sus iniciales, empavonados bucles engominados y un sombrero de ala ancha de paja que resaltaba su moreno, pero también los dientes blanquísimos. Por lo demás, pensó Socorro, estaba guapísimo, aunque fue María, más inocente y desinhibida, quien se lo dijo. «Luis, no sé qué haces para estar siempre como preparado para una sesión de fotos. Como el artículo que estoy haciendo es sobre un día contigo en el campo, ¿te importa que te haga unas fotos con el móvil? Luego vendrá un fotógrafo, pero... Así quedará más natural».

Él sonrió, seductor y simpático. Casi en tono profesional. «Claro, hombre, pero no pongas en el artículo nada de que el asesinato de la bella del Rolex se produjo cerca de una de las viñas de Milésima. Eso puede darle mal fario a la gente y no creo que esos titulares sean buenos para la bodega».

El Albarizal, la viña de Gordon, estaba, como El Pájaro, en la carretera de El Puerto a Sanlúcar, a apenas veinte minutos de casa de las Lequerica. Por el camino, por no tener que darles conversación, el bodeguero puso las noticias en la radio del coche. Nada nuevo: incendios, olas de calor, el despacho del rey con el presidente del Gobierno y el asesinato de Aldara, sin novedades. En un momento Luis tomó un estrecho carril y señaló una pequeña venta. Pero no paró. «Aquí hemos quedado con Marín en media hora o así, pero antes dejadme que me dé una vuelta por el campo, que tengo que ver cómo va la uva».

Cuando llegaron a la viña, detuvo el Land Rover y se bajó.

Socorro sintió una extraña familiaridad al verle caminar entre las viñas que en algunas semanas recogerían para hacer los vinos de Milésima. De niña recordaba los tractores que tiraban de los remolques rebosantes de racimos que recorrían las carreteras secundarias de la comarca de Terrinches, el pueblecito manchego de sus padres. Allí había muchos que tenían su viñita para llevar la uva a la cooperativa que hacía un vino áspero, pero agradable, que vendían a granel y que Oriol había despreciado. —Seguramente, influido por el precio, bajísimo, y las alabanzas de Pacón, cuyo gusto por aquel vino de cooperativa era inversamente proporcional a los motivos de su rival—. En septiembre, los alrededores de las cooperativas olían a vino, como supuso que olería la bodega de Milésima.

Galante, Luis Gordon cortó un par de racimos de unas cepas de uva moscatel y se los dio a Socorro y María. Estaban muy calientes, pero dulces. Socorro se quiso poner puñetera por aquella costumbre, seguramente casi genética —su padre había sido comunista cuando había que serlo—, de despreciar las cosas de señoritos como Luis. Fue sincera, un poco zarzo, como le salía a ella.

—Saben un poco a polvo.

El bodeguero se rio con su boca enorme y blanquísima. «Eso es porque no las has enjuagado. Tú también sabrías así con la polvareda que trae el levante», dijo sin pensar que estaba diciendo una galantería, que fue como se lo tomó una Socorro ruborizada por la forma que habían adquirido los gruesos labios de Luis al pronunciarla. Muy rápido, él cambió unas palabras con un empleado y volvió a subirse en el coche. Lo arrancó. «Vamos a la venta y nos tomamos algo». Socorro siempre se había sorprendido sobre lo expeditos que eran los diálogos en el campo, al contrario de todos los rodeos que ella necesitaba para cualquier asunto del periódico.

La Perdiz era una de esas ventas que, antes de que hubiera controles de alcoholemia, estaban en cualquier cruce de carretera. De esas en que servían cafés en vaso, magdalenas y sobaos Martínez, carne en salsa y un fino que siempre estaba muy frío, como les gustaba a los agricultores. También había huevas aliñadas, pollo frito y, en temporada, caracoles chiquititos que se servían con caldo en un vaso. Pero agosto no era temporada.

—Niñas, ¿qué queréis tomar?

Eran las once y media de la mañana. Para Socorro casi la hora del aperitivo, pero le dio vergüenza pedir una cerveza delante de Luis. Más aún cuando María Casares se descolgó con su lacónica Coca-Cola light.

—Me parece que solo tienen Zero.

María entonces dijo que prefería un café con hielo. Socorro se rio internamente. Era una de esas que se las daba de entendidas de la Coca-Cola. El camarero miraba al bodeguero con ojos lastimeros porque seguramente le había servido en compañías más festivas. Quizás, dedujo Socorro, la de su mujer: la perfectísima Lucía Prado. Luis trató de poner un poco de alegría a la comanda.

—Pues a mí ponme una tapa de carne en salsa y una manzanilla en una copa helada. Y ella... —miró a Socorro.

—Una cerveza muy fría.

—Sí, que a la niña hoy todo le sabe a polvo...

Y se empezó a reír de su propia broma. Socorro enrojeció y bajó la mirada. No sabía si interpretar su chistecillo como sorna del peor gusto o una de esas torpezas que algunos hombres, sobre todo los que ella conocía, perpetraban para ligársela.

—Aquí siempre bebo manzanilla porque el dueño de la venta trabaja en La Guita, que es estupenda. Y, además, la manzanilla parece más ligera que el fino, aunque en el fondo sea igual de peligrosa.

Él pidió que no le calentaran la tapa porque le gustaba así. Era un guiso del día anterior y la carne ya estaba entreverada del sofrito de cebolla, zanahoria y tomate. A Socorro le apeteció probarla, pero aún tenía la tripa llena por el dónut. Le dio un trago a la cerveza para ver si así le daban ganas de comer salado. Luis, mientras, empujaba con el pan un trocito de carne hacia el tenedor y se lo llevaba a la boca. Socorro notó el paso del traguito de manzanilla por el movimiento de su nuez. «Me voy a pedir una manzanilla también», le dijo. Él levantó el dedo y el camarero procedió.

Apenas pasaron unos minutos, la puerta de la venta se abrió y apareció un señor algo encorvado que caminaba como si le dolieran los riñones. Iba con una camisa de cuadros fina de manga corta y vaqueros. Luis le hizo un gesto.

—Marín... ¿una copita? Has llegado tan puntual como siempre.

El hombre negó con la cabeza. Le explicó que no quería tomarse una copa hasta que se le pasara la impresión de haber encontrado a la «chavala muerta».

—Esa noche, para tranquilizarme me tomé una botellita de manzanilla en La Peña al llegar a Sanlúcar y me pasé toda la noche en duermevela dando vueltas en la cama y pensando en cómo hasta la Chispi le había lamido la cara a la pobre chica. Me puse fatal, y creo que fue cosa de las copas, que nunca vienen bien si estás en un momento malo y no lo digo por joderte el *marketing*.

Marín sonrió con amargura, porque, pese a la gracieta, seguía teniendo mala cara. Luis Gordon le hizo saber que se le notaba que llevaba días sin dormir.

—Cuatro días. Desde que encontré el cadáver el viernes.

—Y estamos a martes. ¿Y tu mujer? ¿Qué te dice?

—Pues ya sabes. Lo que peor lleva es lo de los perros, le ha costado mucho admitirlos de nuevo en casa. Dice que le dan mal cuerpo. Y han estado en El Pájaro sin salir del patio del cortijillo porque no quiero que anden revolviendo en los alrededores de donde ha estado la policía, el juez y toda esa gente.

Marín era uno de esos señores que tardaba en fijarse en las mujeres que no eran la suya. Por fin dio señas de ver a alguien más que a Luis Gordon y reparar en las dos chicas que le acompañaban. Señaló a María Casares mientras se dirigía a él. Se notaba que aún estaba en estado de *shock*.

—¿Y esta niña? Me dijiste que solo iba a venir una señora.

Socorro por fin se atrevió a hablar. A eso había venido y no estaba dispuesta a seguir perdiendo más el tiempo.

—Permítame que me presente. Soy Socorro Núñez, la periodista de *El Matinal* de la que le ha hablado Luis. Encantada. Gracias por atendernos.

Ignoró la distinción entre niña y señora —de eso no escribió Julio Iglesias en sus canciones— y le explicó que María Casares también era periodista y, para simplificar, le contó que era su ayudante en el periódico. La gente de determinada edad, sobre todo si es de campo, aún tiene mitificado lo que se publica en los diarios y a los periodistas. Como si la letra impresa fuera verdad.

María Casares le sonrió, y Marín pareció relajar el manojo de nervios que era su cuerpo. Tenía los ojos amarillos y las uñas peladas hasta las cutículas.

A Socorro no le gustaba perder el tiempo.

—¿Me puede contar cómo encontró a Aldara Ortiz de la Vega? Nos ha dicho ya que fue una experiencia durísima.

Marín amusgó la mirada tras las gafas de ver y se miró las botas sucias. Le dijo que la policía científica había terminado ayer de recoger todo lo que habían desplegado en la chumbera donde estaba el cadáver después de fotografiar hasta la última mota de polvo del terreno.

—Al parecer, eso me han dicho, no la mataron en El Pájaro, sino que la tiraron ahí, seguramente para despistar. Yo no sé de esas cosas... Han señalado muchas partes y han removido la tierra para ver si había gotas de sangre o colillas o yo qué sé... Tampoco cuentan demasiado. Me da la sensación de que no tienen nada.

Socorro necesitaba algo que escribir que despertara el interés de los lectores e insistió en que le contara cómo los perros habían olisqueado la cara de la muerta. Él, nervioso y aún preso de la desazón del trauma, le habló hasta del olor a cadáver que creyó percibir en el aliento de su galga Chispi. Y ahí tenía Socorro un gran titular para la crónica de mañana. Los perros, los gusanos, los insectos... la famosa fauna cadavérica. El horror de Marín y su dolor de espalda. Les contó que el médico de la Seguridad Social le quería operar desde el año pasado, pero ahora tenía miedo a que le anestesiaran. Lo de ver a esa chica le había producido un miedo cerval a que le tumbaran en la camilla de operaciones.

La periodista se empeñó en invitar a Marín a la cerveza sin alcohol que había pedido, pero Luis Gordon se lo impidió.

—A mí me han educado para que las mujeres no me inviten. Sé que en estos tiempos quizás os suene un poco machista.

María soltó una carcajada y Socorro prefirió callarse. Le venía bien no tener que pasar más recibos porque el programa de contabilidad de gastos del periódico era un coñazo.

—Pero a la próxima invito yo.

La joven periodista volvió a terciar, deseosa por parecer simpática a Gordon y, sobre todo, aportar levedad al relato de Marín.

—Pero no podrás pedir ni una cerveza, porque ya no nos devuelven lo que nos gastamos en alcohol —dijo entre carcajadas.

Socorro vio que no era la única afectada por la medida de la dirección.

Luis y Marín negaron con la cabeza atónitos. Pues sí que estaban mal los periódicos. Al pobre encargado de El Pájaro le seguían temblando las manos. Socorro se dio cuenta cuando le vio llevarse a la boca el pan que había mojado en la carne en salsa.

—Soy incapaz de olvidarme de la cara tan guapa que seguía teniendo la chavala, aunque estuviera muerta.

María Casares y Luis Gordon bajaron los ojos.

Socorro insistió. En ocasiones, podía parecer pesada, pero sabía que su colega entendía que era su trabajo y que el bodeguero lo interpretaría como el trago desagradable que era.

—¿Y no le contó nada más la policía científica? ¿Qué ropa llevaba la chica? ¿Estaba rasgada? ¿Por qué creen que no le han robado nada?

—Pues ya lo dirán, supongo. Ayer cuando volvieron a llamarme para que declarara una vez más, escuché que los forenses creían que ya estaba muerta cuando le hicieron todas esas perrerías que se han dicho. Y que le habían dado tanta droga que estaba inconsciente cuando la asfixiaron. —Marín parecía aliviado por saber que el lugar en el que trabajaba cada día no había sido el escenario de algo tan oscuro. Y también de que la chica no se hubiera enterado de que la habían violado de esa forma. Se veía que la insistencia de Socorro le estaba incomodando—. Mirad, yo me tengo que ir, que mi mujer me ha dado ya permiso para que los perros vuelvan a casa. Ahí están en el cortijo para que algún sinvergüenza me los robe en cuanto quiera. La Chispi es la que mejor corre las liebres de la provincia.

Luis le estrechó la mano. Y las chicas le dieron un beso.

—Adiós. Y gracias por la tapita. Que te dé Luis mi teléfono, por si vuelves a necesitar algo de esto. Aunque, mira... Ya me quiero olvidar de esa cara.

Cuando se fue y María Casares pidió las llaves para ir al baño, Socorro le preguntó a Luis si le importaba dejarlas en casa de las Lequerica y salieran de la venta.

—Mi madre me ha dicho que Pincho y Pila nos esperaban para comer.

El bodeguero le sonrió con esa amabilidad despreocupada, desinteresada, que Socorro había observado cuando era un adolescente con camiseta de Camel, pantalón corto y alpargatas.

—¿Tu madre? ¿Ha llegado hoy? ¿Cómo se llama? Seguro que se acuerda de mis padres... Si conoce a las Lequerica.

Luis parecía muy ansioso por conocer la respuesta de Socorro.

Socorro titubeó antes de contestar. Podría haber mentido y escabullirse con el clásico de «No sé si se conocen. Seguramente, sí...». Incluso hacer un poco el paripé. Pero, de repente, se sintió muy ridícula ocultando quién era su madre y, sobre todo, enlazando una mentira tras otras para, al final, ser descubierta por alguna indiscreción involuntaria de cualquier alma cándida y sincera como podían ser la propia María, su madre, Oriol... Así que decidió contestar sin evasivas.

—Mi madre es Antonia Pozo y tus padres la conocen seguro, porque lleva trabajando para las Lequerica más de cuarenta años. Así que algún verano habrán coincidido en la casa.

—Ah, también trabaja en *El Matinal*. ¿Como Teresita Gil León?

Socorro esbozó una medio sonrisa porque sabía que lo que diría cambiaría la relación de camaradería que había establecido con Luis Gordon. O, al menos, eso pensaba ella.

—Mi madre es Antonia, la que cocina en casa de las Lequerica.

Luis tosió.

—Antonia, ¿la mu...?

Socorro sacó su voz más arisca y basta. Borde. Era lo que le apetecía ser en ese instante con el bodeguero.

—Exacto. La muchacha de «toda la vida», como dirías tú. ¿Y ahora nos llevas a casa, por favor? A mi madre no le gusta servir la comida fría.

Luis no cambió el tono. Se encendió uno de sus Marlboro.

—Todo el mundo sabe que en la casa de las Lequerica siempre se pone gazpacho de primero en verano.

Socorro tampoco supo interpretar lo que quería decir cuando le ofreció fuego para el cigarrillo que acababa de terminar de liarse.

# 21

En el coche, de vuelta a El Puerto, pasaron por delante de la venta La Feria. «Ahí ponen un arroz buenísimo, si os gusta. Pero es mejor venir a la hora de la comida», explicó Luis haciendo de guía para las periodistas. El coche enfiló hacia Vistahermosa, rumbo a la rotonda del centro comercial. La bajada por la avenida donde los promotores de la urbanización habían plantado palmeras como las de Hollywood siempre impresionaba a Socorro. A la izquierda quedaba el golf de nueve hoyos y a la derecha, las casas y también las calles que conducían a la playa, que las Lequerica solían frecuentar a horas extrañas para tratar de evitar el gentío.

Precisamente, cuando Socorro y María Casares llegaban de su excursión con Gordon, Pila bajaba de su cuarto ataviada con un caftán que le había comprado a la hija de una amiga que se había puesto a ser diseñadora de moda con bastante acierto. Pila compartía el piso de arriba con Pincho. Las dos hermanas habían decorado sus habitaciones con estilos muy diferentes, reflejo de su personalidad. Sus gustos delimitaban a la perfección las zonas casi independientes que las hermanas consideraban como propias y que solo se atrevían atravesar tras respetuosos avisos o por alguna urgencia, como había sido la muerte del padre o alguno de los reveses profesionales de Pincho. Esta prefería los muebles ingleses, a ser posible clásicos, aunque mezclados con algún mueble italiano moderno, bueno. También tenía muchos libros: los que le mandaban las editoriales y ella se llevaba para adelantar lecturas para el invierno y los que iba comprando a particulares por internet.

Las librerías atestadas, además de cuadros buenos —a su madre le gustaban Óscar Domínguez, Zóbel... aparte de algún Murillo y Rubens que todavía tenían en Madrid—, era lo único que toleraba Pincho como decoración. No era partidaria de las habitaciones demasiado llenas y en eso era el perfecto opuesto de su hermana, propensa al *horror vacui* decorativo, aunque siempre algo caótico y de alguna manera muy elegante. Se notaba que Pila había pasado demasiado tiempo perdida por los grandes bazares y mercados de antigüedades de los países que había visitado. Sus habitaciones estaban llenas de souzanis, tapices, espejos, alfombras y mil cajas y figuritas, por los que había regateado con todo el repertorio de artimañas y seducciones que había aprendido a lo largo de sus viajes. También tenía dos venados de cuernos grandes en los que le gustaba colgar los muchos sombreros que utilizaba.

La hermana menor de las Lequerica siempre tenía aire jovial y libre de preocupaciones. O eso es lo que deseaba aparentar frente a la gravedad que siempre exudaba Pincho, a la que quedarse viuda a una edad tan temprana no la había hecho melancólica, un efecto que sí habían conseguido sus múltiples decepciones profesionales y políticas. Era de las que había apoyado fervientemente la operación Roca, al Partido Reformista Democrático, y había sido la última en abandonar el barco junto a Garrigues Walker.

Pila, sin embargo, era de las que había elegido la ligereza y la frivolidad como tránsito inteligente por la vida. Como cada verano, su principal misión parecía ponerse morena y apurar al máximo el disfrute. Detestaba que los días empezaran a acortarse y todos esos anuncios de la vuelta al cole. Al mismo tiempo, también notaba ya la fatiga de la playa y anhelaba irse al campo para poder cazar en la media veda. Los europeos adoran el cambio estacional y hay un momento en el que cualquier persona empieza a hartarse de la comodidad veraniega y desea enfundarse en abrigos que pesen y chales de lana. Y esa era Pila, que no se levantaba —esto era, salir de su cuarto— hasta que no terminaba todas sus llamadas.

Ella se encarga de gestionar el patrimonio que las hermanas habían heredado de su madre y de su tío Alfonso. Fincas, mucho campo, algunos edificios en Usera y Tetuán y, sobre todo, unos terrenos situados rumbo al aeropuerto de Madrid donde solo por colocar vallas publicitarias habían recibido mucho dinero y que ahora les habían recalificado para un polígono industrial. No es que Pila sea una experta en urbanismo o en agricultura, pero tiene sentido común y sabe asesorarse; un arte que consiste en escuchar y, sobre todo, en reconocer que no se sabe tanto como otros. Y si hay algo que se puede resaltar de ella es su humildad y realismo.

Por oposición, rechaza las ínfulas intelectuales del llamado «mundo de la cultura» que tanto frecuenta Pincho. También los medios, aunque esa aversión nació por el comportamiento de su padre con su hermana y particularmente con ella, a quien siempre trataba como si por ser tan guapa no necesitara ser inteligente. Mejor para ella que sin estudiar había aprendido de todo: de campo, de cerdos, de caza... y claro, un poco de urbanismo. Al final, como con todo, ella se quita mérito. «Ser guapa y rica siempre te hace parecer lista, y si a eso le añades el misterio de la que habla poco...», suele decir. Y algunos, entre ellos Socorro, nunca la han tomado en serio.

Marina ya había puesto la mesa para la comida. Pila se sentó en un sillón de mimbre como el de *Emmanuelle* con el iPad, pero el sol no la dejaba leer la pantalla. Entonces vio a Socorro, que acababa de llegar de su excursión a las viñas con Luis Gordon.

—Niña, ¿te importa coger el mando de ahí y abrir el toldo? Tengo que leer una cosa que me han mandado y con este solazo no puedo.

Socorro hizo lo que le mandaba Pila y después se acercó a ella con el mando en la mano.

—Por si luego quieres que te dé más el sol. Aún puedes ponerte más morena.

La Lequerica menor la miró por encima de sus gafas.

—Mmm. Espero que no me creas tan tonta como para pensar que no soy consciente de tu mala leche. Tu madre te habrá contado que ya no me gusta ponerme tan morena como antes. ¿Te acuerdas de cómo estaba cuando eras pequeña?

Socorro se preocupó por si se había pasado de lista. Ella continuó ajena a lo que la periodista pudiera pensar y señaló la otra silla que estaba a su lado para que se sentara a charlar.

—Además, pese a todas las barbaridades que he hecho de joven —ya sabes, untarme aceite en la cara, Coca-Cola, esa crema de zanahoria repugnante— tengo la piel bastante sana, según me ha dicho mi dermatóloga... Tú, sin embargo, deberías ponerte al sol, que pareces tan gótica como mi hermana. Yo no sé qué os dan a las periodistas, que parece que os succionan la vida. ¡Qué manía!

En ese momento, vio a María Casares, que anunció sonriendo que iba a darse un baño en la playa y que llegaría para comer. La joven estaba espléndida y Pila no sintió envidia, sino más bien nostalgia de que se le hubiera pasado el tiempo de las miradas ajenas.

—Bueno, no todas las periodistas tenéis pinta de mustias. Mira cómo está María de guapa y lozana. —Y para picar a Socorro, añadió—: Y seguro que llega muy lejos porque no tiene ni un pelo de tonta. Hazme caso, que si sé de algo es de listas que se pasan de listas y de tontas que saben quedarse cortas. Que todas hemos visto *Eva al desnudo*. —Pila cerró la tapa de la funda de su iPad y le hizo una señal a Nelson—. ¿Qué quieres? Una cerveza... A mí también me encanta, pero como ya no me puedo quitar la barriga, prefiero tomar vino tinto con Casera. ¿Lo mismo?

Socorro prefería la cerveza, pero accedió a imitar a Pila, que cruzaba y descruzaba las piernas bajo el caftán. Nelson llegó con un vaso grande lleno de hielo hasta el borde y empezó a servirle el vino. Cuando apenas había sobrepasado el cuarto de contenido, Socorro le dijo que ya estaba bien y que le pusiera ya la Casera.

—Por favor.

Pila chasqueó los dedos.

—Déjate de tonterías, niña. Ponte un poco más de vino, que no te va a saber a nada. Nelson, ponle uno como el mío. —Nelson obedeció a su jefa. Cuando volvió hacia la cocina, Pila sonrió—. Supongo que será extraño para ti estar aquí con nosotras —y con nosotras incluyo también a tu madre, que sabes que es familia— y estar trabajando al mismo tiempo para *El Matinal*.

La periodista no sabía por dónde iba a seguir. Desde niña siempre le había dado cierta vergüenza hablar con Pila porque le parecía una persona muy alejada de todo lo que le interesaba. Pincho, por el contrario, se desvivía por el periódico y compartía con ella esa pasión. Sin embargo, siempre había tenido la impresión de que su hermana pequeña era una frívola alejada de la realidad y solo le preocupaba pasárselo bien.

—¿Y estás contenta en el periódico? —continuó Pila—. De niña ya querías ser periodista. Me acuerdo perfectamente, aunque yo estuviera en otras cosas bastante más divertidas.

—Siempre me gustó escribir. Me leía los diarios después de tu hermana y me fascinaba lo que se aprendía de ellos. Un periódico es el mundo. Se pueden descubrir muchas cosas: libros, arte, ciencias... —respondió ella, sorprendida de que Pila fuera consciente de sus inquietudes. Supuso que lo siguiente sería que le preguntase por qué se había especializado en los sucesos—. Me metí en esto porque de niña me gustaban los libros de detectives y ser periodista es un poco eso. Indagar, llamar, preguntar... Llegar a una conclusión, pero sin responsabilidad. Luego, los crímenes ofrecen muchas posibilidades para escribir porque a la gente le encantan.

Pila llamó a Nelson y le pidió que rellenara los dos vasos de tinto con Casera. Socorro estaba tan nerviosa que se lo había apurado de un trago. Pila siguió divertida dando puntadas a su disquisición sobre la prensa.

—¿Quién lo diría? O sea, que te hiciste periodista por lucimiento. En el fondo, a casi todos los periodistas os gusta el protagonismo. He conocido a tantos como mi hermana —a algunos de una manera mucho más íntima que ella—, y te puedo decir que todos, sobre todo después de que adquieren alguna relevancia —aunque solo les dure un día— son adictos a la notoriedad. Quizás eso sea lo que os mueve. Llevar una redacción de periodistas es como entrenar futbolistas que se creen balón de oro, pero que desgraciadamente ganan, ganáis, infinitamente menos. Y nosotras, bueno, mi hermano, tampoco hace ya negocio con los periódicos.

—A ti nunca te ha gustado el periodismo.

—No como a Pincho o a ti. Era el negocio de mi padre y cuando murió mi madre y él se casó con la francesa, preferí no involucrarme en algo de lo que sabía que nunca podría opinar, porque siempre estaría en manos del Ignacio Lequerica que tocase, ahora mi hermanastro. Pincho sí quiso y se ha llevado muchas decepciones, porque nunca ha sentido que la tomaran tan en serio como para poder poner en práctica sus ideas. Yo, en cambio, me lo he pasado bomba y nunca he tenido disgustos por cosas que no estaban en mis manos... Y ahora, cuéntame qué tal con Luis Gordon. Qué guapo es, ¿verdad? Y tiene mucho mérito... ¿Sabes que sus padres lo pasaron mal económicamente? Todo lo que ha conseguido, lo de Milésima y eso, se lo ha trabajado él.

Roja de vergüenza, Socorro negó con la cabeza y le contó la visita a La Perdiz, la venta en la que habían tomado la carne en salsa, y lo que le había contado Marín de su impresión cuando encontró el cadáver.

Pila suspiró y esbozó con los labios un «pobre chica». Le preguntó a Socorro si era legal usar las fotos de Aldara que habían publicado los medios. Después, hizo algunas apreciaciones de lo afortunada que se sentía de que no hubiera redes sociales cuando ella era joven.

—Me hubieran echado de España, porque me he metido en cada embrollo... Pero con la pobre Aldara solo puedo pensar que todos han visto sus fotos, que eran bastante penosas para una chavala como cuenta Teresita que era.

Socorro se vio obligada a contestar:

—Son las de una chica normal. Toda la gente de su edad que es como ella se las hacen así. Y casi te diría que era bastante reservada para el trabajo al que se dedicaba.

Pila no pudo evitar que se le notara cierta acidez.

—Si ahora fuese joven, estaría más preocupada por vivir la vida que por enseñársela a unos extraños. Aunque he leído en tus artículos que ella no tenía casi seguidores.

Escucharon los pasos de Pincho, que llegaba con el montón de periódicos seguida por Oriol y Pacón. En ese instante, para deleite de los dos, María Casares volvía de la playa ataviada con un bikini escueto y con la melena al viento.

Pila la invitó a sentarse con ellas.

—Pero antes he de cambiarme para comer —dijo—. Esta tarde tengo que ir a una concentración en el ayuntamiento que han organizado los colectivos feministas de la provincia de Cádiz por el asesinato de Aldara. Pepe me ha pedido que haga una crónica de color y lo que digan los políticos que vayan.

Socorro pensó que María no le podía haber dado mejor noticia. Ahora podría dedicar la tarde a escribir sobre lo que le había contado Marín y, después, quedar a solas con Sergio Navarro. Seguro que ya sabría los resultados de la autopsia y le informaría de lo que se decía del caso entre los agentes que lo estaban investigando. Aunque siempre lo negaba, a Sergio le gustaba hablar con los periodistas y darse importancia... Pero Socorro intuía que a ella le contaba más por esa especial química que tenían. Al fin y al cabo, Sergio había confiado en ella para detallarle lo más escabroso del secuestro de lo Renacuajos de Soria porque sabía que nunca lo publicaría y que tampoco se lo revelaría a otros periodistas.

Se sentaron a comer. Socorro sonrió al ver a Nelson cargado con una sopera llena de gazpacho, como había previsto Luis Gordon. Se puso un cacito porque sabía que a las Lequerica les encantaba el ajo y no quería pasarse toda la tarde maldiciendo a su madre y lavándose los dientes para evitar que un reflujo espantara cualquier posibilidad de que Sergio Navarro le hablara muy de cerca. Aunque fuera para decirle cosas que no tuvieran que ver con el caso.

Socorro había prohibido a María que contara cualquier detalle de su encuentro con el encargado de El Pájaro. Lo último que le apetecía en ese instante, cuando ya sabía exactamente lo que iba a escribir, era que Oriol empezará a burlarse de sus artículos. O que cuestionara la relación que había establecido con Sergio. Oriol había escrito varios ensayos sobre cómo el infantilismo y la banalidad de cierta prensa y de algunos agentes desaprensivos habían destruido reputaciones de inocentes y, pese a que ella los había leído con delectación, no quería que el catalán le hiciera analizar lo que había escrito. Por otro lado, le gustaba saborear los detalles de sus averiguaciones y rumiarlos en su cabeza hasta que se ponía a escribir. Nelson cambió los cuencos de gazpacho por platos llanos. A continuación, apareció Marina con unas presas a la plancha cortadas en filetes y una montaña de patatas fritas.

—También hay ensalada para los que no queremos engordar —dijo Pila.

Pero Socorro ya se había puesto dos filetes —le gustaba más la carne que el pescado— y un buen montón de patatas fritas. Pila no se lo afeó, pese a que intuyó, como así era, que ella también había envidiado la tersura de María cuando volvía de la playa.

—Es increíble lo delgada que estás con la forma que tienes de comer desde pequeña. Claro que eres un manojo de nervios y no estás quieta ni un segundo. Tu madre dice que no paras de mover la pierna derecha.

Socorro sonrió y le dijo que tampoco pensaba perdonarse el tocino de cielo que sabía que había de postre, porque había visto en la nevera la bandeja de La Perlita, la confitería que había en el centro comercial, a la entrada de la urbanización, y que era su favorita desde niña.

Charlaron de lo de siempre. Del levante, de política, del calor que hacía, del asesinato y sobre todos los temas guardó

Socorro un silencio que parecía más enigmático que premeditado, lo que era, en el fondo, su intención.

Después se tomó el café y explicó que debía retirarse porque tenía que dejar escrito el artículo para el día siguiente antes de ir a una cita importante.

—Supongo que contarás las atrocidades que le hayas sacado a ese pobre hombre. —Pincho apuró su poleo con hielo—. Ya me ha dicho tu madre que seguramente no vendrías a cenar. Espero que te vaya bien con tu fuente.

—¿Cómo sabes que ceno con una fuente? —replicó Socorro con sorpresa.

Pincho le contestó como si la estuviera sermoneando, aunque en realidad la comprendía:

—Porque te conozco y conozco a los periodistas como tú. Y ahora solo tienes el caso en la cabeza... Lo único que te interesa son tus reportajes. Todos los informativos se remiten a tus crónicas. Supongo que mi hermano Ignacio te habrá llamado, aunque él no es muy dado a llamar a los redactores para felicitarles por sus crónicas.

Oriol sonrió, pero no criticó los artículos de Socorro, sino que prefirió hacer un comentario con su tono condescendiente.

—Es curioso que pese a lo irrelevante que dicen que es la prensa, la radio, la televisión y las redes sociales... siempre la usan de fuente... Sería algo sobre lo que deberíamos reflexionar.

Pincho le dio la razón, pero Socorro no oyó lo que dijo porque ya iba camino de su habitación para ponerse a escribir.

Socorro le preguntó al redactor jefe a cargo de Nacional cuántos caracteres tendría que tener el artículo. Antes de la comida, le había explicado a Pepe en una nota de voz lo que Marín le había contado, su angustia, el olor a gusano del aliento de los perros y que a Aldara no la habían matado en la finca en la que encontraron su cadáver. También que al hombre le habían dicho que la joven ya estaba muerta cuando la violaron.

El redactor jefe de Nacional era mohíno y poco simpático, aunque eficaz porque siempre trataba de maquetar todas las páginas que pudiera por la mañana. Le respondió a su mensaje con un lacónico ocho mil caracteres. ¿Solo?, había preguntado Socorro. «Hombre no has hecho foto al tal Marín, que te ha dicho que no publiques sus datos personales, y me ha dicho Pepe que le habías contado que te había dado vergüenza pedir que te dejaran fotografiar el lugar en el que apareció el cadáver». El pudor, el temor a que le negasen alguna de sus peticiones —ya fueran fotos, declaraciones...— era el peor defecto de Socorro como periodista.

En otras ocasiones, no le molestaba arriesgarse y pedir imágenes, pero no sabía por qué, intuía que después de aquella charla de la mañana, Marín no querría saber nada de los medios. También que si le hubiera exigido un posado o que le llevara a la chumbera donde encontró a Aldara desnuda habría incomodado a Luis Gordon, que había intercedido por ella con el único testigo del caso. Y no sabía por qué no quería que Luis le atribuyera lo que le había escuchado decir de otros periodistas a los que había oído hablar del asesinato: «Carroñeros...».

Socorro decidió mostrar su descontento con un pobre Ok y se puso a escribir. Sabía cómo empezar el artículo. Los perros lamiendo y mordiendo a la guapa Aldara ante el horror de Marín. Hasta habló de su perra omitiendo el nombre, «la campeona de galgos de la provincia de Cádiz», lo que era uno de esos detalles que entusiasmarían a su director, de vacaciones en Asturias. Posteriormente, añadió datos que ya se sabían del caso y volvió a repetir la hipótesis del violador en serie, aunque esta vez sí se atrevió a afirmar que era la principal línea que barajaba la policía en su investigación. Por supuesto, volvió a emplear muchos condicionales. A Socorro no le parecía suficientemente argumentada. Por una vez, reconocía que Oriol debía de tener razón. La policía no tenía ni idea.

# 22

Dos horas después, su crónica ya estaba en la web de *El Matinal* para los abonados del periódico y, según le explicó la responsable de internet, seguía haciendo suscripciones. Socorro estaba muy satisfecha. Sabía que cada persona que elegía pagar por lo que escribía era un pequeño triunfo personal. Sonó su teléfono. Era de uno de los programas de la mañana para que, al día siguiente, entrara en directo y hablase del caso. «Es que los detalles que has contado en la crónica que acaban de publicar en la web del periódico no los tiene nadie más», le dijo la redactora que la contactó. Ella contestó lo que ya les había dicho otros días, que prefería no ir a la televisión. Pero aquella chica, seguramente alguien que estaba empezando y trataba de acumular méritos, no se dio por vencida. ¿Y les podría pasar el teléfono del hombre que había descubierto el cadáver para que les contara ante las cámaras lo que ya había escrito ella?

Socorro no solía ser tan tajante, pero comprendió que el acceso a Marín no había sido como, en otras ocasiones, el resultado de su investigación, sino más bien de la casualidad de haberse encontrado con Luis Gordon porque estaba en casa de las hermanas Lequerica.

—Lo siento, pero ya sabéis que este señor no quiere revelar su identidad, lo que quiere es olvidarse de la visión de la chica muerta que, como puedes imaginar, le ha dejado totalmente traumatizado. Está muy impresionado todavía y no quiere decir nada. —Y hubiera añadido: «Y mucho menos ver cómo los tertulianos del programa se ponen a debatir una vez más sobre si habría que endurecer el Código Penal para los violadores, si solo sí era sí o lo constitucional que era o no la prisión permanente revisable». La redactora volvió a insistir, pero ella le dijo que había dado su palabra de que no revelaría el nombre de su fuente ni daría a nadie su teléfono —aunque, en realidad, el que lo tenía era Luis Gordon—. Y, por supuesto, no voy a traicionar la confianza de alguien que ha accedido a hablar conmigo.

Aún eran las ocho y le daba tiempo a ir a darse un baño a la playa. El levante volvía a soplar y el agua debía de estar limpísima. Socorro decidió caminar el kilómetro que separaba la casa de las Lequerica de la playa de Vistahermosa para ir a lo que llamaban la playa Chica, donde de niña había pasado muchas horas pescando cangrejos.

Uno de sus recuerdos más gratos era cuando bajaba con Antonia, le compraba una bolsa de patatas fritas al Papi y se la comían las dos con la arena rechinando entre los dientes. Socorro recordaba al Papi, morenísimo, casi negro, vestido de blanco voceando su llegada. «Hoy hay patatas, hoy hay Papi. El Papi, el famoso de El Buzo». Y los niños se arremolinaban a su alrededor como si fuera el flautista de Hamelin. A Socorro también le hubiera gustado integrarse entre esos niños, pero Antonia no se lo permitía. Así que se conformaba con compartir la bolsa de patatas con su madre mientras le agarraba la mano muy fuerte. La leyenda decía, o eso le contó su madre, que al Papi le había tocado varias veces la lotería, pero solo se había retirado de la playa cuando se había hecho demasiado mayor para aguantar la caminata bajo el sol de verano y el calor de la manteca en la que freía las patatas. Por eso estaban tan buenas.

Por las tardes, la playa de Vistahermosa era de la gente joven y del servicio. La *gente bien* solía bajar por la mañana, como sabía Socorro, que se quedaba con su madre en la cocina mientras las señoras se iban a dar un baño o a tomar una copa a El Buzo. Las Lequerica no eran muy playeras y siempre se estaban quejando de la muchísima gente que había en verano, y Pincho prefería quedarse trabajando en la casa.

Alguna vez, Pincho había pedido a la niña Socorro que le ayudara a ordenar papeles o que la acompañara mientras escuchaba las grabaciones de las entrevistas. Con solo nueve años, le regaló un curso de mecanografía que siempre le sería útil, aunque al final no fuera periodista. Pero Socorro se empeñó y no solo ayudó a Pincho a transcribir las entrevistas de algunos periodistas veteranos a autores importantes, sino que también le cogió cierto gusto al oficio.

Se licenció en la Universidad Complutense y en julio empezó sus prácticas en *El Matinal* porque Pila y Pincho convencieron a su madre de que ese era el destino natural para su hija, tan vocacional desde niña. Antes de que acabara el verano, Santos Armestos, el director de entonces del periódico, la llamó y le dijo que le gustaría hacerle un contrato fijo para que se incorporase a la sección de reportajes de fin de semana a cargo de Anastasio Correa, que sería su jefe durante casi diez años y por el que desarrolló una mezcla de temor, admiración y una pizca de cachondeo por sus ideas estrafalarias.

Socorro tenía buena pluma, desparpajo con las fuentes y era resolutiva, tres cualidades que, según Armestos, una figura casi mítica por su buen olfato y legendario priapismo, eran fundamentales en un buen periodista. Seguramente, pensó Socorro, doña Pincho habría intercedido a su favor a través de su hermano, pero el director lo negó cuando se lo preguntó: «Lo has conseguido tú solita». Y, a partir de entonces, Socorro trató de reducir al máximo el contacto con las Lequerica, por lo que evitaba pasar con su madre las épocas en las que ella estaba con las hermanas. No se trataba de complejo social ni nada por el estilo. Ver a las Lequerica le recordaba continuamente quién era —y ella estaba muy orgullosa de eso—, pero lo que quería evitar ante todo eran maledicencias como las que había oído sobre otros. Amoríos, enchufes, faltas de mérito, faltas de ortografía... O el eterno «hija de la criada» que sabía utilizarían sus compañeros más toscos, porque la *gente bien* nunca se refería a los que trabajaba para ellos como «los criados».

Socorro se sentía extrañamente cómoda en casa de las Lequerica. En la última comida no había sentido ninguna necesidad de decir que prefería comer en la cocina y había sido capaz de hablar sin complejos con las hermanas.

Cuando Socorro llegó a la playa, se metió en el agua y fue nadando hasta la primera boya antes de volver a la arena. El agua salada le escocía la piel, demasiado cuarteada por el aire seco que se respiraba en Madrid. Se había llevado una toalla, pero prefirió secarse al levante. Ya comenzaba a estar algo morena, según le había apuntado Pila con aprobación. Se gustó y pensó que esa era la sensación idónea para encontrarse con Sergio en El Faro, el restaurante al que había planeado llevarle porque, según su madre, las hermanas siempre decían que era el mejor de la zona. Miró el reloj. Aún tenía media hora para arreglarse y cambiarse. Oriol la vio atravesar el jardín de la casa.

—Qué fresquita vienes, ¿no? —le dijo de broma—. Me ha contado Pila que esta noche vas a cenar a El Faro. Supongo que profanarás tan excelente lugar escuchando las patrañas de ese galáctico fantasioso de medio pelo.

Socorro sonrió y le dijo que sí, que le iba a dejar rajar todo lo que quisiera. También se atrevió a preguntarle si había leído su crónica.

—Veré el periódico impreso mañana en el iPad. Ya sabes que considero el periódico maquetado como la única manera placentera de leer. Las webs, los sitios noticiosos, son como eyaculaciones continuas de noticias sin ningún orden ni concierto.

Y en eso Socorro le daba la razón a Oriol, aunque a ella nunca se le hubiera ocurrido expresarlo así.

# 23

Frente al espejo, mientras se maquillaba, Socorro pensó que, en realidad, Oriol no había hecho comentarios demasiado hirientes de su cena con Sergio. En cierta ocasión, Oriol había dedicado al investigador una de sus sábanas dominicales tras la comparecencia en algún caso que no era el del secuestro de los Renacuajos, que había sido su catapulta a la fama. Criticó su tono, la vehemencia de sus palabras y, sobre todo, el compadreo evidente con los periodistas que bailaban al son que él les marcaba. Pero lo que más había molestado a Sergio, tan acostumbrado a las loas, era que hubiera escrito que su traje gris era como él. O sea, gris, mediocre. Y en cuanto podía, volvía a sacar a Socorro el tema, así que mejor que Sergio no supiera que estaba viviendo en la misma casa que Oriol porque querría que le contara detalles.

El vestido de flores le sentaba muy bien. Parecía una de esas mujeres italianas que salen en las películas comiendo espárragos y enseñando el sostén negro bajo el traje escotado. Se pintó como solía hacerlo —rímel en las pestañas y lápiz de labios rojo— y salió de su cuarto pidiendo un taxi por teléfono al número que le había dado su madre. Pila la oyó y le ofreció que Nelson la llevara si prefería no coger el Pajero. Socorro se lo agradeció porque no quería conducir y en la redacción siempre se apreciaban los ahorros. Diez minutos después, el Pajero llegaba a El Faro. Por recomendación de Luis Gordon, Socorro había reservado en la barra, así que allí, apoyado, se encontró a Sergio Navarro con su camisa rosa y unos vaqueros muy, muy estrechos. Se notaba que llevaba ensayando la pose de seductor toda la tarde, lo que sin duda complació a Socorro.

—Bueno, bueno, bueno. El día que nos veamos en un sitio en el que no haya habido una desgracia o un crimen va a ser un milagro —dijo ella, tratando de resultar coqueta.

Pero Sergio conocía el percal y sabía que a los periodistas solo se les seducía con información.

—No sé si me querrías ver si no tuviera un caso entre manos.

Lo cierto es que desde el secuestro de los Renacuajos había entre ellos una corriente extraña más allá de sus encames esporádicos, y siempre comentaban por mensaje telefónico lo que estaba pasando en el país o las decisiones más polémicas de Interior. Sergio, licenciado en Derecho, sabía moverse en los círculos de poder y había sido capaz de aprovechar las debilidades de sus superiores, casi siempre perdidos en politiqueos y vanidades. Se sabía un tipo listo, que era consciente de que la seguridad tenía recovecos inesperados en los que era preferible no remover la ponzoña. Algunos los llamaban cloacas, pero él conocía que más bien eran males necesarios, inevitables. Las licencias de la dictadura y los años de lucha antiterrorista habían transformado la excepcionalidad del método en regla de algún que otro garbanzo negro que se había convertido en reyezuelo de un sistema dentro de otro.

Pero era consciente de que aquello era demasiado complicado como para que alguien, y menos él, lo solucionara. Y, aparte de no enfangarse en charcos innecesarios que molestaran a quien no debía, sabía que para ascender y poder lograr un buen puesto en una empresa privada, la buena prensa era fundamental. Por eso había hecho correr aquello de que en el cuerpo le llamaban «el galáctico» y filtraba los cursos que había hecho en ciberseguridad, *big data*, ciencias del comportamiento y hasta neurociencia. Y hacía que los incluyeran en los pocos perfiles que se habían hecho de él en los tres años y pico transcurridos desde que solucionó el secuestro de los Renacuajos. Es verdad que había sido un golpe de suerte, pero también un premio a su audacia y su intuición, tantas veces despreciadas por los superiores que ahora debían cuadrarse ante él.

En ese camino había contado con la ayuda de uno de esos garbanzos negros de las cloacas, Jaime Maqueda, un nombre bien conocido por todos los que en alguna ocasión se habían metido en un lío con la ley o necesitaban evitar que saliera a la luz algún escándalo. Ya fuera de faldas, de dinero... Tras su retiro de la Policía, había montado una lucrativa agencia de detectives que era infalible porque seguía contando con la ayuda que los agentes en activo de cualquier cuerpo de seguridad brindaban a su viejo compañero, quien, ante las dudas morales, acababa esgrimiendo el patriotismo y los muchos servicios que había prestado al Estado en la lucha antiterrorista.

En El Faro de El Puerto, a Sergio le pareció que a Socorro le sentaba muy bien el moreno. Le gustaba su olor a lavanda —una colonia a granel— y que fuera tan resolutiva en su trabajo. Aunque la mayoría de los periodistas de sucesos que había tratado eran así.

El camarero tras la barra les preguntó qué querían beber. ¿Una cervecita? ¿Un vinito blanco? Socorro tiró de lo aprendido en los últimos días con las Lequerica, Oriol, Pacón y Luis Gordon.

—¿Tienes Milésima en rama? ¿Sí? Pues dos copitas por favor. —Sergio la miró con sorpresa y ella se explicó—: Ya sabes que el fino es peligroso, pero es lo que hay que beber cuando estás en esta zona... Me he hecho un poco experta desde que estoy aquí.

—¿Y qué es el fino en rama...?

—Pues sin procesar y sin filtrar. Embotellado según sale de la bota... Y ahora me dices que te has quedado muerto con lo que sé.

Sergio bebió un traguito. No era un gran bebedor, pero se dio cuenta de que ella quería complacerle y no deseaba parecer descortés con su elección.

—Esta es la marca esa del pijo gilipollas que sale tanto en las revistas, ¿no? No aguanto a ese tío. Se cree el más guapo.

Socorro asintió con media sonrisa. En ningún momento quiso revelar que había pasado la mañana con Luis Gordon porque habían encontrado el cadáver de Aldara al lado de una de sus viñas.

—Me temo que no tendré más remedio que hablar con él si no lo han hecho ya —continuó Sergio—. ¿Sabes que encontraron el cadáver en la finca que hay al lado de la suya? A ver cómo respira este tipo. A lo mejor sabe algo.

Socorro no quería contarle que Gordon le había acompañado a hablar con Marín, y pidió unas tortillas de camarones porque precisamente el bodeguero le había dicho que eran las mejores. Ninguno de los dos tenía hambre, pero cuando probaron el primer bocado de las tortillitas —finas como un encaje plagado de ojitos de los camarones—, supieron que la copa de fino era lo que pedía el cuerpo cuando se comía algo así. Sergio dijo alguna vulgaridad sobre lo bien que «maridaba la tortillita con el fino en rama».

Después, se atrevieron con un carabinero con panceta —a cada uno le pusieron uno en su plato individual— que a Socorro le sonó bien y del que había oído hablar a Pila.

Ya relajado, Sergio le contó algunas cosas del caso de Aldara.

—Lo estás haciendo bien. Lo que has publicado, que lo he visto esta tarde en la versión digital, es bastante exacto. Estamos seguros de que la violaron *post mortem* y que la durmieron antes de matarla. Con un anestésico o algo parecido. Ya sabes que nunca decimos qué sustancias se emplean.

Socorro ya sabía todo eso, pero intuía que, a él, como a todos los hombres, le gustaba que le escucharan como si estuvieran contando algo realmente inédito. Sin embargo, no dejaría que la despachara sin darle algo de información.

—¿Y el teléfono de Aldara? ¿Lo han localizado?

—Esas cosas van lentas, pero, por lo que le sacamos a la compañía telefónica, el móvil dejó de dar señal en la casa que tenía alquilada en Zahara, aunque ahí no hay señales de violencia, ni sangre, ni nada. No la mataron allí. De eso estamos seguros.

Socorro podía llegar a resultar cansina cuando insistía. Pero con Sergio había perdido totalmente esa vergüenza que, por ejemplo, la había atenazado por la mañana cuando Marín le contaba cómo había encontrado a la joven muerta.

—¿Así que se trata de un violador en serie?

—¿Me vas citar? O es... como decís vosotros, *off the record*.

Socorro negó con la cabeza y cogió el catavinos para hacer un falso brindis que evidenciaba que su amistad estaba por encima de cualquier exclusiva y que podía confiar en ella, como ya le había demostrado antes. Sergio carraspeó antes de contestar.

—Evidentemente, sí. La chica que ha denunciado tenía claros signos de estrangulamiento. Y las otras dos pues sufrieron un ataque similar. El problema con las drogas de sumisión química es que varían y, si no se pide una prueba específica, es difícil saber qué sustancia ha sido la que ha causado el efecto. Imagina, si a la chica que ha denunciado no le pidieron una prueba de éxtasis líquido, pese a que es difícil de detectar, el análisis no lo reconocería. Y lo mismo con las benzos, la burundanga....

—Entonces, ¿es la misma persona la que mató a Aldara y la que atacó a esa chica? Porque las otras dos no han denunciado y a Aldara la mataron.

—Afirmativo —dijo, para horror de Socorro—. Claro que creemos que se trata de la misma persona la que mató a Aldara y la que violó al menos a la chica que ha denunciado. Eso es evidente... Las marcas en el cuello, que no les hayan robado... Que estuvieran drogadas para estar inconscientes. Hay más casos de los que piensas así. No sabes a la cantidad de tarados a los que les gusta tener sexo con personas inconscientes como si estuvieran muertas.

—¿Un necrófilo? Me parece un poco peliculero...

—Pero no me cites. Ya te lo he dicho.

—¿Y qué vais a hacer? ¿Cómo vais a proceder? Porque la policía de aquí dice que no hay nada.

—Voy a interrogar a la chica que ha denunciado. Y a ver si puedo sacar algo en claro. Ya sabes que mis intuiciones no suelen fallar.

A Socorro, aquella seguridad en sí mismo le pareció algo excesiva.

—Pero... ¿seguro que estamos ante un violador en serie? Lo veo un poco endeble.

Sergio Navarro carraspeó y se tiró del vaquero hacia arriba, aunque había poca posibilidad de mover algo en esas apreturas. Volvió a insistir.

—¿Me vas a citar?

—No —contestó Socorro, algo exasperada porque eso fuera lo único que preocupara al exguardia civil.

Sergio parecía nervioso y molesto al ver que Socorro no estaba dispuesta a creer que su hipótesis era correcta.

—Pues te lo cuento otra vez, que parece que hoy estás muy pesadita. Es evidente que sí estamos ante un único autor, un psicópata peligroso que no sabemos hasta dónde será capaz de llegar porque sus métodos se hacen más expeditos con cada víctima. Ya te he dicho... la necrofilia es más habitual de lo que piensas...

—Pero la posibilidad de que hubiera sido otro autor la estaréis manejando. El ex está descartado como asesino, porque estaba en Costa Rica. ¿No tenía algún otro novio Aldara?

—Según sus compañeras de trabajo y todos los que hemos interrogado, no estaba con nadie. ¿De dónde te sacas estas historias?

Socorro no quiso contarle lo que le había contado Teresita.

Las palabras de Sergio fueron pronunciadas mientras pulverizaba dos picos entre las manos para echarlos en la salsa. La mezcla con el carabinero y la grasa de la panceta era perfecta. Lástima, pensó el agente, que el vino fuera del perfectito ese de Luis Gordon, pero aun así apuró el catavinos y le preguntó a Socorro si quería que la llevara «a donde fuera que durmiese», porque solo se había tomado un fino y estaba en perfectas condiciones.

Ella asintió, aunque echó de menos tomarse un postre, que era lo que más le gustaba, pero sabía que desde que los medios se habían fijado en él, cuidaba cada caloría que ingería y, seguramente, pensaría que ya se había excedido con las tortillitas, la panceta, los picos... el fino en rama. «Si ya casi no bebo», se había justificado.

Eran las once y media de la noche, el momento ideal para volver a casa y madrugar para ir a Zahara.

Le comentó a Sergio sus planes mientras atravesaban la avenida ancha de Vistahermosa.

—Bueno, si te apetece ir a jugar a los detectives, te recuerdo que tu trabajo es informar de lo que yo te cuente.

Giraron hacia la playa y llegaron a la casa de las Lequerica.

—¡Vaya mansión! ¿Es aquí donde te alojas?

Socorro asintió algo azorada, pero quiso despedirse con un roce de labios en la cara. Sergio le sonrió con su mandíbula ancha. Esa casa era la mejor de la zona.

# 24

El camino a Zahara de los Atunes por carretera y en el viejo Pajero no fue tan idílico como Socorro había imaginado. Había mucho tráfico porque las playas de Conil, Chiclana, Caños de Meca, Vejer, Zahara y Tarifa —lo que desde hacía unos años llamaban, para cabreo de las Lequerica, Cadizfornia— se habían hecho muy conocidas por la transparencia del agua y la delicadeza de la arena. También por la virulencia de sus vientos. Pero una cosa compensaba a la otra con creces. También lo hacían los chiringuitos cada vez más refinados —hasta servían hummus y crudités— y los restaurantes especializados en atún, que se pescaba en abundancia en el Estrecho, como Antonio, El Campero...

A Zahara se tardaba algo más de una hora desde El Puerto. Para comer había decidido reservar en El Bujío, el restaurante en el que Aldara Ortiz de la Vega había ido a cenar el día antes de que la asesinaran. A Socorro no se le ocurría nada mejor para escribir otra crónica, porque, de momento, Sergio no le había querido decir si la policía había podido dictaminar cuál había sido la escena del crimen, en el caso de que sus pesquisas hubieran dado algún fruto. La última vez que el móvil de la víctima se había conectado a la red fue a noventa kilómetros del lugar en el que la encontraron muerta.

Sobre las diez de la mañana ya había conseguido aparcar el Pajero de las Lequerica en una de las calles cercanas a la casa que había alquilado Aldara para pasar casi un mes en Zahara de los Atunes. La soledad buscada de la joven no era un detalle sin importancia. A Socorro le costaba creer que alguien se pudiera tirar un mes sola en Zahara en temporada alta.

La casa desde fuera parecía grande, demasiado para una persona. Era una estructura de tres plantas, pero con poca altura, la permitida para estar casi en primera línea de la playa de los Alemanes. El tamaño de la edificación le sorprendió mucho. ¿Para qué querría Aldara una vivienda con más de dos habitaciones si planeaba estar sola? Una señora mayor con un babi de florecitas rojas pasó por delante de la puerta. Estaba cerrada y ella trataba de escudriñar a través de las ventanas, que tenían las persianas de metal echadas. Socorro la abordó:

—Perdone, ¿conoce usted esta casa?

La señora se quitó unas gafas de pasta transparente y las limpió con el babi.

—Claro que la conozco. El dueño me la manda limpiar mientras la tiene alquilada en verano... ¡Lo habrá visto usted en la tele! Ha pasado que... —Socorro se hizo la loca y puso cara de sorprendida para animarla a hablar. No quería espantar a una persona que parecía saber. La señora prosiguió—: Aquí estaba alquilada la muchacha esa que han encontrado muerta en una chumbera. Así que desde que apareció el viernes pasado no he vuelto a trabajar. Y me ha venido fatal, porque cobro por venir de lunes a viernes un par de horas. De doce a dos de la tarde. Luego, después de comer, me voy a esa casa de ahí para cuidar a los niños —dijo, señalando otro edificio de estilo más tradicional.

—Pero, ¿qué hace usted por aquí tan temprano?

—Me ha mandado el dueño para que mirara si la policía había acabado ya. O si habían hecho algún destrozo, pero aún creo que no se puede entrar porque la puerta tiene como un precinto.

Socorro asintió. Había tenido mucha suerte al tropezar con aquella mujer y no la podía desperdiciar. A veces le pasaban esas cosas. Como aquella ocasión que se hospedó en el hotel rural de uno que sospechaba de un vecino en un asesinato que fue e investigar a Zamora. Al final, un pequeño detalle que le contó le hizo adelantarse a las conclusiones de la policía y que estos le filtraran a ella en exclusiva la noticia.

—¿Y trataba usted mucho a la muchacha muerta? —Había decidido adoptar su jerga.

—Nos veíamos justo antes de que ella se fuera a la playa, porque por la mañana estaba haciendo sus cositas para mantenerse. Ya sabes, el yoga, caminar, nadaba... Tenía sus pesas en la casa y cosas para estirarse. Por la tarde se iba a clase de la cometa. Eso que hace tanta gente ahora...

—¿*Kitesurf*?

—Exactamente. Le encantaba. Tenía planeado hacerlo todos los días de seis a ocho, pero una semana antes de morir me dijo que cambiaría la cometa por echarse en la playa. Supongo que le dolía algo. O se habría hecho daño. Si supiera la cantidad de gente que le pasan accidentes con esos inventos. No hablábamos mucho porque apenas nos veíamos. Yo le hacía la compra, pero, sobre todo, le limpiaba un poquito —muy poco porque era muy ordenada—, y le dejaba hecha la comida cuando me decía que cenaría en casa. Cositas muy sencillas: gazpachito, choco en amarillo, picadillo... No salía mucho a cenar fuera de casa.

—¿Y la comida?

—A comer sí salía porque le gustaba irse a los chiringuitos y decía que de día no le apetecía desaprovechar la playa. Precisamente, el último día me dijo antes de irse, como hacía cada mañana, que no saldría a cenar fuera y que le preparara algo de comer para la noche... Como no me lo había dicho el día antes, no había traído nada y tuve que ir a la pescadería... Por suerte, aún quedaba un poquito de cazón. Suficiente, porque ella apenas comía. —Socorro le pidió que continuara—. Le hice el cazón en amarillo y me escapé corriendo a mi otro trabajo. Ella solo me dijo «hasta mañana», y me dio las gracias. Ni le contesté porque llegaba tarde.

»En la puerta choqué con otro veraneante, iba rápido y sin mirar, porque no llegaba a la otra casa y los padres de los niños que cuido me habían dicho que esa tarde saldrían y debía ser puntual. Me fui tan deprisa que me dejé las llaves y, al día siguiente, tuve que entrar con las copias de repuesto que tengo en mi piso por si alguno de los que alquilan la casa las pierden. Todo estaba tranquilo. Normal. Encontré el plato limpio en el friegaplatos, como era lo habitual. Se había comido todo el cazón, cosa que me sorprendió porque debía de tener el estómago como un pajarito. La cama no estaba deshecha. La casa estaba como una patena. Como lista para el siguiente inquilino.

A la periodista lo de las llaves le pareció extraño.

—¿No se lo contó a la policía?

—Qué va... ¿Para qué? Al día siguiente encontré las llaves en la mesa de la entrada.

—¿Y el tipo con el que chocó?

—Un veraneante. Le pedí perdón, y salí corriendo.

Después le contó que Aldara era muy simpática y delicada, y dijo que cuando pensaba en cómo la habían encontrado, «le entraba una cosa por aquí» —y se agarraba la entrepierna— que le subía hasta el pecho —y también se lo agarraba—. Al contrario de otros inquilinos que habían alquilado la casa, «no le había dado nada de guerra», y por las tardes cogía «el cochecito» y se iba a hacer eso del paracaídas y la tabla. El *kite* lo llaman. O los últimos días, a tomar el sol. Socorro le preguntó por el coche y ella le explicó que se lo había llevado la policía para inspeccionarlo por si encontraban algo del asesino. Se dio cuenta de que mientras hablaba la señora se había mesado los pelos blancos que le crecían en la barbilla.

La periodista aprovechó su desconcierto para preguntarle si no creía que la casa era demasiado grande para que una persona sola, una chica como Aldara, pasara todo el mes. Ella puso cara de perplejidad y le dijo que tenía razón. Que la muchacha solo había utilizado el cuarto principal que estaba en el piso de arriba y «desde donde mejor se veía el mar», uno de los salones —porque había dos— y el jardín para hacer ejercicio y bañarse en la piscina.

—Es una pena que no hiciera fiestas como otros que han pasado aquí el verano. No sé qué harán los inquilinos que la tienen alquilada después de ella, si es que la policía termina de hacer todo lo que tenga que hacer en la casa, que son dos matrimonios y cuatro niños chicos, según me ha contado el dueño. A ver si pueden venir.

Socorro estaba muy extrañada. ¿Para qué querría Aldara una casa tan grande? El lugar en el que estaba ubicada solo podía calificarse de privilegiado, pero estaba segura de que en la zona había otras más pequeñas que le hubieran valido para tirarse sola un mes y hacer surf o lo que fuera que hiciera. Le contó a la señora sus dudas, tras confesarle finalmente que sí, que era periodista como ella había sospechado desde el primer momento. No le importó. A todos, como bien sabía Socorro, les gustaba sentirse parte de la noticia. Ese extraño protagonismo, la sensación de ser importante, que ofrecen los periodistas a cualquiera que les quiera contar.

—Yo pensaba igual que tú, pero Aldara estaba siempre sola. Nunca vi ropa de otra persona que se hubiera quedado a dormir, ni platos sucios ni nada que hiciera parecer que había invitado a alguien. Claro que ella era muy ordenada y siempre tenía todo muy recogido y en su sitio.

Intuyó que la conversación se estaba extendiendo innecesariamente.

—¿Y cuánto puede costar esta casa en verano?

—Pues ni idea, pero debe de ser muy cara porque los alquileres están muy por las nubes y ahora hay mucha gente que quiere venir aquí.

La señora se sacó del bolsillo una libreta muy pequeña y un bolígrafo. Y empezó a apuntar unos números.

—Te voy a dar el teléfono del señor Federico, que es el dueño, y que le diga a usted lo que le cobró. Él solo viene por aquí cuando no es verano. Dice que no soporta a tanta gente.

Socorro le preguntó por qué no tenía el número de señor Federico en la agenda del móvil que llevaba en la mano. Ella le explicó que le resultaba más rápido apuntárselo en un papel porque no se le daba bien la tecnología. «Para eso tengo a mi nieto». La señora arrancó la hoja en la que había garabateado el número y se la dio.

—Don Federico Arnús se llama el dueño.

Guardó enseguida el número en el teléfono porque le parecía muy probable que el levante se llevara la hoja y que no pudiera llamar al tal señor Federico. Después le pidió el suyo. Ella se lo dio encantada.

—Me llamo Luisa Jiménez. Hasta luego... Ya sabes por dónde ando.

Esperó a que la mujer doblara la esquina. El viento soplaba tanto que revolvió el cabello de Socorro. Enseguida pensó en los reproches que le haría su madre por ir «siempre despeinada». En cuanto se recogió el pelo, llamó al señor Federico y comenzó a caminar. Le costaba quedarse quieta cuando hablaba con posibles fuentes. La incertidumbre y la vergüenza eran como un resorte. Sonaron tres tonos y una voz muy calma respondió. Tomó carrerilla. Le dijo que era periodista y que la asistenta que tenía contratada para la casa en Zahara de los Atunes le había facilitado su teléfono. Como siempre que hacía una llamada inesperada, pidió perdón muchas veces y le habló de usted. Y eso fue lo único que el señor Federico le corrigió porque enseguida se puso a decirle que se diera prisa en lo que tuviera que pedirle. «Es que enseguida me meto en una reunión que tengo y me piro a la India en unas semanas». A Socorro le sonó falso porque el tono del tal Federico delataba a uno de esos tipos que iban como de espirituales porque hablaba muy calmado, pero con la voz cascada de muchos Ducados y otros vicios. Seguramente se habría rehabilitado por la meditación y el yoga, pensó Socorro.

Le preguntó si había visto muchas veces a Aldara cuando negoció con ella el alquiler de la casa. Federico le dijo que solo dos; la primera cuando quedaron para conocerse, y, a la semana, cuando ella le pagó por adelantado el mes que quería alquilar la casa. Socorro no lo iba a publicar, pero, sin que ella se lo pidiera, le dijo que lo había hecho en efectivo. «Me extrañó. Me dio casi quince mil euros en *cash*, pero no se lo he dicho a la policía por si me meto en un lío con Hacienda». Después añadió que no lo pusiera en el artículo porque del mismo modo que no creía en las autoridades humanas, tampoco le gustaba tener mucho trato con la Agencia Tributaria.

El tal Federico hablaba demasiado impulsivamente, como sin pensar y después se arrepentía. Quizás no declarara todo el dinero que Aldara le había dado porque también se notaba que le gustaba bastante la pasta. Lo que más parecía preocuparle era que la policía recogiera cuanto antes «sus bártulos» porque en menos de dos semanas llegarían los inquilinos que habían alquilado la casa para lo que quedaba de verano. O eso esperaba, porque el señor que le había llamado una semana antes desde un número oculto, también había accedido a pagarle bien el alquiler. «Y, como Aldara, estaba dispuesto a pagar el plus de la señora de la limpieza para que le dejara la comida cada día. Incluso le dije su nombre, sus horarios y los platos que se le dan bien hacer a Luisa. Menuda faena si no me la despejan ya y me quedo sin cobrar». Pero, de momento, el tipo que le había llamado no había vuelto a dar señales de vida. Y no podía ponerse en contacto con él porque no tenía su número. «Espero que no sea por las imágenes que han salido en la tele de la casa».

Socorro trató de ganarse su confianza y le dijo, como le había contado Sergio, que la policía había descartado la vivienda como escenario del crimen.

—Así que no tendrían por qué seguir sin permitir el acceso. Lo malo es que no pude grabar su número porque no me apareció cuando me llamó para alquilar la casa.

Que hubieran descartado la vivienda como lugar del asesinato sonó bien a los oídos de Federico, aunque para él la música celestial debía de ser el clin clin de la caja registradora. Luego, más relajado, le dijo lo mucho que le había extrañado que una chica como aquella hubiera aparecido con un fajo de billetes de quinientos en un sobre, y que incluso le diera algo más de dinero para pagar a la asistenta por adelantado. «Y era en junio». Los billetes de quinientos no eran algo habitual y mucho menos que una chica de treinta y pico años hubiese podido reunir treinta para pagar en negro el alquiler de una residencia tan cara. «¡Si hasta me pusieron problemas cuando el lunes ingresé la pasta en el banco y eso que cambié algunos billetes para que no cantaran demasiado! Me dijeron que no era ya habitual que se utilizaran tantos *binládenes*».

Socorro le preguntó si sabía cómo Aldara había sido capaz de reunir tanto dinero en efectivo.

—La tía esta, la pobre, me explicó que era una invitación de su novio y a mí me viene muy bien tener efectivo. No le iba a hacer preguntas sobre si era dinero oficial o no. O cómo lo había conseguido. Yo no hago preguntas. Y si puedo tampoco las respondo, pero me has cogido desprevenido.

La periodista pegó un respingo. Por lo que sabía, nadie le había dicho que tuviera novio, salvo Teresita Gil León cuando le contó que la última vez que había estado con ella la había visto «muy ilusionada». Pensó que a la vuelta tendría que llamarla para que le contara sus impresiones. Teresita había sorprendido a Socorro por su perspicacia y el tacto que había empleado al hablar con el ex de Aldara. Su madre ya le había advertido de que era «de esas a las que no se les escapaba una». Y seguramente tenía razón. Socorro se despidió de Federico, pero antes de colgar le rogó que, si recordaba cualquier detalle, por pequeño que fuera, la llamara. Y él le soltó un «Ok, tía» antes de colgar. «Y no le cuentes a la policía que me pagaron quince mil euros en efectivo. Que se me ha ido un poco la pinza».

Sin darse cuenta, mientras hablaba con Federico, había llegada a la orilla del mar. Se sentó en la arena con las piernas cruzadas y buscó en internet el nombre Federico Arnús. Aparecía la foto de un hombre muy moreno, con el pelo canoso que hacía el saludo de los surfistas. Ponía que era *coach* especialista en terapias alternativas y le debía de ir muy bien, o ser rico de familia, porque esa casa en Zahara tenía pinta de ser muy cara. Lo que tenía claro era que Federico no hubiera declarado un solo euro de los quince mil que le dio Aldara en efectivo si no la hubieran asesinado. En caso contrario, ¿por qué había esperado casi dos meses para ingresar el dinero en el banco?

Pensó que luego le mandaría un mensaje al teléfono con esta apreciación para que se diera cuenta con qué tipo de periodista estaba lidiando. Se levantó y volvió hacia la casa. Necesitaba hablar con los vecinos para saber si habían visto algo sospechoso. De camino se dejó caer por un colmado regentado por una señora marroquí que le dijo, cuando le preguntó, que alguna vez había atendido a la mujer muerta. «Pero no compraba mucho. Solo estos polos». Y señaló en el cartel de Frigo un Drácula, ese helado con cobertura de sorbete sabor a cola que recubría otro de fresa que a su vez escondía un corazón de helado de vainilla. Luego le contó lo mismo que todos. Que Aldara era muy guapa, amable y que no merecía nada de lo que le había pasado.

Socorro se compró un Drácula para comérselo mientras iba caminando. Antes de alejarse echó una última mirada a los periódicos que se desplegaban en el mostrador. Comprobó satisfecha que el montón más bajo, el que más se compraba, era el de *El Matinal*. Justo cuando estaba llegando, se encontró con un tipo en bañador que salía con sus hijos de la vivienda contigua. Socorro tiró el helado —en poco tiempo tenía la reserva para comer en El Bujío— y le soltó al señor toda la retahíla de que era periodista y escribía un artículo sobre el asesinato. El hombre mandó a sus hijos por delante y le dijo que ya había hablado con la policía. Se notaba que quería despacharla cuanto antes.

—Nunca conversé con ella salvo para darnos los buenos días. Siempre estaba en casa o yendo a alguna de sus cosas con la cometa. Debía de ser muy tímida porque en dos semanas apenas intercambiamos un par de palabras de cortesía.

Socorro le preguntó si iba alguien a verla.

—Pues alguien sí que vino algunas noches. Un hombre con gorra y pantalón corto. Llegaba andando. Seguramente, venía a pie desde un lugar cercano o dejaba el coche un par de calles más arriba porque, aunque hiciera levantazo y estuviera desagradable para caminar, nunca le vi conduciendo. Se lo comuniqué a la policía y me dijeron que lo mirarían. Supongo que será el principal sospechoso, aunque ya le digo que no tenía aspecto de ser el violador en serie del que hablan en la tele. Era un tío con buena pinta.

Socorro se quedó sorprendida de que Sergio no le hubiera contado nada del tipo con gorra en la cena de la víspera en El Faro. Claro, que también había despreciado la posibilidad de que Aldara se hubiera echado otro novio. Pero le había dejado muy claro que su trabajo era escribir la información que él decidiera pasarle a saber con qué criterio.

A la periodista se le iluminó la cara. ¿Sería ese el novio del que le había hablado Federico Arnús? ¿Sería el mismo por el que Aldara estaba tan contenta, según Teresita?

El hombre señaló a los niños y le dijo que tenía prisa. Levantó dos cubitos de playa con sus palas y rastrillo a modo de excusa. Le deseó suerte. «Siempre te leo. Es de lo mejor que sale en *El Matinal*, que es mi periódico». Socorro se quedó encantada. Como ya no salía en televisión, llevaba mucho tiempo sin recibir este tipo de halagos, pero el señor debía de haberla reconocido por la carita que acompañaba sus textos en el periódico.

Media hora después estaba en El Bujío. Era un lugar precioso, un antiguo cuartel de la Guardia Civil como los que tradicionalmente se habían erigido en enclaves privilegiados frente al mar. La puesta de sol congregaba a muchas personas y ese había sido el momento elegido por Aldara para hacer la foto, la última que colgó en sus redes sociales. Socorro se sentó en una mesa. Pidió una cerveza sin alcohol y un atún encebollado.

Tenía que hablar con los camareros sobre ella, pero no logró sacarles mucha información que le pareciera relevante. Únicamente que había cenado sola, pese a que había reservado para dos personas. «Llegó y dijo al encargado que no esperaba a nadie más. No parecía ni resignada ni cabreada porque le habían dado plantón. Lo recuerdo porque las mujeres tan guapas no suelen cenar solas un miércoles de agosto». La belleza de Aldara, viva o muerta. «Ya lo habrás podido ver en Instagram. La verdad es que hasta la mala publicidad es buena porque notamos que desde que el caso está en los medios, viene mucha más gente. ¡Y eso que siempre estamos a tope!». Socorro sabía por Sergio que la habían encontrado muerta con un vestido sencillo, como de estar por casa. Lo del novio desconocido comenzó a martillearle la cabeza. Era bastante obsesiva y cuando se metía en una historia era difícil que se centrara en otra cosa.

Pensaba que volvería a El Puerto después de comer.

Entonces, le sonó el teléfono. En la pantalla apareció el nombre de Lilian, la mujer de Ignacio Lequerica.

—Hola, querida. Me dijiste que ibas a estar hoy por Zahara. ¿Es así?

Socorro dijo que había ido por la mañana y ahora estaba comiendo en El Bujío. También que estaba consiguiendo muchos detalles.

—Cuánto me alegro porque ya me cuenta mi hijo lo bien que funcionan tus crónicas. Pero ya te lo dirá él personalmente. Y mi marido. ¿Te quieres venir a cenar esta noche a casa con nosotros? Estará mi suegra. Es una vieja bruja, en eso estoy de acuerdo con Pincho y Pila, pero no es tan horrible si no está de malas.

Socorro pensó que era una buena ocasión para que Ignacio Lequerica se fijara en ella más que por ser la hija de la muchacha de sus hermanastras. Y también para medrar. En los últimos meses, se había dado cuenta de que las relaciones públicas, los contactos, a veces eran más importantes que la valía profesional.

—Pues encantada, Lilian... Para mí...

La venezolana no la dejó terminar.

—Vente a las nueve porque cenamos pronto por mi suegra. Además de Ignacio y ella, también estará mi hijo, Ignacito, y otro invitado. Te gustará. ¿Tienes alguna alergia?

Ella dijo que no. Lilian le volvió a pedir que fuera puntual.

Eran las cuatro de la tarde y Socorro no sabía muy bien qué hacer hasta las nueve de la noche. En el Pajero tenía un traje de baño, una toalla y una camisa de hilo para cambiarse para la cena. Cuando viajaba se había acostumbrado a llevar una muda por si acaso le surgía algo inesperado y necesitaba ponerse elegante. La experiencia le había enseñado que era algo que solía pasar.

Así que resolvió echar el resto de la tarde en la playa escribiendo en el móvil los detalles que había recabado aquel día en Zahara, adonde decidió volver después de comer para esbozar una crónica breve de lo más destacado del día, aunque guardándose algunos detalles. A Sotogrande se tardaba una hora desde allí. A las siete y media tendría que haberse dado una ducha en la playa. En la tienda de la marroquí se compró un desodorante para salir del paso. Tenía pinta de ser malísimo, con muchos parabenos. A Socorro solo se le ocurrió pensar que alguien como Lilian nunca lo hubiera usado.

# 25

Socorro llegó algo nerviosa a Sotogrande. Tenía los labios secos del viento y el corazón saltarín por los nervios. Sus piernas vibraban con ese tic reflejo que exasperaba a su madre. La cena era la primera oportunidad que tenía de tratar a Ignacio Lequerica como jefe en lugar de hacerlo como la hija de Antonia, que era el motivo por el que la cogieron de becaria. Era una situación extraña. En general, casi todos los que trabajaban en el periódico veían a Ignacio como un indolente al que había que respetar y temer porque algo más debía de tener cuando había podido mantener el periódico y Editasa en sus manos con la venta a Timanfaya. El conglomerado era un socio fuerte que aportaba a la sociedad quince diarios regionales con los que había creado una inteligente alianza a costa de sacrificar efectivos de ambas empresas.

Por ello, al contrario que otros periódicos nacionales, la calidad y cantidad de información de fuera de Madrid, en *El Matinal* se había mantenido a salvo de los recortes de las delegaciones. Compartía informaciones y corresponsales con los regionales de Timanfaya. Algunos, entre ellos la vieja guardia de don Ignacio padre, como Oriol y Pacón, anhelaban otros tiempos, cuando Editasa era una empresa más familiar. No perdonaban a su hijo que casi ninguneara a las Lequerica en el diario, limitando su ámbito de influencia a *Juglar*, el suplemento cultural que dirigía Pincho y que era una empresa distinta en la que tenía la mitad de la participación. Pero apenas la hacía valer porque la redacción la respetaba mucho como periodista.

Sotogrande, tuvo la impresión Socorro, era más lujoso y tenía mejores casas que El Puerto. Las parcelas eran más grandes y se veían mejores coches. Hasta había más palmeras. No le costó demasiado encontrar la casa de Ignacio Lequerica. Lilian le había mandado la ubicación y, además, la habían llamado El Matinal, un nombre que Arianne, la viuda de don Ignacio padre, había querido mantener porque ayudaba a recordar a todas las visitas quién era aquella familia y de dónde venía su poder.

Socorro distinguió la casa de Ignacio cuando un señor con chaquetilla le abrió la puerta y pudo traspasar el muro. La parcela era impresionante. La hierba estaba cortada con la precisión de la de un campo de fútbol y había muchas palmeras. En el centro, una serie de construcciones inspiradas en el periodo del Raj con una piscina que imitaba un lago. Los invitados podían salir de cualquier habitación y darse un baño. Socorro nunca había estado en una casa así y, desde luego, ninguna de las propiedades de las Lequerica era tan suntuosa. Aquella era una mansión, tal como afirmaban las revistas del corazón.

El hombre de la chaquetilla —«un propio», como diría Pila— la condujo entre mármoles, madera y bambú hasta el otro lado de la casa, donde estaba el porche orientado hacia el mar. Allí, en los sofás, estaban doña Arianne, a quien nunca había visto, y su nieto Ignacito, tumbado con la cabeza en el reposabrazos. Arianne la vio y la miró divertida.

—Hombre, si es la famosa hija de Antonia. No veo a tu madre desde antes de que tú nacieras... Supongo que seguirá cocinando tan bien como siempre, quizá mejor, porque siempre se aprende cuando ya se llevan años en una casa.

Se quedó un poco cortada. Era la primera vez en aquel viaje que alguien le recordaba quién era. Pero no le dio tiempo a contestar porque en ese momento, oportunísima, apareció Lilian con un traje turquesa que resaltaba su moreno.

—Pero si ya ha llegado la estrella del periódico. ¿Sabes que no todos los periodistas son tan puntuales? Tu director siempre llega tarde cuando viene a cenar a casa. Dice que le surgen asuntos de última hora...

Socorro asintió sonriendo, decidida a no dar importancia al recibimiento de Arianne. Lilian rodeó el sofá e hizo que su hijo apartara la mirada del móvil. De lejos, la periodista pudo comprobar que estaba metido en la aplicación de tráfico de *El Matinal*, lo que hizo que automáticamente le cayera bien ese muchacho moreno de cuerpo sólido e insultante juventud. Ella también era adicta a mirar el número de personas que estaban leyendo sus artículos en un momento determinado.

—Estaba viendo lo bien que habían ido en tráfico y suscriptores tus crónicas del crimen. Enhorabuena.

—Muchas gracias. Es un poco triste que me feliciten por contar una desgracia así.

Inesperadamente, Lilian le dio un abrazo.

—Tonterías. Está escrito con un respeto exquisito para con esa pobre chica.

Socorro sonrió un poco incómoda.

—Me alegra que os guste.

Arianne frunció los labios y bebió de su *gin-tonic* como si estuviera demasiado amargo. Entró entonces Ignacio Lequerica, apuesto como su hijo, pero ya en una edad menos exultante. Vestía una camisa de hilo negra, vaqueros y unos mocasines de ante. Socorro se quedó algo perpleja porque llevara gafas de sol. El porche estaba a la sombra y el sol ya estaba a punto de ponerse.

—Disculpa que tenga que saludarte así con las gafas puestas, pero me ha salido una rara conjuntivitis y me lloran los ojos con la luz.

—No te preocupes. Muchas gracias por invitarme a cenar.

Lilian lanzó uno de sus grititos excitados.

—Y aquí está nuestro invitado sorpresa. Creo que ya os conocéis.

Socorro casi se cae al suelo cuando vio aparecer a Sergio con una camisa de flores que dejaba entrever unos pectorales lampiños y cincelados en el gimnasio. La visión, sin embargo, no le impidió escuchar lo que Arianne musitó a su hijo:

—¿Dejáis a la hija de la muchacha que os tutee?

Ignacio le hizo un gesto.

—Mamá, por Dios, que estamos en el siglo XXI y trabaja con nosotros. Es lo normal.

Socorro se acordó en ese instante de que su madre le había contado muchas veces lo altiva y gilipollas que había sido Arianne cuando se casó con don Ignacio al poco de quedarse viudo. Y cómo las hermanas Lequerica habían odiado a «la francesa» desde el primer instante en el que su padre se la había presentado como su «nueva madre», algo que había asqueado a las dos niñas.

Otro tipo con chaqueta blanca empezó a pasar jamón. Todo se parecía bastante a lo que había visto Socorro en casa de Pincho y Pila desde niña, salvo que en casa de Ignacio no había *teckels* sino labradores con nombres de ópera. Otelo, Tosca, Rigoletto... tradición instituida por Arianne que, a falta de la genealogía de sus hijastras, decidió competir con ellas... Socorro no se enteró muy bien de cómo se llamaban todos los perros porque, al contrario que la odiosa jauría de las Lequerica, los labradores estaban bien educados, no ladraban para pedir comida y no había que reñirles con sus nombres.

Sergio, al contrario que la noche anterior, había vuelto a su habitual cerveza sin alcohol y les explicó que ya había tenido la oportunidad de hablar con la chica que había denunciado haber sido violada.

—Es increíble, pero no se acuerda de nada, salvo que fue al bar sola, se puso en la barra, pidió algunas copas y conoció a un hombre, pero no recuerda ni su cara ni su nombre. Lo tiene todo borroso desde que tomó la primera copa. Debía de estar tan inconsciente que ni se pudo resistir.

—¿Y en las cámaras no aparece nada? —quiso saber Socorro, mostrando una vez más esa incredulidad que tanto parecía crispar a Sergio.

—No era un bar exactamente. Era una terraza en un chiringuito y no había ninguna. Alguien como ese hijoputa sabe dónde actúa. No es un chapucero como esos que ven a una y aquí te pillo, aquí te mato. Si no hay ni un solo rastro orgánico.

—Tampoco en el cadáver de la pobre Aldara —terció Lilian.

Ignacio hizo un gesto con la mano para preguntar al cocinero, que se había asomado a ver a los comensales, si ya se podían sentar a cenar. En el periódico, el presidente tenía fama de taciturno y muy serio, pero nunca lo había imaginado tan apagado. Le faltaba el brío que a sus hermanas les sobraba. La madre de Socorro siempre se lo había definido a su hija como un niño mimado, aunque «buena persona». Se levantó y cogiendo a Socorro del brazo la condujo a un porche separado al que Lilian y Arianne habían llamado pomposamente el comedor de verano.

Ignacio se sentó entre Socorro y Lilian. Y enfrente se colocó Arianne, con Sergio a su derecha y su nieto a la izquierda. Como era de esperar, Lilian, encantadora, preguntó a Sergio:

—Y *off the record*, como dicen estos, ¿qué se sabe de todo lo de las violaciones? Las hijas de mis amigas van con mil ojos para que no les echen nada en la copa.

—Hacen bien. Toda precaución es poca. Está claro que estamos ante un depredador que ha matado, que sepamos, una vez. Ya tenemos los resultados de la autopsia.

—¿Y hay algún detalle nuevo? —preguntó Lilian.

—Pues nada que se pueda decir delante de periodistas. Nada que cambie lo que ya ha publicado esta excelente profesional que es Socorro. —Ella sonrió, colorada como un tomate. Al otro lado de la mesa, Lilian le guiñó un ojo. Sergio siguió—: No hay restos biológicos, debió usar condón, y ella no se defendió. Ya estaba muerta cuando la violó el hijoputa. Quizás eso sea lo que le excita.

A Socorro la conclusión de Sergio le pareció demasiado precipitada, porque no dejaban de ser meras conjeturas. Por supuesto, no quiso aprovechar la cena para volver a preguntarle por la posibilidad de que Aldara tuviera un nuevo novio o a alguien especial. A Sergio le había sentado muy mal cuando lo había hecho y no quería dejarle en evidencia delante de personas tan importantes. Eso no se lo perdonaría nunca.

Lilian meneó la cabeza.

—Qué horrible.

Ignacio tosió, se retiró las gafas del sol y pidió un colirio. Se lo trajeron enseguida. Arianne alzó la voz y recuperó ese tono autoritario al que todos aludían en *El Matinal* cuando hablaban de la influencia que tenía su madre en el presidente de la compañía.

—Ignacio, vete a la cama. Estás enfermo y esto solo te va a poner peor.

—Tienes razón — se mostró de acuerdo, y luego se dirigió a Socorro—: Socorro, me da mucha pena, pero es verdad que no estoy muy bien. Me hubiera encantado hablar contigo con más tranquilidad porque mi mujer y yo leemos tus crónicas. Y creo sinceramente que ha llegado el momento de incorporar a más mujeres a puestos relevantes de *El Matinal*. Ya hablaremos....

Socorro no supo si Ignacio se encontraba realmente mal o si había aprovechado lo que le había dicho su madre para poder escaquearse de la cena. En cualquier caso, el corazón le empezó a latir tan fuerte que casi temió que se le saliera por la boca. Desde el otro lado de la mesa, Lilian volvió a hacerle un gesto de complicidad. Socorro entonces se convenció de lo que le había dicho la noche de la cata. Ignacio la leía y quizás era verdad que tenía planes para ella.

Al acabar la cena, se disculpó porque debía volver conduciendo a El Puerto y, aunque apenas había bebido, no quería quedarse dormida en las casi dos horas que duraba el viaje.

—Supongo que te habrán dejado la tartana esa que usan... —intervino Arianne—, y por eso calculas ese tiempo, porque mi hijo no tarda más de hora y media hasta la casa de sus hermanas.

Socorro no pudo evitar soltar una carcajada ante la maldad de la vieja.

—Muchas gracias, doña Arianne. Ha sido muy agradable la cena. Gracias por invitarme a su casa.

Arianne arqueó las cejas para mostrar lo complacida que estaba porque la hubiera tratado de usted y como señora de la casa. Socorro, pensaba, demostraba así la sumisión heredada de su madre, Antonia.

—Ni lo digas. Ha sido un cambio de aires tener a alguien como tú.

—Venga, te acompaño al coche si no lo hace Sergio —se metió Lilian, por si su suegra decía algo desagradable.

—En cuanto vaya al baño.

—Qué descortés. Ya lo hago yo. Te advierto que vamos a hablar de ti.

Hizo el gesto de lanzarle un beso.

Sergio le prometió a Socorro que se verían al día siguiente.

—Te voy a ver a tu casa.

Nadie se había molestado en explicarle el motivo por el que Socorro vivía en la casa de Pincho y de Pila. La verdad era que la periodista consideraba un milagro que Arianne no lo mencionara en su presencia, un alivio que agradecía a la madre de Ignacio Lequerica.

Ignacio hijo la abrazó. El chico olía a fresco y recién duchado. También a vida. A Socorro siempre le habían gustado los jovencitos, aunque nunca lo hubiera admitido. Ni siquiera a sí misma. Pero ¿qué tenía de raro?

—Comparto lo que mi padre ha dicho de ti en la cena. Y como mi madre, soy tu admirador. Espero que pronto trabajemos muy bien juntos.

La modestia y la inseguridad impidieron que Socorro le devolviera aquella mirada franca. Solo bajó los ojos sonriendo con timidez.

Sergio le dedicó uno de sus comentarios.

—Mira qué guapa se pone cuando sonríe. Ay... Cómo sois de complicaditas las mujeres. Si yo me paso la vida soltándote piropos.

Socorro le correspondió con un beso en la mejilla y un roce de cuerpo intencionado.

A la salida, mientras subía en el Pajero, Lilian le dijo que le tenía enamorado.

—¡Qué dices! Seguro que dice lo mismo a todas las periodistas de la competencia, pero si insistes.

—Es un cañón del Colorado. Y encantador. Ignacio y yo le invitamos a un par de cenas en casa cuando le nombraron en el ministerio. Vino con Eduardo, tu director.

—Sí es guapo, sí.

—¿Y no sabe...?

—No, nunca le he contado nada sobre mi parentesco con las Lequerica, que es como lo llamo de broma.

—No me hables de cosas tan anticuadas, que pareces la bruja de mi suegra. —Socorro volvió a agradecer a la venezolana que se mostrara tan comprensiva. De momento, era la única de la familia Lequerica que la trataba como igual. Aunque fuera a su manera—. Pues ya has oído los planes de los dos Ignacios para ti. Lo estás haciendo fenomenal. Sigue así. ¿Mañana leeré algo tuyo?

—Tengo que terminar de pulir lo que he averiguado hoy en Zahara. Muy interesante, pero no sé cuándo lo publicaré.

—Espero impaciente. Por cierto, no hagas caso a mi suegra. A mí no dejó de llamarme la venezolana hasta que Ignacio y yo celebramos diez años de casados...

Socorro se permitió una pequeña muestra de confianza.

—¡Joder! Sí que es dura.

—Una arpía... Querida. Buen viaje. Mándame un mensaje cuando llegues. Ya sabes dónde estamos, si necesitas cualquier cosa.

—Muchas gracias. Te lo agradezco de corazón.

No era una manera de hablar. Las palabras le salieron a Socorro del alma. Lilian se había portado muy bien con ella. Había sido un detalle que invitara a Sergio y le diera información de la autopsia de Aldara. ¿Y qué planes tendría Ignacio Lequerica para ella? De lo que estaba segura era de que no se lo contaría a su madre. Antonia era demasiado fiel a Pincho y a Pila y seguro que lo interpretaría como una traición a «sus señoras». Lacaya, hubiera pensado su padre comunista.

# 26

Luis Gordon había accedido a que María Casares fuera con él en su ruta por los restaurantes y hoteles de Rota para vender Milésima. Rota era ideal para los propósitos de María. Un lugar pequeño, pintoresco, con playa. El reportaje para *Domingos* básicamente consistía en acompañarle con un fotógrafo en su visita a los locales de la zona y tomarle un par de imágenes en la playa y en el campo.

Socorro había vuelto a pasar una noche poco plácida. Las excelentes perspectivas laborales de las que le habían hablado Ignacio Lequerica y su hijo la habían puesto nerviosa. Estaba deseando hacer cosas nuevas, aprender y demostrar de lo que era capaz. Estaba algo cansada de... ¿escribir de sucesos? En realidad, se sentía algo desengañada porque Sergio hubiese ridiculizado sus tesis sobre el asesinato de Aldara.

El bodeguero había citado a María sobre las diez en Rota y, esta vez, había sido Socorro quien se había apuntado a la expedición.

La joven periodista no entendía el motivo por el que su colega decidía dejar las informaciones sobre Aldara para acompañarla a una entrevista sin trascendencia. O quizás sí, porque Socorro se ruborizaba cada vez que Luis le hablaba. Se había dado cuenta en la visita a El Pájaro y en la cena de la cata. A lo mejor era el alma romántica de María, pero pensaba que Luis también mostraba mucha simpatía por Socorro. Siempre sonreía cuando la miraba y le había insistido en que la invitara a acompañarlos a Rota si no tenía nada que hacer.

Cuando María se lo contó, aceptó encantada. Claro que los acompañaba. Le venía bien hablar con Luis, por si le había llegado algún dato más del caso. También le convenía dar una vuelta por la zona para calibrar el pulso del suceso y sus repercusiones.

Socorro se había puesto un vestido de algodón blanco y unas alpargatas de su madre. Había logrado ligar algo de moreno y su piel realzaba el contraste con el traje. Se fue a la cocina para desayunar y terminar de leer los periódicos. *El Matinal* lo solía mirar antes de dormir y, por la mañana, descargaba la competencia en el móvil. Había poca información nueva de Aldara. Lo que más le sorprendió fue que en un recuadro de la portada de uno de ellos habían colocado un artículo sobre el excomisario Jaime Maqueda, a quien se acusaba de hacer trabajos de espionaje para diferentes empresas. El policía jubilado había reunido un importante patrimonio que resultaba improbable que hubiera logrado haciendo simples labores de detective o de seguridad. Y, por primera vez, había una foto en la que se le veía la cara. Aquello le extrañó a Socorro. Maqueda había sido una fuente valiosa para algunos periodistas. Sobre todo, para los que hacían información económica y publicaban chanchullos de los directivos de las empresas para propiciar su salida, cambios de accionariado o simplemente destruir reputaciones.

*El Matinal*, en cambio, no llevaba una sola línea de la investigación sobre Maqueda, lo que mosqueaba a Oriol, tan paladín del periodismo de los hechos probados como enemigo de las filtraciones interesadas.

—Es una vergüenza. A saber qué tratos tiene ese hermano tuyo con la chusma de Maqueda —le decía Oriol a Pincho mientras tomaban un café.

—Seguro que muchos de los que ahora callan con el excomisario eran los que le daban todos los chivatazos a Billy el Niño —terció Pacón.

Era lo malo de cumplir años. Te acordabas de cosas que otros habían conseguido que se olvidaran. Una de ellas, la colaboración de las cloacas con los periodistas. Si hasta se decía que un inmobiliario había regalado un piso a cada uno de los periodistas que habían colaborado con Maqueda en la divulgación de informaciones que desacreditaban a sus adversarios.

—No veo a mi hermano metido o permitiendo ese tipo de tejemanejes.

Sabía que, pese a lo mal que le caía Arianne, su hijo, Ignacio, su hermano, era un tipo muy decente y honrado. Buena persona. Quizás excesivamente buena persona y confiado, salvo con ellas. No le veía en tratos con gente así.

—Eres una incrédula. O una idealista. Aunque creo que es lo mismo —dijo Oriol.

Pila bajó en bata y pidió un vaso de agua. Tenía el antifaz para dormir puesto de diadema. Estaba muy guapa.

—Mi hermana tiene en alta estima a su hermanito, no entiendo por qué. Lo único en lo que coincido con ella es en que Ignacio es demasiado bobalicón para ocultar sus reparos ante este tipo de cosas.

Socorro escuchaba todo esto como si fuera un partido de tenis. María Casares, sin embargo, prefería parecer enfrascada en lo que fuera que leyese en el teléfono. Las dos reporteras apuraron el desayuno y se fueron a esperar a Luis Gordon, que volvió a aparecer en su Land Rover.

Antes de salir, llamó a Sergio para ver lo que pensaba de lo que habían publicado de Maqueda. Socorro era consciente de que, en algún momento de su carrera, el polémico policía le había ayudado. El policía fue algo tibio en sus palabras:

—Ya sabes que no tengo trato con él desde hace muchos años. Pero qué quieres que te diga... Con la cantidad de sinvergüenzas que hay sueltos por ahí, pues no entiendo que se metan con Jaime, que ya es mayor. Habrá hecho alguna cosa mal, pero... no sé la causa de todas esas acusaciones. Lleva años en el sector privado y es normal que haya hecho sus negocios. Por otro lado, convendría recordar todos sus servicios en la lucha antiterrorista. Jaime no es ningún criminal. Es un tío con dos cojones que se ha jugado muchas veces la vida por España.

Socorro asintió. Sabía que no era el momento de seguir hablando. María Casares ya se había subido en el asiento del copiloto del Land Rover.

Escupió un rápido «adiós». Sabía que ese tema era tabú para Sergio. Al menos le había dicho que ya no trataba a Maqueda y que alguna cosa habría hecho mal.

Rota está a veinte minutos en coche desde El Puerto. Se tarda lo mismo que a Sanlúcar, Cádiz, Jerez, Chipiona, Chiclana... Dicen que todas estas localidades conforman uno de los núcleos poblacionales más importantes de España y el trasiego es constante. El trayecto a Rota no se diferenciaba mucho del de Sanlúcar. Tan solo cambiaba la rotonda de la variante que había que tomar. Y eso es lo que le explicaba Luis Gordon a María Casares mientras Socorro escuchaba divertida la música de Ecos del Rocío que sonaba en la radio.

—Qué letra tan horrible —dijo la joven.

Iba sobre un señor que se va de copas con la novia y pese a que ella insistía en que no debía conducir, él se empeñó, tenían un accidente y ella moría. El momento más dramático era cuando él le hacía una almohada a la muerta con la raya discontinua de la carretera. Ese era el nivel de las metáforas de la canción.

El bodeguero se quejó del comentario de María.

—Pero qué dices... Tienes que ver el vídeo que hay en YouTube.

Miró entonces al espejo retrovisor en donde encontró los ojos de Socorro, que le devolvieron una sonrisa cómplice.

La periodista no entendía si se trataba de un ligoteo o una casualidad. Las mujeres a veces prefieren no despejar la incógnita para prolongar la ensoñación y ese era el caso de Socorro, que siempre había presumido en la redacción de estar muerta por dentro cuando alguien le preguntaba por sus amoríos. No ayudaba su actitud casi hostil con los hombres, aunque ella más bien lo consideraba vagancia, pereza de salir de su soledad para compartir el espacio. Por eso le gustaba Sergio. También le parecía uno de esos incapaces de proponerle irse a vivir juntos, planear vacaciones... Por otro lado, y esto era una reflexión de Socorro, los periodistas, como los farmacéuticos, nacen, crecen, se reproducen y... mueren. Y la vida de un exguardia civil como Sergio se parecía más a la suya que la de un señorito como Luis, pero... en qué estaba pensando.

El bodeguero tenía que ir al hotel Duque de Nájera a cerrar una reposición. Socorro le vio tratar con diligencia a los empleados y firmar albaranes. María Casares había citado a Cosme Ruiz, el fotógrafo, al mediodía en el hotel. Venía desde Cádiz, en donde vivía haciendo fotos para el Ayuntamiento de la capital al mismo tiempo que colaboraba para Editasa y Timanfaya. El fotógrafo era lo único que se mantenía constante en los cambios de ideología en el consistorio de la ciudad. Cosme le dio dos besos a María y otro a Socorro, con la que había trabajado hacía muchos años en un caso de fraude a la Seguridad Social de bajas de incapacidad.

—¡Cuánto tiempo! Ya me han dicho que estás por aquí por lo de Aldara Ortiz de la Vega.

Socorro asintió con buen humor.

—Cosme, ya sabes que lo mío son siempre cosas agradables.

—Vaya movida la de esta chica. Se dicen muchas cosas porque todo el mundo anda histérico con el lío este de los violadores de las discotecas y lo de la muerta. Vaya asunto feo... Mi cuñado, que trabaja en el Instituto de Medicina Legal, no habla de otra cosa. Claro que tampoco le dejamos que deje de hablar.

Socorro se puso en alerta. Quizás Cosme fuese el camino adecuado para averiguar los resultados de la autopsia ya que Sergio no parecía dispuesto a soltar prenda.

—¿De verdad? No recordaba que tuvieras un cuñado que trabajara ahí.

—Porque es el marido de mi hermana pequeña y no existía la última vez que trabajamos juntos. Se han casado hace poco.

—Pues luego te cogeré por banda mientras estos hacen la entrevista.

—No quiero tener jaleo con mi cuñado. Mi hermana me puede montar un lío porque al marido le llamen la atención en el trabajo. Ya sabes lo difícil que están las cosas.

—Algo me podrás contar... que no le comprometa. Necesito mandar algo hoy, que no sabes el por saco que me están dando en el periódico para que publique más sobre el asunto.

De repente, el fotógrafo se acordó de una cosa.

—Quizás sí que tengo información que puedes contar.

—Venga. No sabes lo que te lo agradezco.

Cosme carraspeó para hacerse el interesante.

—Aldara parecía no tener parientes cercanos ni nadie que quiera hacerse cargo del cadáver y darle sepultura. No sabes el yuyu que da pensar que esa tía no tenía a nadie.

—Es verdad que no tenía primos, ni tíos, porque tanto su padre como su madre eran hijos únicos... Lo raro es que, si tenía un novio como me han dicho, no se haya personado.

—Da mucha pena...

María Casares, que estaba totalmente enfrascada en su móvil y no había estado atenta a la conversación de Socorro y Cosme, soltó un suspiro que nadie esperaba.

—¿Qué te pasa? ¿Todo bien?

La chica hizo un gesto de disgusto con los labios y entornó la mirada.

—Nada, que mi amiga que veranea por aquí no me ha respondido desde hace una semana por lo menos. Es rarísimo. La he intentado llamar por si nos vamos a hacer alguna foto por la playa y se podía acercar, pero ve los mensajes y ni me responde.

—Estará liada con algo.

María chasqueó la lengua.

—¡Qué va! Si siempre suele responder. Es de aquí y hace un plan muy familiar cuando viene. Es muy raro. La voy a llamar, aunque ya no tengo mucha esperanza.

—Dile si quiere tomar algo con nosotros.

La joven periodista volvió a marcar. Tanto Luis Gordon como Socorro y Cosme pudieron escuchar los tonos seguidos y la locución informal del buzón de voz que ofrecía el operador telefónico.

A Socorro le entró en ese instante una llamada de Luisa, la mujer que limpiaba en la casa que Aldara había alquilado en Zahara. Nunca dejaba de responder, y menos cuando estaba cubriendo algún suceso de actualidad.

—Mire, que nos conocimos el otro día y prefiero llamarla a usted porque la policía pasa de mí. Don Federico me ha dicho que me puedo fiar. ¿Podríamos vernos un segundo?

—Tendría que ser esta tarde porque ahora estoy un poco lejos de Zahara.

—Pues a las ocho en la tiendecita... ¿Sabe cuál es?

Socorro dijo que sí pensando que se trataba de la tienda de la marroquí.

—En cuanto acabe lo que estoy haciendo en Rota, voy para allá.

Socorro se dio cuenta de que tenía que escribir cuanto antes lo que le había contado Cosme porque luego tendría que conducir hasta Zahara. Llamó a Pepe y le dijo que había averiguado que nadie había reclamado el cadáver de Aldara. Y no había quien se hiciera cargo de su sepultura, ni la llevarían al cementerio de Santander en el que estaban enterrados sus padres. Al subdirector le gustó aquello. El tráfico de la web de *El Matinal* seguía languideciendo, como todos los agostos. O los festivos. O los días que hacía buen tiempo. A Socorro siempre le había hecho gracia que la gente entrara en la web desde el trabajo y que pasaran de la información los festivos, cuando teóricamente tenían tiempo.

—Escribe unas seiscientas palabras y lo sacamos ahora mismo. Me ha vuelto a felicitar Eduardo por tus crónicas. Y eso es que a él le han felicitado.

Socorro no le quiso contar la cena en Sotogrande con la familia de Ignacio Lequerica. Ni lo mucho que le habían felicitado.

—Venga, ahora mando las seiscientas palabras a últimas noticias. Dame una hora o así. Va a ser muy aséptico.

—Perfecto.

Socorro se puso a escribir en el móvil. La primera línea era una bala al hígado del lector: «Nadie ha reclamado el cadáver de Aldara Ortiz de la Vega en el Instituto de Medicina Legal de Cádiz desde que su cuerpo fuera hallado con visibles signos de violencia el pasado viernes en El Pájaro, una pequeña propiedad situada en la carretera de El Puerto a Sanlúcar».

Después, Socorro se recreaba en algunas de las horribles lesiones y desgarros que le habían descrito...

Mandó la crónica antes de lo previsto. Pepe le dijo enseguida que era lo más leído y que había conseguido enderezar el tráfico de lectores.

# 27

A Luis se le había ocurrido hacer la entrevista en el establecimiento de uno de sus clientes predilectos, aunque no fuera precisamente el que más vino vendía. Se trataba de la pizzería Blue Moon, que casi todas las páginas de gastronomía apuntaban como la mejor de Rota. Un reconocimiento no menor, pues pocos sabían que la localidad era el lugar del mundo con más pizzerías per cápita. Era lógico. A los americanos de la base les gustaba mantener sus costumbres, aunque también disfrutaban de las ventas y el marisco cuando tocaba. Y celebraban las cenas de los Prom, los bailes de fin de curso del instituto, en el bar Jamón.

La pizzería estaba en una casa buena de Rota, muy cercana a la playa. Ocupaba toda la parte de abajo y la familia del dueño se había instalado en el piso de arriba.

Socorro, María y Luis esperaron en la puerta mientras Cosme pasaba dentro para ver el local y si era necesario mejorar la iluminación.

Después entraron. La pizzería le hizo gracia a Socorro, ya que era una casa típica de la zona, con sus macetas y su patio, pero con un pequeño escenario en el que había profusión de motivos militares, banderas con barras y estrellas...

—Los martes suele haber música en directo —les explicó Gordon—, y los soldados de la base vienen, se emborrachan y se retiran sin que haya mucha bulla. Es un éxito. Lástima que les guste más la cerveza que el fino.

Apareció entonces un señor ataviado con un chándal gris. Evidentemente, era americano, aunque hablaba español perfectamente. Sin acento.

—Hombre, Luis. ¡Qué alegría? ¿Y estas bellezas?

—Son las periodistas de las que te hablé, las que me van a hacer el reportaje... ¿No te importa que nos hagamos unas fotos aquí?

Negó con la cabeza y sonrió mostrando una hilera blanquísima de dientes.

—Encantado. Jim Connell —se presentó—. Soy el feliz esposo de la dueña del Blue Moon, la mejor pizzería de Rota. O eso dicen.

Socorro le miró extrañada.

—Habla perfectamente español. No le noto ni rastro de acento americano.

Luis Gordon asintió complacido.

—Jim creció aquí. Sus padres eran militares y los destinaron a la base cuando él tenía diez años. Con quince conoció a su mujer, y aunque él se volvió a Estados Unidos a estudiar, mantuvieron el contacto y se casaron.

—Romántico, ¿verdad? Mi pobre Marifé, que es roteña, se vino a vivir conmigo a San Diego cuando empecé a trabajar y nos casamos. Pero ella no valía para vivir en Estados Unidos.

Socorro escuchaba algo incrédula porque no se creía las historias de amor con final feliz. Era María la que estaba más emocionada.

—¿Y os vinisteis a vivir aquí?

Jim carraspeó. Tenía aspecto cansado. En ese momento llegó su mujer, una morenaza muy atractiva que les saludó con la mano con un gesto de «a ver qué les cuentas».

—Nos vinimos cuando yo me cansé de Estados Unidos y empecé a echar de menos a mis padres. No me gusta la vida allí. Además, a Jim le fue bastante bien en su trabajo y le ofrecieron venir a Europa. Ahora solo tiene que ir a Ámsterdam un par de veces al mes y el resto del tiempo vivimos aquí. Para mí es importante que los niños crezcan con sus abuelos, sus primos.

—Suena a tópico, pero eso solo es posible en España —admitió María.

Jim Connell miró a la periodista con una media sonrisa.

—Exactamente. Lo mejor es que mis padres también se enamoraron de la bahía cuando estuvieron destinados en la base y se compraron una casa cuando se retiraron. Ahora cobran la jubilación del Estado americano y viven aquí.

A Luis se le había hecho larga la explicación.

—Y ahora ofrecen la mejor *pizza* de la zona. O del mundo...

Marifé aprovechó para hacer un poco de *marketing*.

—Todo con productores locales y lo mejor. Aquí te puedes tomar desde la clásica Margherita hasta una con langostinos al ajillo, que está buenísima. Y hay otra de queso Bucarito y rúcula. Luis, pues ponemos una de cada, ¿no? Y otras que tiene anchoas y papada de cerdo ibérico.

El bodeguero asintió y sonrió. Jim sacó un magnum de Milésima en rama y sirvió unos catavinos. El fotógrafo empezó a hacer fotos de Luis con su camisa blanca comiendo *pizza* con el catavinos en la mano. Se trataba de una escena simpática. A la caída de la tarde volverían a El Albarizal a tomar algunas fotografías en el campo. Y al día siguiente posaría en la bodega en El Puerto de Santa María. Socorro sabía que cuando viese las imágenes, Luis Gordon estaría muy guapo en todas.

—La *pizza* está buenísima —dijo María.

Jim sonrió desde otra mesa.

—Ten en cuenta que dicen que es la mejor de Rota... Y eso es un grado.

María pensó que era un buen momento para seguir con la entrevista y preguntó a Luis sobre su trayectoria. Cómo había recalado en El Puerto y si su mujer había sido un factor fundamental en el éxito de Milésima. Socorro decidió prestar atención a las palabras de Luis y dejar de mirar el reloj impaciente. ¿Qué querría contarle Luisa?

—Sí, no puedo negar que mi mujer, Lucía, ha sido fundamental para que esto funcionara.

Sin embargo, luego pareció arrepentirse de sus palabras, y clavó la mirada en Socorro.

—Perdona, María, pero es que no me apetece hablar de mi mujer. Estoy un poco cansado del tema. De mi familia pregúntame lo que quieras. Hasta cómo el más tonto de los hermanos Gordon ha conseguido ser feliz haciendo lo que le gusta sin que nadie hubiera dado nunca un duro por él.

Socorro no pudo contenerse. Aquello sonaba a pulla, pero no lo era.

—Salvo por guapo.

—Pero si nos acabamos de conocer.

Dudó si debía sacarle de su error. No tenía mucho que perder, salvo quizás el tiempo y llegar tarde a su cita en Zahara.

—Tú nunca reparaste en mí, pero yo te veía en tu cota 25 con los pantalones cortos.

Luis le dedicó una de sus sonrisas amplísimas. Se sentía avergonzado por no recordar a Socorro. Se excusó pensando que era lo normal y que en esa época solo estaba interesado en impresionar a las otras niñas de la pandilla y que no tenía tiempo para fijarse en...

—En esa época era un poco idiota...

Socorro pidió a Jim Connell que le llamara un taxi para volver a El Puerto. Mientras llegaba, se excusó con Luis y María.

—Me tengo que ir enseguida. He quedado con una fuente en Zahara para lo de Aldara. Me ha dicho la señora que le limpiaba la casa que quería contarme algo.

Connell aprovechó para interesarse.

—¿A Zahara?

—Sí. No sé lo que querrán contarme.

—En la tele dicen que la policía no tiene nada claro.

A Socorro no le gustaba compartir información con extraños.

—No sé... Siguen investigando.

—Todavía no responde ningún taxi. Si quieres te acerco yo.

Socorro dudó. Le daba vergüenza molestar al americano, pero tenía prisa por llegar a El Puerto para coger el Pajero y conducir hasta Zahara. Eran las cuatro y media de la tarde y no llegaría a tiempo para encontrarse con Luisa. Lo que quería contarle parecía importante. No daba la impresión de ser de las que llamaba a un periodista para hacerse la interesante, como le había pasado en otras ocasiones con otras fuentes.

Connell negó con la cabeza.

—La emisora no responde. Yo te llevo, si quieres.

Socorro se dio cuenta de que no le quedaba más remedio que aceptar su ofrecimiento si quería llegar a tiempo.

—Vamos.

Luis se levantó para estrechar la mano a Jim antes de que se fuera a buscar las llaves del coche al piso de arriba.

El bodeguero le dio dos besos a Socorro. En ese momento, solo le preocupaba dejar claro a Cosme, el fotógrafo, que le llamaría al día siguiente para que le contara todo lo que supiera por su cuñado de la autopsia de Aldara.

—Si te parece bien, podemos quedar en la bodega de Luis antes de que vaya a hacerle las fotos. No hace falta que te lo diga, pero que nadie sepa de dónde sale la información porque me buscas un lío con mi cuñado.

—Por supuesto. Te puedes quedar tranquilo.

Desde arriba les llegó el ruido de Jim. Le pidió disculpas a Socorro porque no recordaba dónde estaban las llaves.

Su mujer, Marifé, se palpó los bolsillos y sacó una llave grande, moderna.

—Gordo, la tengo yo. Me había olvidado de que me la guardé porque la encontré esta mañana cuando bajé al garaje. Se te debió de caer cuando fuiste a comprar al Makro ayer por la tarde.

Luis no pudo evitar mirar la llave. Era un apasionado de los coches que aún, pese a internet, se compraba todas las revistas que se editaban. Silbó...

—Vaya cochazo...

Socorro no le preguntó de qué coche se trataba, porque lo único que le importaba era que Connell le llevara a El Puerto lo antes posible.

—Vamos...

# 28

Socorro no entendía el interés de Jim Connell en llevarla. Quizás solo fuera amabilidad. Esperó en la puerta a que el americano trajera el coche. En Rota la temperatura era más suave y el levante no tenía tanta incidencia como en Zahara. El coche de Jim estaba impoluto. Se notaba que había sido educado por militares. Socorro se subió y se dio cuenta de que el velocímetro marcaba en millas y de que los grados del termómetro eran en Fahrenheit. Los sillones estaban calientes por el sol.

—¿Y este coche te lo trajiste de Estados Unidos?

—Sí... A Marifé le viene bien porque nos vale para trasportar las cosas que hacen falta en el restaurante. Mi mujer usa el suyo para llevar a los niños a El Centro Inglés de El Puerto.

—¿Qué estudiaste?

—Pues Química y Económicas. Estuve un tiempo trabajando en *marketing* para una farmacéutica, pero cuando Marifé quiso venirse a España acepté un puesto que me ofrecía un laboratorio europeo con sede en Ámsterdam, que fabrica líquidos para los ojos, como la solución única de las lentillas. No creas que trabajo mucho...

—¿Y te compensa?

—Es menos excitante que trabajar en una farmacéutica que desarrolla vacunas, pero no me quejo. Tampoco es tan interesante como el tuyo. Supongo que lo del asesinato es apasionante. ¿Se sabe ya quién mató a la pobre chica?

—La verdad es que tienen una línea que no me convence demasiado, pero ahí andan. No hay pistas, como en el caso de ese violador en serie, en el que personalmente tampoco creo mucho. Ya ves que el periodismo tampoco es tan heroico como lo ponen las películas.

—Cada trabajo tiene su pena y su gloria. A mí me encanta que mi familia esté aquí, y para mis hijos es una experiencia vivir en Europa. Eso lo valoran mucho en las universidades buenas.

—Anda... nunca lo hubiera pensado.

—Ya sabes cómo somos los americanos. Luego mis padres siguen yendo mucho a la base. Van al *mall*, a jugar al golf... Tienen una buena vida aquí. Es preferible a que se instalen en Florida para esperar la muerte. Aquí pasaron sus mejores años...

—Hasta irán a la feria.

—Les encanta. Mi madre aprendió a bailar sevillanas y mi padre a cortar jamón y a servir vino con la venencia... y yo... gano menos dinero, pero vivo mejor. Marifé, mi mujer, influye. Las españolas necesitáis estar cerca de vuestras madres.

Socorro pensó que tenía razón. El trayecto a la casa de las Lequerica había durado veinte minutos. Cuando se despidió, Socorro le dio las gracias a Jim.

—Trataré de regresar a Rota antes de que me reclamen en Madrid. Nos vemos pronto, porque quiero volver a tomar esa *pizza* tan impresionante.

—Con Milésima, ¿verdad?

Le hizo gracia la indirecta del americano.

Socorro abrió la puerta y fue a encontrarse con su madre, que estaba viendo la serie de después de comer que nunca se perdía y que a veces comentaba con Pila. Le dio un beso y cogió las llaves del Pajero, que estaban en un escritorio con el resto de las llaves de los coches que tenían las Lequerica.

—Mamá, te doy un beso y me voy corriendo a Zahara.

—Pues has tenido suerte. Pincho mandó a Nelson que llenara el coche porque lo dejaste peladito de gasolina la última vez que lo cogiste.

—Dale las gracias... No sé cómo voy a hacer para pasar los gastos de combustible a *El Matinal*.

Y se despidió de su madre con un beso.

# 29

El segundo trayecto a Zahara se le hizo eterno. En el camino tuvo que responder a las llamadas de Pepe a través del altavoz integrado de su teléfono porque el Pajero, por supuesto, no tenía manos libres ni *bluetooth*. Llegó a Zahara cuando quedaban diez minutos para la cita con Luisa. Dejó el coche donde pudo y fue caminando hacia la tiendecita. Pese a que había llegado antes, se dio cuenta de que Luisa ya la estaba esperando con un periódico bajo el brazo. Era de la competencia. Socorro se sorprendió. No le parecía la típica lectora de periódicos.

—Gracias por acercarse. —Socorro no comprendía por qué le había hecho venir en lugar de contarle lo que tuviera que decirle por teléfono. Ella le aclaró—: Me daba miedo por si alguien nos escuchaba.

Socorro frunció el ceño y le dijo a la señora que no entendía sus temores.

—Es que hoy me he dado cuenta de algo cuando he visto esto.

Y le mostró la portada del diario. Señaló la pequeña foto de Jaime Maqueda que estaba arrinconada en una esquina.

—Este es el señor con el que choqué cuando salí corriendo de la casa del señor Federico y me fui a cuidar a los niños. Le puedo decir que es la primera vez en mi vida que me dejo las llaves en casa... Nunca me había pasado hasta ahora porque siempre las llevo en el bolsillo del babi y me las vuelvo a guardar después de abrir la puerta. Y ese día tampoco las saqué. Por eso estoy segura de que el veraneante con el que tropecé me las quitó. Y es este que aparece aquí. Yo nunca, nunca, le repito, me he dejado unas llaves. Por eso estoy segura de que me las quitó. Solo le vi un segundo, pero nunca olvido una cara. Y este Maqueda, con esos ojos tan juntos es...

—Inconfundible. —Socorro pensó que se parecía a Alf.

—Sí. Es como Richard Gere, pero en feo.

Socorro pensó que Luisa tenía razón. Y que, en realidad, Richard Gere también se parecía a Alf. Pero en guapo. Luego se sintió vieja porque seguro que María Casares no sabía quién era Alf. Ni Richard Gere.

—Entonces, ¿está segura de que Jaime Maqueda es el hombre con el que se chocó?

—Y el que me quitó las llaves. Ya se lo he dicho... si es imposible que me las deje en ningún sitio porque nunca me las saco del bolsillo.

Socorro no quiso hacérselo repetir una vez más. La historia era un poco inverosímil, porque qué interés iba a tener Maqueda en matar a una chica como Aldara. Además, un tipo como él, un excomisario retirado, no tenía pinta de ir asesinando. Ni siquiera por encargo.

—Nunca me olvido de una cara —volvió a decir Luisa, mirando la foto de Maqueda.

La vehemencia impresionó a Socorro. Le temblaban las manos, pero su voz era firme, convincente.

—¿Quiere que nos vayamos a tomar un café? ¿O un helado?

Luisa volvió a ponerse en jarras.

—No, hija, no. Prefiero irme a casa, porque estoy asustada.

—Y la policía...

—La policía... se lo dije esta mañana a los que están aún en la casa, y cuando les expliqué que creía que Jaime Maqueda me había robado las llaves el día que murió la muchacha, se pusieron muy serios. Me dijeron que lo investigarían, pero... los oí hablar cuando me alejé. Decían que no entendían por qué la prensa le montaba una campaña así a un compañero que había hecho tanto por el país, y que eso me había hecho ver cosas que no son. Por eso pensé que sería mejor contárselo a usted. Sé que ellos no me van a hacer ni caso.

La periodista se lo agradeció. También pensó que Maqueda había sido uno de los principales aliados de Sergio para llegar a su puesto en el Ministerio del Interior. El que le había enseñado que la mejor manera de ganarse a los periodistas era dándoles una historia. O información. Como la que le había dado a ella en su día. ¿Qué pensaría si le contaba lo que Luisa le había dicho? Empezó a sentir que el estómago se le revolvía.

La mujer le sacó de sus cavilaciones.

—Mire, niña, yo me voy, que mi marido me espera en casa.

Socorro se ofreció a llevarla para que se quedara tranquila.

—Se lo agradezco mucho. Me sube una cosa por aquí cuando me acuerdo de ese hombre. —Y volvió a agarrarse la entrepierna en uno de esos gestos suyos.

Caminaron hasta el Pajero.

—Este coche tiene más años que mi nieto. Vaya tartana.

Socorro le explicó que era el coche de las dueñas del periódico.

Luisa movió la cabeza de un lado a otro. «Cómo son los ricos. Cuanto más tienen más...».

# 30

El trayecto a casa de Luisa apenas le llevó diez minutos. Ahora tendría que volver a El Puerto. Socorro estaba harta de conducir; aburrida más bien. Encendió la radio del Pajero.

Solo sonaba el casete que aprisionaba la misma cinta desde hacía más de veinte años. Era de sevillanas clásicas de Romero San Juan. Socorro pensó que ya las debía de haber oído porque se las sabía. «Ponte el traje blanco con los volantes verdes». Sobre las once de la noche llegó a la casa. Su madre fue hacia el garaje en cuanto oyó que se abría la puerta y reconoció el sonido del Pajero.

—Me podías haber llamado para decirme si ibas a venir a cenar. Qué manía con ser tan siesa. Yo no te quería llamar por si estabas en algo y te molestaba...

La periodista no tenía ganas de discutir con su madre. Además, sabía que no tenía razón.

—Ven. ¿Quieres cenar algo? Hay pisto. Te frío un huevo...

—¿Y el resto?

—Las señoras tenían una cena y se han llevado a don Pacón y don Oriol. María Casares se ha encerrado en su cuarto a trabajar. Claro que tampoco la han invitado.

Socorro se puso muy contenta porque ni las Lequerica ni sus invitados estaban en casa. Su madre calentó aceite en una sartén.

Marina salió de su cuarto.

—Antonia, siéntate con Socorro, que le hago yo el huevo...

—No, por favor. Que así estamos un ratito solas, que desde que ha llegado apenas ha parado un minuto.

Marina se retiró. Al lado de Antonia, inseparable, Verbe, que se había convertido en su sombra.

—Me quiere mucho. Yo creo que es porque se lo trajo ya mayor don Ignacio a sus hermanas y ellas... Bueno, supusieron que era de su madre y que con estos colores... A las señoras les gustan los *teckels* negros o marrones. Este tan raro... Ya sabes lo suyas que son.

—Les parecerá una modernidad.

—Tampoco les hizo mucha gracia que fuera así de pequeño, pero es que son así, y para mí es más cómodo.

Verbe se puso a lloriquear. Antonia se acercó a la nevera y cogió una acedía vieja. Después de comérsela, le dio la cola y la cabeza al perro.

—Mamá, por Dios. No le des eso al perro.

—Le encanta. A los perros les gusta mucho el pescado. Cuéntame qué tal en Zahara. ¿Saben ya quién es el hijoputa que ha matado a la pobre chica?

Socorro le dijo que no había averiguado nada nuevo y que gracias a María había vuelto a ver a Cosme, un fotógrafo gaditano que, casualmente, tenía un cuñado que trabajaba donde le habían hecho la autopsia a Aldara. Le contó, porque su madre no leía la prensa en internet, lo de que nadie había reclamado el cadáver.

Antonia puso cara de consternación. «Vaya...».

—Sergio no me ha podido pasar más datos.

—María me ha contado que lo había pasado muy bien en Rota con Luis Gordon. Ese chico es un señor. ¿Te puedes creer que volvió a traer a María a casa después de estar todo el día con ella? Y luego entró para saludarme. Yo estaba cosiendo una falda. Me dio una vergüenza. Me dijo que tenía que estar muy orgullosa de ti.

A Socorro se le encogió el diafragma cuando supo que Luis había querido conocer a su madre, pero tenía otras cosas en mente.

—Mamá, no me calientes el pisto. No te creas que tengo el cuerpo para cosas muy fuertes.

—Sí, ya sé que te gusta frío.

—Estoy algo preocupada por cosas del periódico.

Le puso una buena montañita coronada con un huevo frito con mucha puntilla y con la yema muy líquida, como le gustaba a su hija. Después acercó un cestito de pan para que mojara.

—María no ha cenado. Lleva toda la tarde encerrada en su cuarto.

—Voy a buscarla, por si le apetece tomar algo, aunque sea una cerveza.

La silla crujió cuando Socorro se levantó. Llamó a la puerta. María le abrió y le contó que había tenido que hacer todo el turno web de la tarde porque a una compañera de la sección de Nacional se le había puesto malo un niño.

—Y tenía que transcribir lo que me ha contado Luis Gordon porque lo quieren publicar el próximo domingo. También... te lo quería contar, porque es un poco fuerte.

Socorro se alarmó. ¿Se habría propasado Luis Gordon o algo? ¿Le habría hecho alguna proposición que hubiera horrorizado a una chica tan joven? No sabía por qué se le había metido en la cabeza esa idea. Bueno, sí lo sabía. María era joven y guapa, y aunque periodista como ella, era de buena familia. Sin embargo, Socorro...

María la cogió de la mano.

—He conseguido hablar con Silvia, mi amiga de Rota.

Socorro se extrañó porque esa era la menor de sus preocupaciones.

—¿Y qué? Se había pasado con las copas y por eso no te cogía el teléfono, ¿no?

—Pues no... Ella no es así. Por eso estaba yo preocupada. Creo que deberíais hablar. Me ha contado que el pasado sábado le sucedió algo. Se fue a un bar. Rota estaba hasta arriba por los que habían venido a la feria de la urta y...

Socorro ató cabos en ese instante.

—¿Qué...? ¿Le ha pasado algo con el violador?

—Al día siguiente se levantó en la playa y no se acordaba de nada. Tenía el cuello con marcas y le dolía mucho. Pensó que había tomado muchas copas y que se había liado con alguien, pero luego, cuando han pasado los días y ha visto lo que se dice... pues piensa que la han violado. Por supuesto, no ha querido ir a la policía. Y no sé si ya es tarde.

La joven periodista estaba tan afectada que por unos instantes hizo que Socorro olvidara sus propias preocupaciones. Solo se le ocurrió proponerle que dejara el ordenador y que se airease... aunque fuera con el extractor de la cocina industrial de la casa las Lequerica.

—Ven, vamos a la cocina que mi madre me ha frito un huevo y ya debe de estar nerviosa porque se me va a quedar frío.

María asintió y cerró su ordenador.

—¿Te importaría leer el borrador de lo de Luis Gordon? Lo tengo que mandar el lunes, porque ya sabes que cierran los miércoles, para que el domingo esté en el quiosco. Y me gustaría que estuviera perfecto.

—Claro.

Entraron en la cocina y se encontraron la mesa con dos platos. Antonia también le había hecho un huevo a María.

—Mamá, me apetece un tinto de verano. ¿Qué vino puedo usar?

—Vete a la cámara y coge el de la cooperativa, que es el que toma doña Pila.

Socorro le preguntó a María si quería uno y cuando esta le respondió que sí, sacó dos vasos grandes del armario y los llenó de hielo. Después llegó con el vino y la Casera y lo preparó en la misma proporción que le había mostrado la menor de las Lequerica. Socorro notó que su madre estaba feliz de que estuviera tan cómoda en la casa. La verdad es que nunca se había sentido así.

En realidad, ninguna de las dos tenía cuerpo para comer, pero engulleron los huevos con el pisto por puro nervio, como si aquello fuera a remediar sus problemas.

Socorro le volvió a preguntar a María por su amiga.

—Mira, es de las que le gusta tomarse sus copas cuando sale, pero nunca hace ninguna tontería. Por eso estaba tan extrañada de que no me llamara porque sabía que le apetecía mucho verme. Y tenía razón. Seguro que la han violado.

Socorro asintió. Le dijo que por qué no la llamaba. Quería hablar con ella porque ya había oído muchas veces cómo actuaba el famoso violador desconocido y le venía bien el testimonio de una víctima, no las interpretaciones de la policía o de alguna trabajadora social. María marcó dos veces y no obtuvo respuesta. Casi inmediatamente recibió un mensaje. «Te llamo mañana. Supongo que estás con tu compañera y ahora no me apetece volver a hablar».

Socorro se decepcionó, aunque comprendió la reacción de la chica.

—Ponle que mañana a las doce quedamos en el hotel Duque de Nájera a tomar algo.

María solo recibió un lacónico ok como respuesta.

—No suele ser tan escueta. A ver si viene.

—¿A qué hora va a ir Cosme a hacerle las fotos a la bodega a Luis Gordon?

—A las diez. En la bodega da más igual la luz. Pero para los exteriores es mejor quedar antes. Le he dicho que se venga sobre las nueve para tomarnos algo.

Socorro intuyó que esa noche dormiría mal. No le había dicho a nadie lo que Luisa le había contado de Jaime Maqueda en Zahara. No se lo tomaba muy en serio, pero, ¿y si Luisa tenía razón? Prefería preguntarle a Sergio por Maqueda en persona. Sabía que para él era un tema muy delicado.

Antes de dormir, como siempre hacía, revisó rápidamente lo que se decía en Twitter. La muerte de Aldara se etiquetaba con un «ni una menos». Pero no vio novedades. Más allá de la medianoche recibió un mensaje de Teresita Gil León. «Te he escrito en cuanto he llegado a casa. Casi no puedo respirar de la emoción. Ramón Fresas, el ex de Aldara, me ha puesto un mensaje. Te ha leído hoy y va a hacerse cargo del cadáver. Viene pasado mañana, sábado. Me ha llamado y le he citado en casa de Pincho y Pila. He pensado que a lo mejor te resultaba interesante».

La periodista le contestó con un lacónico. «Anda». Al que Teresita repuso con un escandalizado «Es una superexclusiva». La periodista solo pudo sonreír. A Teresita le estaba gustando, como decía ella, «el trabajo de detective».

# 31

Las urgencias del Frontela, el hospital de El Puerto, en la madrugada siempre tenían el mismo aspecto en verano. Gente mayor que se había caído, algún que otro infarto en la media de edad nacional y muchachitos y muchachitas que venían con piernas rotas o cortes porque habían tenido algún percance borracho.

Carmen Maestre se había sacado notarías y había elegido El Puerto de Santa María porque no quería estar lejos de Sevilla, que era donde vivían sus padres, a quien estaba muy unida, y su hermana, que acababa de hacerla tía. Tenía treinta y ocho años, y aunque en un principio había decidido mudarse a El Puerto, por aquello de no tener que conducir cada día y vivir junto al mar, pronto se dio cuenta de que había sido un error. Carmen no podía salir a la calle sin que se le acercase algún portuense a hacerle preguntas indiscretas sobre lo que pasaba en su despacho. Desde cuál era el motivo por el que tal familia había partido peras tras la lectura del testamento de la madre muerta... hasta pedirle rebajitas en la tarifa de algún documento. Por otro lado, después del nacimiento de su sobrino, había decidido volver a Sevilla, aunque ello le supusiera algo más de una hora de trayecto dos veces al día. En verano todo era mejor porque se instalaba con toda la familia en Los Jándalos, unos apartamentos que estaban muy bien; y dejaba que su compañero, que era de Gijón, se fuera de vacaciones a su tierra mientras ella continuaba sus quehaceres.

Carmen era una mujer guapa; no había tenido, como dicen en las revistas, suerte en el amor porque pensaba que en el amor no había que tener suerte sino trabajárselo mucho. Y ella ya había hecho lo suyo con la oposición y no quería presentarse a más tribunales. Tampoco estaba para eso. No bebía y, durante sus años de estudios, se había acostumbrado a quedarse en casa porque nunca había tenido cuerpo de juerga. Aun así, no renunciaba a tomarse una Coca-Cola o una tónica mirando al Guadalete mientras pensaba en lo llena que tenía su cuenta corriente y en el próximo viaje que haría. Se había buscado una pandilla de solteros cuarentañeros con buenos sueldos con los que se había acostumbrado a no escatimar. Habían viajado a Japón a todo trapo, a California, a la India. Para el próximo viaje, en enero, habían decidido ir a Tailandia, por aquello de las playas y la seguridad... A ella le habían encargado encontrar un hotel bueno «de verdad» en Bangkok: el Banyan Tree era el más conocido y caro. Carmen miraba distraídamente algunos lugares en internet apoyada en la barra. El camarero se acercó a la notaria y le preguntó si quería algo de beber. La conocía desde hacía años e imaginaba que pediría lo de siempre: un mosto o una tónica con mucho hielo y limón.

—Ponme una tónica, que así la gente piensa que me estoy tomando un *gin-tonic* y no me molestan preguntándome por qué no me tomo una copita...

El camarero hizo lo propio.

Carmen estaba viendo precisamente los precios del hotel Península, que era algo caro para el presupuesto ya abultado que había acordado con sus amigos, cuando se le acercó por detrás un hombre muy atractivo y se le sentó al lado. Tenía unos cuarenta y cinco años, estaba bien formado y parecía guapo. Al menos esa fue la impresión que tuvo porque llevaba una gorra que le domaba el pelo rubio, seguramente rizado.

—¿Te vas a Tailandia?

Ella se quedó cortada. Le quería haber dicho que era de mala educación mirar las pantallas de los teléfonos ajenos.

—Sí, pero...

Él le respondió con un acento andaluz cerrado.

—Perdona, que te he mirado el teléfono sin querer y he visto que estabas mirando hoteles en Bangkok. Gran lugar y muy divertido si sabes adónde ir.

—¿Lo conoces?

—Sí, he viajado mucho y tengo algún amigo allí. Si necesitas algún consejo o recomendación, será para mí un placer dártelos.

—Precisamente tres amigos y yo queremos ir en enero, y luego, ya sabes, Phi Phi, Ko Samui. Si me pudieras decir algunos sitios. Todo es bienvenido: restaurantes, hoteles de carretera, paisajes, discotecas...

Carmen pensó que había tenido suerte. Sus compañeros de viaje valoraban mucho los sitios que no salían en las guías y los consejos de los locales.

—Has tenido suerte, porque yo...

Una señora interrumpió la conversación. Era la hija boticaria del dueño de la farmacia de la calle Larga, que había ido a verla a la notaría esa misma mañana.

—Carmen, no sé qué te habrá dicho mi padre....

La notaria se enfadó. Le jodía bastante que el trabajo irrumpiera cuando se tomaba algo, pero es que además...

—Ya sabes que no te puedo decir nada.

La boticaria no se rendía.

—Mira, es que mi padre y mi hermano...

—No es de mi incumbencia meterme en esas cosas.

La mujer empezó a contarle un drama. Carmen se agobió porque quería seguir hablando con el tipo de la gorra.

Se volvió hacia él y le sonrió juntando las palmas de la manos rogándole paciencia. Él le devolvió la sonrisa y, ya más tranquila, Carmen se dispuso a pronunciar el discursito que siempre perpetraba cuando la atracaban así. Además, no todos los días tenía la posibilidad de entablar conversación con un tipo tan interesante. Era amable, atractivo, parecía saber de qué hablaba.

Los dos siguieron charlando.

—¿Cómo te llamas...?

—Me llamo Santiago, como el patrón de España.

—Yo soy Carmen.

Carmen apuró la tónica y aprovechó que el camarero estaba cerca para hacerle un gesto con la mano y guiñándole el ojo, pedir «otro *gin-tonic*» como el anterior. El camarero le sonrió. No era la primera vez que empleaba esa estrategia para evitar que su acompañante supiera que no bebía. Eso echaba para atrás a algunos tíos. El camarero le trajo la copa servida.

Era extraño, pero Carmen empezó a encontrarse jovial y risueña. Sentía la cabeza pesada y que el cuerpo le palpitaba. Se tomó la otra tónica.

—¿Te parece que nos vayamos a dar una vuelta? —le propuso Santiago.

—Te has tomado un par de cervezas. ¿Puedes conducir?

—Estoy perfecto, pero, ¿por qué no nos acercamos a la playa?

Santiago se ofreció a llevarle el maletín de trabajo hasta el coche y ella accedió gustosa. Nunca había sentido esa dulzura de cuerpo. Llegaron al coche. Era un Cadillac grande de esos que solo se ven en las películas, y de donde salen los actores de Hollywood con sus chanclas y el café en la mano.

Carmen se acomodó en el asiento del copiloto y Santiago arrancó el coche. Encendió la radio y puso una canción que ella conocía. Parecía que iba a enfilar la playa de Vistahermosa, pero al final tomó el camino de la variante de Rota y se apartó en un camino de tierra que se perdía tras un picadero de caballos. Carmen se sentía cada vez más extraña. No estaba borracha, pero notaba cierta somnolencia. Cuando ya no se veían luces, Santiago apagó el motor.

—Cómo te encuentras. ¿Estás bien?

—Sí, algo cansada, pero...

Entonces él la besó y comenzó el clásico tira y afloja de los ritos de apareamiento entre dos extraños que Carmen conocía desde adolescente, aunque luego la oposición la obligó a estar apartada de aquellas sensaciones.

—¿No estás cansada? —dijo él.

—Me siento rara.

La invitó a irse al asiento de detrás. Ella accedió. Su familia la esperaba en Los Jándalos, pero ya habrían cenado. Sus padres seguramente estarían viendo la televisión y su hermana, su marido y el niño a su rollo. Carmen sintió cierto sopor y mientras le quitaba la falda, notó el cuerpo pesado, pero no tenía ganas de dormir. Santiago no se había quitado la ropa, pero el tacto de su cuerpo la llenó de excitación.

—¿No estás cansada? —insistió él.

—Un poco.

Cerró los ojos y se dejó mecer por la música. De repente, notó su sexo duro y le dejó hacer. Inopinadamente, él le puso las manos sobre el cuello y apretó fuerte hasta casi cortarle la respiración.

Carmen no se esperaba aquello y reaccionó tosiendo.

—Pero tío... ¿qué cojones estás haciendo?

El sexo se le desinfló como un globo y recuperó el tamaño y la forma normal.

—Perdón, me dejé llevar.

—Te has pasado, tío.

Carmen se bajó del coche consciente de que solo podría volver a casa si el tal Santiago accedía a llevarla a algún lugar civilizado. Él había recuperado la compostura y trataba de restar importancia a lo que le había pasado.

—Nunca me pasa esto del gatillazo.

A Carmen le había preocupado más que le apretara el cuello. En cuanto llegaron a Vistahermosa, ella le pidió que la dejara en el bar donde habían estado tomando la copa.

—Tengo que coger el coche.

—¿Pero no estás muy bebida? Como te paren con los *gin-tonics*.

—Era tónica sola.

Santiago subió la música y trató de recuperar la conversación sobre el viaje a Tailandia. Ella le siguió, entre nerviosa por lo que había pasado y el miedo de no parecer agradable y simpática, no fuese a hacerle algo.

Llegaron a la Ribera del Marisco, donde estaba el aparcamiento en el que Carmen había dejado su automóvil.

—¿Nos veremos otro día?

—Claro.

Ella le dio un beso en la mejilla y se bajó del Cadillac. Una vez que le vio alejarse rápido, decidió darse un paseo hasta que se le pasara el mareo. Era ya medianoche cuando se sintió en plenas facultades para conducir. No podía comprender lo que le había pasado... Si no había probado el alcohol. A no ser que... Y se acordó de lo que habían dicho en las noticias del violador en serie que había matado a esa chica. Sintió cómo un escalofrío le bajaba por la espalda.

Carmen no condujo al apartamento de Los Jándalos, sino a una comisaría de la policía. En la madrugada, los agentes siempre atendían el mismo tipo de delitos. Peleas, accidentes, cosas de alcohol. Durante el verano habían aparecido varias chicas para denunciar que creían que les habían pinchado una droga para violarlas. Pero, al final, no habían sido capaces de encontrar ni siquiera la marca del pinchazo. A veces se trataba de picaduras de mosquito o algún hijoputa con un alfiler para dar un susto. Había cierta psicosis y, tras un concierto, las urgencias se habían colapsado por el número de chicas que querían denunciar que les habían inoculado algo. Los medios en un principio habían alimentado la psicosis. Después, algunos expertos explicaron que se tardaba varios minutos en inyectar una sustancia y que los relatos eran poco creíbles porque se trataba de una inyección dolorosa.

Por eso, los policías hicieron poco caso a Carmen cuando les quiso contar lo que le había pasado con Santiago en el coche.

El policía la miró incrédulo y sonrió a su compañero haciendo un gesto con el dedo como diciendo «otra más».

Aquello exasperó a Carmen.

—Mire, me he tomado la copa con este señor hace menos de una hora y media y no he ido al baño. Y eso que me muero de ganas. Así que háganme una prueba de GHB o lo que sea, que sé que tienen que ser específicas.

—Pero... —dijo el policía.

Carmen se puso nerviosa y decidió recurrir a lo que siempre había evitado.

—Mire soy la notaria de El Puerto y no soy una niñata. De hecho, no tomo ni una gota de alcohol desde los quince años. Y puede que por entonces fuera la última vez que pisé una discoteca. Quizás por eso, si me ha drogado, no me ha hecho todo el efecto que esperaba. —Aquello impresionó a los policías, hartos de tener que lidiar con chicas demasiado bebidas y, por lo general, bastante histéricas. Carmen continuó—: Por favor, quiero ir al hospital y que me hagan unos análisis de sangre y otro de orina.

Uno de los policías accedió a acompañarla.

# 32

Socorro salió a las ocho y veinte de la mañana de su cuarto y fue directamente a la cocina. A esa hora solo estaba despierto Nelson, que charlaba amigablemente con el jardinero que venía todas las mañanas a casa de las Lequerica. La reconoció.

—Socorro, me habían dicho que estabas aquí.

—¿Qué tal, Fernando? No me digas que qué mayor estoy, porque ya lo sé. —Luego se dirigió a Nelson—: Nos vamos María y yo a una entrevista. Díselo a mi madre cuando la veas.

Nelson asintió.

—No me ha dado tiempo a lavar el Pajero. ¿Lo metiste por algún camino de tierra ayer?

Socorro negó con la cabeza.

Casares apareció con sus pantaloncitos cortos y una camisa de cuadros muy fina. Se había puesto unas cuñas y le sacaba una cabeza a Socorro, que se había vuelto a poner chanclas.

Tenía mala cara. Se notaba que no había dormido.

—Estoy muerta. No he pegado ojo. Me he pasado la noche dándole vueltas a lo que le ha pasado a Silvia.

Socorro la cogió de la cintura y se la llevó al garaje. Arrancó el Pajero y automáticamente sonaron las sevillanas de Romero San Juan. Intentó apagar la radio, pero se había encasquillado el interruptor.

María le pidió que quitara la música.

—Qué más quisiera yo, pero ya sabes que este coche está muy viejo y tiene vida propia.

Socorro abrió la puerta con el mando. Cosme las había citado en un bar cercano a la bodega Milésima. Era un bar de los de siempre. Con su suelo oscuro de gres y sin ninguna pretensión de ser guay ni de servir tostadas con aguacate. O peor, tostas con aguacate. El fotógrafo las estaba esperando en una mesa.

Socorro se pidió un café con leche en vaso. Y un hojaldre con cabello de ángel. María se tomó una Coca-Cola con un mollete de jamón.

—A mí me traes una tostada con zurrapa —pidió Cosme.

Se la trajeron en un vasito de plástico, como de pastillita de mantequilla.

María comió con avidez. Parecía que no lo hubiera hecho en mucho tiempo. Pese a que hacía ayuno intermitente habitualmente, se solía levantar con hambre por la mañana, aunque hubiera cenado. Acabó enseguida.

—Me voy a acercar a la bodega a ver cómo es. Por escribirlo, vaya.

Socorro ya había advertido a María que Cosme le quería comentar alguna cosa, no le especificó qué, en privado.

Cosme y Socorro se quedaron solos. A la periodista no le hizo falta preguntar. Él sabía cómo se trabajaba en el periódico y que le tocaba desgranar lo que supiera del caso. Todos los periodistas en alguna ocasión tiraban de contactos personales para sacar adelante algún artículo.

—Pero no me firmes ni una línea y, si sacas algo, atribúyelo a fuentes no oficiales. Le he preguntado a mi cuñado porque no quiero líos. Aunque, entre nosotros, prefiero que no saques nada, y que te guardes esto para ti. Simplemente para lo que sepas.

A Socorro aquello no le gustó. Cosme sabía que, si le contaba algo relevante, no podría reprimir las ganas de publicarlo. Los periodistas son así. Aunque, a veces, y eso también lo sabía, se callaban cosas para proteger a las fuentes.

—Bueno..., ¿y qué te ha dicho tu cuñado?

—Pues varias cosas que no ha publicado nadie y que no sé por qué la policía considera mejor que no se sepan. La sustancia con la que la drogaron no es GHB, sino una cosa que se llama midazolam y que le han encontrado mezclada con cazón en amarillo.

—Midazolam —apuntó Socorro para luego buscarlo con tranquilidad. Evidentemente, eso no lo publicaría porque la policía se callaba siempre las sustancias que se usaban para asesinar con el fin de evitar que otros pirados usaran el mismo método—. ¿Y le han encontrado algún resto biológico? ¿Semen? ¿Algo debajo de las uñas?

—Nada, pero eso ya lo han publicado. Lo cierto es que por las lesiones vaginales piensan que la violaron con un objeto alargado y romo.

—¿Que le introdujeron algo?

—Pues sí. Eso me ha dicho mi cuñado. No sería la primera vez que...

—No, no. La gente que hace estas cosas se vuelve loca. Pero violarla *post mortem* con un palo o lo que usaran... eso no tiene que ver nada con el patrón del violador en serie que buscan.

Cosme bajó la voz hasta un nivel casi imperceptible. Socorro se acercó al fotógrafo para poder oírle.

—Pero lo más interesante es que la chica estaba embarazada de dos meses.

Socorro se llevó una sorpresa. No entendía cómo Sergio le había ocultado ese detalle tan relevante. Sobre todo, porque Aldara no tenía padres a los que los medios pudieran partir el corazón con la muerte de un potencial nieto. La intromisión en la intimidad era uno de los motivos por los que la prensa no publicaba este tipo de datos. Y por el que se lo callaban las fuentes policiales.

Pensó a toda velocidad. Lo hizo en voz alta.

—Si Aldara estaba embarazada, tiene más sentido que su asesino no sea el violador en serie. Si tenía un novio...

—Bueno, a lo mejor ni lo sabía, porque la autopsia también dice que había bebido. Y dos meses es demasiado reciente. Seguramente no se había dado cuenta. Esas cosas pasan.

Aquello no casaba con el relato de sus últimos días en Zahara de los Atunes. Con ese deseo de hacer lo que la propia Aldara había denominado como vida sana. Y con que le dijera a Luisa que ya se le acababa la juerga y el *kitesurf*. Pensó que Sergio era una rata por no contarle esos detalles. Luego que si era tan guapa, buena profesional y todas esas gilipolleces. El puto galáctico de los cojones. Por otro lado..., ¿quién era el padre del niño? Socorro volvió a acordarse del misterioso novio al que nadie sabía poner nombre. Y estaba ese encontronazo con Maqueda que Luisa pensaba que había tenido. Podían ser imaginaciones y podía ser verdad.

—Lo que no sé es a quién puedes atribuir esta información sin que jodas a mi cuñado. De hecho, casi te voy a pedir que no lo saques, porque todo el mundo sabe que yo trabajo en *El Matinal* y ataría cabos. Esto es solo para ti, para que te hagas una idea de por dónde van los tiros.

—Me haría una idea si mis fuentes en la investigación no me dijeran que van por otros derroteros.

Socorro se exasperó. ¿Qué creen? ¿Que el violador en serie de las discotecas del que hablan los medios es el asesino de la chica?

—Pues pensaba que los medios habían dejado claro que lo de los pinchazos en las discotecas es pura psicosis.

El fotógrafo se refería a una serie de artículos que se habían publicado en algunos periódicos y de los que habían hablado los programas de televisión. Algunos especialistas habían dicho que era imposible inyectar una sustancia con efectos tan fulminantes en apenas un segundo y con un mero pinchazo subcutáneo. Finalmente, habían tenido que reaccionar a las urgencias colapsadas por cientos de muchachas que decían que las habían drogado sin que se encontrara ni una señal de aguja más allá de los clásicos picotazos de los mosquitos o avispas.

Cosme adoptó un tono más sarcástico.

—Eso sí, las discotecas se han llenado de hijoputas con alfileres para hacer la gracia y se han colapsado las urgencias de chicas que decían que las habían pinchado para drogarlas...

—Lo de los pinchazos es un bulo. Otra cosa es que se echen drogas en la bebida... —lo corrigió Socorro.

—Eso se ha hecho siempre.

—Pues ese es el patrón que buscan, y Aldara...

—Hombre, Socorro, también te digo que el violador no tenía que saber que la chavala estaba embarazada y que lo mismo tuvo mala suerte....

La mala suerte de Aldara. Había vuelto a la misma frase de cuando empezó a escribir sobre el caso.

—No sé. No entiendo nada —se resignó Socorro mientras se chupaba los dedos pegajosos por el milhojas de cabello de ángel.

Cosme terminó su café justo después de comerse el último bocado de su tostada untada con zurrapa. María Casares llamó por teléfono. Socorro la dejó hablar asintiendo. Después colgó.

—Ya ha llegado Luis Gordon. Al parecer, ha venido también su mujer y uno de sus hijos.

Cosme no parecía muy satisfecho.

—Un reportaje de familia feliz. Como si fuera un político de los de Cádiz.

Socorro se puso tensa por tener que ver a Lucía, la mujer del bodeguero. La recordaba de cuando eran niños y cómo ella la miraba con desprecio con sus ojos azules y el pelo rubio pajizo. Los niños a menudo entienden mejor las leyes naturales que rigen el mundo, pese a que los adultos se empeñen en civilizarlas. Lucía niña sabía que Socorro niña, a la que, por supuesto, había borrado de su mente, no era de esas niñas de la que interesaba hacerse amigas. Y no solo porque fuera tres años menor, que cuando se es pequeño parece un abismo. Entendía que nunca la invitaría a bañarse en su piscina, ni podrían ir a montar a caballo. Ni haría una fiestecita por su cumpleaños con chucherías y sándwiches de Nocilla. Se notaba en su traje de baño, viejo y dado de sí, y en la forma —¿los pobres se peinan de otra manera?— como le habían recogido el pelo. Dos trenzas sin lacitos y sin gracia.

Pero si Lucía le había parecido una clasista insoportable de niña, quizás hubiera cambiado. En eso pensaba mientras traspasaba la entrada de Milésima y observaba el buen gusto, eso decía el *¡Hola!* que había leído, con el que había reformado aquella bodega que los anteriores propietarios habían abandonado a su suerte. Socorro no tenía gusto ni ganas de tenerlo. Solo le importaba que las cosas sirvieran, que fueran funcionales. A ella le importaba que las colchas abrigaran, que la cafetera fuera rápida, que los cuchillos cortaran... y, sobre todo, que el sofá de la tele fuera cómodo.

Lucía era como se la había imaginado. Con esa anatomía privilegiada —nadie hubiera dicho que había parido tres hijos— que solo se consigue después de muchas generaciones alimentándose bien y haciendo ejercicio. Llevaba unos vaqueros y una camisa remangada. También unos mocasines. Estaba morena, no mucho, pero lo suficiente para que resaltara su rubio.

María hablaba con el matrimonio. Socorro se acercó tímida y se presentó:

—Soy Socorro Núñez.

Lucía le dio dos besos muy sonoros y le dijo un «encantada» que sonaba a todos los «encantada» que decía la gente como ella. Como Teresita...

Luis observó la escena callado. No sabía por qué parecía disgustado. Más huraño de lo habitual.

María no pudo evitar contarle en lo que estaban trabajando.

—Socorro es una de las mejores periodistas de España de sucesos y ha venido a investigar el crimen de Aldara Ortiz de la Vega.

—¿También se queda en casa de las Lequerica?

Socorro asintió y dejó continuar a Lucía, mientras pensaba por qué no le había preguntado directamente a ella.

—Vaya con Pincho y Pila... qué generosas hospedando a sus periodistas.

Socorro se encogió de hombros. Seguramente Luis Gordon le habría contado a su mujer quién era Socorro y su relación con las Lequerica. Sería lo normal.

—La verdad es que nunca me podría dedicar a nada tan tétrico como a lo que tú te dedicas. Estar todo el día indagando en tragedias, en cosas tan feas, acosando para que te cuenten... —A Socorro le empezó a molestar el discurso de superioridad moral, pero Lucía la terminó de rematar—: A mí es que solo me gustan las cosas bonitas. El arte, educar a mis hijos...

Revolvió el pelo rubísimo de su hijo, que debía de tener unos nueve años, calculó Socorro.

Ella nunca se había planteado ser madre. Quizás porque nunca se había enamorado o porque su madre la había hecho hosca y desconfiada con los hombres. Lucía se dirigió a María Casares:

—No sé si podrás hacer una mención en el artículo sobre mis pinturas.

La joven periodista intercambió miradas con Socorro como diciendo «ni de coña», pero al ver que su colega asentía, dijo, por supuesto, aunque en el fondo no lo tenía pensado.

Entonces terció Luis Gordon, algo molesto por la intromisión de su mujer. No estaba enfadado, sino más bien avergonzado por su actitud un tanto despótica con las periodistas.

—El artículo va sobre Milésima y cómo lo hacemos. No sé si lo de tus acuarelas...

—Qué tontería... A ella no le cuesta nada —dijo, señalando a María—. Ahora te las enseño. Ya verás lo ideales que quedan en uno de los cuartos de invitados.

Socorro miró a María esperando que reaccionase con estupefacción. Pero la joven sabía el percal que manejaba la dueña y señora de Milésima. Ya lo reflejaría en el artículo, pensó.

Entraron en la bodega. El olor a vino era mareante.

Los barriles estaban ordenados y escritos con tiza para indicar el vino que se estaba elaborando. Socorro se acordaba que de pequeña le habían contado que en González Byass ponían un catavinos lleno con una escalerita y un ratón trepaba para beber fino. Se lo contó a Luis, que se echó a reír.

—Todavía tienen el catavinos y supongo que tendrán los ratones, aunque habrán ido cambiando.

—De pequeña temía que el Ratón Pérez no me dejara el regalo porque estaría borracho.

—Desde luego lo tuyo es vocación de pensar mal de...

Socorro se puso brava.

—No solo cuento tragedias, como dice ella. Hago una labor informativa que tiene una función social...

—A mí no hace falta que me cuentes nada —la cortó Luis—, porque leo lo que haces y estos días te he visto trabajar. Lucía puede ser un poco impertinente y desde que se ha hecho papisa de una especie de retiros espirituales... está con unos humos.

A Socorro le incomodó que criticase a su mujer, aunque al mismo tiempo tuvo un arrebato alegre.

—Cosme es muy buen fotógrafo. No tardaremos mucho y ya no te molestaremos más.

—Bueno, dependiendo de cómo sea el artículo, me molestaré o no. Perdón por lo que te ha dicho Lucía... Es muy cruda cuando quiere.

Miró a María y a Lucía, que se acercaban a un rincón iluminado donde estaban colgadas las acuarelas.

—Son bonitas —dijo Socorro.

Y era verdad, aunque le molestara reconocerlo.

—Tienes buena luz para fotografiarlas —le dijo Lucía a Cosme—. Hice que iluminaran este rincón así para que se vieran bien.

Este le respondió que no había problema. Después de fotografiar las acuarelas, se centró en Luis Gordon.

—¿Vais a querer salir los dos juntos? —le preguntó el fotógrafo, señalando a Lucía.

—No lo tenía pensado —dijo él, tímido.

Pero ella sí lo había hecho. Por supuesto que posaría con su marido. Socorro pensó que había recalcado demasiado lo de su marido.

El numerito duró una hora. Socorro observó a Luis Gordon poner la mejor de sus sonrisas y a Lucía presumir de que aquel hombre era el padre de sus hijos.

# 33

A las once ya habían terminado de hacer fotos y Socorro le dio un toque en el hombro a María para recordarle que tenían que ir a Rota a encontrarse con su amiga Silvia.

Se despidieron de Luis y de Lucía, y Cosme las acompañó al coche.

—María, te meto las fotos en el sistema y te las mando al correo. Las de ayer ya las debes de tener. —Luego se dirigió a Socorro—: A ver qué haces con lo que te he contado. No me metas en ningún lío, por favor. Confío en ti y no quiero causar problemas a mi cuñado.

Socorro no le hizo ninguna promesa, pero sabía que no escribiría nada que pusiera a Cosme en un aprieto.

En el Pajero volvía a sonar Romero San Juan.

—No lo puedo quitar. Y el volumen también se ha atrancado —se excusó Socorro, que iba en el asiento de copiloto.

María se rio.

—Piensa que podía haber sido la cinta de Luis de Ecos del Rocío.

En eso, pensó Socorro, María tenía razón. Qué diría Lucía, a la que solo le gustaba lo bonito, del «rey de la carretera».

—Hay que ver lo pelota que has sido con su mujer. Vaya pesadilla de tía —dijo riendo María.

—Tiene pinta de ser insufrible, pero te digo que ya salían cuando eran pequeños y parecían predestinados.

—Como las castas en India —apuntó la joven periodista—. No sé qué tal quedaría una de esas acuarelas tan ñoñas en cualquiera de los cuartos de invitados de casa de mis padres.

Las dos se rieron porque criticar une mucho. María aprovechó los últimos minutos de trayecto para ponerle en situación sobre Silvia. «Es una de mis mejores amigas. Ya te dije que se toma sus copas como todo el mundo, como tú y como yo, pero es una tía seria. Si dice que le ha pasado algo, es verdad. Pongo la mano en el fuego».

Socorro pensó que muchos se habían quemado utilizando esa metáfora.

Dejaron el Pajero en el *parking* que el Duque de Nájera reservaba para sus clientes. En la recepción había una chica que le hizo un gesto a María cuando la vio. Eran de la misma edad y del mismo tipo: guapas, bien hechas, simpáticas, listas... aunque, en el caso de Silvia, parecía que se le hubiera quedado la ropa grande. Estaba lívida y temblaba casi imperceptiblemente, como las pajitas del campo al viento.

Se presentó.

—Soy Silvia. Gracias por venir...

Se le daba bien tratar a las víctimas. Se ponía en su lugar y entendía sus sentimientos. También sabía del hambre de atención que albergaba cualquier persona. Incluso aquellas que querían olvidar. A Socorro le había contado un colega veterano ya jubilado cómo los padres de las niñas asesinadas en Puerto Hurraco habían accedido a entrevistarse con los periodistas que entraron en el velatorio y les habían hablado sin reservas pese al dolor que debían de sentir.

Y eso es exactamente lo que les pasa a esos padres a los que después de matarles a un hijo se convierten en animales mediáticos e incluso políticos. Silvia no era una excepción, si bien insistía en que no quería denunciar porque no entendía lo que le había pasado. Solo se acordaba de estar en la pizzería Blue Moon rodeada de gente y después se levantó en la playa con la certeza de que alguien...

Cuando oyeron el nombre de la pizzería, las dos periodistas se miraron. Se trataba de la misma en donde habían entrevistado a Luis Gordon.

Silvia prosiguió llena de rabia, sintiéndose inevitablemente tonta por lo que le había pasado.

—Me había follado. Violado, tengo que decir. Y tenía el cuello muy dolorido. Mirad las marcas... Ya se me han quitado un poco...

Silvia se quitó el pañuelo con el que se cubría el cuello y pudieron apreciar unas manchas parecidas a dos cardenales.

—Prefiero no decírselo a nadie. Me guardarás el secreto, ¿no? No quiero que nadie sepa lo que bebí...

—¿Bebiste mucho? —preguntó Socorro.

Silvia no contestó. Fue María la que prefirió aliviar el peso que evidentemente sentía su amiga.

—A Silvia le gusta tomarse sus copitas. Como a mí. Evidentemente, te echaron algo en la bebida... Porque tú tienes mucho aguante.

—Pero no recuerdo quién. Había mucha gente por la feria de la urta. Muchos turistas, algunos americanos... Yo iba con mis amigos, pero, como muchas noches, los perdí.

—Dices que habías estado en la pizzería Blue Moon. Ayer conocimos a Jim Connell.

—El dueño es muy conocido aquí y siempre anda organizando cosas para los americanos en su local. Ponen buena música...

Socorro pensó que quizás alguno de los americanos de la base echó algo en la bebida de Silvia. En ese caso, sería difícil que la policía le pudiera detener, aunque había habido casos en los que así había sucedido. Un atropello con fuga y cosas similares, aunque estaba casi segura de que no se había procesado al responsable. La convivencia entre los americanos y los roteños era cordial desde que en 1953 Franco acordara con Eisenhower el establecimiento de la base. De hecho, Rota era uno de los destinos favoritos de los jóvenes militares para su formación. Por otro lado, la base generaba muchos puestos de trabajo y daba mucha vidilla a la localidad, aunque también había cercenado su crecimiento y sus posibilidades turísticas.

Socorro sabía que cualquier tema tocante a la base era delicado, pero no se lo quiso decir a Silvia. Por otro lado, la chica no había denunciado en su día, así que poco había que hacer. Otra cosa era que un americano resultara ser el violador... y el asesino de Aldara.

—¿Y esto cuándo fue? —volvió a preguntar Socorro.

—El jueves... O, mejor dicho: el viernes de madrugada. No quiero ni acordarme del día.

Socorro se alejó un poco para dejar que las amigas pudieran hablar con tranquilidad y en confianza. A Silvia le hacía falta un abrazo, unas palabras que detuvieran ese temblor inapreciable a los sentidos pero que la tenía agitada.

Salió a la calle a fumarse un cigarrillo y a reflexionar.

Socorro ya había pensado que era improbable que la misma persona que había violado a Silvia, hubiera podido asesinar a Aldara. A ella la habían asesinado el jueves, el mismo día que Silvia decían que la habían violado.

Miró las distancias. Era cierto que El Pájaro, donde habían encontrado el cadáver, estaba a menos de media hora de Rota, pero le parecía muy poco probable que un tipo calculador actuara de forma tan improvisada. Quizás el violador en serie tenía un imitador, pero a ella esa hipótesis también le parecía inverosímil.

Silvia tenía los ojos húmedos y ese aire de tristeza de alguien a quien han arrebatado algo importante: la confianza, ese estar tranquila. María la abrazó y le dijo algo imperceptible para Socorro. Tampoco le interesaba porque lo imaginaba. Le diría las mismas palabras que ella pronunciaría si estuviera en la misma situación.

María salió del hotel y se dirigió con Socorro hasta el Pajero. Sacó las llaves de su bolsillo. Tenía el gesto contrito, grave, lejos de ese relajo que siempre se esforzaba por transmitir. Arrancó el coche y enfiló hacia El Puerto de Santa María.

—Me sabe un poco mal dejar así a Silvia.

Le explicó a Socorro que en cuanto acabara de escribir lo de Milésima, trataría de que le dieran un par de días de vacaciones y se instalaría en casa de Silvia para estar con ella. Si ni siquiera se lo había contado a sus padres. Lo tenía que estar pasando muy mal.

Socorro quería mirar en internet las cosas que le había contado Cosme. Sobre todo, quería saber de la sustancia que habían encontrado. El midazolam era una benzodiazepina que se utilizaba como anestésico de corta duración. Se podía administrar de forma oral, rectal, por una inyección... Pero Aldara no tenía marcas de pinchazos y en su estómago tenía el cazón en amarillo que Luisa le había dejado cuando le dijo que no saldría a cenar.

# 34

Las dos periodistas volvieron a El Puerto casi sin intercambiar una palabra en los veinte minutos que duraba el trayecto. María pensaba en el mal trago que estaría pasando su amiga; Socorro solo podía concentrarse en que si el violador en serie había agredido a Silvia la madrugada del viernes no podía estar al mismo tiempo llevando el cadáver a Sanlúcar. O sí, porque, tal y como le había confirmado Google maps, las distancias no eran inabarcables. Pero algo no casaba.

Socorro era muy celosa de la información que averiguaba y, pese a la confianza que tenía con María, se reservaba lo que Cosme, Luisa y otros le habían contado y, por supuesto, sus conclusiones. De momento, pensaba que las piezas del rompecabezas que Sergio decía que pronto tendría resuelto, no encajaban. Solo una cosa interrumpía su flujo de pensamiento. Romero San Juan no dejaba de sonar. La canción se les había metido en la cabeza y no sabían si serían capaces de sacársela. En un momento de nervios, Socorro le dio un puñetazo a la radio. Para su desesperación, aunque con el consecuente ataque de risa, la canción se trabó en el «jugamos al amor... Y te dejé ganar». Pero con vocecilla, como si la cinta hubiera aumentado de velocidad. Luego, por fin, dejó de sonar.

—En cuanto lleguemos, le decimos a Nelson que nos hemos cargado la radio.

María se puso nerviosa.

—¿No se enfadarán porque la hayamos roto?

—Qué va... A lo mejor Pincho y Pila no han vuelto a encender la radio desde que compraron la cinta de sevillanas allá por los noventa.

Y eso fue más o menos lo que les dijo Nelson entre risas cuando apagaron el motor del Pajero al llegar a casa de las Lequerica.

Eran las dos menos cuarto de la tarde. A las dos, Pincho y Pila habían quedado a tomar una copa en El Buzo. Así que Socorro tenía casi hora y cuarto para irse a dar un baño a la playa. Le preguntó a María si la quería acompañar, pero la joven le comentó que gustaría ver cómo habían quedado las fotos de Luis Gordon, si es que Cosme las había mandado ya.

Socorro se puso el traje de baño y se fue caminando hacia la playa. Seguía dándole vueltas a sus cábalas. Lo que más la intrigaba de todo lo que le habían contado durante esos días era la inesperada aparición de Maqueda, si es que Luisa no se lo había imaginado, lo que tampoco era descartable del todo.

Sergio y Socorro debían de estar conectados de alguna manera, porque, en ese momento, cuando apenas se había alejado ciento cincuenta metros de la casa, la llamó. Se puso nerviosa.

—Hola —dijo ella—. Te tengo que contar algo...

Sergio no la dejó terminar. Socorro había aprendido a diferenciar sus entonaciones y esta vez sonaba con ese deje de satisfacción del que sabe que va a recibir una palmadita en la espalda. De todos: sus superiores, los medios, las mujeres...

—Lo que me tengas que decir puede esperar porque a partir de hoy me vas a deber una muy gorda. Te voy a pasar una información, pero todo son «fuentes policiales». Ya sabes que no me gusta figurar. Me fío de ti. Hemos detenido en Rota a Jim Connell, el dueño de una pizzería que lleva viviendo en España la tira de tiempo. Sus padres eran militares y él se crio aquí. El tío habla como un gaditano.

A Socorro se le salieron los pies de las chanclas y notó la quemazón del asfalto.

—¿En serio? Pero ¿cómo? ¿Qué hago?

Empezó a agobiarse al pensar que antes había estado en pizzería. Y que Jim Connell la había llevado a casa y sabía dónde vivía. Y también María, que era más joven. La periodista empezó a titubear. No tenía claro qué hacer.

—Si yo fuera tú, empezaría a escribir inmediatamente porque en menos de media hora se lo pasaré al resto de los medios. La detención del violador en serie va a ser una de las noticias del año.

—¿Y no hay duda de que sea Jim Connell?

—Ninguna. Ayer una víctima le reconoció y todo apunta a que estamos ante un solo depredador: el americano Jim Connell, dueño de Blue Moon, la pizzería más famosa de Rota.

—Precisamente, ayer estuve ahí porque una de las chiquitas del periódico le estuvo haciendo unas fotos y una entrevista al bodeguero Luis Gordon.

Socorro no sabía por qué esas palabras habían salido de su boca, pero enseguida se arrepintió. Sabía que a Sergio no le gustaba la gente como Luis Gordon. ¿Qué gente? Esos a los que se les nota que su tatarabuelo dormía con pijama. Esa buena calidad que hace que las niñas bien parezcan siempre limpias y bien peinadas y que algunos chicos no necesiten machacarse en el gimnasio para marcar músculo.

Sergio no tardó en reaccionar a sus palabras.

—Me parece muy extraño que ese señorito esté siempre tan involucrado con todos los aspectos del asesinato de

Aldara. La encontraron en la finca de al lado de la suya y luego resulta ser íntimo del principal sospechoso. No me extrañaría que fuera su cómplice. Esa gente es muy retorcida.

Socorro recordó que Pila también se burlaba de los retorcimientos de los señoritos.

—Me parece imposible que Luis Gordon tenga algo que ver.

Sergio se puso nervioso, pero Socorro no supo adivinar por qué.

—No sé qué le veis. Vosotros, y el resto de los medios... que lo sacáis todo el día en los papeles.

La periodista prefirió no ahondar más en el resquemor de Sergio para conseguir que le garantizara la primicia de la noticia. Él se resistió.

—No sé. Luego tus compañeros me tratan mal si intuyen que te paso más información a ti. Pero sé que Ignacio Lequerica me va a tratar bien y tú eres de las pocas periodistas, digamos importantes, que están aquí dando el callo pese a que es verano.

Socorro ya había vuelto a entrar en el jardín de las Lequerica. Empezó a ponerse nerviosa. Sabía que, si no lo publicaba la primera, Pepe le echaría una buena bronca y de nada serviría la semana de buenas palabras que llevaba encadenando. Tampoco las felicitaciones de Ignacio Lequerica y sus promesas de futuro.

—A ver, te cuento todo, pero quiero que el domingo me saques un perfil detallando la labor que he hecho aquí de coordinación. Mañana, si me dejas, te invito a tomar algo.

A la periodista eso le sonó a soborno. Y de los más burdos, pero supo que era la mejor forma de que le contara los detalles de cómo había sido la detención. El ego, la presunción casi ridícula de Sergio, era quizás su principal debilidad, pero también su gran fortaleza. Él siempre había sido así y así lo había aceptado, incluso de vez en cuando en su cama. Lo suyo era una relación de simbiosis. Su labor, como le había recalcado Sergio, era contar lo que averiguara la policía. Y a ella, él le informaba de todo lo que le podía contar siempre la primera.

Socorro entró en la casa por la puerta de la cocina e ignoró la bienvenida de su madre, como siempre, acompañada de Verbe y de Cicu, que esperaban que les cayera algo de lo que cocinaba. Le mandó un beso y señaló el teléfono con el índice de la mano para indicarle que estaba hablando.

Se metió en el cuarto. Sergio le había explicado cómo se había producido la detención. Socorro ya tenía claro el titular: «Jim Connell, un americano de Rota, detenido por la ola de violaciones en la Costa de la Luz».

Se lo comentó a Sergio.

—A ver, es mejor. Le vamos a acusar del asesinato de Aldara Ortiz de la Vega. Y así lo puedes titular. Mejor, ¿no?

Socorro trató de moderar su tono de incredulidad.

—Pero ¿estáis seguros?

—Es el principal sospechoso y tenía acceso a la sustancia con la que, según la autopsia, la dejaron inconsciente... Y, además, todo coincide. No te puedo contar más detalles porque, ya te lo he repetido varias veces, sabes que nunca lo hacemos.

Socorro quiso hablarle de lo de Silvia. A ella le encajaba que su violador fuera Jim Connell, porque recordaba que había estado en su pizzería. Y tenía sentido. Pero, entonces..., él la interrumpió. Sergio sabía jugar bien sus cartas y era consciente de que pocos periodistas dejarían pasar la oportunidad de publicar una primicia así, aunque tuvieran dudas.

—Te dejo de margen hasta las dos y media. Quiero que abran los telediarios con la noticia y tendré que atender a los medios y mandarles la nota de prensa que te voy a adelantar a ti, por ser vos quién sois.

Socorro le colgó. Y entró en el cuarto de María, que tenía en las manos un libro. Era *Residencia privilegiada,* las memorias de María Casares en una vieja edición de Grijalbo.

—Ya veo que te ha llegado el libro de tu homónima. Pero venía a preguntarte algo. ¿Hay alguna foto de Jim Connell en las que ha metido Cosme en el servidor?

María negó con la cabeza.

—¿Para qué necesitas una foto de Jim Connell?

—En diez minutos lo lees, te va a gustar más que el libro.

Sergio no la había engañado. En su WhatsApp vería después una nota de prensa en la que se hablaba de cómo el testimonio de una víctima en un intento de violación en El Puerto de Santa María había facilitado las principales pistas para detener a Connell.

Llamó a Pepe, que le contestó con su tono mohíno de siempre, y, antes de que Socorro tuviera la oportunidad de empezar a contarle, le comentó que se cogía toda la semana y que en su lugar Anastasio, su exjefe, se encargaría de la sección de Nacional. Socorro hizo que no le escuchaba y le soltó lo que le había comentado Sergio:

—Acaban de coger a un americano que es sospechoso de ser el violador en serie y, dicen, que también es el asesino de Aldara.

—Joder... Me coges comiendo en el comedor del periódico, pero me subo...

Socorro le dijo que solo tenían media hora más que el resto.

—Hacemos eso y nos forramos a clics. Para mañana tengo toda la historia del Jim Connell. No te lo vas a creer. Gracias a María Casares, estuve hablando un rato con él.

Eso es todo exclusivo. Lo puedes cerrar y meterlo solo para suscriptores porque debería salir también mañana en el papel.

A Socorro, por ese subidón de adrenalina que les da a los periodistas publicar los primeros —una adicción como cualquier otra—, se le habían olvidado sus dudas y reticencias. Había dejado de lado al novio misterioso de Aldara, su embarazo, lo de Maqueda merodeando por uno de los escenarios del crimen. Pero, en ese momento, nada de eso importaba. Aun así, le quiso recordar algo a su jefe.

—La policía le ha acusado del asesinato, aunque Connell aún no ha confesado.

Pepe abandonó su tono mohíno. Parecía loco de contento.

—Lo importante es que lo diga la policía. Ostras, fantástico. Te he dicho que eres la mejor. ¿No? Vamos a salvar la audiencia del mes gracias a ti.

—Lo que voy a escribir ahora es una información que tengo gracias a mis fuentes. Luego la publicarán otros medios para que nadie se queje de que nos la pasan solo a nosotros. Luego, el domingo...

—Eso a Anastasio... Yo te leeré tomando una cervecita en Alicante, que es adonde me voy, que llevo sin ver a mi familia tres meses.

—Una cosa.

—¿El qué? No pierdas más el tiempo.

—Que yo no creo que Connell fuera el asesino de Aldara. El violador en serie, sí, pero...

—Calla. Remítete a la nota de prensa. La policía tiene más datos que tú.

Socorro pensó que seguramente tenía razón, pero...

Empezó a escribir. «La policía ha detenido a Jim Connell, ciudadano estadounidense de cuarenta y ocho años, como principal sospechoso del asesinato de Aldara Ortiz de la Vega y de, al menos, una denuncia por intento de violación por sumisión química...».

El *chartbeat* se disparó. En el minuto en el que la persona a cargo de internet colocó la noticia de Socorro en la cabecera de la web del *elmatinal.com* la gente empezó a pinchar. Mil lectores, tres mil, ocho mil, y en menos de tres minutos, había casi treinta mil. Más que el tráfico total del periódico en un día de verano que viniera cargado de información.

María Casares abrió la puerta sin llamar.

—El asesino de Aldara es Jim Connell... Te acabo de leer.

Socorro se encogió de hombros y ladeó la cabeza. No estaba tan contenta como debería, pese a que sabía que hoy sus jefes se estarían dando golpes en el pecho a su costa.

—Quizás se nos haya escapado algo. O la policía sepa más de lo que sabemos nosotras. Además, Rota no está lejos de El Pájaro. Pudo haber violado a Silvia y matar a Aldara... El caso es que Sergio no me ha dejado contarle lo de tu amiga. Y Pepe me ha pedido que me remita a lo que diga la policía y, más o menos, que deje de hacer de detective...

Pacón llamó a su puerta. Iba con un pantalón de algodón claro y un niqui azul marino.

—Enhorabuena, Margarita Landi... Toma esta pipa que te acabo de comprar en el estanco del centro comercial. —Y le alargó una pipa envuelta en un paquetito con un poco de tabaco—. Ahora sí que vas a estar auténtica. Lo de liar tabaco es como de los mendigos de *Carmelo*...

Socorro le sonrió. Y murmuró un lacónico «gracias». Pese a los parabienes y las loas que estaba recibiendo en su teléfono sabía que algo no encajaba... Pero ese no era su trabajo. Más mensajes: las tertulias la reclamaban al día siguiente.

—¿Y Oriol? —preguntó a Pacón.

—No te esperes del catalufo que te felicite. Está ahí porfiando no sé qué cosas en el porche. Si ya habéis acabado, venid.

Oriol era de esos hombres que se ponía pareo y camisa negra de lino.

Socorro sabía exactamente lo que el catalán iba a decirle.

—O sea, que has escrito que el violador en serie es el asesino de Aldara Ortiz de la Vega. Es una gilipollez. No puede ser. ¿Por qué iba a matar por primera vez un tío que no lo hacía? Hay algo que no casa.

—A ver, hay cosas que evidentemente no se han publicado. A una amiga de María la han...

María le hizo un gesto a Socorro para que se callara. No quería que dijera nada de Silvia hasta que esta tuviera claro que quería denunciar. De momento, no pensaba hacerlo y parecía que con el testimonio que tenía la policía era suficiente.

—Bueno, mi fuente, que es la que manda, dice que lo tienen bien atado.

—Me parece que esa gente solo tiene indicios que tú ayudarás a apuntalar con esos vomitivos artículos que harás. Como todos.

Socorro frunció los labios, que era una manera de darle la mejor réplica, pero al mismo tiempo sabía que no podía contarle sus sospechas, porque era capaz de hacerle escribir una enmienda a la policía que Sergio no tardaría en desacreditar y la volvería a situar en la diana. Y ella no estaba dispuesta a convertirse de nuevo en tendencia en las redes sociales.

Oriol encendió la televisión. El primer informativo empezaba a las dos y media y había llegado justo a la publicación del textito de Socorro. No abrieron el telediario con la detención de Jim Connell, sino con la llegada de cientos de inmigrantes, pero en cuanto terminaron de preparar la pieza, dieron paso a un corresponsal que informaba desde Rota de la detención. A los noticiarios que empezaban a las tres les dio tiempo a que el arresto del americano fuese la primera noticia. Luego el resto de las piezas recogía reacciones a propósito del detenido. Incluso habían desplazado a un periodista frente a la embajada americana.

Mientras María, Oriol y Pacón miraban a la pantalla, Socorro apuntaba las diferentes aportaciones de las piezas para el artículo que debía escribir por la tarde. No había mucho. Tan solo el embajador, que se había negado a hacer declaraciones, y poco más.

Pincho y Pila llegaron a esa hora algo tocadas por las copas de vino que se habían tomado en la terraza de El Buzo.

—No se habla de otra cosa que de la detención del americano —dijo Pila. Como siempre hacía, anunció que se iba a cambiar de traje de baño para no ponerse enferma. Pincho, al contrario que su hermana, apenas se metía en el mar en verano.

Comieron rápido. Socorro les dijo que esa tarde había quedado con Sergio para que le contara lo que pudiera.

—Aunque ya tengo datos de cómo Jim Connell conseguía drogar a las chicas para violarlas.

Pincho le hizo la pregunta que estaba a punto de hacer Oriol.

—¿Y de cómo asesinó a Aldara? ¿Te ha dicho algo?

—Lo iban a interrogar esta tarde. Supongo que confesará, pero tengo suficiente para escribir de Connell. Casualmente, me acercó aquí ayer por la tarde antes de que me fuera a Zahara. —Todos se quedaron extrañados—. Una casualidad. Es el dueño de la pizzería en la que le hicimos las fotos a Luis Gordon.

Pincho intervino. Precisamente se acababa de encontrar al bodeguero en El Buzo.

—Me dijo que María le había hecho una entrevista muy inteligente y bonita. Pero respecto a las fotos...

María saltó muy nerviosa.

—¿Te ha dicho que no podemos sacar el artículo por lo de Connell? Vaya putadón.

La periodista se había llevado la mano a la frente mientras se le escapaba el taco.

Pincho sonrió.

—No, solo me ha pedido que no saquemos las fotos en la pizzería de Connell. Ya he llamado a mi hermano y él se ha encargado de llamar a Eduardo para que estén atentos en fotografía y que no se cuelen esas imágenes. La verdad es que para Luis es una faena.

Socorro sintió una leve punzada porque el bodeguero hubiera hablado con Pincho antes que con ella. Claro que, desde el punto de vista editorial, pesaban más los requerimientos de Pincho a su hermano que lo que pidiera ella.

Se fue a trabajar a su cuarto. Necesitaba escribir rápido el perfil de Connell y tener tiempo suficiente para ir a tomar algo con Sergio. La había citado en El Buzo, lo que extrañó a Socorro. Le explicó que le apetecía cenar junto al mar para celebrar, que esperaba que hubiera sitio, ya que le habían recomendado el lugar. Socorro, que sabía que El Buzo era un club privado y que sin ser socio no se podía pasar, le pidió a Pincho si podría conseguir que les dejaran entraran. La mayor de las Lequerica llamó al club para pedir que admitieran a Socorro Núñez y su acompañante y que, de paso, les reservaran una mesa para dos en la terraza. También dijo al encargado, al que conocía desde hacía veinticinco años, que ella pagaría la cena al día siguiente.

Socorro escribió todo lo que le había contado Connell en el trayecto de Rota a El Puerto. Cómo había crecido en la base y su historia de amor con final feliz con Marifé. También sus estudios en química, lo que, sin duda, completaba bien el perfil de un violador en serie que se valía de drogas. También contó que era atractivo y que en español tenía acento gaditano.

Cuando Pepe recibió la crónica, la llamó para felicitarla y para despedirse. Le recordó que, a partir del día siguiente, sería Anastasio Correa quien se encargaría de coordinar la sección.

—Yo necesito cogerme unas vacaciones. Estoy un poco saturado de no salir de Madrid.

Socorro pensó que, en cuanto pudiera, en dos días, cuando Sergio le explicara los flecos de la investigación que parecían quedar sueltos, también se tomaría unos días libres. La simple idea de que Anastasio volviera a dirigir su destino le provocaba un escalofrío.

Afortunadamente, el caso de Aldara Ortiz de la Vega estaba casi cerrado. A ver si Jim Connell confesaba de una vez.

* * *

El Cadillac estaba junto a la pizzería. A veces, como en las películas, se encuentra aparcamiento en la puerta de uno. Rota no es Nueva York, pero tampoco es fácil aparcar donde quieras, aunque los Connell tenían garaje. No era ese el día más adecuado para ello. Unos seis policías entraron en el local. Uno preguntó por Connell y después a este si el Cadillac era suyo. Todo el mundo por allí sabía que él era el propietario de aquel vehículo. Que sí. Que qué pasaba. Lo detuvieron, ya se lo explicarían en la comisaría. Pidió al único camarero —todavía no habían abierto— que le dijera a Marifé lo sucedido, que llamara al abogado, que él sabría qué hacer. Marifé se iba a enterar, los policías traían una orden de registro de la pizzería y de la casa familiar que estaba en el piso superior.

En el coche patrulla el silencio fue sepulcral. Ni él preguntaba ni los policías que lo acompañaban hablaban. Ni entre ellos. Al llegar a la comisaría lo ficharon, foto mirando para allá, foto mirando para acá. Lo metieron en un cuartito. Luego vino la rueda de reconocimiento. Tampoco es que los otros fueran ni mínimamente parecidos. Pero tendrían que haber ido a la base a por americanos fornidos. La notaria lo identificó sin dudar. Al igual que había identificado el Cadillac que llevó a la detención. Quizá esa rueda pudiera impugnarse en el futuro, supuso Jim. Había visto muchas películas. Pensó que solo podía estar ahí por la chica que quería viajar a Tailandia. Tampoco era tan grave.

El interrogatorio lo dirigían los policías de Rota. Sergio miraba detrás del cristal. Lo primero que le plantaron delante fueron las fotos de Aldara muerta. Se quedó petrificado. Por supuesto, había leído sobre ella e, incluso, había conocido a Socorro Núñez, una de las periodistas que cubría el caso, pero no podía imaginar que... «¿Esa quién es? Yo no he matado a nadie. ¿Y las demás? ¿Quiénes son?». «Las que han denunciado haber sido drogadas y atacadas sexualmente y las que también lo han sido y no han querido denunciar». «No sé de qué me están hablando».

Mientras avanzaba el interrogatorio, los policías que registraban la pizzería y la casa ya habían encontrado su pequeño laboratorio y drogas suficientes para dormir a un equipo de fútbol femenino. Ahí su mujer no entraba nunca, no sabía qué demonios hacía en su cueva, cosas de químicos, pensaba. O vería porno en el ordenador. Los tíos son así.

Se mantuvo en sus trece. Él no había hecho nada. Lo de la chica que quería viajar por Tailandia fue, en todo caso, una mala cita. ¿No han oído hablar del actor Aziz Ansari? Ahora cualquier cosa es una violación y no es así.

A veces uno confiesa lo menor cuando le acusan de lo mayor. Llevaban tres horas. Tuvo que ir al baño. Acompañado. Siguieron. Transcurrió el tiempo reglamentario en que lo podían tener y pasó a disposición judicial. La juez ya tenía por entonces el análisis de las drogas que se le habían intervenido. GHB y muchas más sustancias. «Es el puto Walter White», dijo uno de los policías refiriéndose al protagonista de *Breaking Bad*. Con esas evidencias, confesó las violaciones, pero no el asesinato de Aldara. Acusado de lo mayor, confesó lo menor. Solo había visto a esa mujer en la televisión. Se acordaría. La juez, después de tomarle declaración, después de la confesión a medias, mandó su ingreso en prisión.

La policía estaba encantada con su culpable. Pavoneándose en una conferencia de prensa con sus mejores uniformes. Pero Socorro había sido la primera, gracias a Sergio, en publicar la detención en la web de *El Matinal*. Luego siguieron los otros. Y a la mañana siguiente, las televisiones estaban en la puerta de la pizzería. Todo el mundo que si era un tipo estupendo. Que venía mucho a la pizzería toda la familia. Que no se explicaban que hubiera matado a nadie. Si era casi español.

Todas las cadenas daban por hecho, aunque dijeran presunto, que era el asesino de Aldara, además de ser el violador en serie. Presunto también. Presunto es una palabra con tantas capas de polvo que a los ojos y oídos del público no significa nada. Si lo dice la policía y la tele, será culpable. Los matinales, los informativos, las tertulias... Todos hablaban del asesino y violador. Pena de telediario y pena de tertulia. Culpable. Hasta que terminara la instrucción y se celebrara el juicio, y a saber cuándo pasaría eso, Jim Connell sería el asesino y violador de la pizzería. Habría sido más fácil escapar de Alcatraz que del juicio público. Del paralelo. En El Centro Inglés, a los hijos les habrían dicho cosas. Menos mal que estaban de vacaciones. Pero había otros niños en la playa. Los niños son crueles. Tu padre es un asesino. En lo secundario, la instrucción transcurría sin muchos problemas. Lo único que no habían conseguido encontrar era el objeto que Connell utilizó para la violación de Aldara. La policía dedujo, tras la completa declaración de la notaria, que habría tenido un gatillazo, y, lleno de rabia, utilizó algún objeto alargado y romo. Eso dictaminó el forense. Podría haberse deshecho del mismo sin ninguna dificultad. Pudo haberlo tirado al mar, quemarlo, estar enterrado Dios sabe dónde.

# 35

Antonia entró en el cuarto. Llevaba en la bandeja de la plancha un pantalón ancho negro perfectamente planchado y una camisa blanca de seda.

—¿Y esto? —preguntó Socorro con cierto disgusto.

—Esta ropa me la dio doña Pincho hace un tiempo para ti. Como las dos sois tan delgadas supuso que te estaría bien. Y me he acordado de que no te la di, pero como hoy tienes esa cena en El Buzo pensé que querrías ir arreglada...

—Bueno, no sé si hace falta —repuso la periodista, tratando de evitar lo que ella consideraba caridades.

—No te pongas con tonterías.

Socorro sonrió a su madre mientras se metía en el baño para ducharse. No tardó mucho. Después, se empezó a vestir. En efecto, la ropa de Pincho le estaba perfecta y aunque al principio no le había hecho demasiado gracia que su madre la hubiera aceptado, tuvo que reconocer que estaba muy bien. «Que parecía una señora». María le dejó los zapatos. Le estaban un pelín grandes, pero no le parecieron incómodos. Y como los pantalones le cubrían hasta el tacón, nadie se percataría de que le sobraba medio centímetro y que la horma le bailaba un poco.

Después se maquilló, aunque pensó que con el moreno apenas le hacía falta un poco de colorete y pintarse los ojos. Sonrió al espejo, satisfecha con el resultado.

Salió por la cocina y le pidió a Nelson si la podría acercar a El Buzo porque no se tardaban más de dos minutos y volvería a tiempo para servir el aperitivo.

—Claro, y además hoy estás muy linda. ¿Te has puesto guapa para el noviecito?

Socorro puso un gesto arrebolado.

—Anda, anda. No digas tonterías... No estoy yo para novios.

—Pues ya andas mayorcita. Deberías pensar en sentar la cabeza, tener hijos...

A Socorro le dolió un poco el comentario, pero estaba tan nerviosa que decidió no darle importancia. No porque se planteara que su relación con Sergio fuera más allá de los polvos circunstanciales y espaciados, sino porque tenía planeado contarle que a Silvia la había violado Connell casi al mismo tiempo en que, supuestamente, estaba asesinando a Aldara y que quizás eso desbarataría la acusación de asesinato.

* * *

El *maître* acompañó a Socorro a una mesa donde la brisa corría con suavidad porque estaba resguardada. La llama de las velitas vibraba con el viento.

Pidió un fino, aunque también pensó que era absurdo beber si Sergio no probaba una copa. Él llegó cinco minutos después.

—Perdona, estaba grabando unos totales para los telediarios y he tardado un poco más de lo previsto.

Socorro notó que tenía el rostro anaranjado.

—¿Te has maquillado? —le dijo divertida.

—Bueno, para tener mejor cara. Ya sabes. Llevo varias noches durmiendo fatal. Todo este asunto... y las presiones de los diferentes ministerios. No sabes la cantidad de llamadas que he recibido de Igualdad.

La periodista no quiso adoptar un tono burlón, aunque le apeteciera.

—Cada vez hay más hombres que se maquillan. No es tan extraño.

Pidieron una ración de puntillitas, otra de tacos de mero, tomate aliñado y una urta a la roteña. De beber, Sergio se tomó una cerveza con alcohol

—Que hay que celebrar.

Socorro siguió con su fino. Estaba feliz porque pensó que, quizás así, a Sergio se le soltaría la lengua y le comentaría cosas del caso.

—El tipo aún no ha confesado el asesinato de Aldara. Es extraño, su mujer nos ha contado que llevaban sin tener relaciones muchos años porque él había perdido interés.

—La necrofilia de la que hablabas.

—Puede ser.

—Pero ¿no es extraño que a un tipo, un químico como él, se le fuera de las manos lo de Aldara...?

—No tanto, en realidad, más bien lo que le pasó es que, ya sabes... Connell se fue creciendo y cada vez necesitaba ser más sádico para excitarse. A Aldara la mató para violarla y nunca pensó que vincularíamos los crímenes.

Socorro se atrevió a meter baza.

—Quizás porque él no la mató.

Sergio se comió una puntillita e ignoró lo que le había dicho. Evidentemente, no estaba dispuesto a escuchar ni un solo cuestionamiento sobre su trabajo.

—¿Te importa que le ponga limón?

—Ponle en tu mitad, por favor. A mí me gusta que sepan a lo que tienen que saber. Soy maniática con el pescado frito.

—Viviendo en la casa en la que vives es normal que tengas un paladar...

—Con el que me educó mi madre. Tu amiguito Oriol dice que mi madre es la persona que mejor fríe pescado del mundo.

—Ese gilipollas presuntuoso.... En fin, a ver qué escribe del caso el domingo. Supongo que, para variar, me pondrá a parir.

—Supongo que se hará las mismas preguntas que me hago yo. Estuve en Rota esta mañana y una amiga de María Casares, la chica que trabaja conmigo en *El Matinal*, nos contó que la habían violado el pasado jueves, el mismo día que mataron a Aldara.

—¿Y denunció?

—Ya sabes que muchas violaciones, sobre todo si son de este tipo, no se denuncian.

Sergio carraspeó y se limpió la comisura de los labios con la servilleta. Estaba empeñado en que Connell había asesinado a Aldara y los argumentos que podían desbaratar sus acusaciones le traían al pairo.

—Sería un imitador —respondió muy incómodo.

—El caso es que ella estaba en la pizzería Blue Moon y vio al dueño. O sea, a Connell. Así que si Connell es el violador... no la violó un imitador, sino el original.

—¿Y no va a denunciar? —preguntó Sergio.

Su mentón perfectamente afeitado temblaba.

Socorro se encogió de hombros porque notó que a Sergio le contrariaba su relato. Decidió cambiar de tercio porque no quería que le cerrara el grifo de información.

—¿Cómo conseguisteis detenerle?

—Pues... ¿hablamos en confianza? Quiso drogar a una notaria, pero eso no lo puedes poner, y resultó que la notaria era abstemia... Al final se la llevó y la tía consiguió disuadirle. Fue enseguida a la policía, le hicieron los análisis y les habló del Cadillac.

—A mí me acercó a El Puerto en ese coche.

Se puso serio.

—No intentaría propasarse contigo.

—Sabes muy bien que no estoy en su rango de edad y, por otro lado, me parece que Connell es un tío demasiado inteligente como...

—Pues estás guapísima. Si yo fuera un violador...

—No digas imbecilidades, anda.

Sergio volvió al tema de Silvia. No quería que ese cabo suelto estropeara lo que habían contado a los medios. Era una vergüenza que no estaba dispuesto a asumir. Por eso quiso asegurarse de que ningún elemento descontrolado echara a perder su triunfo.

—Entonces, ¿la chica esa, amiga de tu amiga, no va a denunciar?

—No sé qué decirte. Pero, si no lo hace, creo que al menos deberías hablar con ella.

—No hay duda de que Connell es culpable de las violaciones.

—Pero a lo mejor no mató a Aldara.

Sergio empezaba a hartarse del tercer grado al que lo estaba sometiendo Socorro. No estaba acostumbrado a que los periodistas lo trataran así. Si no cejaba en su empeño, le advertiría de que su actitud acarrearía consecuencias. ¿Acaso no le había dado a ella la exclusiva de la detención?

—Los violadores pueden actuar en varios sitios... Además, El Pájaro no está lejos de Rota.

—Pero Zahara sí, y ahí es donde se pierde la señal de teléfono de Aldara... Así que, creo que deberías indagar.

Sergio se había encontrado con una resistencia que no esperaba. Nunca se había comportado así con él; tampoco había cuestionado nunca sus investigaciones.

La urta a la roteña solo sirvió para que Socorro le volviera a hablar de Silvia. La feria de la urta es el acontecimiento del verano en Rota; no es de extrañar que fuera un caramelito para un tipo como Connell.

—Y luego hay otra cosa.

Sergio se quedó sorprendido.

—¿El qué? —dijo él, algo consternado por no dominar a la periodista.

—La sustancia, el midazolam. Sé que fue lo que durmió a Aldara, según la autopsia. Y estaba embarazada...

El exguardia civil la interrumpió con un tono muy grosero para dejarle claro a Socorro que no quería que siguiera por ahí:

—De tan poco tiempo que seguramente ni lo sabía. Era una chica joven y muy guapa y, seguramente, no tan estrecha y amargada como tú.

Socorro supo que había mucha mala leche en sus palabras. Descartó hablarle de Maqueda y de que le habían visto en Zahara enfrente de la casa de Aldara. Él fue rápido y para rebajar la tensión empezó a acariciarle el dorso de la mano. A Socorro, tan poco habituada al contacto, se le erizó rápidamente la carne. Había bebido, estaba feliz, y también pensó que Sergio era un hombre apuesto, con futuro, quizás algo pagado de sí mismo, pero decidió dejarse ir. Nunca lo había hecho, pero creyó que quizás a la mañana siguiente con el relajo postorgásmico, estuviera locuaz... Sus colegas de las tertulias siempre comentaban lo bueno que estaba y hacían bromas algo ordinarias sobre dónde habría dejado el tricornio cuando abandonó el cuerpo.

No había mucho más que decir. Ella pensaba que la llevaría a la habitación del hotel en el que estaba hospedado, pero se quedó sorprendida cuando se detuvieron delante de la casa de las Lequerica. Socorro no se había dado cuenta porque en cada paso de cebra, en cada ceda... Sergio había aprovechado para besarla con el ímpetu de las primeras veces. Se notaba que le tenía ganas y que Socorro también estaba receptiva. Pero al llegar a casa de las Lequerica...

—Aquí no podemos follar. No estaría bien...

—Pero si solo es la casa de tus jefas, con las que, por lo que he visto, tienes una buena relación. ¿Qué más te da? Ya son mayorcitas.

Socorro le puso el índice en los labios. Le costaba aguantarse las ganas...

—No estaría bien por...

—¿Por qué?

—Por mi madre...

—¿Tú madre vive ahí? Claro, es amiga de las dos viejas...

—No, mi madre es empleada en la casa de Pincho y Pila Lequerica y sería una falta de respeto con ellas que yo me trajera un tío a su casa y me lo metiera en la cama. Como decimos en mi pueblo: no estaría bonito.

—¿Que tu madre es la chacha de esos fósiles?

A Socorro se le bajó de golpe cualquier atisbo de deseo que pudiera haber sentido por Sergio. No sabía decir lo que más le había molestado. Que llamase chacha a su madre, algo terriblemente despectivo, o lo de referirse a las Lequerica como las fósiles que eran, como los acólitos de Ignacio en el periódico denominaban a las dos hermanas.

Pero lo que sin duda más le molestó fue percatarse de que a Sergio también se le había pasado la excitación al saber quién era Socorro. Quizás la imaginaba como una de esas niñas bien que de repente se meten a periodistas. Alguien como María.

Lo último que quería era que se le notase el dolor, los complejos que llevaba arrastrando demasiado tiempo. Al fin y al cabo, ella sabía muy bien quién era su madre y lo que significaba para las Lequerica y su casa.

Consiguió esbozar una excusa débil para dos personas que hacía cinco minutos se deseaban, pero perfecta para los que se acababan de decepcionar...

—Mañana tenemos que madrugar. Hablamos.

A Sergio se le ocurrió lo que Socorro interpretó como una nueva mezquindad.

—Oye, y a ver si mañana puedes curiosear el artículo de Oriol sobre el caso de Aldara... Si es que ese gilipollas escribe de eso. Y también hablamos para lo de tu artículo sobre mí. Con un poco de suerte, este caso puede ser mi ascenso para el grupo de seguridad europeo.

Socorro no se atrevió a preguntarle si quería que le pusiera en contacto con Silvia. Estaba claro que la presunción de inocencia de Jim Connell no estaba entre sus prioridades. No obstante, se lo recordó...

—Por lo que me has contado, no creo que la chica esa quiera meterse en este embrollo... Sobre todo, porque ha pasado mucho tiempo y va a ser difícil probar que Connell la violó.

Socorro se sintió como una gilipollas y algo defraudada de sí misma, la sensación que más odiaba en este mundo. De hecho, gran parte de sus complejos eran porque nunca se había atrevido a tener grandes expectativas para evitar decepcionarse. Para ella no había mayor traición que la propia, y Sergio había sido un error de cálculo. Sin embargo, enseguida volvió a recomponerse porque sobre ella —o, mejor dicho, sobre su trabajo— se cernía una amenaza mayor. Por unas semanas, Anastasio Correa, su exjefe volvería a tener control de sus textos... Y le gustaba la droga dura, así que para tenerla necesitaba seguir en buenos términos con Sergio. Sabía lo que Anastasio le requeriría, aunque fuera vulgar y algo tosco. Así resolvió el superagente Sergio Navarro el asesinato de Aldara Ortiz de la Vega y el caso del violador en serie de la Costa de la Luz...

# 36

María Casares entró en el cuarto de Socorro antes de que amaneciera. Estaba nerviosa, casi llorando. A lo largo de la noche había hablado varias veces con Silvia.

—No quiere denunciar a Connell. Dice que prefiere que sus padres no lo sepan y mucho menos que...

Socorro levantó la vista del móvil. Desde muy temprano estaba repasando su crónica y las que había publicado la competencia. Y todas apuntaban a Connell como el asesino de Aldara. El famoso derecho a la presunción de inocencia, pensó Socorro. Pero, claro, la crónica de la detención de Connell también decía que la policía lo había arrestado por el asesinato y la violación de Aldara, aunque en el perfil que había hecho del americano, Socorro había evitado poner detalles personales y que su forma de actuar era la misma que había seguido el asesino de Aldara. Había escrito lo que Silvia le había contado, aunque sin hablar de la víctima. También explicó su trayectoria, su trabajo, que era químico, que tenía una mujer de Rota, hijos, y que sus padres, militares, también se habían instalado en la bahía.

Sobre las acusaciones de asesinato se había limitado a un copia y pega de la nota de prensa de la policía con todos los entrecomillados que pudo meter. Aquello, era consciente de eso, le valdría la reprimenda de Anastasio cuando se pusiera al frente de la sección de Nacional. Menos mal que había aprovechado para publicar lo importante antes de su desembarco. En caso contrario, hubiera sido capaz de retorcer tanto el titular que hubiera causado un incidente diplomático con Estados Unidos.

María suspiró y pidió permiso para sentarse en la cama.

—No me puedo creer que Connell también asesinara a Aldara —dijo.

Socorro le explicó que, según le había indicado Sergio la noche anterior, había entrado en un frenesí sexual incontrolable y que podía haber violado a Silvia y asesinado a Aldara en la misma noche.

No le quiso contar mucho más. La información que se había reservado del caso era patrimonio suyo y, sobre todo, de su completa responsabilidad. Y, por supuesto, no quería que nadie, ni siquiera María, estuviera al tanto de sus sospechas, por muy bien que se hubieran llevado estos días en casa de las Lequerica.

—Y que Silvia no quiera ir a la policía para contar lo que le pasó en la playa les quita una incógnita de la ecuación.

La joven asintió. Por otro lado, comprendía las reservas de su amiga. A Connell le iba a caer un buen paquete por el intento de violación a la notaria y la otra denuncia, pero... le caería más por el asesinato de Aldara...

—Así que para qué va a denunciar.

Socorro estuvo a punto de responder que porque tal vez fuese inocente de ese crimen, pero también sabía que nunca se debía contradecir al entorno de las víctimas. Consideró que lo mejor que podían hacer era levantarse e ir a desayunar. En cuanto fuera una hora decente, recibiría la llamada de Anastasio, y eso la aterraba. ¿Qué tipo de reportaje se le ocurriría pedirle? No le contaría nada de Silvia. Le veía muy capaz de exponerla, porque —y tendría razón— era lo periodístico. Pero eso a veces también chocaba con... lo que quería hacer Silvia, que era olvidarse de todo y que Connell pagara.

—Venga, vamos a desayunar. Tengo resaca y un hambre de lobo.

María asintió y se fue a su cuarto. Las dos periodistas se encontraron en la cocina. Había una jarra con café, leche, sacarina y un mollete con jamón y tomate para María. A Socorro le habían colocado sus donuts, pero ese día le apetecía comer salado. Así se lo dijo a su madre que, como siempre, estaba organizando los menús de la comida y la cena y haciendo con Marina la lista de la compra.

—Madre, también quiero un mollete con jamón. ¿Hay más?

Antonia se quedó sorprendida con su hija, porque la bollería era lo que más le gustaba.

—Pues mira a ver si queda alguno en el congelador de ahí abajo —dijo, señalando a la nevera.

Socorro se levantó y se puso en cuclillas para abrir el congelador. Tenía la espalda entumecida y el ánimo encogido por su velada del día previo con Sergio. De nuevo, sus inseguridades de «la hija de la chacha» volvieron a aflorar. Abrió los cajones del congelador. Los molletes, oyó decir a su madre, estaban en el de abajo. Socorro lo abrió y encontró una bolsa de una panadería de Écija ya abierta con cuatro molletes junto a cinco o seis polos cubiertos de escarcha. Cogió uno de ellos y lo puso a tostar. Cuando sonó el timbre del temporizador, le echó un chorreón del aceite de la cooperativa de Terrinches que siempre tomaban las Lequerica y se sentó con María Casares, que mordisqueaba desganada una rodajita de tomate.

Oriol entró en la cocina con su kimono y le pidió a Antonia si podía llevarle el té al porche, porque estaba leyendo la prensa con Pincho.

—Y tráenos también a nosotros un mollete. El vergonzoso espectáculo informativo de hoy solo se puede tragar con pan y aceite.

Socorro no le dijo nada, porque odiaba que tuviera razón.

La mayoría de los medios, *El Matinal* no era la excepción, había publicado una foto de Jim Connell de su LinkedIn en el que se describía su trabajo, su formación, las empresas en las que había estado empleado... También habían metido algunas fotos del Blue Moon, y contaban cómo había montado con su mujer Marifé una de las mejores pizzerías de Rota y que su local era esencialmente frecuentado por americanos.

Antes de que acabaran de desayunar, sin mensaje previo de aviso, pese a que aún no eran las nueve, vio aparecer en la pantalla de su móvil el temible nombre de Anastasio Correa.

Socorro se levantó para caminar por el jardín mientras hablaba con él. Sabía que podía esperar cualquier cosa.

—Hola, niña, ¿cómo estás? ¿Cuánto tiempo llevamos sin trabajar juntos? ¿Me has echado de menos? —Socorro no le dijo nada porque era mejor dejarle continuar en lugar de lanzarle cualquier tipo de indirecta sutil—. Mira, yo creo que hay que hacer varios enfoques de esto, porque me parece que has estado un poco blandita con el tema. El primero es si los roteños están hartos de los americanos de la base y lo que significa que haya un violador entre ellos.

—Aja —dijo Socorro, pensando en que ya veía cómo Anastasio se las arreglaba para liar un incidente con los americanos.

Socorro pensó que, salvo algunos vejestorios que aún quedaban del referéndum de la OTAN, de entrada, no, no había nadie que se opusiera a la presencia de los americanos en la base. Pero le dejó seguir.

—Después, deberíamos tratar de hablar con los padres del asesino. —Socorro empezó a caminar más rápido. Se imaginaba llamando a los padres de Connell, destrozados y avergonzados por lo que había hecho su hijo. Anastasio debió de adivinar lo que estaba pensando—: A lo mejor se te ha olvidado que el periodismo es publicar aquello que no quieren que publiques.

Pero ella no estaba pensando en los pobres padres de Connell, si no en Silvia y su silencio. Anastasio entonces le dijo que le entraba otra llamada del director y que debía responder.

Socorro volvió a la cocina para apurar el café. Al pasar por el porche se encontró a Pincho y a Oriol tomando té y con los periódicos en papel abiertos sobre la mesa.

—A ver las tonterías que escribes —le dijo Oriol.

Ella le puso cara de resignación. En ese momento el teléfono le sonó. Era Anastasio, que ya debía de haber despachado con el director.

—Cambio de planes. El dueño ha llamado al *tontolaba* de Eduardo y le ha dicho que publiquemos una doble página hablando de cómo Sergio Navarro ha logrado crear un equipo de coordinación entre cuerpos para resolver el crimen de Aldara... No está mal la historia, pero... que no quede como la gran mamada que creo que quieren.

La periodista sintió un alivio inmenso, pese a que lo que menos le apetecía era cantar las bondades de Sergio después de su torpeza la noche previa. Pero, sin duda, las cenas en casa de Ignacio Lequerica le garantizaban esa campaña de prensa favorable que tanto ansiaba para ascender. Anastasio de repente tuvo prisa por colgar.

—Me ha dicho Eduardo que tienes buena relación con el galáctico...

Socorro musitó un sí apenas perceptible.

—Pues nada, ya sabes. Dos mil palabras para mañana. Será la portada. Dicen que este tío, Sergio, llegará a ministro del Interior.

Socorro se quedó helada y pensó en su escena de la noche anterior con Sergio. Lo que menos le apetecía era tener que escribir una loa sobre él... Pero el trabajo era el trabajo y en su cabeza seguían martilleando esos grandes planes de futuro que tenían Ignacio Lequerica padre e hijo para ella. Y, desde luego, no pensaba ponerlos en peligro por las idas de olla de Anastasio Correa.

Quizás, si al día siguiente Ramón Fresas venía a conocerla a casa de las Lequerica, podría escribirle alguna de esas crónicas lacrimógenas sobre la víctima que tanto gustaban a Anastasio. Tal vez así la dejara tranquila. Era una buena exclusiva.

# 37

La declaración de Ramón Fresas apenas duró una mañana. Tenía un océano de coartadas y esa buena relación con Aldara en la que coincidían todos sus conocidos. También su pronta colaboración y que no se hubiera quedado en Costa Rica para evitar ser cuestionado en la investigación le habían exonerado de cualquier sospecha.

Ramón padre le había dicho que reclamara el cuerpo de la joven para enterrarlo junto a sus progenitores en Santander. Le parecía que era lo que había que hacer y no se lo tuvo que repetir a su hijo. En cuanto concluyó con sus asuntos en Madrid, lo organizó todo para inhumar a Aldara con sus padres; al fin y al cabo, ella había heredado el pequeño panteón en el que habían sido enterrados. Supuso que no habría ninguna objeción, aunque se encontró con diferentes trabas burocráticas inexplicables porque era rara una familia sin parientes ni nadie para reclamar.

Sobre las doce del mediodía llegó Teresita a casa de las Lequerica con Ramón. El único novio conocido de Aldara había cogido un avión el día anterior. Apenas había podido parar unos días en Madrid tras su precipitada vuelta de Costa Rica, donde se había enterado del brutal asesinato de su exnovia. La policía le había descartado enseguida y así se lo habían hecho saber en cuanto, por insistencia de su padre, que era abogado, había regresado. Había ayudado en su exoneración que todos los que habían tratado a Aldara coincidieran en que, pese a que ella le había roto el corazón, Ramón siempre había mantenido una actitud caballerosa y comprensiva. Tanto que había seguido trabajando en Amazing U, la empresa de su ex, hasta su muerte, y era el único que parecía dispuesto a hacerse cargo de su cadáver.

Ramón había reservado un hotel en Puerto Sherry hasta el lunes por la tarde, cuando supuso que habrían terminado todos los trámites. Sobre todo, tras saber que habían detenido al principal sospechoso del asesinato.

Teresita, quizás por su recién descubierta vocación detectivesca, estaba encantada de que Ramón la hubiera tomado como referencia en El Puerto. Incluso le había ofrecido quedarse en su casa en el cuarto de invitados, pero prefirió un hotel. Aquello, en el fondo, era un alivio. Los invitados, como los muertos y el pescado, huelen a los pocos días. Y Teresita no quería que su marido no pudiera ver el golf tranquilamente ni que sus hijos se tuvieran que esforzar por dar conversación a Ramón, a quien parecía como si el mundo se le hubiera caído encima.

Ramón aceptó de buen grado tomar un café en casa de las Lequerica. Le apetecía conocer a Socorro y, sobre todo, agradecerle que, al contrario que otros medios, no hubiera usado su nombre en la crónica que había escrito sobre el asesinato. Ni siquiera como propietario de la empresa en la que trabajaba la pobre Aldara.

Teresita salió con Ramón al porche de la casa. Las hermanas estaban leyendo y comentando la prensa con Oriol y Pacón, que se mostraban lógicamente sorprendidos por el despliegue mediático que había supuesto la resolución del caso. Los informativos abrían con novedades, aunque, lógicamente, la mayoría de las piezas se repetían. Un repaso pormenorizado del caso, el recuento de denuncias de violaciones por sumisión química, un recordatorio de la psicosis por los pinchazos en las discotecas. También volvían a repasar la vida de Jim Connell y contaban lo bien que se habían integrado los americanos de la base en Rota.

Los perros ladraron la llegada de Teresita con Ramón. Siempre reaccionaban así con las personas a las que no conocían, como era el caso del que había sido novio de Aldara. Oli y Buga, las dos bestias negras de Socorro, prefirieron observar a los recién llegados desde la distancia gruñendo y mostrando los colmillos, algo sucios por la edad. La escandalera de los perros no cesaba pese a que Pila y Pincho les mandaban callar.

—Quietos... —dijo Pacón.

Al contrario que a Oriol, sí que le gustaban los perros. «Más que las personas», solía puntualizar.

Antonia, al escuchar los ladridos, salió al porche escoltada por Verbe. El *teckel* arlequín era poco expresivo, algo de lo que se quejaban continuamente las Lequerica, acostumbradas a las monerías de sus otros perros. Sin embargo, cuando Verbe vio a Ramón empezó a saltar moviendo el rabito y a aullar lleno de alegría.

Ramón tardó en reaccionar, pero el desconcierto apenas le duró unos segundos. Lo suficiente como para reconocer al perro.

—¡Berberecho! No me lo puedo creer. ¿Pero qué haces tú aquí?

Cogió a Berbe ¡a Berbe, con «b» de berberecho, no de verbena! por debajo de las axilas y se lo acercó a la cara. El perro empezó a besarle y darle lametazos en la nariz, en los ojos.

Ramón estaba visiblemente emocionado y tenía los ojos húmedos, aunque eso no le impidió poder explicar lo que pasaba a las Lequerica, a Socorro y a su madre, tan sorprendidas como él por la reacción del perro.

—No sé qué hacéis con el perro de Aldara. Si supierais todo lo que he buscado a este animal.

Y cogió a Berbe y lo abrazó muy fuerte contra el pecho, como si eso le sirviera para devolver la vida a la joven y recuperar tiempos más felices.

Pila fue la única que se atrevió a intervenir.

—¿Entonces...? El perro...

Ramón no sabía muy bien cómo explicarlo.

—Pues era el perro que Aldara le regaló a su padre cuando se quedó viudo y enfermó de cáncer. Tras su muerte, yo ya me había encariñado, y como sabía que ella no podía hacerse cargo, me quise quedar con él porque lo podía dejar en casa de mis padres... Pero ella me dijo que ya había organizado algo... No me dijo el qué. Supuse que había encontrado a alguien que se quisiera ocupar de Berbe.

Pincho le explicó que el perro había sido un regalo de su hermano Ignacio que, en ningún momento, había ocultado de dónde lo había sacado.

—Salvo que no nos corrigió cuando le llamamos Verbeno, de verbena. Vino un día y nos contó que lo iban a dar en adopción porque su dueño había muerto y nadie se podía ocupar de él. Y como todos nuestros perros son *teckels*.

Pila acabó la frase:

—Y como era de colores tan raros y no teníamos ninguno así, pensó que nos lo quedaríamos encantados. Y así fue. Como estamos tanto en el campo... no molesta.

En ese momento Antonia se acercó a Ramón, que aún tenía al pobre Berbe en brazos y le rascó detrás de las orejas.

—¡Qué guapo eres, perrichín! —dijo la madre de Socorro.

El perro quiso volver con ella y cuando Ramón trató de retenerlo comenzó a llorar pidiendo que le liberaran para poderse ir con Antonia, que volvía a la cocina atónita.

Ramón se tranquilizó y dejó al perro en el suelo. Teresita intentó rebajar un poco la emoción que destilaba la escena.

La horrible muerte de Aldara, su cadáver sin reclamar, el reencuentro con Berberecho... eran demasiadas cosas para el pobre Ramón. Y para ella. El perro por el que se había preguntado casi desde el primer día del que le habían hablado de su existencia. Empezó a cavilar. ¿Cómo había acabado el perro del padre de Aldara en casa de las hermanas Lequerica?

—¿Quieres una copa de fino? —intervino Oriol—. Aún tenemos una botella sin abrir de Milésima en rama que está buenísimo, si no consideras que es demasiado temprano para beber.

Ramón sonrió y le explicó que no le gustaba el fino, lo que, para Oriol y Pacón, encajaba en el tipo de personas que suponían tendría una empresa llamada Amazing U.

Socorro se presentó. Aún no había podido saludar a Ramón. Le quería preguntar sobre el embarazo de Aldara. Si sabía algo de que ella se hubiera enamorado de otro. Y en ese caso, quién era, aunque ella empezaba a tener una sospecha. Lo de Berberecho... se lo había dejado muy claro.

Le preguntó si, ya que no quería tomar nada, la podía acompañar a dar una vuelta por la urbanización. Ramón accedió. Socorro le daba cierta confianza y estaba demasiado nervioso como para sentarse con un grupo de desconocidos a beber. Necesitaba estirar las piernas y moverse. Aquella mañana no había podido correr y sentía su cuerpo pesado. Como si sus articulaciones se hubieran convertido en plomo. Y luego la emoción al ver a Berberecho al que tanto había querido. Ese perro simbolizaba lo mejor de los años que había durado su relación, pero sabía que estaría mejor con las Lequerica.

Salieron por la puerta del garaje y caminaron hacia la playa. Como todos los sábados de verano, había más afluencia de bañistas de lo habitual. Incluso había gente que se instalaba en la arena a las siete con su nevera y la tortilla y se quedaban ahí hasta que se hacía de noche.

—Hoy hay mucha gente. Normalmente, es más tranquilo.

—Lo sé... He venido antes, y, además, ya me ha contado Teresita cómo van las cosas por aquí.

Socorro pensó que lo primero que debía hacer era mostrarse cariñosa y comprensiva con Ramón. Aquel hombre parecía destrozado.

—Siento mucho lo de Aldara... Sé que ya no estabais juntos, pero...

—... Pero daba igual. Nos quisimos mucho y ella fue muy sincera cuando lo dejamos. Ya te lo habrá contado Teresita.

—Así que todo había acabado entre vosotros.

—Claro... Solo nos veíamos en el trabajo y ella me dejó muy claro que ya no me quería de la misma manera que antes. Dijo que ya no estaba enamorada de mí y que había conocido a alguien.

—Es increíble tu comportamiento. Ojalá te hubiera dejado yo...

Ramón sonrió por la broma algo cruel de Socorro.

—Aldara y yo lo pasamos muy mal con la muerte de su madre. Y también cuando le diagnosticaron la enfermedad a su padre. Estaba muy integrada en mi familia. Era una más. Mi padre y ella se adoraban, incluso hablaban de vez en cuando, pese a que me había partido el corazón... No podía permitir que nadie la enterrara sin más.

Socorro siempre se ponía tensa cuando tenía que hacer alguna pregunta delicada.

—No sé si lo sabías, pero estaba embarazada cuando la asesinaron...

Ramón la interrumpió ansioso.

—¿De cuánto?

—No estaba de mucho. De dos meses, y lo mismo ni lo sabía... No era tuyo, ¿verdad?

—Ya te he dicho que Aldara nunca quiso volver a estar conmigo desde que lo dejamos hace un año. Así que yo no podía ser el padre.

—¿Podía ser de un amante casual?

El hombre se volvió a encoger de hombros.

—La Aldara que yo conocía no se iba con cualquiera. Y con cualquiera quiero decir con uno que conociera una noche, y...

Socorro de repente tuvo una idea y se acordó de una cosa que había visto por la mañana. Le entró la prisa por comprobar si tenía razón. Pero no tuvo que poner ninguna excusa. Ramón pareció ayudarle.

—¿Te importa que nos demos la vuelta? No me encuentro muy bien. Ver a Berberecho me ha revuelto las tripas.

—Lo entiendo, son cosas duras. ¿Y nunca te dijo quién era el hombre por el que te había dejado?

A Ramón no le sentó bien la pregunta. Si había querido ver a Socorro era porque había valorado la forma delicada en la que había escrito sus crónicas. Sin embargo, todas esas preguntas no le gustaban, le parecían carroña.

—Prefiero caminar solo. No estoy para hablar con nadie de este tema.

Socorro se dio cuenta de que había metido la pata.

—Ramón, es que...

Él no le dio oportunidad.

—Despídeme de Teresita. No me he dejado nada en la casa ni en el coche y discúlpame ante las Lequerica y el resto, pero es que no me apetece hablar con nadie... Así que me vuelvo al hotel. Lo mismo luego me voy a la playa... Pero solo.

Socorro puso cierta cara de circunstancias, aunque, en realidad, estaba deseando volver a la casa y confirmar sus sospechas. Le dio dos besos a Ramón y corrió todo lo rápido que le permitían las sandalias.

Entró en la casa y fue directamente a la cocina donde su madre trataba de convencer a Berbe(recho) de que no añorara a Ramón con unos trocitos de carne.

—Qué impresión lo de Verbe y ese hombre —dijo Antonia, tratando de pegar la hebra con su hija—. Espero que el tal Ramón no quiera llevarse al perro... Con la compañía que me hace. Te ha dicho que no se lo quiere llevar, ¿no?

Socorro ignoró sus palabras y se dirigió directamente al congelador de la nevera. Abrió el cajón en el que por la mañana había estado buscando el mollete para su desayuno. Retiró la escarcha de los polos y estiró el envoltorio. Sus sospechas se confirmaron: eran Dráculas, el mismo helado que compraba Aldara en Zahara, en el colmadito de la marroquí. Cogió uno y lo blandió para preguntarle a su madre.

—¿Y estos helados?

Su madre arrebató el polo a su hija y lo volvió a dejar en la nevera.

—Pues son para don Ignacio. El hermano de las señoras se toma casi siempre uno de postre. Es como una obsesión lo que tiene con los Dráculas. Como un niño chico.

—Dirás una adicción, mamá...

Antonia sonrió y volvió a colocar el helado en su cajón.

—En todas las casas de las hermanas Lequerica hay siempre Dráculas, por si don Ignacio aparece a comer.

Socorro notó un resorte en su cerebro que era el indicativo de que por fin algo encajaba en el caso. Quizás Aldara también compraba Dráculas para la misma persona que las Lequerica. Y quizás Ignacio era...

Antonia, sin embargo, estaba al margen de lo que pensaba su hija y seguía erre que erre con su Verbe.

—Porque para mí siempre será Verbe de Verbena y no de Berberecho. Los perros de esta casa se llaman por las plantas. No ha dicho que se lo quiere llevar, ¿no?

A Socorro le daba igual la preocupación de su madre por el perro. Solo tenía una pregunta. Pero Antonia no cejaba en su empeño.

—Pero ¿te ha dicho algo del perro? No lo quiere... ¿verdad? Las señoras no lo aprecian demasiado, pero yo...

—Que no me ha dicho nada, tranquila. Pero esto es más importante. ¿Teresa sigue aquí? —le preguntó a su madre.

Antonia asintió sin entender qué se traía entre manos su hija con ella. Desde que había llegado Socorro, Teresita Gil León se había convertido en una constante en sus conversaciones. Se notaba que su hija, normalmente una siesa, le caía muy bien. Y era recíproco, porque Teresita se tomaba la investigación de Aldara con la misma pasión que esos torneos de *bridge* que siempre trataba de jugar.

Teresita esperaba ansiosa a Socorro en el salón que había antes del porche. Estaba deseando saber lo que había hablado con Ramón Fresas y si le había podido contar algo relevante que aplacara sus recelos respecto a la resolución del asesinato que no sabía por qué no le convencía.

—¿Tienes un momento? —le preguntó en voz baja Socorro.

Teresita asintió.

—Tranquila, que aquí no nos puede oír nadie —susurró—. Todavía no me creo lo de que Berbe sea el perro del padre de Aldara. Increíble.

Las dos sonrieron porque se preguntaban por qué diablos habían decidido hablar tan bajo.

—A ver, esta pregunta es muy delicada y creo que tú eres la única que puede responder. Por otro lado, no quiero que nadie lo sepa y, mucho menos, Pincho y Pila porque... tiene implicaciones para *El Matinal*...

Teresita abrió mucho los ojos. Estaba muy sorprendida y no podía imaginar qué era lo que tenía que preguntarle Socorro. ¿Acaso no confiaba en lo que le había filtrado Sergio sobre el asesinato?

—A lo mejor es una idiotez. O una coincidencia, pero... ¿conocía Ignacio Lequerica a Aldara?

Teresita entornó la mirada y arrugó la barbilla.

—Pues alguna vez coincidieron en el tiempo en el que venía a trabajar a las cosas de *El Matinal*... y también nos hizo alguna presentación con Amazing U. Pero nunca me preguntó por ella... Ni insistió en que le diera algún trabajo, lo que suele ser bastante denotativo según mi experiencia, que soy perro viejo. No creo que Ignacio ni siquiera supiera quién era. —Teresita parecía no tener ni idea. Continuó hablando—: Por otro lado, ya te comenté que la última vez que la vi hace seis meses, creo, me dijo que estaba muy ilusionada con alguien. Y que cuando le pregunté quién era, me respondió muy misteriosa.

—Y supusiste que era alguien conocido...

—¿Ignacio? Buff... Lilian le cortaría los huevos. Menuda es la venezolana... Y él es, entre nosotras, un buenazo sin pizca de picardía. Así que no creo que estuviera liado con Aldara. —Socorro se dio cuenta de que aquella conversación no avanzaría... Pero Teresita prosiguió—: Lo que sí recuerdo, y creo que te conté, es que la última vez que ella trabajó para las fiestas de *El Matinal* fue en aquella en la que hubo que sacar a Pila porque discutió con Arianne. Pero no me acuerdo del motivo... A lo mejor deberíamos preguntarle a Pila. Voy a buscarla.

Pila apareció con su traje de baño negro y un pareo. Se había atado la melena con una goma con flores que acentuaba esa pose gitana que tan bien explotaba. Socorro no quiso andarse por las ramas. Tenía prisa. Debía empezar a escribir el perfil de Sergio que le había pedido Anastasio.

Y ni siquiera sabía por dónde hacerlo, porque no tenía claro que lo que iba a escribir fuera a ser cierto.

—¿Te acuerdas de la última vez que estuviste en una fiesta de *El Matinal*?

Pila las miró burlonas. Las dos estaban ansiosas y la situación divertía a Pila, ajena a lo que pasaba por la cabecita inquieta de aquellas dos mujeres.

—Claro. En la que Arianne Huppert me armó un pollo porque retraté a esa... —Pila soltó una de sus risillas irónicas—... *Putain*.

Socorro, que había conocido a Arianne en la cena en la casa de Sotogrande de Ignacio Lequerica, no podía estar más de acuerdo con la percepción de Pila de la mujer con la que se había casado su padre.

—¿Te acuerdas de lo que pasó ese día para que...? —preguntó Teresita.

—Pues muy sencillo. Que Arianne se puso como una furia porque a Ignacio se le iban los ojos detrás de una de las niñas que estaba trabajando en la fiesta. No me acuerdo ni de la cara que tenía ella, yo estaba un poco perjudicada, pero...

—¿Qué paso? —insistió Socorro.

—La venezolana lo vería y debió de ir a quejarse a la suegra y esta le cantó las cuarenta al bobalicón de mi hermano. Yo lo vi y no pude evitar decirle que la azafata solo estaba intentando hacer lo que había hecho ella con mi padre. Arianne, claro, enseguida se chivó a mi hermano.

—No me acordaba... —admitió Teresita—. Yo misma te saqué de la fiesta porque me lo pidió Pincho, que ya sabes cómo es. No me había enterado de nada.

—Y esa chica que... —intervino Socorro.

Teresa, que estaba más impaciente que la propia periodista, trató de acuciar.

—¿Era Aldara Ortiz de la Vega la chica con la que quería ligar tu hermano?

Pila se quedó muy cortada.

—Pues ni puta idea. Era una chica guapa, muy guapa, pero de esas de las que hay tantas en los eventos del periódico. Yo qué sé... Ni me acuerdo de su cara, la verdad. Tampoco entiendo a qué viene recordar el espectáculo que monté... Ya sabes que esas cosas no me gustan.

Socorro tampoco quiso insistir más. Para ella, lo de Verbe y los Drácula eran un indicio claro de que el hombre que tanto ilusionaba a Aldara era el dueño de Editasa. Pero no tenía ninguna prueba.

Pila no sabía muy bien qué decir.

—Entonces, mi hermano... Mirad, sinceramente no es mi persona favorita del mundo. Por no hablar del chulo de mi sobrino, pero... no creo... No tiene huev...

—La policía está muy convencida de que Jim Connell es el asesino. Solo estábamos haciendo unas cábalas.

Socorro no quería perder el control y ante todo quería evitar que la lenguaraz Pila convirtiera sus suposiciones en el tema de la tertulia con su corte.

—Me voy a escribir el perfil de Sergio Navarro, que me lo ha pedido Anastasio para mañana. Al parecer, se lo ha exigido el propio director...

Pila la miró divertida.

—Pues no le pidas consejo a Oriol ni a Pacón. Estaban poniéndole verde cuando me he ido. No creo que sea lo que quieren en *El Matinal*, que es siempre taaaan institucional.

Socorro se fue con paso firme. Antes de que se encerrara en su cuarto a escribir, le pidió a Teresa el teléfono directo de Ignacio Lequerica.

Teresita le envió el contacto al móvil sin preguntarle los motivos.

—Eres una valiente, porque esto no te va a llevar a ninguna parte... ¿Lo sabes? ¿Te compensa? Ya han cogido al asesino y... ya te lo ha dicho hasta Pila. Ignacio es un buen hombre.

Socorro se había callado lo del embarazo, pero decidió que lo mejor sería no involucrar más a Teresita en una teoría que no dejaba de ser mera especulación. Además, Teresita Gil León no dejaba de ser una empleada de Editasa, siempre deseosa de hacer méritos. Se despidió.

—Ya le he dicho a mi madre que no me ponga cubierto en la mesa. Me voy a encerrar a escribir, que supongo que Anastasio querrá que le dé cien vueltas al texto antes de darme su venia.

Teresita le sonrió. Empezaba a conocer a la periodista.

# 38

Hacía mucho tiempo que Socorro no trabajaba con Anastasio y tenía grabada su obsesión enfermiza por los datos, muchas veces descabellados e innecesarios para el artículo. Aunque quizás lo hubiera idealizado. Escribió su texto como cualquier otro: fusiló algunas cosas que ya había publicado en otros artículos, sacó a relucir informaciones que le había contado Sergio y que eran inéditas e incorporó las líneas que esa misma mañana le había mandado porque sabía que tendría que escribir sobre él. Las palabras «compromiso», «sostenible», «modernización», «compañerismo», «servicio», «sinergias», «igualdad»... no faltaban.

Y cuando se lo mandó a Anastasio, no le corrigió ni una palabra. O ella lo hacía mejor y, con los años, el jefe en funciones había perdido mordiente. O quizás es que, a veces, solo a veces, idealizamos los malos recuerdos.

—Muy bien... ¡Cómo has mejorado en estos años! Aunque estás más blandita, sigues teniendo tu carácter.

Y le colgó el teléfono porque para Anastasio el tema ya no tenía mucho más interés, salvo que se produjeran más novedades en el caso del asesinato de Aldara. A Socorro le jodió el comentario. ¡¿Qué sabía él?! Nada... Pero la había espoleado como en los viejos tiempos.

Estaba muy nerviosa cuando marcó el teléfono de Ignacio Lequerica. No se lo cogió. Pensó que alguien tan relevante como él no atendía a números desconocidos. Sobre todo, si, tal y como sospechaba, estaba atravesando un momento difícil. Por otro lado, era el dueño del periódico y una palabra suya al director bastaría para que la pusiera de patitas en la calle. No era, por lo tanto, prudente decirle por teléfono lo que pensaba. Que él era el padre del hijo de Aldara Ortiz de la Vega y que eso lo tenía que saber la policía, porque... era un buen motivo para asesinarla. Incluso mejor que el descontrolado frenesí sexual de un violador en serie como Jim Connell. Ignacio Lequerica estaba casado y su divorcio sería un escándalo que aprovecharían sus competidores. Por otro lado, elucubraba Socorro, Lilian podría escribir unas memorias despechadas sobre la familia Lequerica y sobre las intimidades de Ignacio y sus hermanas, protagonistas de una de las sagas familiares predilectas de la crónica social del país. La venezolana parecía reacia a la fama y, sin duda, prefería un buen divorcio en silencio... Aunque las dos veces que había tratado a Lilian durante los diez días que llevaba en Cádiz, no había dejado entrever que estuviera mal con su marido. ¿Y si Ignacio Lequerica era el asesino de Aldara? Lo mejor era que le viese en persona. Tras meditar, se dijo que era preferible que se encontrasen en un lugar público. Los nervios le atenazaban el estómago. ¿Acaso se había vuelto loca? Le costaba reconocerse. ¿Cómo iba a quedar con su jefe, ¡el mismo que le había dicho que tenía grandes planes para ella!, y soltarle que creía que era un asesino? Pero si ni siquiera se atrevía a devolverle la mirada en las pocas ocasiones que se había cruzado con él en el periódico. Los dedos le temblaban mientras marcaba el código para desbloquear el teléfono.

Le escribió un mensaje presentándose y comentándole que debían verse por un tema importante. Podría haberle puesto como excusa esas perspectivas laborales que le había adelantado en la cena en su casa, pero sabía que para esas cosas no se hablaba con personas tan importantes. Le explicó que tenía una información que creía que debía saber. Ignacio Lequerica tardó en leer. Socorro imaginaba que recibiría cientos de mensajes diarios y quizás omitiría los que le pudiera enviar un móvil desconocido. Casi cinco minutos después le llegó una respuesta. La citaba en una hora y media en El Chipirón, una venta a la salida de Vejer. Socorro agradeció que su jefe no la hubiera hecho desplazarse hasta Sotogrande. Desde luego si Ignacio Lequerica había tenido algo que ver en el asesinato de Aldara, había que reconocerle que por lo menos era educado. La bilis le quemaba las encías. Sentía que en cualquier momento, podría vomitar. ¿Estaba segura del embrollo en el que se estaba metiendo? Ignacio Lequerica había aceptado sin rechistar verla en un lugar público. La cabeza le iba a mil. Socorro le dijo a María Casares que había quedado con una fuente en Vejer y cogió las llaves del Pajero.

Se lo hubiera contado, pero sabía que debía de ser discreta y no le quería transmitir sus sospechas. Aunque confiaba en ella, sabía que los ambientes laborales estaban siempre cargados de ambiciones y mezquindades, y su reunión con el dueño del periódico, cualquiera que fuera el resultado, rozaba el límite de la ética, la estética y la prudencia. La policía tenía un presunto —la palabra mágica— culpable y no parecía lógico que ella continuara con sus pesquisas. En otros casos, ella hablaría de conspiranoicos y peliculeros, de ganas de buscarle tres pies al gato. Pero se sentía envalentonada. Como si estuviera borracha. Era la adrenalina de la noticia aunque sabía que nadie la publicaría.

Llegó a las siete a El Chipirón y notó que las tripas le rugían con esa mezcla de hambre y nervios que provoca tener un nudo en el estómago vacío.

Entró en el local, una venta clásica que debía de estar muy transitada en los desayunos, pero a esa hora solo había unos pocos locales merendando. No había tanta gente como le hubiera gustado a Socorro, pero al menos Ignacio no se la podría llevar sin testigos. Aun así, decidió hacer una entrada ruidosa y que el camarero se fijara en ella. Lequerica se tomaba una cerveza en una mesa pegada a la pared. La madera estaba pegajosa y parecía empeñado en limpiarla con una de esas servilletas tiesas de los bares. De esas en las que pone «Gracias por su visita» con estrellitas. Llevaba una camisa que le venía grande y le hacía delgado. Estaba sin afeitar, y Socorro pensó que había perdido peso desde la última vez que le había visto. Al percatarse de su presencia, se levantó y se acercó para darle dos besos.

La barba de varios días raspó la piel de Socorro. No, no tenía buen aspecto.

Ignacio le preguntó qué quería beber y le confesó que él se había pedido una cerveza sin alcohol.

—Lo mismo —dijo ella.

Él esbozó una sonrisa triste. Tenía los ojos brillantes y la piel cetrina. Se notaba que no había tomado el sol en muchos días y que ese moreno que solía lucir a mediados de agosto se había desteñido. La delgadez resaltaba los pómulos y le hacía aún más atractivo. Socorro reconoció en él los ojos hondos de Pila, aunque sin ese fuego exótico con el que miraba la menor de las hermanas Lequerica.

El camarero le trajo la cerveza sin alcohol.

—¿Qué es esa información tan importante que me quieres contar?

Socorro no sabía cómo empezar a hablar a su jefe de lo que pensaba de Aldara. Si ni siquiera había habido una nota oficial de la policía diciendo que estaba embarazada. La voz le tembló mientras trataba de comenzar. Decidió echarle valor.

—El otro día, justo al hablar de Aldara... te pusiste enfermo. —Ignacio bajó la cabeza y desparramó su pelo canoso sobre el dorso de la mano que le aguantaba la frente. Respiró muy hondo y sin más preámbulos y de carrerilla le dijo lo que llevaba barruntando y que le quemaba —. Y me parece, aunque no tengo ninguna prueba, que tú eras el hombre que iba a visitarla a su casa de Zahara por las noches. Aunque te cuidaras mucho de que nadie te viera. Lo sé porque, como tus hermanas, Aldara también tenía siempre Dráculas en el congelador, y porque le regalaste a tus hermanas el perrito de su padre. Y...

Socorro parecía dispuesta a enumerar todos los indicios que tenía de que él era esa misteriosa ilusión de la que le había hablado Teresita para que después, el dueño del periódico procediera a despedirla y a pedir una orden de alejamiento. Pero no hizo falta. Ignacio Lequerica hundió la cara en la palma de sus manos y pareció como si su cuerpo comenzara a desencajarse ante los ojos de Socorro. El silencio duró unos segundos que a ella se le hicieron eternos y cuando él volvió a hablar, lo hizo con una voz lúgubre, quebrada, sin el menor atisbo de vida.

—No hace falta que sigas... Llevo saliendo con Aldara casi un año. La verdad es que...

Socorro no pudo evitar concluir la frase. Como si le quisiera restar solemnidad a la confesión. Al fin y al cabo, era su jefe; si hubiera sido otra persona, no hubiera quitado ni un ápice de dramatismo.

—Erais amantes y...

—No, estábamos enamorados —la interrumpió Ignacio. Seguía muy melodramático, pero a Socorro, que era un zarzo, le parecía un exceso tener que contemplar a su jefe derrumbándose—, aunque nos lleváramos casi treinta años y nadie hubiera dado un duro por nosotros. Iba a dejar a Lilian para casarme con Aldara. La última vez que la dejé tirada íbamos a celebrar el embarazo. Fue la noche de sus últimas fotos en Instagram. Esas en las que aparece sola en El Bujío. La reserva era para dos....

Ignacio entonces empezó a hablar como si le hubieran dado cuerda. Se notaba que llevaba dos semanas conteniendo la emoción y que necesitaba desahogarse, pero Socorro que era una siesa para lo sentimental si no lo podía publicar, no pudo evitar mirar la hora en su teléfono.

—Nunca me lo perdonaré. Ella se enfadó muchísimo y me dio un ultimátum porque consideraba que debía arreglar mi situación con mi mujer y darle su lugar. Y te juro que iba a hacerlo, pero ella tenía que tener paciencia. Y yo también debía hablar con mi madre y contarle mis planes, aunque ya le había adelantado algo cuando me dijo que estaba embarazada al poco de llegar a Zahara. Por eso tampoco fui a cenar con ella el día que la asesinaron... Y ahora no dejo de pensar en ello. Quizás ahora estaría...

Socorro sintió un terrible escalofrío, pero no pensando en el sentimiento de culpabilidad de Ignacio, sino porque se lo imaginaba contándole aquello a su madre. Que dejaba a su familia, que Ignacito hijo tendría que compartir su patrimonio y que, además, debía compensar a Lilian, que a saber cómo se iba a gastar el dinero.

—No debió de ser fácil...

—Claro que no, pero es que Aldara era una mujer excepcional más allá de lo evidente, o sea, que era una chica guapísima. Te diré que era muy madura y nunca me presionó para que fuéramos a más, salvo cuando supo que íbamos a tener un hijo. Jamás me sugirió que dejara a mi mujer, ni que empezáramos una vida juntos...

Eso ya se lo había dicho. Socorro se atrevió a ponerle la mano en la espalda a su jefe. De alguna manera le compadecía aunque no había tenido huevos de decírselo a Lilian. Claro que quién sabe si de haberlos tenido no hubiera supuesto el fin de Editasa. El divorcio, seguro que por las malas, dejaría a Lilian como nueva accionista, pese a la separación de bienes que firmaron y, sin ninguna duda, esta pugnaría por los derechos de su hijo como primogénito. No hay nada más peligroso para una empresa familiar que un viejo enamorado. Lequerica continuó.

—Hubiera sido capaz de cualquier cosa con tal de no dejar mal parada a Lilian. Me había portado como un cerdo engañándola y ella hubiera estado en su derecho enfadándose conmigo. No te lo vas a creer, pero la conciencia tranquila es el mejor somnífero.

La frase le había salido tan redonda a Ignacio Lequerica que dejó a Socorro sin réplica. Prosiguió.

Aldara Ortiz de la Vega impresionó a Ignacio por lo guapa que era en aquella fiesta de *El Matinal* de la que hubo que sacar a Pila. No era el propietario de Editasa el clásico picaflor. De hecho, Arianne, su madre, sabedora de que no hay nada más peligroso para los patrimonios familiares que un hombre enamorado, le advertía a menudo sobre la necesidad de que si era infiel nadie lo supiera, y mucho menos, su mujer, que era de una lealtad inquebrantable y solo vivía para su hijo, el heredero de la familia. Pero la joven le impresionó, aunque solo la viera en las fiestas haciendo de azafata, acompañando a los invitados. Tenía eso que llamas clase. No era nada vulgar y parecía extremadamente educada. Cuando se fue a Amazing U, Ignacio medió para que la empresa para la que trabajaba lograra los contratos de Editasa relativos a «la digitalización, la gestión de las redes sociales y los eventos», siempre bajo la estricta tutela de Teresita, a quien Aldara adoraba y que nunca sospechó de los apaños.

Así se empezaron a ver a escondidas. Primero la llevó a un conocido restaurante de Madrid a comer angulas y percebes en un reservado, fuera del alcance de las miradas maliciosas y llegando y saliendo por separado. En esa primera cena, Ignacio desplegó todos los encantos heredados de su madre y, a continuación, ese *charme* que desprendían los Lequerica, con su estirpe, su historia, un anecdotario infinito y un montón de cosas que contar de política. Aquello, por supuesto, deslumbró a una Aldara curtida en el cuentismo clásico de los tiempos modernos y los modernos vendedores de crecepelo. El ochenta por ciento de la economía es intermediación, humo y relaciones públicas.

Ignacio hablaba con presidentes, con el rey Felipe —había sido de los primeros a los que le había confiado que se casaba con Letizia Ortiz—, con los poetas del exilio cubano... Con empresarios del Ibex. Sabía lo que era los *blockchain* y lo que iba a pasar en política. Era lo que tenía poder hablar todos los días con los que mandan. En aquella primera noche no hubo un beso porque ella aún salía con su novio, Ramón, al que siempre tuvo mucho respeto. Sí lo hubo cuando, semanas después, la llevó al reservado de ese restaurante de moda en Madrid en el que sirven bikinis de caviar y bogavante con crema agria.

A Aldara le encantaba comer. O, mejor dicho, le encantaba decir que le gustaba comer. Y apreciaba los lugares a los que la llevaba Ignacio. La primera vez que se acostaron fue en el Ritz de Madrid, donde también entraron por separado. Él la esperó en la habitación. Ella le había propuesto ir a su pequeño apartamento, pero a Ignacio no le pareció prudente. Estaba demasiado habituado a las jugadas de los competidores y sabía que su mujer, Lilian, había comenzado a desconfiar de él. Por eso, le regaló a Aldara un móvil con una tarjeta prepago que tenía memorizado el número de otro terminal similar, el suyo. Solo los utilizarían para hablar. Pensaban que era mejor no dejar nada por escrito. Ignacio sabía por sus conocidos cómo se las gastaban excomisarios reconvertidos como Maqueda, con el que sabía que había que llevarse muy bien.

—Por eso, la policía no ha encontrado ningún número recurrente.

El padre de Aldara se puso peor. Ignacio se inventaba viajes para justificar el tiempo que pasaba con ella en su apartamento, que era poco, porque la chica apenas se separaba de su padre, que tuvo una de esas muertes fulminantes. Entonces, Ignacio se vio en aquel apartamentito con el perro Berberecho. Y cuando ella le dijo que no se podía ocupar de él, pensó que sus hermanas lo acogerían encantadas, aunque Berbe no tenía los colores de los perros que tradicionalmente criaban los Fernández de Córdova, la familia materna de Pincho y Pila y de donde les venía la costumbre de tener siempre *teckels* negro y fuego y marrón.

A Pincho y a Pila no les importó tener un perro más. Entre semana solo se llevaban a Oli y a Buga a Madrid y dejaban al resto de la rehalita en el campo, donde eran muy felices con Antonia. Y así se lo explicó a Aldara para que accediera a que las hermanas Lequerica fueran las nuevas propietarias del perro. Ella le había contado que Ramón Fresas se lo quería quedar porque se había encariñado con él, pero se lo quitó de la cabeza. De ninguna manera quería que el perro se convirtiera en un vínculo emocional entre la joven y su ex, que, en ese momento, seguía muy enamorado de ella. Fue así, por esos desvelos, cuando Ignacio notó que la amaba, que la quería, porque lo de amar le sonaba a telenovela.

—Nadie está preparado realmente para la llegada del amor. Es algo inesperado. Sobre todo, cuando te pasa a una edad como la mía, que ya no era un chavalín. De repente, un día te levantas y ves que te quieres comer el mundo porque te mueres por ver a esa persona y que todo lo que haces parece conjurado por ese momento en el que vas a volver a encontrarte con ella. Yo no sabía muy bien lo que me pasaba hasta que me lo dije. Si estoy enamorado...

A Socorro le dio mucha vergüenza ajena la confesión. Lo que intentaba dilucidar era cómo ese amor acabó convirtiéndose en otra cosa y que Ignacio decidiera asesinar a Aldara cuando le dijo que estaba embarazada. Pero se llevó un chasco cuando su jefe decidió seguir ahondando en su desdicha y desbarató su teoría.

—Yo también quería ese bebé y casarme con ella. Nunca pude disfrutar de mi hijo y me apetecía intentarlo de nuevo, hacerlo mejor... pese a que Ignacio niño es un tipo estupendo aunque mis hermanas piensen que es un poco chulo. Por otro lado, me costaba decírselo a Lilian, que ha sido una ayuda inestimable durante los malos momentos que ha pasado la empresa. Y ese hijo de puta sádico mató a Aldara de esa manera... No sé...

—Pero... ¿la policía no te ha interrogado?

—Ya te he dicho que nadie sabía lo nuestro, porque ella no tenía ningún afán de figurar. Solo nos queríamos... Y ya te he explicado lo del móvil que la policía no ha podido encontrar.

Socorro no se atrevió a decirle que había sospechado que él era el asesino.

—A la única persona que se lo conté fue a mi madre... Y no te puedes imaginar cómo se puso. Me dijo que era tan gilipollas como mi padre y que, como a todos los hombres, me perdían las mujeres. Fue muy duro tener que escucharlo, porque yo no lo veía como un desliz, sino como otra oportunidad para ser feliz. —Y en ese momento, Ignacio Lequerica, presidente de Editasa, propietario de *El Matinal,* rompió a llorar como solo lloran los hombres que no lloran. Lágrimas mansas le corrían por las mejillas—. Después de que le dijera que no podía acompañarla a cenar en

El Bujío, se negó a volver a cogerme el teléfono. En aquella breve conversación estuvo seca, muy cortante. La noté muy molesta... Y al día siguiente se negó a responder a mis llamadas. La conocía, y sabía que le molestaba mi falta de coraje para resolver mis asuntos en casa.

—¿Y la policía no ha dado con ese móvil prepago?

—Pues, sorprendentemente, no. No lo han encontrado, y eso era lo único que nos podía relacionar. A veces pienso en ir a la policía y contar toda nuestra historia, pero mi madre me dice que seguramente eso me colocaría como sospechoso ante los medios, aunque la policía ya haya detenido a ese maldito bastardo...

Ignacio se mordió el puño y el llanto cesó.

Socorro miró pensativa a Ignacio Lequerica. La verdad era que la aparición de Connell había sido providencial porque los indicios situarían a su jefe como el principal sospechoso. Y lo que le iba a contar no haría más que empeorarlo.

—El día que murió, cuando ya estaba a punto de hacerse de noche, me acerqué a la casa que habíamos alquilado en Zahara para pasar la tarde con ella, y ves si me había perdonado.

La periodista cambió de tema.

—¿Tú le diste el dinero en efectivo para el alquiler de la casa?

—Sí, queríamos una casa buena, ella decía con rollo, que estuviera cerca de Sotogrande, en la que pudiera estar tranquila y dedicarse a lo que le gustaba. Ir a la playa, el yoga... *Kite* hasta que se dio cuenta de que estaba embarazada. Era muy deportista. Estaba bien hecha...

Ignacio se sonrió satisfecho al pensar en el tacto de la carne de Aldara. Socorro estaba en otras cosas. Si lo que le contaba Ignacio hubiera llegado a oídos de la policía era muy probable que lo hubieran investigado como el principal sospechoso. Él tenía un motivo.

—¿Y no viste nada raro cuando fuiste a verla?

—La casa parecía vacía. Supuse que habría salido a dar una vuelta por el pueblo. Llamé a la puerta y nadie respondió. No quise insistir porque pensaba que seguía enfadada y no quería llegar tarde a cenar con mi madre. Yo había insistido en que Lilian se fuera con mi hijo al polo para poder quedarme a solas con ella y contarle que quería divorciarme cuanto antes. Yo no podía dejar que el hijo de Aldara...

—¿Y nadie te vio cuando te acercaste a la casa?

—Si lo hicieron nadie me podría reconocer. Ya te he contado que nos habíamos acostumbrado a tener siempre mucho cuidado en nuestras citas. Solía dejar el coche apartado e iba andando con una gorra y mis gafas de sol. Así que no creo que me pudieran identificar.

—¿Y te enteraste de lo que le había pasado...?

—El viernes durante la obra de teatro de mis hermanas. Ese día había estado muy intranquilo porque no había conseguido hablar con ella. El móvil sonaba como apagado desde el día anterior y pensé que quizás seguía cabreada. Me pasé toda la representación preparado para levantarme y contestar su llamada, pero... nada. Luego, sobre las diez de la noche, me saltó el aviso de *El Matinal* y empecé a leer tu crónica en el ferro del periódico del día siguiente. Como sabes, me lo mandan todos los días antes de enviarlo a imprimir. No te puedes imaginar cómo me sentí. Fue como si el suelo se hubiera abierto a mis pies. Y yo... yo estaba roto por dentro. Aún lo estoy.

La periodista volvió a sentirse muy incómoda con las confesiones de su jefe. Había cosas que era mejor no saber. Socorro tuvo que hacer la pregunta pertinente:

—Y ahora, ¿qué piensas hacer con todo esto?

—Lo que me pide el cuerpo es decírselo a Sergio Navarro, que es buen amigo, y desear que comprenda mi situación. También me gustaría correr con los gastos del entierro de Aldara, que nuestro bebé también recibiera cristiana sepultura. Pero mi madre me ha dicho que me quede quietecito, porque para lo único que serviría es para ponernos en el centro del debate público y hacer daño innecesariamente a Lilian e Ignacio, que no saben nada.

Socorro se encogió de hombros... Ignacio se dio cuenta de que había algo de lo que le había contado que no satisfacía a la periodista.

—Entonces, tú no mataste a Aldara...

—Ya te he dicho que yo la quería. Fue ese hijo de puta de Jim Connell. Pensar lo que le hizo a mi niña.

—¿Tu niña?

—Así es como me gustaba llamarla. Mi niña...

Socorro sentía una gran simpatía por Lilian y le decepcionaba que su marido no se percatara de sus cualidades y se hubiera acabado fijando en una tipa como Aldara... Mucho más joven. Qué inapropiado le sonaba lo de «mi niña».

—Tu mujer te adora.

—Y me seguirá adorando. Ya he hablado con mi madre que lo mejor es hacer como si nada hubiera ocurrido. Como te dije, en cuanto Ignacito esté listo, me gustaría que empezara a trabajar en Editasa para que se forme. Es un gran admirador tuyo y ayer mismo me volvió a decir que quería darte más peso en la redacción. La familia y *El Matinal* son más que nunca mi prioridad.

—¿Y Aldara? —preguntó Socorro.

—Tengo que pasar página, pero siempre la tendré metida en los huesos. No sabes lo mal que lo estoy pasando. Sobre todo, porque no se lo puedo decir a nadie, salvo a mi madre, que tampoco es la más comprensiva precisamente. —A Socorro le dieron ganas de decirle que Arianne le daba miedo. Ignacio continuó—: Los primeros días me dio un poco de tregua porque me veía hecho polvo. Luego decidió que lo mejor era que tratara de dejar atrás la pena y que me centrara en el trabajo. Las cosas están complicadas en los medios. Ya sabes...

Estaba a punto de hacerse de noche y Socorro empezó a ponerse nerviosa porque Ignacio parecía no tener ninguna intención de volver a su casa.

—¿Sabes? Me paso las noches deambulando y pensando en lo que podría haber sido. Noche tras noche en vela, imaginando lo que le hicieron a mi niña. Por eso tengo los ojos así...

—Y por eso te afectó tanto cuando Sergio empezó a hablar de la autopsia en la cena.

Ignacio hizo un gesto afirmativo y se levantó de la silla.

—Hoy hay una cena del polo a la que tengo que acompañar a Lilian.

Socorro asintió e Ignacio le dio dos besos y se dirigió al Range en el que había ido Lilian a El Puerto. Se subió al coche y cerró la puerta con suavidad. Al ver que Socorro estaba mirando el teléfono y aún no se había dirigido al Pajero, bajó la ventanilla y la llamó:

—Oye, que esto no es lo que el dueño de un periódico debe pedir a sus periodistas, pero te ruego que no cuentes nada. Confío en ti. Estamos en el mismo barco.

La redactora sonrió algo resignada. Sabía que lo que había averiguado no era publicable, al menos en *El Matinal*. Y también sabía que de ofrecer sus averiguaciones a la competencia tampoco se publicarían. Perro no come perro. Y más si los perros eran editores y en plena rumorología de ventas y fusiones entre medios. Ignacio hablaba a menudo con sus rivales y sabía que le protegerían del mismo modo que él les cuidaría en caso contrario. Era una ley no escrita que siempre se cumplía a rajatabla.

Ignacio cogió muy fuerte la mano a Socorro y ella asintió con la cabeza. Luego subió la ventanilla, arrancó el coche y se fue. Lo vio alejarse y pensó que aún tenía tiempo de ver a Luisa en Zahara. La llamó por teléfono y ella le contestó enseguida. Sin embargo, rechazó quedar con ella.

—No quiero líos. El señor ese del periódico... Mejor no meterme en líos.

—¿Te refieres a Maqueda? —dijo Socorro a toda velocidad—. Mira, nos encontramos en el colmadito de al lado de casa de Aldara...

Y colgó el teléfono. No quería darle tiempo a Luisa para que declinara su propuesta. Así que se metió en el coche y enfiló rumbo a Zahara.

No tardó más de media hora porque había poco tráfico. La noche se había cerrado y muchos playeros ya se habían recogido. El colmado no echaba el cierre hasta las doce y Luisa estaba allí, con los niños que cuidaba de la mano. Les estaba comprando algunos caprichos, lo que daban de sí los cinco euros que le habían dado los padres con la condición de que no lo gastaran en chucherías, totalmente prohibidas.

Socorro hizo un gesto para saludarla y que no tuviera que soltar la mano de los niños. Se notaba que estaba incómoda. Y así se lo hizo notar la periodista:

—Luisa, qué cara más larga tiene.

La señora se cogió el vientre con las manos.

—Es que mi cuñado me ha contado quién es Maqueda y lo que hace, y he decidido no decírselo a nadie. Y mucho menos a la policía. No quiero que un tío tan importante sepa ni que existo.

Socorro dijo que lo entendía y que tenía razón.

—Es un hombre muy peligroso. Y yo no sé si el miedo que tengo me hace ver cosas que no son, pero ahora creo que ese hombre me seguía. Es que nunca me olvido de una cara.

—¿Y de verdad no piensa ir a la policía?

—Para qué. Ya han cogido al violador ese.

La periodista volvió a sentir la decepción que siempre le provocaba que no se hiciera todo lo suficiente para saber la verdad. Lo había experimentado cuando Silvia no quiso denunciar a la policía que Connell la había violado el mismo jueves que habían matado a Aldara. Y, desde luego, no podía ser casual que alguien como Maqueda se dejara caer por Zahara. Y que se dedicara a seguir a alguien como Luisa. El teléfono de Luisa sonó. Era Federico Arnús. Por la conversación, le estaba preguntando cuándo dejaría la casa la policía.

—Entonces, ¿el señor que llamó para alquilar la casa después de Aldara y que preguntó por mí no ha vuelto a dar señales de vida?

A Socorro le costaba oír lo que decía, así que extendió la mano pidiéndole el móvil a Luisa. Ella se lo dio.

—Federico, buenas noches. Soy la periodista. Hablamos hace unos días. Estoy con Luisa aquí, en Zahara. Mire, solo le quería preguntar si había grabado el teléfono del señor que llamó.

El tal Federico la saludó jovial, sin duda agradecido porque no hubiera publicado nada del asunto de los billetes de 500 con los que le había pagado Aldara el alquiler.

—Ya me hubiera gustado, pero me llamó desde un número oculto y no me ha vuelto a llamar.

Socorro no quiso indagar más porque intuía las respuestas que le daría Federico. Luisa colgó el teléfono y volvió a agrupar a los niños.

—Nosotros nos vamos, que ya es muy tarde. Y a estos niños les tengo que dar su cena.

—¿Qué hay de cena? —le preguntó uno rubísimo.

—Pues tu madre me ha dicho que os ponga brócoli, que ya sabéis cómo es.

La respuesta del niño fue toda una declaración.

—Puaj, yo quiero arroz con tomate y salchichas como las que tomamos en tu casa con tus nietos.

—Pues brócoli y tofu a la plancha... que es lo que vuestra madre quiere que os dé.

Socorro sonrió al niño y le revolvió el pelo. Rebuscó algo en su bolso. Era un Kit Kat que se había comprado en la máquina de la redacción y que se le había olvidado comerse.

—Pero no se lo digas a tus padres.

El niño le devolvió una sonrisa divertida.

# 39

Afortunadamente, la radio del Pajero estaba definitivamente rota y en la vuelta desde Zahara ya no tuvo que soportar a Romero San Juan. No tenía nada que escuchar, no tenía ningún estímulo, así que, más allá de la atención que debía prestar a la carretera, se dedicó a dar vueltas a lo que sabía del caso. Parecía claro que Jim Connell era el violador en serie. Eso lo sabía por lo que le había contado Silvia, la amiga de María, en Rota. También lo había reconocido la notaria. Y, de momento, no tenía conocimiento de si la única víctima que había denunciado lo había identificado igualmente. Le tendría que preguntar a Sergio, pero estaba segura de que aquella chica identificaría a Connell, si es que era capaz de recordar algo. Por otro lado, si la foto de Connell hubiera aparecido en los medios antes de que pudiera reconocerlo, habría contaminado su testimonio. La memoria era manipulable, como había escrito Oriol citando a Elisabeth Loftus.

Otra cosa era el asesinato de Aldara. Pese a que Sergio le había dicho que no había cabos sueltos, no podía creer que el autor fuera el americano. En primer lugar, matar no era su estilo. Y Socorro tenía la impresión de que Connell era un tipo minucioso que dejaba pocas cosas al azar. Y menos aún si se trataba de cometer un asesinato. Luego, la había violado con un objeto. Eso no casaba con la excitación que tenía que haberle provocado la muerta. Y, finalmente, el lugar. No entendía que Connell se alejara tanto de Rota para violar a alguien. Y en el caso de hacerlo para despistar el foco de la investigación... no habría ocultado el cadáver en un lugar tan cercano, donde pudieran implicarle. No tenía ningún sentido.

Llamó a Sergio de camino y puso el altavoz del teléfono para poder hablar con él. Estaba nerviosísimo.

—Hey, guapetona. Solo tengo unos minutos porque me va a llamar el ministro. Ya me ha mandado Eduardo lo que has escrito de mí para mañana... Muchas gracias. Lo tendré en cuenta más adelante.

Socorro prefirió ignorar el comentario porque le asqueaba el compadreo entre las fuentes y los periodistas, aunque ella hubiera fomentado esa relación simbiótica. Además, cómo se atrevía el director a mandar su artículo.

—Una cosa. ¿Ha reconocido la otra víctima de violación a Connell?

—Sí, por supuesto. Dudó mucho; quizás porque el hijoputa del americano le puso mucha droga en la bebida y tenía una buena empanada, pero sí, de algo le sonaba... Está claro. Y ahora mismo le están interrogando con lo de Aldara. Vaya pelotazo.

—¿Pelotazo? ¿Por qué? —se sorprendió Socorro.

—He resuelto el caso en menos de dos semanas. Un récord...

—A ver si confiesa el asesinato.

—Lo hará, no tengo la menor duda...

Cuando Socorro llegó a casa de las Lequerica, María Casares la esperaba. Estaba excitada. Le quería enseñar el reportaje que había escrito sobre Luis Gordon en *Domingos* antes de mandarlo. Socorro echó una mirada desganada al ordenador de María. La maqueta era bonita y las fotos de

Cosme —por supuesto, habían excluido las de la pizzería Blue Moon— eran muy buenas. Incluso reconocía que Lucía estaba muy guapa junto a las acuarelas, aunque no pintaba nada en el reportaje. Los maquetadores siempre hacían lo mismo. Si había una posibilidad de meter una chica guapa en las páginas de un reportaje, lo hacían, aunque fuera sobre la fusión nuclear.

—Enhorabuena —le dijo Socorro—. Si no te importa, prefiero leerlo en el papel porque estoy muerta.

—Claro... Llevas unos días agotadores. Sobre todo, por la detención de Jim Connell. ¿Has hablado con Sergio?

Socorro asintió con un suspiro.

—Él ya está pensando en las entrevistas, en la tele, la gloria... Ya sabes cómo son los tíos. ¿Y tu amiga Silvia? ¿Va a denunciar a Connell? Si es así, se vería obligado a investigar lo que hizo aquella noche y todo quedaría más claro.

María le dijo que, desgraciadamente, no quería y que no le apetecía volver a llamarla de nuevo, porque no iba a obligarla a hacer algo que seguramente decidiría los siguientes meses. Bastante había pasado ya...

El teléfono de Socorro sonó. La periodista miró sorprendida el nombre que aparecía en pantalla: Luis Gordon. ¿Qué querría de ella? Se lo comentó a María.

—Lo mismo quiere que le cuentes cómo ha quedado su reportaje —aventuró la joven, escabulléndose hacia su cuarto.

Redactar un perfil es como vomitar todo lo que se ha aprendido de ese personaje y cuando ya no se pueden introducir más cambios en el reportaje, lo único que se quiere es dejar atrás lo que se ha escrito.

Socorro no tenía problemas de ese tipo.

—Hola, Luis. ¿Cómo te va?

Notó su voz profunda, seria, pero al mismo tiempo llena de energía.

—Nada, era para comentar lo de Connell. Estoy alucinando...

—La verdad es que lo de elegir su pizzería ha sido una coincidencia. Ya me dijo Pincho que le habías pedido que no salieran esas fotos en el reportaje de María.

Luis no pudo evitar bromear:

—Seguro que tu amigo el galáctico piensa que soy el compinche de Connell. En fin... Nada, que si quieres que vayamos a tomar algo juntos al centro de El Puerto y me cuentas...

Socorro estaba molida y lo que le apetecía era decirle al bodeguero que se comprara los periódicos y que ella se iba a meter en la cama. Pero algo la empujó a aceptar su propuesta y a arreglarse para salir. Él se rio cuando le explicó su dilema.

—Socorro, me apetece mucho verte y contarte. Lo estoy pasando mal en casa con Lucía. Está insoportable y creo que el reportaje que ha escrito María solo empeorará la situación.

Finalmente, Socorro logró vencer sus ganas de meterse en la cama y embutirse en unos vaqueros y una camisa de corte masculino que le había dejado su madre en su cuarto. Ni siquiera se pintó porque tenía buen color después de un par de días en la playa.

* * *

Aquella noche hablaron de muchas cosas, pero no del caso. Socorro se descubrió cómo era y también descubrió que le gustaba mucho cómo era Luis. Al volver a casa de las Lequerica, estaba extrañamente feliz. Cuando se metió en la cama, no le cabían en la cabeza ni Aldara Ortiz de la Vega ni Ignacio Lequerica ni Verbe (y sus «bes» y sus «uves») ni nada más. Cerraba los ojos y veía destellos. Se trataba de una emoción desconocida para ella.

Y de nuevo, el hechizo se rompió cuando María tocó a su puerta...

—Socorro —musitó—. Tengo un notición.

La periodista pensó que le daba igual lo que tuviera que contarle. Que lo único que le apetecía era estar en la cama y soñar con el pelo ensortijado de Luis.

—He convencido a Silvia para que denuncie que Jim Connell la violó el mismo día que presuntamente mató a Aldara. Mañana va a la policía de Rota.

Socorro no dijo nada. Por un lado, le divertía joder al bobo de Sergio su ascenso. Si es que era verdad lo que Silvia contaba.

—Qué bien. Es un mal trago para tu amiga, pero es lo mejor que puede hacer para estar tranquila.

María asintió con la cabeza y cerró la puerta sin apenas hacer ruido. Estaba claro que a Socorro no le apetecía seguir hablando del caso. Eso sí que era nuevo.

# 40

A Jim Connell lo encarcelaron en El Puerto II. Todo el mundo sabía quién era. Las televisiones no paraban de difundir su imagen como el violador y asesino de la pizzería. El americano. Su altura y envergadura le ofrecían algún tipo de protección. Además, le adjudicaron un preso sombra. Era un novato en prisión, por muy delincuente que fuera.

Marifé fue a verlo. Un vis a vis. Le llamó de todo. Y Jim, le juró que él no había matado a esa chica. «Y a mí qué me importa esa. Que has violado a mujeres, que las has drogado, que no me toques».

Le dijo que todavía no era momento de que los niños vinieran a verlo, que bastante tenían con los otros chicos en la playa. Que menos mal que no estaban en el colegio. Que no sabía si llevarlos a otro, pero no lo hacía porque seguramente sabrían quiénes eran en cualquier otro sitio y ese colegio era muy bueno. Y no tenía muy claro que fuera a traerlos, que no se hiciera ilusiones. Que si ella había ido era para pedirle explicaciones, para creer todo lo que le habían dicho, lo que había leído, lo que había visto. Que no podía salir a la calle con los periodistas encima. En realidad, no sabía por qué había ido.

A los dos días, recibió una llamada de teléfono. Su marido se había suicidado en la celda colgándose con una sábana.

La policía lo contó en una nota de prensa, aunque Sergio se lo explicó personalmente a Socorro, que estaba en la cocina con María preparándose para ir a Rota y acompañar a su amiga a la comisaría. Socorro se había ofrecido a ir con ella, pero María consideró que Silvia estaría más cómoda sin otra persona insistiendo en que denunciara. Aparte de tratarse de una cuestión íntima y delicada, era difícil convencer a una víctima de violación para que denunciase. Sobre todo, teniendo en cuenta que el agresor ya iba a recibir la pena máxima por el asesinato de Aldara.

—Connell se ha suicidado.

La voz de Sergio a través del teléfono carecía de cualquier matiz de emoción. Socorro se quedó helada, pero lo primero era lo primero.

—¿Solo lo tengo yo? —dijo, pensando en lo que complacería a Anastasio publicar la noticia.

Sergio dejó pasar una segundos para que Socorro se empachara de silencio.

—Hemos hecho una nota de prensa. Hace media hora que lo dan todos los periódicos. También *El Matinal*.

La periodista decidió no acusar el golpe, aunque lo era. Sergio la estaba castigando por no haber seguido al pie de la letra sus instrucciones. El mensaje estaba claro. Hay muchos periodistas que están deseando convertirse en mi interlocutor privilegiado.

—Y esa amiga tuya que me dijiste que a lo mejor denunciaba a Connell...

La periodista quiso sonar muy antipática.

—No es exactamente mi amiga. Es una víctima...

—Pues que te quede claro que ya no le valdrá de nada denunciar. Vamos a cerrar el caso. El principal sospechoso se ha suicidado y no merece la pena que sigamos investigando. Así que mejor dile a tu amiga que ni se moleste. Te lo repito: caso cerrado. El asesino de Aldara Ortiz de la Vega se ha suicidado. Por otro lado, piensa en los imitadores a los que se les podrá atribuir la agresión de tu amiga.

Menudo calvario le esperaría... Ya sabes lo molesta que puede llegar a ser la policía.

A Socorro le empezó a fastidiar la manera en la que Sergio decía «tu amiga». Como si ella tuviera algún interés en mantener vivo el caso de Aldara.

—Pero ¿y si Connell no ha matado a Aldara?

—Entonces... ¿por qué se ha suicidado?

Sergio ni se despidió al colgar.

Cuando Socorro le contó a María que Connell se había suicidado, se quedó bloqueada.

—Voy a Rota... ¿voy o no?

Socorro se encogió de hombros.

—No sé si tiene mucho sentido ya. Connell ha muerto.

* * *

En cuanto se enteró del suicidio por Sergio, Socorro quiso saber cómo estaría Marifé. Qué pensaría. Aunque le diera todo el pudor del mundo. Ese que no se supone a los periodistas. Ya se imaginaba que Anastasio se lo pediría. «Pero ¿qué demonios le voy a preguntar a esa pobre mujer?». Es más, no creía que quisiera hablar con ella. Con nadie de la prensa. De todas maneras, cogió el móvil y empezó a teclear. Si la destinataria estuviera en línea con ella habría visto el «escribiendo» durante quince minutos. Escribir, borrar, escribir, borrar. Quizá a la ya viuda no le había dado tiempo a apagar el teléfono o a decidir no contestar porque recibió el mensaje de Socorro. «Marifé, me he enterado. Siento mucho lo que os está pasando a ti y a tu familia. Mucho. Por si no me tienes localizada, nos conocimos en la pizzería con Luis Gordon. Tu marido me acercó en su coche a El Puerto. Ya sé que no es momento, pero supongo que no lo será en mucho tiempo. ¿Querrías decir algo? Imagino que no estarás para la prensa. Pero si quisieras decirme, no sé, si te ha sorprendido el suicidio de tu marido. Si te esperabas algo así. Un abrazo. Socorro Núñez».

Lo recibió y contestó con un audio. Socorro no soportaba los audios, pero a este no le puso pegas. «Muchas gracias. Me pillas sin palabras. Ni siquiera se lo he dicho a los niños. No voy a dar ninguna entrevista. Lo entenderás. Pero no me lo explico. No te lo digo solo por cómo era él, por cómo ha sido todo el tiempo que hemos estado juntos. Son muchos años. Es que cuando fui a verlo a la cárcel tampoco parecía una persona que tuviera intención de quitarse la vida... Claro, que tampoco me creo que sea un violador y un asesino... No soy psicóloga ni nada de eso, pero me cuesta mucho creer que se haya... colgado. Es todo una película de terror. Primero las violaciones y el asesinato y ahora esto. No sé. No conozco a esa persona. Pero me dijo que pensaba demostrar que no había matado a nadie. Ya ves, tenía un propósito. Te doy las gracias otra vez por tu pésame. Pero no voy a decir nada más. Y, por favor, confío en que no vayas a utilizar este mensaje para publicarlo».

Socorro se quedó perpleja. Para no querer hablar, le había dicho bastante. Quiso saber más. Llamó a Sergio. Le saltó el contestador. «Sergio, ¿va a haber un informe de la muerte del americano? ¿La policía lo tiene todo claro?». Sergio tardó cinco minutos en contestarle por escrito. «Ahora mismo no puedo hablar. Pero sí, habrá una declaración oficial, aunque hay una investigación en curso y no sé cuándo estará el informe más allá de que la policía comunique la noticia. Tampoco sé todavía cuál era el protocolo de vigilancia del preso». Socorro contestó con un escueto, «Gracias. Ya hablamos». Un poco más tarde la llamó:

—Oye, no te montes películas, que la gente se suicida en la cárcel. Y más con unos delitos como estos: violaciones, asesinatos de mujeres... Que no es un alzamiento de bienes lo que ha hecho el tío.

—Pero no tiene sentido. He hablado con la viuda... Bueno, me ha escrito contestándome al pésame, y no le cabe en la cabeza.

Sergio no podía imaginar por qué derroteros discurría la mente de Socorro porque no estaba al tanto de sus averiguaciones. Por la experiencia de los últimos días, la periodista sabía que solo le servían para que la despreciara o, directamente, se burlase de ella. Por otro lado, Socorro era consciente de que a Sergio le urgía cerrar el caso de Aldara Ortiz de la Vega para lograr ese reconocimiento con el que fantaseaba. Y ella no quería pringar a su mejor fuente en esa maraña de sospechas que se tejía en su cabeza.

—Joder, qué confianzas con la viuda. Mira, a nadie, salvo enfermedad mental o aviso, le cabe en la cabeza que un ser querido se quite la vida. Te veo por dónde vas. Crees que le han hecho un Jeffrey Epstein o algo así. Pero la conclusión forense en el caso de Epstein fue que se había suicidado. Pese a las magulladuras en el cuello y a las habituales historias conspiratorias, que me sé el asunto, yo también leo periódicos. Ya parecemos americanos con tanta tontería y con discutir las informaciones policiales porque sí, cojones. Además, en lo de Epstein podía haber, si hacemos caso de las conspiraciones, gente poderosa que quisiera acabar con él para que no hablara. ¿Pero qué gente poderosa hay aquí? ¿Quién iba a querer quitarlo de en medio?

—No sé, yo tampoco entiendo el suicidio. Aunque si, como creo, no mató a Aldara, supongo que responder por las violaciones y un asesinato que decía no haber cometido sería demasiado. Aunque lleve muchos años en esto, no sé qué pasa por la cabeza de una persona a la que se le descubren estos crímenes.

—Pues probablemente que se le viene el mundo encima. También te digo que, como es lógico, estaba en el módulo de preventivos y tuvo las entrevistas normales con una trabajadora social y con una psicóloga. Del informe inicial de esta no se desprendía ninguna intención de suicidarse, por eso no se tomaron medidas para evitarlo.

A regañadientes Sergio le explicó cómo habían transcurrido las últimas horas del americano.

Cuando Jim Connell ingresó en la prisión se le hizo el cacheo integral. Entregó todo lo que llevaba encima, la cartera, las llaves de su casa. Le pidieron que se desnudara, entregó la ropa, se duchó, le dieron otra ropa —la suya la mandarían a lavar y se la devolverían—. Lo llevaron a una celda de aislamiento hasta que dieran por concluida la primera revisión. En esa celda le pidieron todos los datos, le tomaron las huellas y lo visitaron los profesionales. Una trabajadora social a la que le contó que tenía familia, una mujer y dos hijos. Que era dueño de una pizzería y que su mujer se podía encargar del negocio. Que ya lo hacía. A la psicóloga no le contó mucho, contestó a lo que le preguntaba con monosílabos, salvo si ella insistía algo más. Poco se podía concluir ahí, el informe fue de puro trámite. Si pensaba suicidarse, no le dio la más mínima pista a esa mujer. Le preguntó a un funcionario si cuando le pasaran a una celda normal podría tener un televisor. Este le habló del peculio, que era como una tarjeta que se cargaba. Se la podía llenar la familia o por el trabajo en prisión. También le habló del demandadero para conseguir la tele. No se la podían traer sus familiares. Pero a lo mejor su compañero de celda tenía una. Jim no había oído en su vida ni la palabra peculio ni la palabra demandadero. La periodista no pudo evitar preguntarse, ¿para qué vas a querer un televisor si quieres suicidarte?

A medida que Sergio le contaba todos estos pormenores, Socorro seguía con la mosca detrás de la oreja. Sabía que en las cárceles españolas existe el Programa de Prevención de Suicidios. Se intenta detectar a reclusos deprimidos o que pudieran querer quitarse la vida. Había cubierto el caso de Rosario Porto, condenada junto a su marido por el asesinato de su hija. Un equipo multidisciplinar entrevista a los nuevos internos para detectar tendencias suicidas o a autolesionarse. Ese equipo decide si el preso debe ser sometido al protocolo antisuicidio. El suicidio de Rosario Porto en la cárcel de Brieva también se produjo por ahorcamiento. Pero antes lo había intentado un par de veces. Una de ellas con una sobredosis de los ansiolíticos que tomaba, la otra tratando de ahorcarse en la ducha con un cordón. Cuando lo consiguió, llevaba ya siete años en prisión y parece que no se aplicaba ya el protocolo. Pero Jim acababa de entrar en la cárcel, pensaba Socorro. Y como le explicó su mujer, tenía el propósito de demostrar que no había matado a Aldara. Coño, se dijo, ya se suicidaría en todo caso cuando, según él, lo condenaran injustamente.

Se guardó todas estas reflexiones. Sergio ya era impermeable a sus teorías y sabía que nunca admitiría el más mínimo resquicio en lo que ya consideraba un caso cerrado. Así que se limitó a escuchar toda aquella información. Le dio las gracias y se despidió. Tampoco le convenía enfrentarse con la que siempre había sido una de las fuentes a las que más recurría para sus artículos. Estaba segura que volvería a necesitarle en el futuro.

# 41

Después de estar tumbada al sol —poco rato, que estaba muy alto—, Pila se fue al bar de El Buzo a tomarse un bloody mary. Encima de traje de baño llevaba un caftán rojo, el caftán de la firma de la chica de Jerez que también vendía a la reina Letizia. No le había hecho ninguna gracia ver a la reina en el *¡Hola!* vestida como ella. Por eso se ponía el rojo, no el que le había visto a la reina, que también lo tenía. Completaba su atuendo con unas gafas grandes de sol y sombrero. Teresita la vio desde su hamaca, se puso el pareo a modo de vestido amarrándoselo en el pecho y se acercó a ella.

—Hombre, Teresita, qué alegría. ¿Es hoy cuando vienes a comer a casa?

—Voy a cenar, tengo a mi suegra para el almuerzo, que ha salido de su casa de Sanlúcar a ver a sus nietos. Ellos no son capaces de coger el coche para ir a visitar a la abuela. Qué guapa estás, Pila. Mucho mejor ese moreno razonable que gastas ahora.

—Ja, ja, ja. Ya no es tanto por la salud. Me veo en fotos de hace años y tenía el color de la mujer de Jesús Gil. ¿Están aquí todos tus hijos?

—Sí, los tres. Bosco, el pequeño, ha estado de Interrail recorriendo Europa. Menudo sacacuartos. Interrail y van a Mikonos. ¿Te lo puedes creer? Pero sí, ahí están vagueando todo el rato, sin pegar ni golpe. Saliendo de noche y volviendo de día. Creo que Carlos anda por la playa. Estará durmiendo la mona al sol. Espero que por lo menos se haya puesto protección.

—Menos mal que son chicos, porque, si no, menuda preocupación. Mira, de eso me he librado.

—No creas, puede ser una preocupación menor, pero los chicos también se pueden meter en líos. Bueno, me voy, que tengo que supervisar que esté todo preparado para el almuerzo, no me vaya a sacar faltas mi querida suegra. Lo mismo no le gusta el tamaño de los tenedores. O la vajilla. Cualquier cosa.

—Hija, qué bien que también me he librado de una suegra. Ven pronto, como a las ocho, y empezamos a alcoholizarnos como Dios manda.

* * *

A las ocho y tres minutos, Teresita llamó a la puerta de las Lequerica. Llevaba tocino de cielo de La Perlita. Sabía que no debía. Ni ella ni las hermanas querían engordar. Pero pocos se pueden resistir a semejante manjar. Al día siguiente les mandaría unas flores de agradecimiento por la cena y de disculpas por el dulce. Le abrió Nelson y pasó por la cocina para saludar. Marina estaba cocinando y Antonia entraba y salía. Socorro estaba sentada con el ordenador en la mesa. Bien vestida. Todo lo bien vestida que se podía permitir con la ropa que se había llevado a El Puerto. No había vuelto a repetir el modelo que había utilizado para la cena con Sergio Navarro en El Buzo.

—Pero ¿qué haces trabajando? Cenas con nosotros, ¿no?

—Qué remedio. Si no, Pincho y Pila me echan los perros. Ya me han avisado de que no se me ocurra escaquearme. Estaba dando vueltas a la crónica. Hay cosas que no me cuadran.

Tenía en la pantalla al comisario Maqueda en el periódico de la competencia, que ese día volvía a aportar nuevas informaciones sobre su abultado patrimonio. Desde que Luisa le había contado su encontronazo el día que mataron —¿lo conocería Jim Connell?— a Aldara, Socorro seguía todo lo que se iba publicando sobre él. La espita se había abierto y la competencia no soltaría la presa.

—¿Y eso de que el sinvergüenza de Maqueda aparezca ahora en la prensa?

—¿Lo conoces?

—Mujer, sé quién es, como cualquiera que lea periódicos...

Pero Socorro notó una expresión rara en Teresita.

—¿Lo conoces de algo más?

—Tengo que ir a mi coche, que me he dejado las gafas y no veo un pimiento. ¿Me acompañas? Voy a mandarle un mensaje a Pila para decírselo, aunque hasta que llegue al coche no voy a poder hacerlo, que para eso voy a por las gafas.

—Claro.

Salieron de la cocina y de la casa. Teresita abrió el Mini y se metieron las dos. Le mandó el mensaje a Pila diciéndole que llegaba quince minutos tarde. Por supuesto, llevaba las gafas en el bolso. No era más que una excusa para sacar a Socorro de la cocina.

# 42

Pese a que nadie las podía oír subidas en el Mini, Teresita le habló en voz baja a Socorro. Desde niña tenía la costumbre de susurrar para decir las cosas que no estaban bien.

—Mira, no lo conozco personalmente, pero... Mira, que esto no salga de aquí. De publicarlo, ni hablamos, claro. Mi hijo mayor, Carlos, es amigo de toda la vida de Ignacito... Suelen salir juntos y una noche acabaron metidos en una pelea con una gentuza en no sé qué barrio chungo. Se implicó más Ignacito que Carlos y un tipo salió malherido. Lilian, en cuanto se enteró, movió cielo y tierra para proteger al niño. Control de daños, ya sabes.

* * *

El más joven de los Lequerica, Ignacio Lequerica Mata, era un muchacho como casi todos los de su edad y condición social. Ni mejor ni peor. Buen estudiante, bien educado. Una vez hasta consiguió convencer a su madre para hacer en el jardín de su casa de El Viso un mercadillo a favor de las mujeres leprosas de Etiopía. Tenía que ver con una chica que le gustaba. No era leprosa, era la organizadora. Deportista, fuerte, atlético, aficionado el boxeo (que practicaba en un gimnasio de barrio), guapo y licenciado en una universidad pública española. Su madre quería una privada, no veía la necesidad de que se mezclara con la chusma.

Insistió su padre porque quería que se relacionara con gente de toda clase, cosa que antes los ricos hacían en la mili. Pero al no haber mili, servía la universidad, ya que los colegios habían sido privados y, como dicen los cursis, exclusivos. Don Ignacio solo veía pijos en su casa cuando Ignacito llevaba a sus amigos.

Estudiar en la Universidad Politécnica de Madrid le había dado, digamos, mundo, ese mundo que era habitual de cualquier pringado, pero no de las clases más favorecidas. Un mundo que no conocía salvo por el boxeo —y eso era reciente— o el servicio en su casa o en la de sus amigos. Y era cierto que en clase conoció a gente de pocos recursos, pero de mucho mérito, como decían en su familia. De esos que habían estudiado con becas. Era ingeniero de caminos, canales y puertos. Un cerebrito con las matemáticas. Ese año había estado trabajando en un fondo de inversión suizo en Madrid. Los fondos de inversión se rifaban a los matemáticos y a los ingenieros. Un buen rodaje para quien está destinado a dirigir Editasa. Él quería. Su padre quería. No había discusión en lo de ser el siguiente Ignacio en la línea de la empresa familiar. El año que viene iría a estudiar en la Escuela de Posgrado de Periodismo de UC Berkeley. Don Ignacio creía que esos estudios no servían para nada, aunque también creía que todo servía para algo. Y cuando fuese a Editasa sería mejor que llegara con un título de presunto prestigio.

El aeropuerto de San Francisco estaba a unos veinte kilómetros, pero a Lilian no le gustaba San Francisco. Le daban miedo los terremotos y nunca la tranquilizaban los carteles en los hoteles sobre qué hacer en caso de que se produjese alguno. También se acordaba de *El coloso en llamas*. Ese edificio estaba en San Francisco. En su juventud era una fanática de las películas de catástrofes. Y se le había quedado el miedo. Habría preferido una universidad cerca de Nueva York. O de Miami. O no, que podía haber un huracán. También podía no ir a visitarlo, ya vendría él. Lilian haría cualquier cosa por su hijo. Su único hijo. Claro que de pequeño estaba en manos de *salus* y niñeras. Y que el pecho se lo dio lo suficiente, más le pareció vulgar. Tampoco es que fuera a todas las fiestas del colegio, estaría ocupada en otra cosa o en el extranjero. Pero su hijo era lo más importante de su vida, aparte de su propia persona.

En su último año de carrera, Ignacito tuvo un problema. Salió por la noche con sus amigos, chicos y chicas. Acabaron en un garito poco recomendable con gente menos recomendable. A los ricos les gustan esas excursiones. Como si fueran de expedición a África, pero sin los rifles. Una mirada por parte de un gañán a una de sus amigas, un toqueteo, un qué pasa, un como la toques te parto la cara. Un lío. Una pelea. Una paliza. De Ignacito, que llevaba unas copas y se pegó con el gañán, que quedó inconsciente. Que vamos a llamar a la policía. Que no, que es peor. Y los amigos del gañán, no lo serían tanto, salieron corriendo. Los de Ignacito se quedaron y llamaron a una ambulancia.

Podía haber metido la pata, pero era una persona de orden. En el hospital ya avisarían a la policía, se imaginaba. Él llamó a su madre. Prefería a su madre que a su padre, mejor que él no se enterara. Lilian llegó con su abogado al hospital antes que la policía. Control de daños. Apareció también la familia del herido, dos hermanas a las que localizó el centro hospitalario por la documentación del chico. A Lilian no le pareció gente que se fuera a conformar con la paliza de un niño rico. Eso si salía adelante y quedaba bien. Veía que su hijo se había destrozado la vida por alguien que no merecía la pena. La chica por la que se peleó tampoco. Se la presentó allí y la saludó como si estuviera encantada de que pudiera ser su nuera, pero deseando que al día siguiente se fuera con una ONG a un país muy lejano y con pobres comunicaciones.

Ya se veía en la prensa con titulares sensacionalistas. De esos que nunca acaban de desaparecer en internet. Un señorito apaleando a un albañil padre de familia o algo así. Su abogado no era penalista. Pero fue para que ella se sintiera segura, para aconsejar. La policía interrogó a Ignacito y a todos los demás. El herido todavía no hablaba. No lo detuvieron. Aun así, Lilian se movilizó. Su abogado era miembro de un gran despacho, de esos con un solo apellido, pero muchos socios. Le recomendó que fuera a hablar con uno de los más importantes de la firma, que había sido fiscal. Lo conocía, pero no le había llevado nunca nada. Jamás habían tenido los Lequerica un asunto penal que llevar a ningún sitio, salvo las típicas querellas por alguna información periodística. Fijó una cita y fue el día que le dijeron. Su abogado ya le había adelantado algo a ese letrado importante.

—¿Esto puede quedar en nada?

—Puede. Pero puede que no. Podría defenderlo y lo haré si ustedes quieren. Si hay un procedimiento, quizá salga absuelto. Pero los delitos de lesiones solo se persiguen si hay denuncia de la persona agraviada o de su representante legal. Otra cosa es que la prensa le hinque el diente y se le condene por otro lado, aunque no penalmente. Le voy a dar un contacto para tener todo controlado. Alguien de confianza.

Y en una tarjeta le anotó un teléfono y un nombre por el que preguntar. Era una agencia de detectives. O un despacho de detectives. O un detective. No lo tenía claro. Llamó de parte del exfiscal. El hombre le dio una dirección, cerca de la calle Orense, que no le sonaba de nada, y fue por la tarde. Un edificio de siete pisos en una zona que no solía pisar salvo para ir a El Corte Inglés o a O'Pazo. Un edificio sin portero. Llamó, le abrieron. Todas las cristaleras y maderas nobles de los despachos de abogados que había conocido aquí eran algo que parecía el escenario de una película vieja. Se acordó de una serie que había visto en Telecinco o en Antena 3, no sabría decirlo. *La chica de ayer*. Se acordaba porque le gustaba mucho Ernesto Alterio. Una vez lo conoció en una fiesta. Era muy guapo. Los hombres con los que se encontró en ese piso, no vio a ninguna mujer, eran como de otro tiempo, con ropa de otro tiempo. Los muebles, de formica. Sillas, distintas y pocas. Percheros como recogidos de la basura. Un sitio inquietante. Había salido a abrirle la puerta un tal Chema. Con un pantalón negro que parecía de tergal y una camisa de manga corta beis. Sin corbata. Con un paquete de Marlboro en el bolsillo de la camisa. Le dijo que la siguiera a su despacho. Una habitación limpia, pero mugrienta de aspecto.

—Así que su hijo se ha metido en un lío con un malnacido.

—Bueno, malnacido no sé. Pero en un lío sí creo que está mi hijo.

—Se lo digo yo, un malnacido, ya he visto sus antecedentes. Si no lleva años en la cárcel es porque sus primeros delitos los cometió siendo menor y ya sabe que esa ley de los cojones no permite castigar a los menores como es debido. Centros de internamiento. Una mierda. Luego salen y a seguir. Y esta joya siguió. Robos con fuerza, atracos con armas blancas, un angelito. Ahora tiene pendiente un juicio por haber robado en casa de unos ancianos. Les hizo creer que era el del gas, los amordazó y les quitó todo lo que tenían. Joyas, poco dinero. Los obligó a que le dieran el número de la tarjeta. Por suerte, tenían un límite de extracción de trescientos euros. Pero los viejos resultaron heridos, no mucho, lo suficiente como para que le caiga una buena. Y el juez va y lo suelta. Que no da la sensación de que vaya a huir, ¿qué le parece?

—Pues me parece que huir, no ha huido. Ahora lo tiene más difícil tal y como está. Pero me está usted asustando más de lo que estaba.

—Sé que es usted de confianza. Y, además, una madre que haría lo que fuera por su hijo. Espere, que Maqueda está al llegar. Ya le he contado.

—¿Maqueda?

—Sí, el comisario Jaime Maqueda.

El comisario Jaime Maqueda era un comisario recién jubilado. El tal Chema, expolicía. Maqueda también llevaba ropa que parecía que hubiera cogido de Peris Hermanos. Una chaqueta de cheviot. Lilian ni siquiera sabía que siguiera existiendo el cheviot. Entró Maqueda como un ciclón en el despacho. «Señora Mata. ¿O prefiere señora Lequerica? Como quiera». Lilian se dio cuenta de que él ya lo sabía todo sobre ella, sobre la familia de su marido, sobre su hijo y sobre lo que había pasado. Solo esperaba que supiera también qué hacer. Supo qué hacer y ella trató de no saber qué había hecho. Parece que amenazaron al joven agredido, como si fuera cosa de la policía, con los males que iba a afrontar —en la cárcel, por ejemplo, por su delito pendiente— si se le ocurría denunciar. Ya había estado en prisión, conocía qué clase de gente había allí y quién les mandaba hacer cosas. Ignacito no se echó la vida a perder, dio igual el dinero que costó, y Lilian añadió a Maqueda a sus muchos conocidos. Solo que este era de los útiles.

* * *

Las gafas de Teresita se habían empañado y se las empezó a limpiar con la tela de su vestido. Estaba claro que se había arrepentido de haberle contado aquella historia a Socorro. Se fiaba de ella, pero... Trató de explicarle.

—La noche de la paliza la recuerdo como una de las peores de mi vida. Lilian estaba fuera de sí. Me lo comentaba por encima porque a mi hijo solo le habían partido la cara. Estaba preocupada por el futuro del suyo. ¿Y quién acabó apareciendo al final como el señor Lobo? El tal Maqueda. Lilian tampoco lo conocía. Por lo visto, hace ese tipo de trabajos por su influencia y su cercanía a la policía, aunque esté retirado. A Lilian le debió de costar un dineral si nos fijamos en las cifras que han dado los periódicos estos días. Pero de eso, Pincho y Pila no saben nada, ni siquiera su hermano Ignacio, por eso te pido discreción. Esto para ti, para esas cosas que no te cuadran, si te sirve para algo. Y ten en cuenta que mi hijo también se pudo haber metido en el lío. Te hablo como madre.

—No te preocupes, confía en mí. Muchas gracias por contármelo. Ni una palabra, te lo aseguro.

Pero Socorro se había quedado lívida. Ya sabía que la justicia no solía ser igual para todos y que a veces era tan creativa como la contabilidad. No podía imaginarse que alguien tan dulce como Lilian se relacionara con ese tipo de gente. Claro, pensó, que su madre también era capaz de atarle los cuernos al diablo para preservarla de todo mal.

Las palabras de Teresita añadían una nueva pieza al puzle. Lo único que salvaba a Lilian de ser sospechosa, era que como le había dicho Ignacio, solo Arianne estaba enterada del embarazo de Aldara.

# 43

Ahora que Socorro sabía que Lilian conocía a Maqueda, el asesinato de Aldara Ortiz de la Vega tomaba un cariz diferente. Tanto Ignacio Lequerica como Lilian Mata tenían motivos para matarla. Aunque tras hablar con el dueño de Editasa, su jefe, el sábado antes de que Connell apareciera muerto en su celda, estaba convencida de que él no había podido asesinar a la chica. Si hasta le había visto llorar cuando hablaba de que Aldara estaba embarazada cuando murió. Socorro no creía que nadie pudiera simular una desolación como le había mostrado don Ignacio. Aunque había visto a padres y madres asesinos que hasta se unían a la búsqueda de sus hijos desaparecidos y hacían llamamientos en la televisión. —La policía siempre les acababa descubriendo por algún error de cálculo—. ¿Había fingido Ignacio Lequerica su dolor? ¿Acaso no arriesgaba mucho si el bebé de Aldara hubiese nacido? Aunque no tanto como Lilian. No solo dejaba de ser la esposa del dueño de Editasa, sino que, además, su hijo perdía la condición de heredero único de la fortuna Lequerica. Y de las hermanas Lequerica, porque Ignacito era también el heredero de Pincho y de Pila. Y todo ese dinero habría que haberlo repartido con el nuevo retoño. Socorro se censuró mentalmente por pensar tan mal.

María Casares entró en su cuarto. Iba a coger el tren directo a Madrid porque Anastasio consideraba que tras la muerte de Jim Connell ya no había nada que hacer en El Puerto. Ya no había ni violador ni asesino. Y al bodeguero ya lo había sacado. En cambio, Anastasio permitió a Socorro quedarse unos días más de vacaciones porque así se lo había pedido la periodista. No tenía ninguna intención de comentarle a aquel jefe majara que sospechaba que el dueño del periódico había asesinado a su amante. O que su mujer había contratado a un policía mafioso para que matara a su rival. Las dos teorías eran tan estrambóticas que sabía que Anastasio era capaz de creerlas y enviarla a hacer reportajes a bocajarro que traerían muy malas consecuencias. A Socorro le daba mucha pena despedirse de María, pese a que también reconocía que no había confiado en ella para contarle sus averiguaciones. Esa desconfianza era propia de periodistas. La firma era su patrimonio. Por otro lado, María había demostrado madera y carácter de periodista, y eso era algo que ya era difícil de encontrar en las redacciones.

—¿Desayunamos juntas por última vez? —le preguntó la joven.

Socorro asintió y se puso el pantalón de mezclilla que utilizaba para desayunar y que Marina ya le había lavado dos veces desde su llegada. En la mesa de la cocina estaba el mollete con jamón de María y un cuerno de chocolate enorme.

—Es lo más insano que he podido encontrar en la panadería —le dijo María riendo—. No entiendo cómo no lo han prohibido ya... Tiene pinta de taponarte las arterias con solo un bocado.

A la periodista le hizo ilusión el detalle de su colega. El día anterior le había comentado que Silvia finalmente no acudiría a la comisaría para denunciar que Connell la había violado. ¿Para qué? Ya estaba muerto, y ella solo quería enterrar en lo más profundo de su memoria aquella noche de verano. Aunque suponía que la sensación de inseguridad la acompañaría el resto de su vida.

Socorro partió en dos el bollo y el chocolate líquido se desparramó en el plato manchándole los dedos. Le pegó un buen bocado y bebió un poco de café.

Antonia apareció en la cocina. También quería despedirse de María, a quien había cogido mucho cariño.

—¿Un cuerno de chocolate? Si pensé que eras una buena influencia para mi hija.

María le dedicó la mejor de sus sonrisas mientras se encogía de hombros.

—Ha sido un placer estar aquí con vosotras. Como dice Oriol, eres la que mejor cocina de España. Por otro lado, no sé cómo agradecerte...

—Anda, deja de decir tonterías —la cortó en seco Antonia—. Las señoras no se levantan hasta más tarde, pero les diré que me has pedido que te despidiera de ella. Y lo mismo haré con don Oriol y don Pacón, aunque ellos también vuelven a Madrid esta semana. Así que supongo que los verás...

—Mamá, a ellos María no los trata en su día a día en la redacción. Apenas aparecen por el periódico.

Y su madre asintió, seguramente recordando que Socorro ya le había explicado en muchas ocasiones las intrincadas jerarquías que rigen en los diarios. María y ella eran soldados rasos...

Nelson trajo la maleta de María.

—Ya es la hora de irse. Se tardan unos quince minutos, pero mejor vamos con tiempito por si pasa algo.

María asintió. Besó a Socorro y a Antonia en la mejilla y le dio un abrazo a Marina que le había envuelto en papel albal otro mollete de jamón para el camino.

Socorro sintió una punzada de nostalgia cuando oyó la puerta del garaje cerrarse tras la salida del Pajero.

Su madre le preguntó qué planes tenía para el día.

—¿Vendrás a comer?

Socorro le contestó que sí.

—Lo mismo me tengo que acercar otra vez a Sotogrande. Aún tengo que cerrar una cita con Ignacio Lequerica.

—¿Con don Ignacio? Pero si ya quedaste con él.

—Pero ahora sé otras cosas y creo que debe conocerlas. O, al menos, yo quiero que él sepa que las sé.

Antonia se quedó muy preocupada. No le gustaba cuando su hija se obsesionaba con algo y no cejaba en su empeño hasta que conseguía su objetivo.

—Pero ¿para qué quieres verle?

—Es muy largo de contar, mamá.

Socorro se levantó. Se dio cuenta de que el cuerno de chocolate que le había traído María Casares era quizás un poco indigesto para tomarlo de desayuno. Antonia también era cabezota.

—Hija, cuando te pones en plan misteriosa no hay quién te aguante. Solo te pido que no te metas en líos. Don Ignacio es tu jefe.

—¿Cuánto crees que tardará Nelson en volver? Lo mismo necesito el Pajero.

Pincho apareció con sus pantalones de lino beige y su iPad.

—¿Para qué? —quiso saber—. Pensé que habías acabado ya todas las averiguaciones sobre el caso.

Socorro no supo qué decir. Le había jurado discreción a Teresita y pensó que era mejor que no supiera nada. De momento.

—Me gustaría darme una vuelta por la zona para ver si la policía ha recogido ya las cosas de la casa que Aldara había alquilado. Quizás dentro de una semana pueda escribir un articulito contándolo.

—Menuda faena para el dueño —suspiró Pincho—. Le han jodido lo que le queda de verano. Ahora le costará volver a alquilar la casa. Pensarán que está gafada.

La periodista dijo que sí con la cabeza. Le hubiera gustado pedirle consejo a Pincho sobre cómo proceder, pero, al mismo tiempo, estaba segura de que la mayor de las hermanas nunca se había visto en una situación como la suya.

Socorro escribió a Ignacio Lequerica. Fue un mensaje corto. Tan solo le decía que le gustaría verle por una cuestión relativa a Aldara. Ignacio le respondió enseguida con un Ok. Y la citó a la una y media en su casa de Sotogrande. Socorro se fue a su cuarto. Era el primer día de muchos que no aparecía una crónica suya en el periódico, y aunque, por un lado, estaba aliviada por no tener que escribir, sentía un vacío. Como si no se estuviera ganando el sueldo que le pagaban en *El Matinal*.

Cuando acabó de arreglarse, Nelson ya había vuelto de la estación y Pila andaba por la casa departiendo animadamente con Oriol y Pacón. Eran los últimos días de los dos en El Puerto y las hermanas les querían organizar una cena de despedida.

—Se lo tendremos que decir a mi hermano y a Lilian... Estaría feo no hacerlo. Y, además, es vuestro jefe.

Pacón lanzó uno de sus bufidos.

—Si lo consideras imprescindible, aunque cualquier día nos pone a este y a mí de patitas en la calle.

Oriol no se dio por aludido.

—No se atrevería. Soy el columnista más leído del periódico y el más valorado por los suscriptores.

—¿Pero todavía hay gente que compra periódicos? Me parece un milagro...

—Por favor, no empecéis a hablar del coñazo este del periodismo... —terció Pila, antes de que se enzarzaran en su eterno debate.

Ni Pila ni Pincho se dieron cuenta de que Socorro había vuelto a coger el Pajero para irse a ver a su hermano, Ignacio, en Sotogrande. Lo sabrían a la hora de la comida, cuando le preguntaron a Antonia dónde estaba su hija si solo había ido a Zahara a echar un vistazo.

—¿A casa de mi hermano? Qué raro —se sorprendió Pila.

—Estará haciendo méritos ante el jefe la nueva Margarita Landi. Mira qué lista. Al fin ha aprendido—opinó maligno Pacón.

Y por una vez Oriol defendió a Socorro:

—Nada... Han endosado la muerta a uno que puede ser inocente. Y han cerrado el caso. Por supuesto que no debe dejar de trabajar. Todo lo que ha dicho el estalactito —me niego a llamarle galáctico— de Interior no son más que paparruchas.

# 44

A esa hora, Socorro aún seguía hablando con Ignacio Lequerica. Había sido una conversación difícil. Mucho más que cuando había querido citarle para insinuar que era el principal sospechoso en el asesinato de Aldara. Pero sentía que su jefe debía saberlo porque hasta sus hermanas reconocían que era buena persona. También, y quizás esto eran imaginaciones de Socorro, sentía que él había demostrado que confiaba en ella cuando se decidió a sincerarse. Le había dado un lugar en su intimidad y consideraba que también le concedía un acceso privilegiado, ese del que solo disfrutaban los periodistas de investigación que trataban información delicada de la que quería estar enterado para evitar conflictos. Y había pocas informaciones tan sensibles como la que Ignacio Lequerica le había contado entre lágrimas. Por eso, Socorro se decidió a compartir con él sus sospechas acerca de Lilian. Lo consideraba su deber; una prueba de lealtad. Los nervios volvieron a retorcerle el estómago. El cuerno de chocolate que había desayunado le había sentado como una patada.

Don Ignacio la recibió en su despacho, el mismo que había ocupado su padre hasta su muerte y en el que, por nostalgia, se ponía a trabajar en verano. Ahí tenía uno de los retratos que Zuloaga había hecho al fundador, la primera portada enmarcada de *El Matinal*, parte de la rotativa quemada en los tiempos de la República... Y manuscritos de los grandes escritores españoles que habían trabajado en el periódico, legajos históricos, fotos en sepia, un uniforme de Alfonso XIII y todo lo que el viejo Lequerica se había llevado de *El Matinal* a su casa de verano porque Arianne así se lo exigió.

A Socorro esas cosas no la impresionaban porque la historia se la traía al pairo y ni siquiera había vuelto a leer nada de Pardo Bazán, protagonista de los premios más importantes del periódico, desde que acabó su licenciatura.

Ignacio la invitó a sentarse en un sillón frente a una mesa redonda de cristal en la que estaban *El Matinal* y algunos de los periódicos de Timanfaya. También había un ejemplar de *Domingos* porque era el suplemento dominical de todo el grupo y se repartía con los regionales. Socorro pensó que el de la semana siguiente sería en el que saldría el reportaje que María Casares había escrito de Luis Gordon. Como *Domingos* se editaba en papel satinado, se cerraba una semana antes. También había diarios de la competencia. Ninguno traía nada nuevo. El suicidio de Connell puso fin a la serpiente del verano que había sido el asesinato de Aldara. Pero eso no se atrevió a decírselo Socorro a su jefe, que tenía un aspecto mucho menos compungido que la última vez que se habían encontrado en la venta El Chipirón. Seguía abatido, pero no se le veía roto como antes.

—No sabes lo que me alegro de que el hijo de puta ese del americano se haya matado. —El ojo por ojo, se dijo Socorro, es universal. Y las siguientes palabras de su jefe certificaron su pensamiento—: La lástima es que no sufrió.

Socorro pensó que había leído que los ahorcados morían empalmados. Por eso tantos tarados jugaban a asfixiarse hasta lograr una erección. Sin embargo, no le pareció prudente decir estas cosas a su jefe.

—Lo que quería decirte, Ignacio...

—Ya me ha dicho Sergio que no hay duda de que Connell mató a Aldara. Era un depredador necrofílico que se quedó prendado de mi...

A Socorro le dio un poco de apuro comprobar cómo su jefe se había tragado todo lo que le había contado Sergio y que este ni siquiera hubiera considerado lo que ella le había sugerido.

—En realidad, solo te quería decir que Jaime Maqueda estuvo en Zahara la mañana en que la mataron.

—¿Jaime Maqueda? ¿El excomisario? No tiene sentido. Ahora debe de estar preparando su defensa después de lo que sacó la competencia sobre su enriquecimiento ilícito. No sé. Además, ¿qué relación podría tener con Aldara? No entiendo por qué tenías tanta urgencia en contarme eso.

—A ver. No sabes lo difícil que me está resultando decirte esto. Pero... ¿Tú sabías que Maqueda le había hecho un trabajo a Lilian en un asunto un poco turbio?

Ignacio se quedó mudo.

—¿A mi mujer? Lo dudo. Ella anda todo el día con sus cartas, el cróquet, sus obras de caridad... Y, sobre todo, volcada en mi hijo, que es lo único que le importa. Desde luego, no es de las que se mezcla con delincuentes como Maqueda

Socorro decidió no irse más por las ramas.

—Pues de eso iba. Tu hijo se metió en un lío y Lilian pagó a Maqueda para sacarle del problema. Y funcionó, porque, por lo que veo, ni tú te enteraste.

Ignacio esbozó una sonrisa tristísima, casi resignada.

—Vale que yo ya no quiera a mi mujer y que estuviera dispuesto a dejarla por empezar de nuevo con Aldara, pero no te puedo permitir ni insinuar lo que estás a punto de decir.

Socorro decidió lanzarse a hablar sin respirar. Ignacio estaba enamorado de Aldara y, sin duda, debía de querer conocer quién la había matado.

—A ver, Maqueda le robó las llaves de la casa de Aldara a la empleada del hogar y puso un anestésico en la comida que había dejado preparada mientras se iba a la playa por la tarde. Cuando cenó y se quedó inconsciente, él solo tuvo que estrangularla y hacer que la habían violado con cualquier cosa... Incluso, yo qué sé, por decir algo que sea un objeto alargado y romo, como dice la autopsia, ¡con alguno de los palos de cróquet, perdón, mazos de Lilian...!

Lo había dicho por decir. Por casualidad. Porque ese verano se había enterado de que el cróquet se había puesto de moda.

Por primera vez, Socorro vio el rostro de Ignacio Lequerica ligeramente crispado. Pero siguió insistiendo.

—¿No ves que tiene todo el sentido?

Pincho y Pila decían que su hermano era como un perro labrador y de ahí su preferencia por la raza. Nunca se enfadaba. Era comprensivo, leal y, básicamente, quizás demasiado básicamente, bueno. La dejó continuar.

—Lilian es la que más tenía que perder si tú te ibas con Aldara y teníais ese hijo que esperaba. Por eso ordenó a Maqueda que la matara.

Ignacio se levantó y fue hacia la mesa de nogal que había en un lateral. Se sirvió un whisky.

—¿Quieres uno? Yo estoy intentando no beber por las mañanas, pero desde que murió Aldara es lo único que me alivia.

—No ves factible lo que te digo, ¿verdad?

—Lo cierto es que no. Tu amigo Navarro ya me ha contado que andas husmeando por otros cauces que no son los oficiales y ya te digo que eso es poco periodístico, aparte de una locura. Solo tienes indicios y coincidencias, y sé adónde va cada euro que gasta mi mujer porque todo sale de mi cuenta. Maqueda cobra una barbaridad. Por eso tiene esa fortuna que, obviamente, no ha hecho poniendo multas.

Socorro no se dio por vencida.

—Pero...

—Socorro, de verdad. No sigas por ahí. No le voy a decir a Lilian nada, porque, con lo bien que me ha hablado siempre de ti, se llevaría un buen disgusto. Que piensas que ha contratado un sicario y que, para rematar, ¡ha usado su mazo de cróquet para violarla!... Y sin pruebas. Solo conjeturas.

La periodista se dio cuenta de que había pinchado en hueso y que Ignacio Lequerica no quería escuchar lo que le estaba contando.

—Lo del mazo lo he dicho por decir. Seguro que es una tontería. Es que al entrar he visto una funda vacía doblada y...

Pero Ignacio parecía sumamente enfadado. Sus ojos ya no estaban tristes sino que dejaban entrever cierta frialdad en la que Socorro pudo reconocer a Arianne.

Ya nada más podía hacer Socorro para tratar de resolver la muerte de Aldara. Sergio ya le había dicho que la policía no iba a seguir investigando el asesinato. Solo le quedaba una cosa por hacer. La más valiente y sensata.

—Pues discúlpame, Ignacio. Creí que debías saber... Pero es verdad que no tengo ninguna prueba. Solo indicios y especulaciones, como diría Oriol.

Ignacio permaneció en silencio y con un gesto de la mano invitó a Socorro a irse de su despacho. Y eso hizo, arrepentida por haber tenido ese arranque de hablar con su jefe. La prudencia siempre le había ido mejor que la valentía. Mientras caminaba hacia la salida de la casa, se cruzó con Lilian.

Un escalofrío le recorrió la espalda. Si había ordenado el asesinato de Aldara..., ¿qué no sería capaz de hacer con ella? De repente, la calidez caribeña le pareció calculada. Y ese cariño con el que la trataba podían ser las amarras con las que intentaba controlarla. Se dio cuenta, porque no lo había percibido antes, de que daba mucho miedo. Pensó que quizás podría confrontarla, acusarla con los mismos argumentos con los que le había ido a Ignacio Lequerica. Pero... a Socorro no le gustaban los enfrentamientos cara a cara y no era precisamente una justiciera valiente. Y cuando lo había sido, como minutos antes con su marido, había acabado siendo ella la escaldada. Había que ser práctica.

—¡Ay, linda! Qué gusto verte por aquí. ¿Te ha llamado Ignacio para contarte los planes que tenemos para ti? Te van a potenciar muchísimo.

Y sin que Socorro pudiera hacer nada por evitarla, la abrazó muy fuerte. Solo acertó a balbucear.

—Me tengo que ir... Muchas gracias.

—Habrás quedado con tu galán, el policía...

A Socorro siempre le había costado mucho la hipocresía, algo que le reprochaba su madre. Se esforzó por disimular que el tacto de Lilian le erizaba la piel y le devolvió el abrazo.

—Tengo que volver a Madrid y quiero estar un rato con mi madre.

—Bueno, ha sido una delicia haberte tratado. Siempre es bueno conocer a los periodistas que escriben en nuestro periódico. Y, además, todo se ha resuelto... Pobre chica. ¿Te acuerdas de lo que hablamos la primera noche que nos conocimos? Sobre la violencia machista... y cómo la lucha contra esta debía ser la principal línea editorial de *El Matinal*...

Socorro ya no pudo aguantar más y antes de dejar que Lilian siguiera hablando, se despidió.

Ella solo le respondió con un «Suerte».

# 45

Lilian nunca supo por su marido lo que había hablado con Socorro durante esa mañana de agosto en la que la recibió en su despacho. Se le daba bien disimular. Sobre todo, con crédulos como Ignacio. Él nunca se había percatado de que su mujer estaba al tanto de cada instante del romance que había vivido con Aldara. Desde las citas furtivas que siguieron a aquella primera noche de amor en el Ritz. Tampoco de que había removido Roma con Santiago para encasquetar el chucho del padre de Aldara a sus hermanas. Y que la chica había sido tan lista que no empezó a presionarle hasta que el muy bobón la dejó preñada.

Arianne y Lilian disfrazaban su complicidad de un pique casi cómico, como las escenas de los matrimonios de José Luis Moreno. A finales de julio, Arianne le había contado que Ignacio se había enamorado de Aldara y que le había anunciado su decisión de dejarla. Se lo había dicho como buscando su aprobación, porque Ignacio nunca había hecho nada sin el beneplácito de su madre. Y siempre era un buen acicate. Sin sus constantes diatribas hubiera optado por aceptar la oferta de Pincho y Pila para comprar parte de *El Matinal*. Pero Arianne se había negado a que las hijas de su esposo pudieran pasearse por la redacción con el mismo poder que Ignacio. Y se reunió con los bancos, los fondos, los auditores para buscar la manera de solucionar los problemas económicos de Ignacio mediante una fórmula ventajosa para él. Y así consiguió que Timanfaya hiciera una oferta.

Arianne tampoco quería que su hijo le trajera una nueva señora de Lequerica a casa. A Lilian aún la podía, pero no estaba segura de si podría hacerlo con una chica como Aldara, de una generación tan diferente a la suya. Por otro lado, aparte de su hijo, su otro gran amor era Ignacito, y había hecho cuanto estaba en su mano para protegerle. Hasta sacar dinero de su cuenta particular —su marido le había puesto dinero en Suiza desde el primer instante en el que se hicieron amantes— para dárselo a Lilian y que pudiera pagar a Maqueda sus carísimos servicios. Había merecido la pena. La reputación de su nieto estaba intacta, su expediente estaba limpio y ningún medio se había enterado de lo que le había hecho a ese pobre muerto de hambre.

Por supuesto, ella no le había dicho a Lilian que contratase a Maqueda para evitar que Ignacio rompiera su matrimonio. Supuso que su nuera había mandado al excomisario investigar a fondo a la chica. A qué se dedicaban los padres, si tenían trapos sucios, lo mucho o poco promiscua que hubiese sido. Pero no debía de haber encontrado nada negativo. Y que Aldara se hubiera quedado embarazada ya no dejaba demasiadas opciones a Lilian. Ignacio era uno de esos señores que presumía «de vestirse por los pies» y, por supuesto, no iba a decirle a la chica que abortase y, mucho menos, desentenderse del niño o la niña que fuera a nacer. Ignacio, qué tontaco, se había enamorado y cada día contaba los minutos que le faltaban para irse de casa con su amor. Con «mi niña», como sabía que la llamaba.

El despacho de Ignacio Lequerica estaba contiguo a las estancias que ocupaba Arianne. Estancias era un tanto pretencioso. Se trataba de un saloncito, un vestidor, el baño con bañera —porque los hombres Lequerica no se duchaban— y la habitación con cama de matrimonio. Y desde ese saloncito en el que Arianne solía pasar las mañanas trabajando en sus cosas tranquilamente, la anciana escuchó la conversación de su hijo con la impertinente de Socorro. Se lo contó a Lilian.

—La tarada de la hija de la muchacha ha venido a decirle a tu marido que has contratado a Maqueda para que se cargase a su amante y simulase que la había violado con...

Arianne se quedó en silencio.

—¿Con qué? —preguntó Lilian, impaciente porque su suegra continuase.

—Con tu mazo de cróquet... Fíjate qué descabellado y qué atrevida. Ignacio no la ha despedido, que es lo que tenía que haber hecho para que se dedicara a fregar como su madre. Pero... ya sabes cómo es tu marido. Le ha dicho que no tiene pruebas...

—Qué locura. ¿Y algo más? Este maridito mío...

—Pues le ha dicho a esa insensata que la policía ya había cerrado el caso y que no dijera más tonterías.

Lilian no pudo ocultar esa sonrisita apenas perceptible que esbozaba cuando sentía que ganaba la partida.

—¿Y de verdad ha dicho lo del mazo de cróquet?

Arianne asintió.

—Qué disparate... Menos mal que Ignacio me ha defendido.

—Y tú defendiendo a la tal Socorro. Tenía la misma pinta de hija de puta sabionda que su madre. Ya te he contado muchas veces lo mal que me lo hizo pasar cuando me casé con tu suegro.

—Por cierto, mañana supongo que la veré... O no, si ha vuelto a Madrid. Pincho y Pila nos han invitado a cenar en

El Puerto para despedir a Pacón y Oriol, que regresan también a Madrid.

—¿Ignacio todavía no ha despedido a esos dos? Siempre ha sido un blando.

—Bueno, déjale...

# 46

Lilian se fue a su cuarto. Necesitaba pensar. En la comida se esforzó por parecer tan alegre y risueña como siempre. Sabía que mostrar cierta preocupación, aunque fuera un mínimo resquicio, espolearía las sospechas de Ignacio. Le preguntó a Ignacito por su salida el fin de semana y evitó tocar el tema de Aldara. Su marido se dolía cuando escuchaba su nombre. Y eso que trataba de mantener la compostura delante de su hijo, que también era muy celoso de su madre y de su posición como heredero de la saga. Cuando le trajeron el café, anunció que había quedado para jugar a las cartas con una amiga —una de las habituales, aseguró— y que pasaría la tarde fuera de casa. Salió en el Range Rover. En cuanto se alejó quinientos metros, marcó uno de los números de Maqueda. El excomisario era muy precavido y tenía varios teléfonos. Por si acaso, algún día, la policía intervenía sus comunicaciones.

—Hola, Lilian... Al final, todo ha salido de rechupete.

—¿Rechupete es bueno?

—Más o menos. No fue fácil conseguir que dejaran pasar a uno de los míos a donde estaba Connell. Pero salió mejor de lo previsto... El americano no sabía defenderse como un militar... Parece mentira. Tantos marines y tantas pollas...

A Lilian le ponía nerviosa el lenguaje basto que utilizaba Maqueda.

—Solo te llamaba para decirte una cosa... Socorro Núñez, la periodista de *El Matinal*, ha estado esta mañana en casa y le ha expuesto a Ignacio una teoría de lo más sorprendente...

—Espero que no incluyese un palo de cróquet.

La respuesta de Lilian fue lúgubre. Casi agorera.

—Casualmente, sí. Aunque según mi suegra no parecía decirlo en serio. Por cierto, no encuentro mi mazo de cróquet. ¿Te lo llevaste tú?

Maqueda profirió una de sus risitas aguardentosas.

—Pensé que te gustaría estar presente de alguna manera en el trabajo. El palo tenía tus iniciales y esas cosas divierten a los que somos como tú y como yo.

El corazón de Lilian empezó a latir muy fuerte. El estómago, los pulmones, la garganta le empezaron a arder... El expolicía dejó que sintiera que la tenía en sus manos unos minutos más.

—Pero tranqui, jefa. Lo quemé esa misma noche en la hoguera que unos quinquis habían hecho. Yo mismo vi cómo se consumía. Tranquila... No dejé ni una sola pista que la policía o una chupatintillas como esa mujer pudieran seguir.

—¿Y la tipa que te reconoció en Zahara? ¿La limpiadora? Con todo lo que has salido en los periódicos y la tele estos días...

—Ni te preocupes. Es una señora mayor y no va a decir nada... Además, dejé mi teléfono principal en Madrid porque ya sospechaba que me seguían, así que no podrán triangular nada.

Lilian respiró tranquila.

—Parece que nadie discute la autoría del americano. En fin... no me importa haberle endosado esto a un hijo de puta violador. Si hubiera sido una monjita de la caridad, sería otra cosa, pero ese tipo se merecía lo que le ha pasado. Y porque una automutilación no se la hubiera creído nadie que si no...

—Que el chico este, cómo se llama, el *tontopolla* este de Sergio, que a veces se me atascan las cosas, cerrase el caso y se haya dejado de investigar aplaca mucho las cosas. Ya no hay medallitas por repartir. En todo caso, las que haya se las va a poner Sergio...

—Esa pinta tiene...

—Ya sabes que no es prudente que nos hablemos. Ya te diré cómo nos encontramos para que me des lo mío.

Lo suyo era casi un millón y medio de euros en efectivo. Aparte del medio millón que la venezolana le había dado antes del asesinato de Aldara cuando se reunió con ella. Se trataba de un encargo muy particular y la única manera en la que Lilian podía demostrar su compromiso era darle un buen adelanto. Ella había conseguido sacar el dinero de lo poco que le quedaba a su familia de aquellas cuentas del trust de Panamá, del que había conseguido hacerse administradora única. En esta ocasión no hubiera podido recurrir a Arianne, aunque quién sabe... la vieja era tan mala que a Lilian no le habría extrañado que hubiese contratado ya a algún sicario. Lo mismo le cortó los frenos a la primera mujer de su marido, la madre de Pincho y Pila... Pero esa era una especulación que le divertía para relativizar que había encargado a Maqueda que se deshiciera de Aldara.

La verdad era que todo había salido perfecto. De rechupete, como le había dicho el excomisario. Y eso que apenas habían tenido tiempo para planearlo, pero las cosas a veces salen mejor pensando menos y confiando en el instinto. Maqueda tenía un control absoluto de las situaciones que podían darse y contactos en toda España y parte del extranjero.

Lilian se las había arreglado para saber que Aldara cenaría sola en casa aquella noche. En realidad, había tenido suerte porque todo podría haber salido rematadamente mal si su marido se hubiera empeñado en cenar con su amante. Pero no, Ignacio no se quedaba tranquilo hasta que no lograba la aprobación de su queridísima mamá. Además, el plan no tenía por qué ponerse en marcha aquella noche. Lilian había pensado que lo mejor sería que Maqueda matara a Aldara cuando ella e Ignacio estuvieran en la obra de teatro de Pincho y Pila. De esta forma, no solo tendría una coartada, sino que estaría segura de que a su esposo no se le ocurriría correr a los brazos de su amorcito y joderlo todo. Pero la suerte es fundamental en el éxito de un asesinato. La policía solía encontrar pistas en los deslices, los fallos. Casi nunca en las improvisaciones. Y lo único que habían improvisado Lilian y Maqueda había sido el día. Y el elegido fue cuando se dio la oportunidad. Cuando se podía. El día anterior a la obra de las Lequerica.

Las rutinas de Aldara, su disciplina, habían sido el mejor aliado. En cuanto Lilian supo que su marido cenaría con su madre el jueves en Sotogrande, llamó a Maqueda. El excomisario se metió una buena paliza de coche, pero cuando se mata a alguien es mejor que la sangre solo manche unas manos. Y ahora en las estaciones de tren y en los aeropuertos se graba todo y cualquier programa podría haberle identificado, pese a sus documentaciones falsas y la barba postiza, gafas, pelucas... que solía utilizar cuando hacía algún trabajito.

El plan estaba claro. Averiguó que cada noche en la que Aldara no salía con Ignacio Lequerica —solo lo habían intentado una vez en El Bujío—, la vieja que se encargaba de la casa hacía la cena. El plan era robarle la llave cuando se fuera a su otro trabajo y ponerle una dosis de midazolam para elefantes. La chica siguió férreamente sus rutinas. Antes de que anocheciera, abrió el *tupper* de cazón en amarillo, lo puso en un plato y se lo comió viendo una serie en el iPad. El sedante no tardó en hacer efecto y cuando Maqueda salió de su escondite en la casa le hizo tragar otra dosis y casi media botella de vodka...La chica estaba inconsciente y Maqueda no tenía tiempo que perder. La estranguló dejando las mismas marcas en el cuello que el violador que había drogado a las chicas para agredirlas. Los amigos policías que Maqueda aún tenía en la zona nunca hubieran imaginado que los detalles que le habían contado de las violaciones y que, para evitar imitadores, no se habían publicado en la prensa local, servirían para recrear una violación y añadirle un asesinato. Por eso, se aseguró de ponerle en la muñeca el Rolex que tenía en la mesilla y de coger un bolsito del armario. Por supuesto, no se olvidó de llevarse los dos teléfonos que la chica había estado consultando a cada instante y que no contestaba cuando veía el nombre de Ignacio en el más anticuado. Uno sin internet.

Metió el cadáver en la furgoneta y condujo hasta la punta de Trafalgar —un gesto patriotero de Maqueda—. Después tiró los móviles al mar. Los metió en una bolsa con varias piedras pesadas. Se aseguró de que nunca saldrían a la superficie y de que la policía no los podría encontrar. Les había quitado la batería en Zahara. Lo que tuvo que hacer en la furgoneta fue más delicado... Afortunadamente, había forrado la parte de atrás de plástico, como si fuera Dexter, y cogió del Range Rover el mazo de cróquet que Lilian llevaba por la mañana, cuando la había visto muy temprano, sin que ella se diera cuenta. No tenía funda. Lo había mirado con curiosidad. Era un objeto del tamaño perfecto. Le levantó el vestido y le quitó la ropa interior. La penetró con fuerza hasta que le salió un reguero de sangre... No le preocupaban las manchas, ni las salpicaduras... Miró a la chica muerta. La verdad es que no entendía a los que se empalmaban con las muertas. Aquella chica era una preciosidad. ¡Qué hijoputa el Lequerica! ¡Como para no abandonar a la gallina clueca de su mujer por semejante bombón! Pero Maqueda no era de los que se entretenía con los escrúpulos.

Condujo hasta El Pájaro, una finca que conocía de cuando estuvo haciendo unos trabajos en la zona para los militares de Rota hacía veinte años. Confiaba en que no hubiera cambiado... No lo había hecho. El cortijo estaba deshabitado, por lo que no tendría que preocuparse de que le molestaran. Las hojas entrelazadas de la chumbera le seguían recordando a la bóveda de un mausoleo. Pensó que era el lugar ideal para dejar a la chavala. Maqueda se mordió los labios para aguantar el dolor de los pinchos mientras los perros que dormían en el cortijo rasgaban la puerta metálica y gimoteaban nerviosos. Colocó el bolsito al lado de la muerta y le metió trescientos euros en efectivo para recrear los detalles del violador. Todo había quedado perfecto. Enfocó el brazo de Aldara con la linterna de móvil y el Rolex le devolvió un reflejo. Se sonrió pensando que los *tontolabas* de los periodistas —los conocía casi a todos— se iban a correr con todos estos detallitos. ¡Cómo no iba a sentirse orgulloso de lo que había hecho si encima Lilian le había prometido un pastón!

Después, enfiló hacia Madrid. Era casi de día cuando paró en un polígono industrial al poco de pasar por Bailén. Sabía que allí iban muchos adictos a inyectarse a la luz de la candela. A esa hora, estaban todos liquidados del pasote y los rescoldos seguían encendidos pese a que parecía que el fuego estaba a punto de apagarse. Se fue a la hoguera más alejada, partió el mazo de cróquet con la rodilla y lo tiró al fuego junto al plástico que había colocado en la furgoneta para evitar que la sangre manchara el coche. Sopló un poquito, no muy alto, para no despertar a los drogotas, como los llamaba él. Las llamas se avivaron y aquello empezó a consumirse muy rápido ayudado por el chorro de gasolina con el que Maqueda había decidido acelerar el proceso. Cuando estuvo seguro de que tanto el mazo como el plástico se habían consumido —por otro lado, ¿quién iba a relacionar un palo en Bailén con un asesinato en Cádiz?—, ya era casi de día. Los yonquis se empezaban a desperezar. Reaccionaban como los vampiros a la luz del sol y Maqueda debía salir pitando para que nadie, ni siquiera tipos de dudosa credibilidad como aquellos, tuvieran ocasión de reconocerle. Bastante lamentaba que la señora que limpiaba en casa de Aldara lo hubiera asociado con la foto del periódico.

Tres horas después ya estaba dándose una ducha en su domicilio en la calle Orense. Llamó al despacho y dijo que seguía enfermo y que aquel día también seguiría trabajando desde casa. La gente de su equipo no se sorprendió. La mayoría habían sido altos cargos de la Policía y de la Guardia Civil que querían hacer dinero. Por eso nunca le hacían preguntas y cuidaban con esmero sus espaldas. El puesto de director de seguridad de una empresa del Ibex cotizaba a más de medio millón de euros al año sin contar con los bonus. Y a Maqueda le debían muchos favores.

Por supuesto, no llamó a Lilian para decirle que ya había cumplido su encargo. Con nota, además. Nadie sospecharía de él, ni de ella, ni del pobre Ignacio Lequerica, tan enamorado. Había investigado mucho a la pareja y sabía que Aldara no le había contado nada a nadie. «¡Soy un *crack*, coño! A Bin Laden me lo hubiera cepillado yo con la punta del nabo el día antes del 11S».

# 47

Socorro no sabía qué hacer. Había armado un rompecabezas que afectaba a la familia Lequerica. No solo a Ignacio, sino también a Lilian y a Arianne, que estaban al tanto del asunto de Aldara. A todos. Creyó que debía contárselo a Pincho y a Pila. Aunque hubiera mucho de sospechas que no podía demostrar. Las hermanas solo sabían lo que había sido publicado y algunas cosas que no, pero nada que tuviera que ver con Ignacio y Lilian. Pincho, con un pantalón blanco, sandalias bajas y una camisa de lino negra, estaba en el porche leyendo a Jean D'Ormesson en francés. Socorro se acercó tímida. Esta vez no eran los complejos los que exacerbaban sus inseguridades. Sabía que había cometido un error contándole a Ignacio que su mujer había contratado a Maqueda para que asesinara a Aldara. Pero las Lequerica eran diferentes. Para ella eran parte de su vida. Pincho levantó su mirada del libro y la sonrió.

—¿No tienes ninguna pesquisa hoy? Toma el sol, báñate, ve a la playa, lee una novela, no trabajes tanto.

—No, Pincho, me gustaría hablar contigo. Y con Pila.

—Me estás asustando con estos misterios. ¿Le pasa algo a tu madre?

—No, no, no tiene nada que ver con mi madre. Y si le pasara algo, seguramente os enteraríais vosotras antes que yo.

—Bueno, Pila creo que está en su cuarto. Voy a mandarle un mensaje. Pero siéntate, que me estás poniendo nerviosa ahí delante como un pasmarote.

—Gracias.

Pila, que estaba contestando correos no demasiado importantes, bajó enseguida.

—Ya estamos las dos. Tú dirás —la instó Pincho.

—Veréis... Ya sabéis que detuvieron a un americano por el asesinato de Aldara y la violación de otra mujer y que se ha suicidado en la cárcel.

—Hasta ahí sí, porque te hemos leído. ¿No será algo de nuestro hermano? —saltó Pila como si hubiera resuelto un misterio—. El otro día Teresita y tú me preguntasteis si era Aldara la chica a la que miraba el bobo de Ignacio en aquella fiesta de *El Matinal* en la que acabé tan mal con Arianne. Pero ¿cómo me iba acordar yo de su cara?

—¿Y qué tiene que ver Ignacio con todo esto? —saltó Pincho estupefacta.

Socorro no sabía por dónde seguir. Ignacio era su jefe, pero a Pincho y Pila también les debía lealtad.

—Mirad, Ignacio y Aldara tenían una relación cuando fue asesinada.

—Mi hermano no es un asesino, qué disparate, no es capaz ni de despedir a alguien en la empresa, siempre manda a otro —dijo Pincho.

—Eso ya lo sé, aunque lo dudara en algún momento. ¿Os acordáis de la noche del *Carmelo*, que se fue apresuradamente? Se acababa de enterar al leer el ferro del periódicos de que Aldara había sido asesinada. Luego, en Sotogrande, vi que no estaba bien, llevaba todo el rato gafas de sol y se retiró pronto, pero no lo relacioné. Cuando até los datos y supe que era el amante de Aldara, hablé con él y me lo confesó. Me contó también que Arianne lo sabía, pero no fue capaz de contárselo a Lilian, aunque pensaba separarse y casarse con Aldara, sobre todo cuando se enteró de que estaba embarazada.

—Los tíos son gilipollas —dijo Pila, mientras Pincho movía la cabeza incrédula.

—La policía ha cerrado el caso. El suicidio de Connell ha ayudado. Y tenían prisa por dar carpetazo a la culpabilidad del americano. Pero yo no creo que él fuera el asesino porque a la misma hora o al mismo tiempo, y lejos de El Pájaro, violó a otra chica que no ha denunciado.

—Pero ¿y esas cosas las sabe la policía? —preguntó Pincho.

—No, porque esa chica no denunció la violación.

—¿Pero tú sabes quién mató y violó a Aldara? —se impacientó Pila.

—Tengo sospechas que no puedo demostrar. Ni creo que quiera hacerlo. ¿Os acordáis de que el tal comisario Maqueda apareció el otro día en los periódicos? Pues la señora que trabajaba en la casa de Zahara de Aldara, que pagó Ignacio, claro, lo reconoció como alguien con el que chocó. Luego se dio cuenta de que le había quitado la llave de la casa. Y he averiguado que Maqueda y Lilian son, digamos, amigos. O se sirven uno de otro. El excomisario le ayudó, le cobró, por supuesto, cuando Ignacito se metió en un lío, una pelea por la noche.

—Si no fueras así de guapa, parecerías Margaret Rutherford como Miss Marple resolviendo un crimen —bromeó Pila.

—Pila, por Dios, que esto es serio. Me estoy imaginando lo peor.

—Bueno, si lo peor es que Lilian es la asesina o la instigadora del asesinato, sí.

—Pero ¿no la violaron también? —preguntó Pincho.

—Con un objeto alargado y romo. A tu hermano le dije que con el palo de cróquet de Lilian. Pero eso es una conjetura que se me ocurrió, por decir algo.

—Se dice mazo. Pero ¿qué atrocidad es esta, que parece de novela sueca? —se escandalizó Pincho—. Desde luego, no imagino a mi hermano capaz de semejante crimen, pero a Lilian también me cuesta trabajo verla en esa escena.

—A lo mejor no fue ella, se lo encargó a alguien.

—¿Y tú qué vas a hacer con todo eso? —quiso saber Pincho, muy seria.

—De momento, nada.

Pincho se levantó, dio unos pasos, se llevó la mano a la boca y volvió a sentarse.

—Haces bien, Socorro. Más allá de lo que la moral mande, no te conviene. No lo digo como una amenaza, faltaría más. Quiero decir que la moral está muy bien, pero lo que a ti te convenga está mejor. Sobre todo, porque con lo que me has contado no hay un falso culpable encarcelado. Si en cierto modo lo era el americano, ya está muerto y hay poco que hacer. No sé ni siquiera si su mujer se pudiera sentir aliviada al saber que su marido era un violador en serie, pero no un asesino.

—Pobre Ignacio —intervino Pila—, bastante tiene al vivir con semejantes arpías.

—Cuando digo que no te conviene no te lo digo por el trabajo, por tu posición en *El Matinal*. No iban a publicar eso en el periódico, desde luego. Pero, si se lo comunicaras a la policía, no le iba a parecer bien a Ignacio. Y creo que a nosotras tampoco. Eres demasiado buena en lo tuyo. No abundan los buenos periodistas, y tú lo eres. Sabes que, aunque me las dé de intelectual y muchos crean que vivo en una burbuja en *Juglar*, no tengo prejuicios con ninguna sección del periódico y soy capaz de distinguir a un excelente profesional. Otros que van de figuras de opinión o de la política no son tan estupendos como se creen. Cuando tú haces sucesos, aparte de hacer muy bien tu trabajo, escribes de crímenes, pero también de la vida. Lo que quiero decirte, y no lo hago lo suficiente, es que eres muy buena. Y, además, aunque escribas en un diario liberal, conservador para algunos, no estás señalada políticamente. Te podría fichar *El País* o cualquier periódico. No pienses que te estoy haciendo la pelota. No. Te tengo demasiado cariño y quiero lo mejor para ti. Pila y yo queremos lo mejor para ti. Tú no tienes por qué saber todo esto que nos cuentas. Nadie tiene que saber que tienes toda esa información. Que a lo mejor no es información, y solo son sospechas, indicios. No es mi cuñada santo de mi devoción, pero que ella cargue con sus culpas, si las tiene. Y mi hermano con ella. Si quiere. A lo mejor Lilian vive con un remordimiento infinito o a lo mejor esa carga no es difícil para ella y transita tranquila en su amoralidad. Pero también es posible que no haya hecho algo tan terrible. Y ya sabes lo de Falstaff en *Enrique IV,* después de fingirse muerto en la batalla para evitar que lo matasen.

Socorro pensó que qué iba a saber ella lo de Falstaff.

—La mejor parte del valor es la prudencia —remató Pincho, citando a Shakespeare.

Socorro la escuchaba con atención, reafirmándose en sus intenciones. No quería problemas. Y no había justicia que hacer. No había inocente al que salvar, quizá condenar a un culpable. Eso le quitaba el mínimo cargo de conciencia que pudiera tener. Tampoco estaba segura de lo que había pasado, solo era más que probable. Indicios, indicios. Pero demasiado fuertes. Aunque no tanto como sus convicciones.

Pincho no parecía haber acabado.

—Y sabes que no estoy de acuerdo con Janet Malcolm cuando dice eso de que... —«Ay, madre, que ahora se arranca con una soflama de esas de las de Oriol», pensó Socorro—... todos los periodistas saben que lo que hacen es moralmente indefendible. Me parece una mamarrachada. Si supiera de periódicos, lo que tendría que hacer Malcolm es hablar de por qué han abandonado a los lectores.

Y de por qué los lectores han abandonado a los periódicos para irse a sitios peores. A informarse a sitios peores. Pero porque nosotros no estamos haciendo nuestro trabajo. Cómo vamos a tener publicidad si los lectores no nos respetan, si no creen que los periódicos cuenten la verdad.

Ahora Socorro pensaba que Pincho se iba por los cerros de Pacón.

—Cuando Malcolm dice que el periodista es una especie de hombre de confianza que explota la vanidad o la ignorancia y se gana la confianza de la gente para luego traicionarla sin remordimiento, más valdría que pensara que eso es también lo que hacen los periódicos con los lectores... Y me estoy apartando de lo importante aquí, pero he visto publicada en *El Matinal* cada cosa, que no creo que precisamente la verdad sobre lo ocurrido a la pobre Aldara sea algo que vaya a echar de menos. Ni *El Matinal* ni ningún periódico. Esa chica sí que es una mala víctima. Con perdón. Ha tenido la mala suerte de ir a dar con mi hermano y, si son ciertas tus sospechas, con Lilian y la gentuza con la que se asocia. Si fuera tal y como crees, es lo peor que le ha pasado a esta familia.

—Menudo discurso le has soltado a la pobre chica. Y a mí. Ni que estuvieras en la inauguración del máster —dijo Pila—. Pero sí, supongo que no podemos ni debemos hacer nada para que Lilian y Arianne, que seguro que está en el ajo, paguen sus culpas.

—No —apuntó Socorro—. Me alegro de haber hablado con vosotras, te agradezco tus palabras, Pincho, siempre aprendo mucho contigo. Aunque no sé si me quedo más tranquila o más preocupada.

—Pues imagina nosotras...

En ese momento le dijeron que tanto Ignacio como Lilian habían aceptado su invitación a la cena de despedida de Orión y Pacón.

# 48

Volver a hacer vida de despacho en Madrid siempre complacía a Sergio. Podía ir al gimnasio, hacer ayuno intermitente, tomarse cafés... Miró los periódicos. Hoy en más pequeño también volvían a publicar una foto de Maqueda, del que, por fortuna, se había alejado en cuanto supo que el veterano expolicía había tocado las narices a demasiadas instituciones del Estado. Maqueda nunca le había vuelto a llamar porque sabía que Sergio siempre actuaría en su favor en la medida de que su discreción y sus medios se lo permitieran. Y lo que más le interesaba era que su otrora pupilo llegara lo más alto que pudiera. No tenía nada contra él para chantajearle, pero tenía otra cosa muy importante: la lealtad. Maqueda se sabía hecho de la misma pasta de Sergio y eso unía más que nada. En esas elucubraciones estaba cuando sonó su móvil.

—¿Sergio Navarro?

—Sí, dígame —contestó Sergio.

—Le paso con el ministro del Interior —le informó una voz femenina.

El exguardia civil puso cara de satisfacción. Esperaba la llamada, pero eso no disminuía su alegría.

—Sergio, enhorabuena. Estoy verdaderamente impresionado por la rapidez en la resolución del caso del violador y asesino. He estado muy al tanto. Ya me habían informado de que te habían enviado como refuerzo para la investigación. Ojalá todos los crímenes tuvieran este desarrollo. Los crímenes no, su investigación y conclusión, ya sabes.

—Muchas gracias, señor ministro. Ha habido que hilar muy fino. Ha sido complejo, pese a los pocos días empleados en dar con el culpable. Habrá quien piense que he tenido suerte, pero hay que saber buscar la suerte.

—Es una lástima que el culpable se haya suicidado en la cárcel, pero eso es prueba de la autoría de los hechos.

—Sí, señor, no habrá podido asumirlo. Rota es un sitio pequeño. Pero, en todo caso, la chica asesinada no tenía familia que hubiera querido un juicio y la víctima de la violación se evita tener que declarar.

—Tienes razón. Te tengo que dejar, Sergio, que me está esperando mi familia en la playa y debo volver. Pero que sepas que tu nombre está entre los candidatos para sustituir a Martínez Alarcón.

—Sería un honor. Muchas gracias, señor ministro. —Entonces, Sergio hizo lo que seguro que hubiera hecho Jaime Maqueda en su lugar—. Y, además, si me permite decirlo. Después de todo lo que están publicando los medios de Jaime Maqueda, hay que renovar los mandos. Es importante que los ciudadanos perciban la limpieza de sus fuerzas de seguridad del Estado. No podemos permitirnos que otros garbanzos negros empañen nuestra labor. Lo de Maqueda es una vergüenza.

—Sí, es una pena que su ambición haya acabado ensombreciendo una hoja de servicios al Estado tan notable. Pensé que ustedes eran amigos.

—Él me enseñó mucho, pero, como decía aquel... «Soy muy amigo de Platón, pero más amiga es la verdad».

Evaristo Martínez Alarcón ocupaba el cargo de director general de Política Interior e iba a dejarlo por la enfermedad de su mujer. Sergio ocuparía ese puesto. Quién sabe a dónde llegaría después.

# 49

Socorro se sintió aliviada al ver que las secretarias de redacción de *El Matinal* le habían sacado el billete de vuelta a Madrid a la una de la tarde. Después de su conversación con las hermanas Lequerica había desistido de seguir presionando a Sergio para que investigara su hipótesis. Y también había descartado volver a decirle a Ignacio Lequerica una sola palabra de Aldara. Le dolía, pero era tibio en sus reacciones. Prudente, dirían sus admiradores. Por otro lado, si el dueño de Editasa cumplía su palabra, no le habría comentado a Lilian que la periodista sospechaba que ella estaba tras el asesinato de la joven. La historia de la prensa está llena de informaciones que nunca se han publicado. Pero ninguna la iba a escribir Socorro Núñez. Y eso le molestaba.

Antonia estaba triste por la marcha de su hija. Había decidido llevarla a desayunar a un bar cercano donde se ponían los gitanos, que es como llamaban en El Puerto a lo que en Terrinches era el mercadillo. O burocráticamente: venta ambulante. Se tomaron su café en vaso y dos tostadas con manteca colorá que a Socorro siempre le había encantado, pero que en los últimos años Pila había vedado de la lista de la compra porque engordaba demasiado y a ella también le costaba sujetarse. Antonia y su hija recorrieron los puestos que vendían desde paquetes de ropa interior —cinco *braga* a diez euros— a esas camisas indias tan monas por las que Pila quería que su hermana cambiara sus *equipment* de seda en tonos oscuros. Antonia compró unos cestitos de bambú. Se los dio a su hija.

—Para que te pongas el pan en el desayuno. O los bollos esos que te compras —le dijo—. Pero así te queda la mesa mona.

Sobre las doce volvieron a casa. Marina había lavado y planchado toda la ropa de Socorro.

—Para que no tengas que lavar en Madrid.

Socorro la metió en la maleta y se la llevó hacia el Pajero que su madre volvería a conducir. Después, acompañada de Antonia, fue a despedirse de las Lequerica y de sus invitados.

Pacón y Oriol le sonrieron y le desearon un buen viaje. La periodista sabía que las hermanas no les habrían dicho nada de lo que les había contado la tarde anterior. No le dijeron que se verían en la redacción. Pacón repitió algo de Margarita Landi y Oriol le advirtió de que no dejaría de mandarle correos electrónicos para que no publicara basura. Ella le sonrió. Pila y Pincho se levantaron. Socorro les agradeció su hospitalidad.

—Ha sido una maravilla volver a tenerte en casa —dijo Pincho.

—Sí, ten en cuenta que esta es la casa de tu madre y la tuya. Termina lo que tengas que hacer en Madrid y te vuelves. Pero sin trabajar, ¿eh?

Sonrió y se sorprendió a sí misma, porque, por primera vez, había considerado internamente aceptar la invitación de las Lequerica.

Fue de nuevo al garaje. Abrazó a Marina y Nelson y les agradeció sus atenciones con ella.

—Quizás os debería dar una propina como los señores.

Nelson le dio una colleja cariñosa.

—Anda, loca. Deja de decir tonterías.

En la estación se despidió de su madre, que la abrazó fuerte y le dijo lo feliz que le había hecho poder estar con ella esos días.

—Llámame al llegar a Madrid, que ya sabes que me preocupo. Y más sabiendo los líos en los que te estás metiendo con esa persona tan mala —le dijo Antonia al despedirse.

—¿Con Lilian?

—¿Lilian? Me refiero a Maqueda. El otro día me leí lo que dicen que ha hecho y hay que tener cuidado con esa gente.

Socorro pensó que su madre tenía razón. Sobre todo, porque, si era verdad que Maqueda había matado a Aldara, no tendría reparos en acabar con una periodista como ella. En fin, seguramente todas sus especulaciones sobre los verdaderos asesinos serían alguna de esas paranoias que a veces le entraban con los casos y que, por suerte, nunca publicaba, aunque en sus ratos libres se dedicara a revisar los sumarios, los testimonios... Jamás había podido demostrar que a aquella niña la mató solo su padre, ni que esa profesora de Gijón era la culpable del asesinato de un adolescente que la había dejado tras una tórrida relación sexual. Quizás porque eran solo sus conclusiones. Porque no contaba con toda la información que tenía la policía. Y tal vez pasaba lo mismo con el asesinato de Aldara Ortiz de la Vega. A lo mejor, el culpable era Jim Connell y Lilian y Maqueda solo habían sido socios en un asuntillo en el que cualquier madre habría actuado de la misma manera. Pero es que... a Silvia la había violado el americano casi a la misma hora que mataban a Aldara, y eso no le encajaba en ningún sitio.

El viaje en tren se le hizo corto. Anastasio no la molestó y pudo dormir hasta que llegó a Madrid. Estaba deseando pasarse la tarde viendo la tele. Y luego pondría esa tertulia de fútbol que tanto le divertía. Había tenido muy abandonado a su Madrid estas semanas.

# 50

Esa noche, en casa de las Lequerica se volvería a servir Milésima en rama. A Pincho y a Pila les parecía una atención para Oriol —«Con el coñazo que ha dado», decía Pila— y, además, pensaban que así ayudaban al hijo de unos amigos que había conseguido abrirse camino. Llamaron a Luis Gordon para invitarle a la cena con Lucía, su mujer. El bodeguero les dijo que no estaba en El Puerto. Le hubiera encantado asistir, pero no podía.

—Quería felicitar a Socorro por cómo han ido las primicias del crimen. No se ha hablado de otra cosa en los informativos.

Pincho le contestó que la periodista se había vuelto a Madrid y que, sin duda, apreciaría que le mandara un mensaje.

Pila le quitó el teléfono a su hermana.

—Pero no dejes de hacerlo, que le hará mucha ilusión. Y seguro que la muy imbécil irá mañana a la redacción. ¡Qué obsesión!

Luis se rio antes de despedirse. Mandó a casa de las Lequerica tres cajas de fino. E iban sin factura.

Las hermanas habían invitado a todos aquellos que, intuían, complacerían a Pacón y a Oriol. El catalán enseguida se hizo con una corte de marquesas viudas, fanáticas de sus columnas, y Pacón se sentó con un grupo de toristas irredentos y gruñones con los que se despachó contra toreros, ganaderos, empresarios, periodistas, la democracia representativa, la Unión Europea...

—Eres más guapo en persona que en la tele —le decía una condesa a Oriol.

—Escribiendo a veces eres muy rebuscado y no te entiendo...

Oriol respondía como sabía que ellas esperaban.

—No sé qué me pasa, pero me veo en la obligación de ilustrar a bonitas guapísimas como vosotras.

Y ellas cacareaban felices.

* * *

Lilian e Ignacio no pararon de hablar en el camino de Sotogrande a El Puerto. Él había optado por la hiperactividad frívola para tratar de olvidar que un «hijo de puta» había matado a la mujer que amaba y la vida que había planeado junto a ella. Y ella pensaba que su constante parloteo y la devoción por su familia harían que desapareciera cualquier duda que Ignacio pudiese tener sobre ella.

—Ignacito solo vive para el momento en el que se ponga a trabajar en *El Matinal*. Le encanta... Claro que lo lleva en la sangre.

Su marido dijo que sí.

—Lo cierto es que lo hemos hecho muy bien. Hemos criado un hijo estupendo, aunque le desatendí un poco cuando era niño.

—Estabas muy liado porque tu padre no te dejaba en paz. Y tu madre...

—Mamá es lo mejor que me ha pasado en la vida. A saber lo que sería de mí si no hubiera seguido sus consejos. Es una tiburona y parece que ve más allá.

Lilian, aunque ella quedara en segundo lugar, si quedaba ahí, se rio y le dio la razón. Estaba nerviosa por tener que volverse a encontrar con Socorro después de saber lo que le había contado Arianne. ¿Sería impertinente? ¿La acusaría de ser la asesina de Aldara? Sabía que, si eso pasara, la mayoría de los invitados lo consideraría descabellado, pero lo contaría... Y ella no quería que su nombre quedara asociado al de Maqueda. Ni siquiera en las habladurías.

* * *

Pincho y Pila no sabían muy bien cómo afrontar lo que les había contado Socorro. Si era verdad que Lilian era una asesina, ¿cómo tratarla a partir de entonces? Ellas no olvidaban que la venezolana daba por hecho que la fortuna de las Lequerica acabaría engrosando la herencia de su hijo. No tenían otros parientes cercanos. ¿Y si había sido capaz de matar a la amante de su marido, por qué no...? Sin embargo, decidieron actuar como si no supieran nada, aunque, a partir de ese momento, tendrían en consideración lo que quizá había hecho Lilian en cada uno de los pasos que tomasen. Era importante preservar la imagen de los Lequerica. Ignacio no solo era su hermano, un pobre débil. Era el nombre de su padre, su abuelo, el fundador... Y ellas también se debían a ese pasado.

Cuando entraron en la casa, Pincho y Pila saludaron con mucho cariño a su hermano, algo raro, porque, si bien eran correctas, solían guardar cierta distancia. Con Lilian mantuvieron la misma frialdad educada de siempre, por lo que ella no notó el cambio de actitud de las hermanas. Lilian respiró cuando supo que Socorro ya había vuelto a Madrid y que tenía que ir al periódico al día siguiente.

—Es una profesional excelente —decidió disimular Lilian—. *El Matinal* necesita más mujeres periodistas como ella.

Pila se había tomado dos copas de Milésima en ayunas y no pudo contenerse.

—A mí me da la sensación de que ha llegado hasta el final del asesinato de Aldara Ortiz de la Vega. Aunque se ha guardado muchas cosas.

Su hermana evitó que Pila causara un cisma familiar insalvable.

—Por supuesto. Con los muertos se debe ser respetuoso.

Pero Pila volvió a la carga con su hermano.

—Pobre chica. Había trabajado en la casa en alguna ocasión, nos contó Teresita. ¿Tú la conocías, Ignacio?

La mirada de Ignacio se perdió en la noche. La voz le tembló. El nudo que se le había hecho en la garganta le impedía hablar.

—Poco. Brevemente, quizás.

Afortunadamente, pensó Pincho, Oriol llegó con dos de las nobles viudas en cada brazo y empezó a hacer una glosa de Milésima. Luis Gordon había hecho bien en regalarles el vino de aquella noche. Al día siguiente recibiría los pedidos de los invitados.

El columnista aprovechó ese instante para sermonear a Ignacio. Lo hacía siempre que podía porque consideraba que no cumplía con la labor que debía hacer un editor.

—Cada día somos más irrelevantes. Y ese director tuyo que has puesto... No escribe más que tonterías. Lo que deberías hacer es... —Ignacio ya se sabía el discurso porque lo había escuchado muchas veces, pero no le interrumpió porque la mención de Aldara por parte de Pila le había dolido—... Lo que tienes que hacer es confiar más en tu hermana Pincho. Ella sí que sabe...

El dueño del periódico le salió entonces con algo que Oriol no esperaba.

—Bueno, estoy de acuerdo en hacer cambios. Y los voy a hacer... —Oriol le sonrió. Ignacio continuó—: ¿Conoces a mi hijo, Ignacito? Tiene grandes ideas para el periódico. Ya sabes: apelar a las nuevas generaciones, aprovechar las nuevas narrativas... Nuevos formatos. ¿Tú sabes que lo que da más suscripciones en el *The New York Times* son las recetas de cocina y los crucigramas?

El periodista decidió contenerse porque Pincho le lanzó una mirada amenazadora. Sabía que su hermana, Pila, podía entrar en estado de ignición si se producía la discusión y soltarle todo lo que se le pasara por la cabeza que, en ese momento, con las copas, se centraba en una: que su mujer era una asesina.

Y aquello no era bueno para la paz familiar.

En eso aparecieron Nelson y Marina con dos bogavantes como un piano en bandejas de plata.

Pincho decidió cambiar de tercio.

—¿Sabéis que Revel decía que lo que más le gustaba de la langosta era la mayonesa?

# 51

La casa que Antonia había comprado en Madrid estaba cerca de Tetuán. La decoración era bastante impersonal. Algún mueble adquirido por Antonia y algún regalo de las Lequerica, enseres que acumulaban en las naves de su finca en Terrinches con los que habían decorado y redecorado sus diferentes casas a lo largo de los años.

El sofá en el que Socorro estaba tumbada no era de esa partida mobiliaria. Era de escay y muy cómodo. La periodista disfrutaba de su casa. De no tener que hablar con nadie, de cenar lo que le apeteciera, de no beber... De hacer lo que le daba la gana, que a esas horas de la madrugada era ver en la tele —de cincuenta y cinco pulgadas que ella misma había comprado—, la tertulia de fútbol en la que se discutían los últimos fichajes del Real Madrid. A Socorro le divertía ese desbarajuste constante en el que vociferaban forofos. No es que siguiera con atención lo que decían, le gustaba tenerlo de fondo. Se había abierto una cerveza y comía Doritos directamente de la bolsa. Para ella, como diría Oriol utilizando las palabras de los cursis, no había mejor maridaje. Eran las dos de la mañana y el teléfono de Socorro sonó. Se le había olvidado quitar el sonido al llegar a Madrid. El número no lo tenía registrado. Lo cogió. A esas horas, pensó agorera, solo podía ser que a su madre le hubiera pasado algo. Descolgó el teléfono con las manos manchadas de polvo naranja.

Al otro lado sonó una voz aguardentosa, un tanto zafia y ordinaria, no muy diferente a la de los que hablaban en la tertulia de la tele.

—¿Socorro Núñez al aparato?

Ella no supo muy bien qué responder a eso de «al aparato».

—¿Sí?

—No te voy a decir quién soy porque supongo que te lo imaginas. Solo advertirte de que no sigas con tus gilipolleces jodiendo al personal con tus fantasías... —La periodista se quedó sin habla. El hombre prosiguió—: Mira, putita. Mejor que te dediques a fregar como tu madre y a no meterte en cosas que te quedan muy grandes. Porque te las das de lista y eres un poquito subnormal.

—Oiga, no sé quién es usted.

—¿Quieres que te pongan de patitas en la calle? —continuó aquella voz—. Pues puede ser. ¿Quieres que no te vuelvan a pasar ni una sola información? Eso está chupado. ¿Que ya no te pasen filtraciones? Lo organizo.

Socorro prefirió no pronunciar el nombre de Maqueda. Hacía años que no tenía una grabadora porque utilizaba el teléfono y no sabía si había alguna manera de que registrara la conversación para poder usarla como prueba.

—Ah... Y no solo puedo joderte en el trabajo. También puedo hacer que a tu madre le pase algo. Está un poco mayor. O que tú acabes como Aldara... Eres bastante más loro que ella, pero seguro que nos lo pasaríamos muy bien. Solo decirte que, a partir de ahora, te andes con ojo. —Y antes de colgar, apostilló—: Tontita, que eres tontita. A ver si te enteras de lo que te conviene.

El corazón de Socorro empezó a ir muy rápido. Le dolía el pecho. Se restregó las manos todavía manchadas de Doritos en las piernas. El estómago se le había cerrado.

Instintivamente, como un resorte, corrió hacia la puerta y cerró con dos vueltas. También cerró las ventanas, aunque era imposible que alguien pudiera encaramarse a su piso. Y encendió el aire acondicionado. Fue adonde estaba la lavadora y cogió una de las pinzas de madera de las de tender la ropa. La usó para cerrar la bolsa.

Ya no podía comer más Doritos.

# 52

Socorro Núñez
El Puerto de Santamaría

«Violador sí, pero no asesino».

El mes de agosto empezó con el asesinato y la violación de Aldara Ortiz de la Vega, de treinta y tres años. Al día siguiente, su cuerpo fue encontrado en la finca El Pájaro, de El Puerto de Santamaría, por su encargado, que todavía permanece horrorizado con el hallazgo. Antes de que se le pasara el susto, la policía había resuelto el caso. El día 8, la policía ya había detenido por el crimen a Jim Connell, de cuarenta y ocho años, estadounidense, casado con una roteña e hijo de militares ya jubilados que habían estado destinados en la base de Rota. La policía había dado con un violador en serie y con un asesino. La resolución ideal de una investigación. Se había llegado a la conclusión del caso cuando todavía estaba fresco en los telediarios. Pero cuando mataron a Aldara, Connell estaba lejos del escenario del crimen cometiendo otro, violando a una joven que no denunció la agresión. Jim Connell podía estar violando a una mujer utilizando sumisión química, pero no tenía el don de la bilocación para estar matando a Aldara. El uso de drogas para abusar de mujeres lo demostró la policía al encontrar su laboratorio, donde tenía la suficiente cantidad de sustancias para someter a un harén, si un harén necesitara ser sometido.

Otra mujer que sufrió un intento de violación, la notaria de El Puerto, condujo a la detención de Connell. No había duda. Pero sí la hay de que matara a Aldara, como él se empeñó en negar a la policía y al juez en su declaración. Con su muerte, la policía enterró el caso y no dirigió la investigación hacia otros indicios. La policía no supo que Aldara Ortiz de la Vega era amante de Ignacio Lequerica, el dueño de *El Matinal*. Estaba embarazada de él y pensaba abandonar a su mujer, Lilian Mata. Tampoco sabía que esta tenía una relación muy estrecha con Jaime Maqueda, el excomisario implicado en asuntos sucios y procesado. Que demasiados indicios apuntaban a la culpabilidad de ambos en el asesinato. Lilian Mata sale beneficiada por la desaparición de la joven y el no nacimiento del hijo de su marido. Aldara había sido violada con la introducción de un objeto alargado y romo que podía coincidir perfectamente con un mazo de cróquet que faltaba en una de las fundas de Lilian Mata en su casa de Sotogrande.

El criminal a veces gana porque a la policía, presionada por los superiores, le interesa que la ciudadanía crea que ha resuelto el caso. Si ya tienen un culpable, para qué buscar otro.

# 53

Ningún lector de *El Matinal* leería esa crónica. Socorro se la guardó en la nube de su correo electrónico personal desde su ordenador del trabajo porque pensaba que, si le pasaba algo, la policía lo podría registrar y encontrarlo. Así se sabría lo que le había pasado. Y por qué aquella llamada no se la había imaginado ni tampoco era una de sus paranoias. También demostraba que alguien —¿acaso Ignacio Lequerica le había dicho a Lilian que sospechaba de ella?— le había contado a Maqueda que sabía o suponía cómo había muerto Aldara Ortiz de la Vega y que Jim Connell solo era un cabeza de turco. También demostraba que su hipótesis era correcta: Lilian había mandado a Maqueda asesinar a Aldara cuando supo que Ignacio iba a abandonarla y a tener otro hijo. Dudó por unos instantes si mandársela a Pincho. O al propio Ignacio. Pero sabía que, por diferentes motivos, ninguno de los dos quería enfrentarse a la verdad. O confrontarla. También descartó contarle a su madre la llamada. No deseaba que se asustara ni que la asfixiara con su preocupación.

Acabó sobre las nueve de la noche. Había ido a la redacción después de comer y había estado tecleando casi cuatro horas. Por suerte, Anastasio la había saludado con desdén y después se había centrado en convencer a un redactor para que se infiltrara en una partida del último juego de moda que, al parecer, se estilaba en la capital como excitante prolegómeno al sexo en grupo. Era una locura. Consistía en que unos seis hombres se ponían hasta arriba de Viagra y luego bien erectos se dedicaban a jugar al béisbol con sus miembros como bate para golpear una pelota de goma. Había cogido a un chavalín jovencito y ávido por hacer méritos y le estaba regando los oídos con el «puntazo» que era el tema. El chaval, obviamente, tenía miedo, pudor y no le apetecía tener que participar en ninguna orgía con hombres mayores de treinta y cinco años. Pero Anastasio le perseguía insistiéndole. María Casares se había acercado para contárselo muerta de risa. Le arrancó una promesa para comer juntas al día siguiente.

—Vamos al chino —dijo Socorro.

María Casares no podía parar de reír.

—Ahora que nos habíamos acostumbrado a los langostinos y el jamón.

Y se fue corriendo porque la habían trasladado a hacer Últimas Noticias, una sección en la que la inmediatez era la norma.

Socorro recogió sus cosas y salió de la redacción rumbo al autobús. Le daba mal rollo meterse en el metro, pese a que era más cómodo porque hasta la parada que estaba cerca del periódico debía caminar por una zona algo inhóspita y oscura. Un sitio en el que Maqueda podría asaltarla. Allí no transitaba mucha gente. Era agosto y los madrileños se habían ido de vacaciones. La parada del autobús estaba más lejos, pero Socorro aceleró el paso. Sentía que alguien la estaba siguiendo. Escuchaba sus pasos. Se detuvo para descartar que fueran imaginaciones suyas. Pero los pasos también se detuvieron. Echó entonces a correr y el sonido a su espalda se aceleró. La periodista no se atrevía a mirar atrás. Solo quería salir de aquel bulevar oscuro y llegar a la calle principal por donde pasaban los autobuses. Cuando pensaba que le iba a dar un ataque al corazón —«Tengo que dejar de fumar»—, se encontró con un grupo de personas que charlaban felices y despreocupadas. Socorro se relajó y se dio la vuelta para confrontar a su perseguidor.

Frente a ella estaba Luis Gordon, vestido con su camisa medio abierta y tan guapo...

—Pila me dijo que hoy trabajabas.

Socorro no se lo podía creer.

booket